U0354803

博雅导读丛书

周兴陆 著

文心雕龙精读（第二版）

WENXINDIAOLONG JINGDU (DI-ER BAN)

图书在版编目(CIP)数据

文心雕龙精读/周兴陆著.—2版.—北京：北京大学出版社，2023.2
(博雅导读丛书)
ISBN 978-7-301-33750-9

Ⅰ.①文… Ⅱ.①周… Ⅲ.①《文心雕龙》—古典文学研究 Ⅳ.①I206.2

中国国家版本馆CIP数据核字(2023)第018731号

书　　名	文心雕龙精读（第二版） WENXINDIAOLONG JINGDU（DI-ER BAN）
著作责任者	周兴陆　著
责任编辑	艾　英
标准书号	ISBN 978-7-301-33750-9
出版发行	北京大学出版社
地　　址	北京市海淀区成府路205号　100871
网　　址	http://www.pup.cn　新浪微博：@北京大学出版社
电子信箱	pkuwsz@126.com
电　　话	邮购部62752015　发行部62750672　编辑部62756467
印 刷 者	三河市北燕印装有限公司
经 销 者	新华书店
	965毫米×1300毫米　16开本　16.75印张　249千字 2015年9月第1版 2023年2月第2版　2023年2月第1次印刷
定　　价	49.00元

目录

目录

目录

目录

前　言

本书是中文系本科生与研究生“文心雕龙研究”课程的教材，以十九个专题对刘勰《文心雕龙》的主要文学理论批评观念作串讲。点面结合，既联系《文心雕龙》全书对一些具体问题进行细致的剖析，又结合先秦至六朝文学批评的历史发展阐述刘勰文论的来龙去脉、沿革因创，引导学生阅读原典，掌握刘勰的基本文学理论观念并能在文学批评史学科背景中作出恰当的评述。每个专题后列有三四篇论文作为“扩展阅读”篇目，均是“龙学”研究颇有成绩的学者撰写的，希望同学们能对相关专题作进一步的探究。

如果想继续研究《文心雕龙》，须阅读范文澜的《文心雕龙注》（人民文学出版社 1958 年版）和詹锳的《文心雕龙义证》（上海古籍出版社 1989 年版）。前者是最权威、最具影响力的注本，但底本文字不太可靠，征引时需加注意；后者搜罗、排比众家之说，材料很丰富。《文心雕龙》正文，就目前所了解，当以王利器《文心雕龙校证》最为精当。想了解历代对于《文心雕龙》的研究，可阅读张少康等的《文心雕龙研究史》（北京大学出版社 2001 年版）。

研究《文心雕龙》已经成为文史专业一门独立的学问，简称“龙学”。“龙学”大致有两个角度：一是文学史的角度，在文化史、文学史的背景中探索刘勰的基本思想、《文心雕龙》理论的本来面目。今天学生若从这个角度进入“龙学”，需要对先秦汉魏六朝的文化和文学有相当深入的了解，细读萧统《文选》、钟嵘《诗品》等基本文学、文论典籍，并与刘勰《文心雕龙》相参照。王运熙的《文心雕龙探索》（上海古籍出版社 2012 年版）是这方面的典范。二是文艺学的角度，站在一定的理论高度探索刘勰《文心雕龙》的文论思想，并联系现代文艺学理论给予解释，阐发其意义和价值。张少康的《刘勰及其〈文心雕龙〉研究》（北京大学出版社2010年版）会给我们很多的启发。

二十世纪的现代“龙学”，重在求同，即用现代的文学理论观念解释《文心雕龙》的一些范畴和命题，把古代的文论加以现代化。其实，传统文论的存在意义，不是证明现代某个新鲜的观念我们古已有之。传统文论承载着我们的文化心灵、思想智慧、认知方式和审美意识，依然流灌在我们的精神意识中。在研究中对它保持清醒的自觉，加以传承、创新和提升，才是传统文论研究的目的。古今文论之间、中外文论之间，既有相通相同的一面，也存在差异睽隔，需要去辨析这种同与异，不能把外来的文学理论命题上升为文学的普遍原理，拿来做准绳衡量、评判刘勰的《文心雕龙》，而应该思考《文心雕龙》能为当代文论建设提供什么独特的、有价值的理论资源，弥补当代文论的不足。

当前的人文学科研究重视优秀传统文化的创造性转化和创新性发展，经典在中国文学学科体系中的地位得到凸显。《文心雕龙》是中国文论经典，许多大学开设《文心雕龙》精读、选读、专题课程，这对于夯实学生的传统文化基础，培养文学感悟力和思辨力，完善文学理论知识结构，有重要的意义。本书可作为这类课程的教材，也是一般文史爱好者进入“龙学”园地的入门读物。

本书初版于2015年。这次是修订版，得到北京大学教务部的经费支持，谨此致谢。除了订正一些文字讹误外，增补了《五言是“俳谐倡乐多用之”吗？》《〈丽辞〉篇“宋画吴冶”考释》和《〈文心雕龙〉研究须返本以开新》三篇文字。前面两篇是平时研读《文心雕龙》的一点小收获，后面一篇是对《文心雕龙》研究如何开拓新境界提出的一些粗浅的思考。虽是修订版，其中的疏陋和错误一定还有不少，恳请方家批评指正。

◎作者讲课实录：

第一讲　刘勰与《文心雕龙》

一　刘勰的生平

《文心雕龙》是中国文学理论批评史上一部空前绝后的巨著。在当时，文坛巨擘沈约“谓为深得文理，常陈诸几案”（《梁书·刘勰传》）；至清代史学家章学诚称其“笼罩群言”，“体大而虑周”（《文史通义·文理》）。鲁迅先生说：“东则有刘彦和之《文心》，西则有亚里士多德之《诗学》，解析神质，包举洪纤，开源发流，为世楷式。”（《诗论题记》）放在世界文化背景中看，刘勰的《文心雕龙》堪与西方文论的奠基作——亚里士多德之《诗学》相媲美。

然而关于这部巨著的作者刘勰和成书过程，我们知之甚少。《梁书》和《南史》的“文学列传”都有《刘勰传》，但语焉不详。二史本传均载：“刘勰，字彦和，东莞莒人。”西晋太康元年（280），分琅琊置东莞郡，莒为其属县，故址在今山东莒县。但永嘉丧乱，中原士人纷纷渡江南下，东晋时在南徐州侨置南东莞郡，郡治京口（今镇江）。所以刘勰一族祖籍为东莞莒县，自东晋时就寓居京口。《梁书》本传载：“祖灵真，宋司空秀之弟也。”《南史》本传删去此句，只载：“父尚，越骑校尉。”刘尚事迹虽已不可考，然越骑校尉秩为比二千石，仅次于刺史，在晋宋时期多由宗室、士族大姓和有军功者担任，如西晋时宗室成都王司马颖，太原士族王浑、王濬、王峤，都担任过越骑校尉一职。晋宋嬗代以后，出自素族的武人刘裕掌握了政权，统治阶级的内部结构有了一定程度的调整，传统的世族大姓如琅琊王氏、陈郡阳夏谢氏的地位有所下降，而辅弼刘裕建立江山的武人家族迅速崛起。刘勰曾祖辈刘穆之（刘秀之的从叔)在刘裕举义后不久即投奔受署,辅弼刘裕成就大业;伯祖刘秀之在宋文帝、武帝时期屡建军功。在刘宋时期,东莞刘氏凭借军功跻身于强族大姓,可谓之强宗,不同于东晋时期的传统士族。因此说刘勰出身于庶族寒门,恐怕不可信。① 二史本传载:"勰早孤,笃志好学,家贫,不婚娶。"刘勰早年丧父,家道中落。东莞刘氏虽在刘宋一朝颇为显赫,然到萧齐时陡然衰落,如穆之、秀之叔侄在刘宋时先后为丹阳尹,刘秀之被征为左仆射,卒后赠侍中、司空,权贵盛矣,而到了刘秀之的孙子刘俊时,"齐受禅,国除"(《宋书·刘秀之传》),就不再承袭爵位了。同样,刘勰的父亲刘尚曾做过越骑校尉,秩二千石,官位不低;但刘勰年幼时父亲去世了,萧齐代宋时,刘勰约十四五岁,父亲死得早,加之失去袭爵的机会,因此而"家贫"。他笃志好学,试图"学优则仕",干禄从政,立身扬名。刘勰的这种身世经历,在《文心雕龙》里有鲜明的反映。

一方面,刘勰具有建功立业、扬名不朽的强烈愿望。如《程器》篇曰:"君子藏器,待时而动。……摛文必在纬军国,负重必在任栋梁。穷则独善以垂文,达则奉时以骋绩。"(第 244 页)②君子应该具有实际才干,等待时机。撰写文章,应能够规划国家大事;担负重任,应该是栋梁之材。仕途不顺,就修养品德,以文章传世;仕途通达,就应当抓住时机建立功业。《诸子》篇曰:"君子之处世,疾名德之不章。唯英才特达,则炳曜垂文,腾其姓氏,悬诸日月焉。"(第 79 页)君子活在世上,担心美名盛德不能彰显。只有才华卓越的人,方能通过文章流传后世,让他的英名远扬,如日月高悬。

另一方面,刘勰对于达官贵士在文化上享有特权表示了愤慨。如《史传》篇曰:"勋荣之家,虽庸夫而尽饰;迍败之士,虽令德而嗤埋。"(第 76 页)地位高贵的家族,即使出了个平庸的人,也极力地夸赞吹

---

① 王元化《刘勰身世与士庶区别问题》认为"刘勰并不是出身于士族,而是出身于家道中落的贫寒庶族",见《文心雕龙讲疏》,第 5 页,上海古籍出版社 1992 年版。学界关于刘勰出身问题的研究分歧颇大。

② 为了便于查考,本书引用《文心雕龙》文字,悉据[南朝梁]刘勰著,王运熙、周锋译注《文心雕龙译注》(上海古籍出版社 2010 年版),并标明页码。《文心雕龙译注》原文以王利器《文心雕龙校证》为底本。

捧;而困顿失意的人,即使有美好的品德,也常遭人嘲笑,不受重视。《程器》篇慨叹"将相以位隆特达,文士以职卑多诮"(第243页)。将相因为地位高,若人品有些瑕疵,容易被宽容;文士往往职位卑下,因此多遭嘲讽。这些话都典型地反映出一个出身于家道中落的强宗大姓之文士的心态。

刘勰的生年,史书无确切的记载。但是在《文心雕龙·序志》里他说"齿在逾立","搦笔和墨,乃始论文"(第246页)。"逾立",即刚刚过而立之年,三十多岁,因此若能确定《文心雕龙》的成书时间,就可以逆推刘勰的生年。因为刘勰后半生已入梁代,各种《文心雕龙》版本都署"梁通事舍人刘勰著""梁东莞刘勰彦和著"或"梁刘勰撰"等等。但这并非说明《文心雕龙》撰于梁代。清人刘毓崧《通谊堂文集·书〈文心雕龙〉后》曰:

> 《文心雕龙》一书,自来皆题梁刘勰著,而其著于何年,则多弗深考。予谓勰虽梁人,而此书之成,则不在梁时,而在南齐之末也。观于《时序》篇云,"暨皇齐驭宝,运集休明,太祖以圣武膺录(箓),世祖以睿文纂业,文帝以贰离含章,高宗以上哲兴运,并文明自天,缉遐(按,"遐"疑当作"熙")景祚。今圣历方兴,文思光被"云云。此篇所述,自唐虞以至刘宋,皆但举其代名,而特于齐上加一"皇"字,其证一也。魏晋之主,称谥号而不称庙号,至齐之四主,惟文帝以身后追尊,止称为帝,余并称祖称宗,其证二也。历朝君臣之文,有褒有贬,独于齐则竭力颂美,绝无规过之词,其证三也。东昏上高宗之庙号,系永泰元年八月事,据"高宗兴运"之语,则成书必在是月以后。梁武受和帝之禅位,系中兴二年四月事,据"皇齐驭宝"之语,则成书必在是月以前。其间首尾相距,将及四载,所谓"今圣历方兴"者,虽未尝明有所指,然以史传核之,当是指和帝而非指东昏也。[①]

和帝(501—502在位)是萧齐的最后一个皇帝,刘毓崧考证《文心

---

① 杨明照:《文心雕龙校注拾遗》,第711、712页,上海古籍出版社1982年版。

雕龙》约撰于501年。虽然学界关于《文心雕龙》成书时间还有其他各种说法，但刘毓崧的考证较为可信，为大多数学者所接受。范文澜先生依据刘毓崧的结论考定刘勰的生年"当在宋明帝泰始元年(465)前后。约三十三四岁时，乃感梦而撰《文心雕龙》"，正与《序志》篇"齿在逾立"之文相合；到和帝元年(501)时成书。

刘勰在撰著《文心雕龙》之前，约从二十三四岁起，在南京定林寺居处十余年，整理佛经。《梁书》本传曰："依沙门僧祐，与之居处，积十余年，遂博通经论，因区别部类，录而序之。今定林寺经藏，勰所定也。"《南史》本传无"积十余年"等字。当时寺庙藏书甚富，刘勰后来能够"弥纶群言"而撰著《文心雕龙》，大约就是得益于此时期在寺庙中广泛涉猎，能够"积学以储宝"。

那么这十余年整理佛经的经历，对于刘勰撰著《文心雕龙》有怎样的影响呢？过去的学者很少谈佛学对《文心雕龙》的影响，如明人王惟俭序曰："乃篇什所及，仅'般若'之一语；援引虽博，罔祇陀之杂言。"①意谓《文心雕龙》虽然援引广博，但除了"般若"一词外，并未引用佛学语言，没有受到佛学的多大影响。近些年来，一些学者考察《文心雕龙》中的佛学痕迹，但过分强调佛学对于刘勰撰写《文心雕龙》的影响，甚至提出《文心雕龙》的文学理论"是建筑在佛学的根基之上"，认为《文心雕龙》的"道"的内涵是"以佛统儒，佛儒合一"。这显然是不符合《文心雕龙》之实际的。在撰写《文心雕龙》时，刘勰的人生观、社会观、经学观，其"原道""征圣""宗经"乃至整个文学理论体系，都是确立在儒家思想基础之上的。当然，他那个时代的思想文化，是援道入儒，援佛入道，儒、道、佛三家既互相冲突，又互相调和。刘勰论"道"，将道自然化，述玄学的有无论，引"般若之绝境"(《论说》篇)，都体现出那个时代的思想特征。"声律""虚静"也是当时佛经翻译所面对与讨论的问题。或许可以从佛经中找出只言片语来对应，但是刘勰的文学理论是根基于儒家学说和文论思想的，并没有受到佛学太大的影响。佛学影响《文心雕龙》，不是表现在文学理论体系和具体观念上，而是

① 杨明照：《文心雕龙校注拾遗》，第734页，上海古籍出版社1982年版。

表现在刘勰撰著《文心雕龙》的思维方法、阐述问题的方式上。《文心雕龙》体大思精的系统,追源溯流、释名章义的思维方法,条分缕析、圆通绵密的论述方法,应该得益于校定佛经、撰写佛学论文和碑铭所得到的思维锻炼(除了帮助僧祐编订佛经外,刘勰还撰写过《灭惑论》《剡县石城寺弥勒石像碑铭》)。朱东润先生在《论刘勰》一文里论及刘勰《文心雕龙》与佛教思想的关系,颇为中肯:

> 刘勰不但是接触到佛教思想,而且是接受了佛教思想的。不过在他的时候,所谓佛教思想和后来一般人所称的佛教思想有所不同。达摩至建康在梁大通元年(527),其时刘勰已死,所以他没有接触到禅宗。禅宗未来以前,南朝人言佛,主要重在谈玄。此一时期道安、鸠摩罗什等大量输入佛教经典,佛教思想和中国固有的清谈和玄学思想相结合,佛教的发展方向,全属于名理的,其宗教的色彩甚淡。刘勰所接触的佛教思想,属于这一个范畴。明了了这一点,那么刘勰在《文心雕龙》里所用的某些辞汇,以及他写书时的条理细致、认识周密,一切都可以得到合理的解释。[①]

刘勰撰成《文心雕龙》后,未为时人所称许。“勰自重其文,欲取定于沈约。约时贵盛,无由自达。乃负其书候约出,干之于车前,状若货鬻者。约便命取读,大重之,谓为深得文理,常陈诸几案。”(《梁书·刘勰传》)沈约是“当世辞宗”,在齐梁之际最为贵盛。而刘勰已是落魄,只能采取这种卑贱的方式自我推销。刘勰在《知音》篇里感慨:“知音其难哉!音实难知,知实难逢;逢其知音,千载其一乎!”(第235页)他幸而得到沈约的赏识,算是遇着了知音。沈约在当时执文坛之牛耳,王筠、刘显、刘孺等许多文人都是由于他的推重而享盛名的。刘勰于梁武帝天监初,起家奉朝请。杨明照先生说:“隐侯(沈约谥号)盖与有力焉。”[②]沈约不仅称许刘勰的这部著作,可能还提携刘勰步入仕途。

后来,刘勰在梁朝先后做过中军临川王萧宏的记室(掌章表书记

---

① 朱东润:《论刘勰》,《复旦学报(社会科学版)》2013年第6期。

② 杨明照:《梁书刘勰传笺注》,《文心雕龙校注拾遗》,第394页,上海古籍出版社1982年版。

文檄)、车骑仓曹参军,出为太末(今属浙江衢州)令,政有清绩,实践了他"奉时以骋绩"的抱负。晚年的刘勰有两件事值得提出来:

一是皈依佛门。他曾上表言南北二郊祭祀应该用蔬果代替牺牲,被朝廷采纳;后受敕再入定林寺撰经证。"功毕,遂启求出家,先燔鬓发以自誓,敕许之。乃于寺变服,改名慧地。未期而卒。文集行于世。"完成整理佛经的任务后,他请求出家,意志坚定,得到了梁武帝的恩准,出家后没到一年就去世了。刘勰卒年已不可考。范文澜考证卒于普通元、二年(520、521),年五十六七岁。

二是任昭明太子萧统的东宫通事舍人。通事舍人,掌呈奏案章。《梁书・庾於陵传》:"旧事,东宫官属,通为清选……近世用人,皆取甲族有才望……"一朝天子一朝臣,东莞刘氏凭借武功在刘宋时崛起,在萧齐时失势衰落,至梁代齐祚后,起用东莞刘氏像刘勰这样有文才的人,是在情理之中的事。《梁书》本传曰:"兼东宫通事舍人。……昭明太子好文学,深爱接之。"迁步兵校尉后,"兼舍人如故"。《梁书・昭明太子传》说萧统"引纳才学之士,赏爱无倦。恒自讨论篇籍,或与学士商榷古今;闲则继以文章著述,率以为常。于时东宫有书几三万卷,名才并集,文学之盛,晋、宋以来未之有也"。萧统爱好文学之士,身边的文学侍从有殷芸、陆倕、王筠、王锡、到洽、刘孝绰、庾肩吾、张缅等,也包括刘勰。萧统编纂《文选》的年代现虽无法确考,但学界普遍认为编纂于刘勰去世的普通二年(521)之后,刘勰并未参与《文选》的编纂。但既然刘勰深受萧统的赏爱,那么他的《文心雕龙》在萧统及其文学侍从中流传也是可能的,因此对于萧统编纂《文选》应当有一定的影响。杨明照先生说:"选楼所选者,往往与《文心》之'选文定篇'合;是《文选》一书,或亦受有舍人之影响也。"[①]《文选》所选作品共分三十八类,《文心雕龙》的文体论部分提到的文体有三十三类,二者大多数是相同的;刘勰《文心雕龙》所评述的诗文,大部分都入选《文选》,是具有代表性

① 杨明照:《梁书刘勰传笺注》,《文心雕龙校注拾遗》,第402页,上海古籍出版社1982年版。选楼,梁昭明太子萧统在湖北襄阳建楼,集刘孝威、庾肩吾等十余人于此辑《文选》。

的名篇佳什。具体的文学思想也有相近之处,如刘勰和萧统都重视儒家思想,重视抒情、写景和状物之作,都主张文质彬彬,重视辞采之美。[①] 但是《文心雕龙》和《文选》在文学观念上也是有差异的。《文心雕龙》除了论列诗文外,广泛涉及经、子、史;而《文选》专录单篇的诗文,收入史书少量"论赞"类作品。刘勰论作家重视"成务"才能,论文章重视经世功能,萧统则强调"以能文为本"(《文选序》);刘勰对于宋、齐作家较少提及,而《文选》大量收入宋、齐甚至梁代的作家作品。因此需要对照阅读,以鉴别比较。

二 夫"文心"者,言为文之用心也

《文心雕龙》是一部什么样的著作呢?最后一篇《序志》,是全书的自序,介绍了撰著此书的宗旨目的、原则态度,以及全书的结构等内容。开篇曰:

> 夫"文心"者,言为文之用心也。昔涓子《琴心》,王孙《巧心》,心哉美矣,故用之焉。古来文章,以雕缛成体,岂取驺奭之群言"雕龙"也?夫宇宙绵邈,黎献纷杂,拔萃出类,智术而已。岁月飘忽,性灵不居,腾声飞实,制作而已。夫肖貌天地,禀性五才,拟耳目于日月,方声气乎风雷,其超出万物,亦已灵矣。形同草木之脆,名逾金石之坚,是以君子处世,树德建言。岂好辩哉?不得已也。(第246页)

前面几句是解释书名。先秦时,涓子和王孙子就用"心"字命名自己的著作。"雕龙"二字,取自《史记·孟子荀卿列传》所载"雕龙奭"一语,比喻修饰文辞。在刘勰之前,《后汉书·崔骃传赞》曰:"崔为文宗,世禅雕龙。"用"雕龙"一语形容雕饰文辞,讲究文采。刘勰论文很重视文采,"古来文章,以雕缛成体",雕缛是文章的特点。他这部书用华丽的

① 可参考王运熙《汉魏六朝唐代文学论丛》中《〈文选〉简论》等相关篇章,《王运熙文集》第2卷,上海古籍出版社2012年版。

骈体文写成,细致地剖析文理,讨论作文之道,名曰《文心雕龙》,顾名思义,"是一部用美文来细致、系统地论述写作心理活动的著作"①。

"夫'文心'者,言为文之用心也",这一句道出全书的宗旨是谈论"为文之用心"。这在当时是一个尚未得到展开的话题。《西京杂记》卷二记载司马相如曾经说过:"赋家之心,苞括宇宙,总览人物,斯乃得之于内,不可得而传。"身为汉赋大家,对于"赋家之心"却"不可得而传"。他的友人盛览,也是"终身不复敢言作赋之心矣"。可见创作文章的心理是多么奥秘难言!陆机《文赋》对创作心理进行了开创性的探究,但对于一些创作心理现象如来不可遏、去不可止的灵感,也感慨"吾未识夫开塞之所由也",不明白其中的道理。刘勰则专门著书来探索"为文之用心",足以见得其"成一家之言"的理论探索的勇气。

自二十世纪初现代文艺学学科诞生以来,一般都把《文心雕龙》视为中国古代的一部文学理论著作,但是刘勰最初的撰著宗旨,是"言为文之用心","是指导写作,是一部文章作法"②。《文心雕龙》全书的结构就是围绕着"言为文之用心"安排的。《序志》篇说:"盖《文心》之作也,本乎道,师乎圣,体乎经,酌乎纬,变乎骚,文之枢纽,亦云极矣。"(第248页)《原道》《征圣》《宗经》《正纬》和《辨骚》五篇,是"文之枢纽",这五点是写好文章的关键。接下来从《明诗》第六到《书记》第二十五"论文叙笔",用现代的术语说,是文体论部分。刘勰基本上是按"原始以表末,释名以章义,选文以定篇,敷理以举统"四个方面论述各种文体的,即梳理各种文体的起源和流变,解释各种文体命名的要义,选评各种文体历代的代表性作家作品,阐述各种文体的写作原则和要点。以上二十五篇为上编。自《神思》第二十六至《总术》第四十四凡十九篇,是详细阐释写作文章时的思维活动,作家才性与文章风格的关系,理想的文章风貌,如何昭体而晓变,体裁与风格的关系,如何处理情

① [南朝梁]刘勰编,黄霖导读、黄霖整理集评:《文心雕龙》,第10页,上海古籍出版社2008年版。

② 王运熙:《文心雕龙探索》,第7页,《王运熙文集》第3卷,上海古籍出版社2012年版。

理与文采的矛盾，如何镕情理、裁繁辞等问题，以及声律、对偶、比兴、夸饰、用典、选字、隐秀、养气等具体的文术。最后六篇阐述制约作家写作取得成就的几个方面，包括时代对于文学的影响，自然物候节序和文学创作的关系，作家的才华、德行与文学创作的关系，读者鉴赏的问题与方法等内容，最后一篇《序志》为全书总序。这二十五篇为下编。上下编五十篇从不同层次、不同角度解剖"为文之用心"，阐述有关文章写作的方方面面，既阐述理论原则和具体细节，又列举正反例证，剖析评述，以指导写作。

刘勰为什么要撰著这样一部"言为文之用心"的《文心雕龙》呢？他是这样解释的：

1.**著述的动力来自"立言不朽"的使命感。**宇宙邈远无尽，而岁月飞逝，人的生命有限。在芸芸众生中，贤人凭借智慧，可以出类拔萃；依靠著述，可以"腾声飞实"，留下功业，传播名声。人禀赋天地的精气，是万物之灵，但"形同草木之脆"，构成了一种生命的紧张感。如何超越死亡，"名逾金石之坚"，以至不朽呢？刘勰的回答是"树德建言"。《左传·襄公二十四年》记载："大上有立德，其次有立功，其次有立言，虽久不废，此之谓不朽。"而"立言不朽"成为后世许多学者、作家的人生动力。司马迁编撰《史记》"成一家之言"，"藏之名山，副在京师，俟后世圣人君子"（《太史公自序》），即源自"立言不朽"力量的感召。身为太子的曹丕，也认识到"年寿有时而尽，荣乐止乎其身，二者必至之常期，未若文章之无穷。是以古之作者，寄身于翰墨，见意于篇籍，不假良史之辞，不托飞驰之势，而声名自传于后"（《典论·论文》）。生命是有限的，享乐也只限于此身，只有文章可以为人赢得久远的名声。同样，刘勰也期望通过"树德建言"以达"不朽"。当然，正如我们在前面所言，东莞刘氏在萧齐时权势大为削弱，刘勰没有"树德"的机会，只能依靠"建言"以不朽。在《诸子》篇中，刘勰感叹说："嗟夫，身与时舛，志共道申，标心于万古之上，而送怀于千载之下，金石靡矣，声其销乎！"（第84页）诸子虽然在当时不被重视，但他们将志意怀抱寄托在著作之中，流传于千载之后。金石可以消亡，但他们的名声借著作而永存！《文心雕龙》就是这样一部"标心于万古之上，而送怀于千载之下"的

“子书”。《序志》篇“赞语”曰:“文果载心,余心有寄。”(第 250 页)刘勰关于文章写作的思想,乃至他的社会观、人生观,都寄寓在这部巨著之中。《诔碑》篇“赞语”曰:“石墨镌华,颓影岂戢!”(第 53 页)美好的文辞刻于石头上,死者的形象怎会消失?《文心雕龙》就是一座比金石更为久远的丰碑。①

2.“文章之用,实经典枝条”,而辞人“离本弥甚,将遂讹滥”,故而立志论文。刘勰“建言”,为什么要选择“论文”呢?他说:

> 予生七龄,乃梦彩云若锦,则攀而采之。齿在逾立,则尝夜梦执丹漆之礼器,随仲尼而南行;旦而寤,乃怡然而喜。大哉圣人之难见也,乃小子之垂梦欤!自生人以来,未有如夫子者也。敷赞圣旨,莫若注经,而马、郑诸儒,弘之已精,就有深解,未足立家。唯文章之用,实经典枝条,五礼资之以成,六典因之致用,君臣所以炳焕,军国所以昭明。详其本源,莫非经典。而去圣久远,文体解散,辞人爱奇,言贵浮诡,饰羽尚画,文绣鞶帨,离本弥甚,将遂讹滥。盖《周书》论辞,贵乎体要;尼父陈训,恶乎异端。辞训之异,宜体于要。于是搦笔和墨,乃始论文。(第 246 页)

刘勰记载他七岁时执礼器随孔子南行的梦,令人想起《论语·述而》载:“子曰:甚矣,吾衰也。久矣,吾不复梦见周公!”孔子梦周公,表现出其欲行周公之道的愿望。同样,刘勰梦孔子,也表现出对儒家圣人之道的仰慕。虽然刘勰年轻时在定林寺整理佛经逾十年,但这时他的思想还是立基于儒家,故而梦见周公。整部《文心雕龙》都是立足于儒家思想上的。这与宋齐时期的思想文化背景有密切的关系。我们知道,晋代玄风大盛,儒学相对衰微;至刘宋时,玄风有所冷却,儒学开始

---

① 邬国平《〈文心雕龙〉是一部子书》(《上海大学学报(社会科学版)》2013 年第 5 期)根据《文心雕龙·序志》篇与《诸子》篇,证明刘勰的著作态度是将《文心雕龙》当作子书来写的。过去的目录学著作,一般将《文心雕龙》归入集部“文史类”或“诗文评类”,“诗文评”落在集部之后,最初只是“以资闲谈”,而子书则“必为一家之言”。将刘勰《文心雕龙》视为一部子书,不仅更贴近刘勰的初衷,也有助于更准确地认识刘勰的写作心态和著述追求,解释《文心雕龙》的体系性等特征。

得到重视:元嘉十五年(438)立儒学、玄学、史学、文学,四学并建(《宋书·雷次宗传》);泰始六年(470),置总明观,立玄、儒、文、史四科。至萧齐时,儒学得到进一步的恢复。齐太祖萧道成"年十三,受业,治《礼》及《左氏春秋》"(《南齐书·高帝本纪》);即位后立国学,任用"造次必于儒教"的王俭、"儒学冠于当时"的刘瓛、"当世称为硕学"的陆澄。他们著述讲学,推动儒学的复兴。萧子显云:"晋世以玄言方道,宋氏以文章闲业,服膺典艺,斯风不纯,二代以来,为教衰矣。建元肇运,戎警未夷,天子少为诸生,端拱以思儒业,载戢干戈,遽诏庠序。永明纂袭,克隆均校,王俭为辅,长于经礼,朝廷仰其风,胄子观其则,由是家寻孔教,人诵儒书,执卷欣欣,此焉弥盛。"(《南齐书·刘瓛陆澄传论》)在儒学复兴的思想背景中,刘勰梦见孔子,正表明有志于阐明儒学。

然而注释经典、阐扬圣人之旨,马融、郑玄诸儒的著述已很精深,刘勰说自己即使有深解,"未足立家",于是转而论文。他比喻说"文章之用,实经典枝条",国家礼义制度的颁布施行,都需要文章来发挥作用;内政外交等重大事务,都需要通过文章来显明和确立。后世一切文章,都本源于经典。但是近代辞人,距离圣人时代已经久远,破坏了各种文体的规范,追求浮华新奇,离开根基,至于讹滥。所以他要阐述文理,矫讹翻浅,还宗经诰,提出宗经以矫正文章的异端,扭转文风。刘勰论文虽然不像注经那样直接地"敷赞圣旨",但是他确立原道、征圣、宗经为文章的根基,实际上是发挥经典矫正时弊的意义,也是对孔子垂梦的一种呼应。

3.当时论文的著作虽多,然"不述先哲之诰,无益后生之虑"。刘勰说:

> 详观近代之论文者多矣:至于魏文述典,陈思序书,应玚《文论》,陆机《文赋》,仲治《流别》,弘范《翰林》,各照隅隙,鲜观衢路;或臧否当时之才,或铨品前修之文,或泛举雅俗之旨,或撮题篇章之意。魏典密而不周,陈书辩而无当,应论华而疏略,陆赋巧而碎乱,《流别》精而少功,《翰林》浅而寡要。又君山、公幹之徒,吉甫、士龙之辈,泛议文意,往往间出,并未能振叶以寻根,观澜而索

源。不述先哲之诰，无益后生之虑。（第247页）

魏晋南北朝是文学理论批评非常发达的时期，自曹丕《典论·论文》之后，出现了一大批专门的文学理论批评著作。刘勰在这里提到了曹丕《典论·论文》、曹植《与杨德祖书》等书信、应玚《文质论》、陆机《文赋》、挚虞《文章流别论》、李充《翰林论》等。他一方面指出当时已经出现的各种文论著作存在各种缺陷，另一方面又自觉地吸收前代文论的营养。《序志》篇这一段话扼要地品评前人文论的不足，指出它们共同的问题是“不述先哲之诰，无益后生之虑”，即没有确立原道、征圣、宗经的理论根基，不能从根本上揭示问题，指明方向，而有力地矫正文坛弊端，指导后生正确地写作。反过来说，述先哲之诰，益后生之虑，正是刘勰著此书的目的。

刘勰的《文心雕龙》可谓是“弥纶群言”，他充分吸收前代文论的成果，对前人的理论观念加以辨析、整合，融入自己的理论系统中。除了“五经”中圣人论文之言外，他还征引了《孟子》《荀子》《老子》《庄子》《韩非子》《管子》等诸子的相关材料，反复征引《诗大序》、司马迁、扬雄、刘向、班固、王逸、桓谭、张衡、曹操、曹丕、曹植、刘桢、陆机、陆云、傅玄、挚虞、颜延之等论文之语，或加以引申，或进行辩驳。其中不少文献，今天已难以查考其出处，如曹操论文章的文字，没有专篇保存下来，而《文心雕龙》里引述了近十条，后人据此而得以领略曹操论文的吉光片羽。刘勰《文心雕龙》阐述的许多问题，在之前已露端倪，他在前人的基础上加以丰富发展，如关于创作心理和思维，陆机《文赋》已有诸多描述，刘勰在《神思》等篇里吸收了陆机的理论，并有很大的推进。《文心雕龙》虽然是刘勰关于文学的理论思想的结晶，但也是魏晋以来文论发展水到渠成的结果。只有放在汉魏六朝文学理论批评史的长河中去考察，才可以明了刘勰文论思想的承袭引申和独立创新之所在。

关于撰著《文心雕龙》的原则态度，刘勰说：

及其品列成文，有同乎旧谈者，非雷同也，势自不可异也。有异乎前论者，非苟异也，理自不可同也。同之与异，不屑古今；擘肌分理，唯务折衷。（第249页）

意谓不剿袭旧说，不标新立异。理有恒存，古人已作了发明，不可故意立异而诡说；各有立场，前人所论，有讹误与局限之处，自当矫而求其正。《知音》篇说文学鉴赏须“无私于轻重，不偏于憎爱”，与此处论同与异的意思是相通的，即“平理若衡”，着意于揭示出文章写作的根本问题、基本原则和方法。

刘勰又提到“擘肌分理，唯务折衷”。折中是古人处世论学的基本态度、思维的基本原则。《论语·先进》：“子曰：过犹不及。”过和不及，都是不得其“中”。《史记·孔子世家赞》：“言六艺者，折中于夫子。”“折衷”是刘勰论文的基本态度。他在《奏启》篇中说：“世人为文，竞于诋诃，吹毛取瑕，次骨为戾，复似善骂，多失折衷。”（第115页）在奏启文章中诋诃谩骂，多失折中，就是态度偏激。所谓折中，“谓事理有不同者，执其两端而折其中也”①。刘勰在《定势》篇中说：“奇正虽反，必兼解以俱通。……若爱典而恶华，则兼通之理偏。”（第149页）对立的两极能够兼通，也就是折中的意思。王运熙先生在《刘勰文学理论的折中倾向》一文里说：“刘勰对于文学（以诗赋为主）的折中见解，主要表现为以下两个特点。第一个特点是对作品的思想内容，他主张抒写日常情景与讽谏规箴并重。”“刘勰折中思想的第二个特点是既重视文采，又重视质朴刚健，主张文质结合。”②通读《文心雕龙》全书，折中的态度表现在方方面面，如关于奇与正、华与实，他说：“酌奇而不失其贞，玩华而不坠其实。”（《辨骚》篇）斟酌新奇和华丽，但不失雅正和真实。关于质与文、雅与俗，他说：“斯斟酌乎质文之间，而檃括乎雅俗之际，可与言通变矣。”（《通变》篇）在质朴与文采、雅正与俚俗之间都应该协调好。关于今与古，他说：“望今制奇，参古定法。”（《通变》篇）关于繁与略，他主张“随分所好”，“权衡损益，斟酌浓淡”（《镕裁》篇），无不表现出圆通中正的折中态度。

---

① ［宋］朱熹：《楚辞集注·惜诵》注，《楚辞集注》，第73页，上海古籍出版社2001年版。

② 此文收入《文心雕龙探索》，第217—225页，《王运熙文集》第3卷，上海古籍出版社2012年版。

道心唯微,文章之道也很微妙,其奥妙是无法穷尽的,任何语言都不可能巨细无遗地彻底揭示写作的幽微。陆机在《文赋》中感慨:“是盖轮扁所不得言,故亦非华说之所能精。”刘勰也认识到这一点:“言不尽意,圣人所难;识在瓶管,何能矩矱?”(《序志》)他在《神思》篇中说,关于作者构思的“思表纤旨,文外曲致”①,即一些微妙之处,“言所不追,笔固知止”,无法用语言文字给予彻底揭示。“至精而后阐其妙,至变而后通其数。伊挚不能言鼎,轮扁不能语斤,其微矣乎!”写作的一些微妙之处,不是《写作教程》之类指导书可以言传的,需要作者自己去揣摩、尝试,在实践中领会。

附:“逐物实难,凭性良易”释义

刘勰《文心雕龙·序志》赞语曰:

> 生也有涯,无涯惟智。逐物实难,凭性良易。傲岸泉石,咀嚼文义。文果载心,余心有寄!(第250页)

关于“逐物实难,凭性良易”二句,“龙学”家的解释多有歧出。如陆侃如、牟世金解释说:“要钻研事物的真相,那的确很困难;假使只凭个人的好恶,自然比较容易了。”②李曰刚《文心雕龙斠诠》解释说:“谓

---

① 关于此二句的意思,学界解释差异很大。王元化先生《释〈神思篇〉杼轴献功说——关于艺术想象》说:“艺术作品含有诱导读者想象活动的机能,作家往往在作品中对于某些应该让读者知道的东西略而不写,或写而不尽,用极节省的笔法去点一点,暗示一下,这并不是由于他们吝惜笔墨,而是为了唤起读者的想象活动。这种在文艺作品中经常出现的现象,用刘勰的话说,就是‘思表纤旨,文外曲致,言所不追,笔固知止’。”(王元化:《文心雕龙讲疏》,第105—106页,上海古籍出版社1992年版)祖保泉先生谓指“文思微妙,非言语所能曲尽”([梁]刘勰著,祖保泉解说:《文心雕龙解说》,第527页,安徽教育出版社1993年版);杨明先生谓“说神思之事太微妙了,有些东西是语言所不能表述的,我也只能说到这儿为止了”(杨明:《文心雕龙精读》,第107页,复旦大学出版社2007年版)。祖、杨二说可从。

② 陆侃如、牟世金:《〈文心雕龙·序志〉译注——〈文心雕龙〉译注之一》,《文史哲》1962年第1期。

以短促之寿命，追逐无涯之知识，实在困难，但凭天赋之才情，抒写自然之灵感，毕竟容易也。”他将“逐物”理解为“追逐无涯之知识”。蒋祖怡则谓“逐物实难”句系指“穷尽物理为难”之意。[①] 吴林伯说：“本篇‘逐物’指彦和之汲汲求仕。……外物虽可逐，然不必有得，故逐之难也。彦和从政莫由，故叹其难耳！”[②]周锋翻译为“追求外物实在困难，凭着天性去做就较容易”[③]。张灯解释说：“两句实指：写作事业本就极其艰辛，掌握规律则可较显容易。这样训解，可显得文顺意畅，也契合彦和的基本观点吧！”[④]最后一种解释完全没有道理，因为刘勰此篇最后的赞语不再是论什么文章规律，而是在谈人生。但若解释“逐物”为“追求知识”“穷尽物理”，也是不确切的。因为刘勰从来不否定“追求知识”“穷尽物理”，如在《议对》篇中他说：“郊祀必洞于礼，戎事必练于兵，佃谷先晓于农，断讼务精于律。”（第120页）

“逐物”二句的意思是什么呢？若要正确领会其含义，先要考察此二句之所本，笔者认为刘勰此二句本于陆机《豪士赋序》“循心以为量者存乎我，因物以成务者系乎彼”而颠倒其文。陆机《豪士赋序》开篇曰：

> 夫立德之基有常，而建功之路不一。何则，循心以为量者存乎我，因物以成务者系乎彼。存夫我者，隆杀止乎其域；系乎物者，丰约唯所遭遇。落叶俟微风以陨，而风之力盖寡；孟尝遭雍门而泣，而琴之感以末。何者？欲陨之叶，无所假烈风；将坠之泣，不足繁哀响也。是故苟时启于天，理尽于民，庸夫可以济圣贤之功，斗筲可以定烈士之业。故曰：才不半古，而功已倍之。盖得之于时势也。

“因物以成务者”即刘勰所谓“逐物”，因为“系乎彼”，“建功之路不一”，“不一”就是没有定数，故而刘勰说“逐物实难”；“循心以为量者”

---

① 参见［南朝梁］刘勰著，詹锳义证：《文心雕龙义证》，第1938页，上海古籍出版社1989年版。

② 吴林伯：《〈文心雕龙〉义疏》，第663页，武汉大学出版社2002年版。

③ ［南朝梁］刘勰著，王运熙、周锋译注：《文心雕龙译注》，上海古籍出版社2010年版。

④ 张灯：《〈文心雕龙·序志〉疑义辨析》，《天津师大学报》1995年第4期。

即刘勰所谓“凭性”,因为“存乎我”,“立德之基有常”,故而刘勰说“凭性良易”。所以“逐物”是建立功业的意思,建立功业需要“得之于时势”,故而是困难的;“凭性”用陆机文章的话就是“立德”,用刘勰《序志》篇的话就是“树德建言”,且重点偏于“建言”,“树德建言”,循心凭性即可,不须借助外力,故而“良易”。后面“傲岸泉石”四句都是顺着“凭性”即“树德建言”的意思说下来的,文意顺畅。唐人李翱《寄从弟正辞书》曰:“贵与富在乎外者也,吾不能知其有无也,非吾求而能至者也,吾何爱而屑屑于其间哉?仁义与文章,生乎内者也,吾知其有也,吾能求而充之者也,吾何惧而不为哉!”正可借来解释刘勰这八个字的意思。

【扩展阅读】

杨明照:《梁书刘勰传笺注》,《文心雕龙校注拾遗》,第385—413页,上海古籍出版社1982年版。

梅运生:《刘勰与〈梁书·刘勰传〉》,《安徽师大学报(哲学社会科学版)》1998年第4期。

王运熙:《文心雕龙的宗旨、结构和基本思想》,《复旦学报(社会科学版)》1981年第5期。

张少康:《刘勰及其〈文心雕龙〉研究》第一章“刘勰的家世、生平和思想”,北京大学出版社2010年版。

◎作者讲课实录:

第二讲　原道、征圣、宗经

刘勰在《序志》篇中说："盖《文心》之作也，本乎道，师乎圣，体乎经，酌乎纬，变乎骚，文之枢纽，亦云极矣。"（第248页）说的是《文心雕龙》前五篇《原道》《征圣》《宗经》《正纬》和《辨骚》，他称之为"文之枢纽"，是写好文章的关键、中心问题。《原道》《征圣》《宗经》《辨骚》四篇，我们接下来要专门来谈，这里先提一下《正纬》。秦汉以后很长一段时间内盛行谶纬之风，比附经典，制造纬书，解释灾异等现象，自神其说，内容诡异驳杂。西晋挚虞的《文章流别集》就收录了图谶纬书。他在《文章流别志论》中说："图谶之属，虽非正文之制，然取其纵横有义，反覆成章。"刘勰在《文心雕龙·正纬》篇说，纬书"事丰奇伟，辞富膏腴，无益经典，而有助文章。是以后来辞人，采摭英华"（第15页）。既然纬书中新奇之事和富丽之辞为后代文人所取资，那就不能不谈。刘勰标以"正纬"二字，意即以经正纬，"芟夷谲诡，采其雕蔚"（第16页），辨正其中虚诞荒谬的内容，汲取其中有益文章的成分。

正如《原道》篇所说："道沿圣以垂文，圣因文而明道。"道通过圣人以文辞（即"五经"）彰显于世，圣人通过文辞以显明道。道、圣、经三者是联为一体的，故而我们接下来放在一起谈。

一　文本原于道

《原道》篇开始就说：

> 文之为德也大矣，与天地并生者，何哉？夫玄黄色杂，方圆体分：日月叠璧，以垂丽天之象；山川焕绮，以铺理地之形。此盖道之文也。仰观吐曜，俯察含章，高卑定位，故两仪既生矣。惟人参之，

性灵所钟,是谓三才。为五行之秀,实天地之心,心生而言立,言立而文明,自然之道也。旁及万品,动植皆文,龙凤以藻绘呈瑞,虎豹以炳蔚凝姿;云霞雕色,有逾画工之妙;草木贲华,无待锦匠之奇。夫岂外饰,盖自然耳。至于林籁结响,调如竽瑟;泉石激韵,和若球锽;故形立则章成矣,声发则文生矣。夫以无识之物,郁然有彩,有心之器,其无文欤!(第2页)

“文之为德”的德字,一般理解为功用,但是接下来后文并非谈文章功用的问题。《周易·系辞传》曰:“天地之大德曰生。”这个德,即指本性。“文之为德”的德,也可以理解为本性。这一段是在谈文之本性,渊源于道。第一句是谈文与天地并生,自有天地即有文,其意是在赞叹文的本性之伟大。自天地始判,就有了文,天上日月的光辉、地上山川的风景,都是“道之文”,是自然本身具有的文采。人与天地并立而三,是万物中最具有智慧的,明乎仁、义、礼、智、信,居于天地之中,感应天地之动,而有了思想感情,需要通过语言和文字以显明。这是自然而然的道理。天地间的动、植万物,不须自外的雕饰,皆自然而然地拥有美丽的形色、悦耳的声音,更何况为“天地之心”的人,怎么可能没有文呢?

这里,刘勰把人类的文章和自然的文采等同起来,鲁迅曾批评“其说汗漫,不可审理”(《汉文学史纲要》),但这正是古人特别是六朝“儒道合流”时期人们的一种思维方式,即将人类的社会现象、名教法则的源头追溯至天地自然,人类的一切现象只要源于自然、合乎自然,便是合理的。刘勰这一段里的“自然之道”,按字面意思解释即自然而然的道理。这可能受到郭象“独化”论的影响。郭象认为世界万物的存在是“自然”“无主”的,不是任何外因的结果。他注《庄子》说:“造物无主,而物各自造。”(《齐物论注》)“生者亦独化而生耳。”(《知北游注》)刘勰论天文、地文和人文的产生,没有归结于道或其他什么本体,而是认为文之出现是自然而然的,这未尝不是受郭象“独化”论的启发。

接着,刘勰转而专论人文。初庖牺氏作《易》之八卦显现神明,《河图》《洛书》彰显神理;后“鸟迹代绳,文字始炳”,《尚书》《诗经》中记载唐尧、虞舜和夏、商、周代的文明;后“夫子继圣,独秀前哲”,孔子删《诗》《书》,订《礼》《乐》,“镕钧《六经》”,彰显天地大道辉光,使天下百姓文明开化。自上古的圣人至孔子，都是本源于道心、神理，仰观天文变化的运数，确立人类的纲纪法度，创立经典，教化百姓。“道沿圣以垂文，圣因文以明道”，天地之道和人类的常理通过圣人的文章彰显出来，圣人通过文章以显明天地和人类之道。圣人作的经典，因为蕴含着大道，故而能够鼓动天下，发生远大的影响。

二　圣人贵文、圣文雅丽

刘勰《征圣》篇说：“先王声教，布在方册。”（第5页）方是木牍，册是竹简，代指书籍。古代的圣贤重视文章，对于文辞发表过精当的见解，还保留在各种经典中，后人应该去钻研深思。“师于圣”，文章的道理应该验证于圣人。

《征圣》篇的首段，刘勰征之于圣人，提出“政化贵文”“事绩贵文”和“修身贵文”三点，以说明文章在社会和个人各方面的重要性。《论语·泰伯》：“子曰：大哉尧之为君也！巍巍乎，唯天为大，唯尧则之。荡荡乎，民无能名焉。巍巍乎，其有成功也，焕乎其有文章！”这是赞美尧的功德，尧能够学习天（则天），广被恩惠，礼义制度（文章）实在太美好了。《论语·八佾》：“子曰：周监于二代，郁郁乎文哉！吾从周。”周朝的礼义制度借鉴于夏商二代，丰富多彩。尧和周时，圣人教化大行，文章焕然，故而孔子表达景仰和赞叹之情。刘勰说，这是“政化贵文之征也”，即孔子论政治教化，重视文章的意义。《左传·襄公二十五年》载郑攻占陈，郑国子产向晋国献捷，慷慨陈词，晋人不能诘，“仲尼曰：《志》有之：‘言以足志，文以足言。’”《左传·襄公二十七年》载宋平公设宴招待晋国赵文子，宾主文辞可法，“仲尼使举（记录）是礼也，以为多文辞”。刘勰说，这是“事绩贵文之征也”，国家的重大事务，特别是外交宾主应对的场合，需要运用恰当的文辞来完成任务。《明诗》篇说，春秋时诸侯外交赋诗，“酬酢以为宾荣，吐纳而成身文”（第23页），在宾主酬酢之间，要善于赋诗言志，既能够委婉曲折地表达意旨，又能够彰显自身的文化修养，也是“事绩贵文”的意思。《礼记·表记》：“子曰：‘君子不以色亲人，情疏而貌亲，在小人，则穿窬之盗也与！’子曰：‘情欲信，辞欲巧。'"事亲尽孝,应该情感真实而言辞得体,刘勰说,这是"修身贵文之征也"。《礼记·大学》说:"自天子以至于庶人,壹是皆以修身为本。"修身是为人之本,而文章对于提高自身的修养具有重要的意义。

至于作文的原则,圣人在经典中提出过明确的要求,后人应该细心地去钻研,"论文必征于圣,窥圣必宗于经"(《征圣》)。《周易·系辞下》曰:"辨物正言,断辞则备。"言辞是用来辨明事物的,因此应该端正,意思明断。《尚书·毕命》曰:"辞尚体要,不惟好异。"文辞须切实简要,准确表达要点,不能标新立异。刘勰征引这些圣人之论,以为立言作文的原则。他说:"圣文之雅丽,固衔华而佩实者也。"(《征圣》)雅丽,雅正而有文采,即扬雄《法言·吾子》篇"诗人之赋丽以则"的"丽以则"的意思。华实是比喻圣人文章言辞巧妙有文采,情志充沛而信实。

刘勰用"丽"称圣人经典,是受到扬雄的影响。扬雄在《法言·寡见》里说:"言不文,典谟不作经。"反过来说,典谟之类的经典,都是很有文采的。其实圣人的"五经",可以谓其雅正,难以说华丽,除了《诗经》和《尚书》《礼记》中的若干篇章外,经典都是比较典雅平实的。刘勰为了矫正当时繁采讹滥的文风,主张宗经,故而标榜经典为雅丽。

三　经典是后世文体的源头,后人作文应宗经

刘勰不是站在经学的立场看待"五经",而是从文论家角度认识"五经"的。"五经"作为"文"的渊薮,呈现出来的姿态是多样的:或简言以达旨,言辞简洁,如《春秋》一字寓褒贬;或博文以该情,如《诗经·豳风·七月》《礼记·儒行》文辞繁博,详备地表达意旨;或明理以立体,表达意理很明畅;或隐义以藏用(《征圣》),辞义精微,意旨隐晦。刘勰在《宗经》篇又论"圣文之殊致",说《周易》旨远辞文,意旨深远,辞有文采;《尚书》深奥,读者若精通《尔雅》,就容易明白《尚书》的文意;《诗经》藻饰文辞,多用比兴手法,意蕴深隐,反复诵读,可以体会诗人的心意;《礼经》确立行为规范,条例细密,遵而行之,历历清楚。《尚书》文字深奥,而表达事理其实很显豁;《春秋》则相反,文辞似乎一看就懂,但背后隐藏着精微的意旨。虽然形态各异,但都是"根柢槃深,

枝叶峻茂，辞约而旨丰，事近而喻远”（第10页）。经典之文，雅而丽，文辞简约浅显而意旨丰厚深远，因而能像“太山遍雨，河润千里”那样，对后来的文章产生深远的影响，是后世文章之渊薮，不竭之源泉。

刘勰认为后世的各种文体，都可以从儒家经典中找到源头：

> 论、说、辞、序，则《易》统其首；诏、策、章、奏，则《书》发其源；赋、颂、歌、赞，则《诗》立其本；铭、诔、箴、祝，则《礼》总其端；纪、传、盟、檄，则《春秋》为根。并穷高以树表，极远以启疆，所以百家腾跃，终入环内者也。（第11页）

《易》中的《系辞》《说卦》《序卦》都重在论理，后世论、说、辞、序等说理文发源于此；《尚书》重在政事，是后世诏、策、章、奏等论政事文章的源头；《诗经》以言志为本，后世赋、颂、歌、赞等抒情文由此派生；《礼经》重在立体，确立人的规矩和祭祀礼仪，后世铭、诔、箴、祝等行礼祭祀场合的文体导源于此；《春秋》是纪事之书，是后世纪、传等记事文和盟、檄等外交军旅文章的发端。后世虽然文体繁杂，但不外乎说理、论事、抒情、行礼、纪事几个方面，都渊源于儒家经典。刘勰之后，颜之推在《颜氏家训·文章》中继续发挥说：“夫文章者，原出‘五经’：诏、命、策、檄，生于《书》者也；序、述、论、议，生于《易》者也；歌、咏、赋、颂，生于《诗》者也；祭、祀、哀、诔，生于《礼》者也；书、奏、箴、铭，生于《春秋》者也。”所论与刘勰大体相同。所不同的是，檄文，刘勰认为滥觞于《春秋》，颜之推说生于《尚书》；箴，刘勰认为始于《礼经》，颜之推则说生于《春秋》。值得注意的是，刘勰在文体论部分“原始以表末”追溯各种文体的产生时，多数都是追溯至经典；但也有例外，如《杂文》篇介绍对问、七、连珠三种文体，分别创始于宋玉、枚乘和扬雄，而不是溯源于经典。

刘勰说：“经也者，恒久之至道，不刊之鸿教也。”（《宗经》）因此后人写作文章，应该宗经：

> 故文能宗经，体有六义：一则情深而不诡，二则风清而不杂，三则事信而不诞，四则义贞而不回，五则体约而不芜，六则文丽而不淫。（第11页）

这六义，是从正反两面提出对于文章情理、风貌、体制、文辞等从内容到形式的具体要求。

一则情深而不诡。刘勰说圣人的经典“洞性灵之奥区”(第9页),深入人心灵最深刻隐微之处,并将它彰显出来。后人若能宗经,作文可以深刻地表达情志,而不诡诈虚伪。刘勰用“诡”字,或有欺诈意,如《正纬》“伎数之士,附以诡术”(第14页);《檄移》“实参兵诈,谲诡以驰旨”(第100页);也有虚假意,如《情采》“采滥辞诡,则心理愈翳”(第155页)。“情深而不诡”的诡是欺骗、虚伪、不真实。《情采》篇批评“后之作者”,“有志深轩冕,而泛咏皋壤;心缠几务,而虚述人外。真宰弗存,翩其反矣”(第154页),心里想的是朝廷官禄、世俗杂物,却虚假地吟咏隐居山林的世外情趣。文章所表达的与真实的人生相反,这就是诡。

二则风清而不杂。刘勰在《风骨》篇里说:“意气骏爽,则文风清焉。”(第140页)可见风清是刘勰对文章的一贯要求。风清就是文章风貌清朗,富有感染力。抒写情志时,若奇与正、雅与俗不谐和地存于一篇文章中,文辞繁乱,文气不能一以贯之,就是杂。如《定势》篇说的“若雅郑而共篇,则总一之势离”(第149页)是风之杂;《辨骚》篇说《楚辞》“风杂于战国”,不像经典那么雅正,而杂有战国纵横家的诡谲风气。

三则事信而不诞。信是真实,诞是虚假。刘勰论文重视真实性,批评《离骚》《天问》中的一些神话传说、虚幻性描叙诡异、谲怪。如《辨骚》篇说:“丰隆求宓妃,鸩鸟媒娀女,诡异之辞。”(第19页)他觉得《离骚》中这些虚幻性的神话故事描写太诡异,不真实。当然,刘勰并不否定夸张的艺术手法。《文心雕龙》中特列《夸饰》篇,称赞《诗》《书》中的夸饰“饰穷其要,则心声锋起”(第178页),夸饰是为了增强文章的表现力,可以强化意义表达,加深对于读者心灵的震撼。但刘勰又说:“夸过其理,则名实两乖。”(《夸饰》)夸张过了头,反而显得荒谬不可信。他觉得汉大赋就有这样的毛病:“《西京》之海若,验理则理无可验,穷饰则饰犹未穷矣。”(第177页)刘勰在《事类》篇又举了一个例子:本来《吕氏春秋·古乐》记载:“昔葛天氏之乐,三人操牛尾,投足以歌八阕。”但司马相如《上林赋》竟说:“听葛天之歌,千人唱,万人和。”曹植《报孔璋书》也承续了这个错误。刘勰认为这是引事乖谬,也属于诞。

四则义贞而不回。贞是正,回是邪曲、邪僻。刘勰在《正纬》篇指出，汉代出现的一些傍经而行的纬书，就具有回邪的毛病。他说："于是伎数之士，附以诡术，或说阴阳，或序灾异，若鸟鸣似语①，虫叶成字②。"（第14页）这些符谶的纬书，"乖道谬典"，就是义回而不正。又如祝这种文体，是用于祀神，须务实诚敬，但从汉代以后就日益泛滥，乃至出现了东方朔《骂鬼》之书。"于是后之谴咒，务在善骂"（《祝盟》），这就落入回邪了。"唯陈思《诘咎》，裁以正义矣"（同上），只有曹植的《诘咎文》，诘问风神雨神制造自然灾害，是持以正义。刘勰在《指瑕》篇指出，曹植的《武帝诔》云"尊灵永蛰"，《明帝颂》云"圣体浮轻"，"永蛰""浮轻"两词本来是用于昆虫的，怎么能够用在至尊的帝王身上呢？据《礼记》，"口泽"本指对母亲的怀念，"如疑"也指为父母送葬，返回时不忍心离开，而潘岳将"口泽"用于悲内兄的哀文，将"如疑"用于伤弱子的哀辞。又如向秀《思旧赋》悼念嵇康，"昔李斯之受罪，叹黄犬之长吟；悼嵇生之永辞，顾日影而弹琴"，刘勰觉得，李斯被腰斩，怎能与嵇康之就义相提并论呢！（第194页）这些都不符合"义贞而不回"的要求。

五则体约而不芜。刘勰重视文辞的简约美，《征圣》篇引用《尚书》"辞尚体要，弗惟好异"，体要意谓切实扼要。刘勰这里的"体约而不芜"，是指文章体制应扼要简约而不繁芜。《风骨》《定势》《镕裁》等篇都涉及这个问题。如《风骨》说"风清骨峻，篇体光华"（第142页），若瘠义肥辞，则无骨，也就是芜。《镕裁》篇说："规范本体谓之镕，剪截浮词谓之裁。裁则芜秽不生，镕则纲领昭畅，譬绳墨之审分，斧斤之斫削矣。骈拇枝指，由侈于性；附赘悬疣，实侈于形。一意两出，义之骈枝也；同辞重句，文之疣赘也。"（第156页）将这些赘疣、骈枝删除，就可以做到"体约而不芜"，否则"辞敷而言重，则芜秽而非赡"。文辞繁复拖沓，不是丰赡，而是芜秽。如箴这种文体，一般较为简约，但西晋潘尼

① 《左传·襄公三十年》：夏五月，"或叫于宋大庙，曰'嘻嘻出出'"。《汉书·五行志》记载："董仲舒以为伯姬如宋五年，宋恭公卒，伯姬幽居守节三十余年，又忧伤国家之患祸，积阴生阳，故火生灾也。"

② 《汉书·五行志》："上林苑中大柳树断仆地，一朝起立，生枝叶，有虫食其叶，成文字，曰'公孙病已立'。"后昭帝崩，无子，征昌邑王贺嗣位，被霍光所废，更立宣帝。宣帝本名"病已"，正应了虫食叶而成的文字。

的《乘舆箴》全文长1221字，刘勰在《铭箴》篇里评其“义正而体芜”（第48页）。潘尼的这篇《乘舆箴》指出“人主所患，莫甚于不知其过；而所美，莫美于好闻其过”，刘勰赞其义正，但批评其文辞繁芜，不符合箴体“摛文也必简而深”的要求。

六则文丽而不淫。刘勰重视文章的辞采，《情采》篇说：“圣贤书辞，总称‘文章’，非采而何！”（第152页）圣人的文章是辞藻华美的，后人写文章当然也应该追求文辞之美。但华美的文辞应简洁而恰当，不能过分繁艳，若“饰羽尚画，文绣鞶帨”（《序志》），文辞浮诡讹滥，反而掩盖了情思的表达。在《物色》篇，刘勰举了很好的例子：

> 故“灼灼”状桃花之鲜，“依依”尽杨柳之貌，“杲杲”为出日之容，“瀌瀌”拟雨雪之状，“喈喈”逐黄鸟之声，“喓喓”学草虫之韵。“皎日”“嘒星”，一言穷理；“参差”“沃若”，两字连形：并以少总多，情貌无遗矣。虽复思经千载，将何易夺？及《离骚》代兴，触类而长，物貌难尽，故重沓舒状，于是“嵯峨”之类聚，“葳蕤”之群积矣。及长卿之徒，诡势瑰声，模山范水，字必鱼贯，所谓诗人丽则而约言，辞人丽淫而繁句也。（第223页）

《诗经》以叠词状物，如《周南·桃夭》“桃之夭夭，灼灼其华。之子于归，宜其室家”，能够做到“一言穷理”，文辞简略而“情貌无遗”。至《楚辞》描摹景物，已趋于重沓繁复，如《招隐士》“山气巃嵸兮石嵯峨，溪谷崭岩兮水曾波”，一句用六个部首为“山”的字；而司马相如等的大赋，辞藻繁复而诡奇，过于“丽”了。

原道、征圣、宗经，是刘勰论文的基本思想，贯穿于《文心雕龙》之始终。刘勰所谓的“道”，其内容是儒家之道，不过是在当时的背景下加以玄学化，即将道自然化，将儒家之道上升为自然之道。刘勰在《程器》篇中主张士人“穷在独善以垂文，达则奉时以骋绩”（第244页），这正是儒家的人生出处观。刘勰多次直接称赞儒家之道，如《杂文》：“惟《七厉》叙贤，归以儒道，虽文非拔群，而意实卓尔矣。”（第60页）东汉崔瑗的《七厉》虽然亡佚，但《杂文》说它“植义纯正”，当是立基于儒家思想。《诸子》篇说商鞅、韩非子“弃孝废仁，镮、药之祸，非虚至也”（第

80页),违背儒家之道,就没有好下场;又说"孟(轲)、荀(卿)所述,理懿而辞雅"(第83页)。刘勰对于前代经学家如马融、郑玄,都表达了敬仰,除《序志》篇外,如《才略》篇曰:"马融鸿儒,思洽登高,吐纳经范,华实相扶。"(第228页)《论说》篇论"注",说:"若毛公之训《诗》,安国之传《书》,郑君之释《礼》,王弼之解《易》,要约明畅,可为式矣。"除王弼解《易》外,毛亨的《毛诗故训传》、孔安国的《古文尚书传》、郑玄的"三礼"注都是儒家的经典。对于石渠论艺、白虎通讲之类朝廷讲论儒经的举措,以及汉武帝的崇儒,他都予以高度的肯定。

"征圣"是《文心雕龙》很多篇章的立论方法,如《风骨》篇引《周书》云"辞尚体要,弗惟好异";《通变》篇"通变则久"语本《易传·系辞下》;《情采》篇"《贲》象穷白,贵乎反本"来自《易经·贲卦》;《程器》开篇云:"《周书》论士,方之梓材。"这些都是征引圣人的论断来佐证自己的观点,或者可以说是对圣人文艺思想的引申阐发。

"宗经"更是贯彻于《文心雕龙》论文体和文章创作的各个方面。如《辨骚》篇以儒家经典为标准评论《楚辞》,就鲜明地体现出宗经思想,刘勰说后代文人作文须"凭轼以倚《雅》《颂》,悬辔以驭楚篇"(第20页),前一句就是宗经的意思。《通变》篇提出"矫讹翻浅,还宗经诰"(第145页),矫正当前文风不良趋势的办法是宗经。《风骨》篇提出"熔铸经典之范,翔集子史之术"(第142页),既要学习经典,又要博参诸子史传。《史传》篇论述撰写史书的要点说:"是立义选言,宜依经以树则;劝戒与夺,必附圣以居宗,然后铨评昭整,苛滥不作矣。"(第75页)孔子编《春秋》为后世撰写史书确立了典范,后人撰史应该附圣依经。《诸子》篇总结魏晋以降的诸子,"述道言治,枝条五经"(第80页),以儒经为主干;诸子辅助儒经,是枝条。《丽辞》篇说明文辞"自然成对",大量列举了《诗经》《尚书》和《周易》的例子。《比兴》篇是直接从《诗经》比兴开始的。《夸饰》篇说:"虽《诗》《书》雅言,风俗训世,事必宜广,文亦过焉。"并说:"大圣所录,以垂宪章。"(第176页)经典中的夸饰,是后代文人的法则。《事类》篇指出《周易》"略举人事",《尚书》"全引成辞",此"乃圣贤之鸿谟,经籍之通矩也"(第180页),意即儒家经典中已引用了大量的成辞、人事,说明用典是文章的通则。

可见,原道、征圣、宗经思想是贯彻于刘勰《文心雕龙》之始终的。

原道、征圣、宗经思想,并不是刘勰的发明。往前追溯,《荀子》是明道、征圣、宗经说的先声。《荀子·劝学》说,学习的历程“始乎诵经,终乎读礼”;学习的目标“始乎为士,终乎为圣人”。《儒效》篇又说:“圣人也者,道之管也。天下之道管是矣,百王之道一是矣,故《诗》《书》《礼》《乐》之道归是矣。”对儒家之道、圣人、经典,荀子推崇备至。西汉末的扬雄,再次提出原道、征圣、宗经的主张。其《法言·吾子》说:“舍五经而济乎道者,末矣。”要想领会儒家之道,不能离开“五经”。又说:“众言淆乱则折诸圣。”这就是“征圣”的思想。荀子和扬雄的思想,对于刘勰有明显的影响;当然,面对各自的时代问题,他们的具体主张也是有差异的。原道、征圣、宗经是后世论文的重要原则,唐宋的古文运动、明代的文章复古、清代的桐城派,无不提倡取法乎上,从经典源头学起,以“五经”为典范,以明道为旨归。刘勰的这一思想流贯于后世文章史中。

【扩展阅读】

牟世金:《刘勰思想三论》,《文史哲》1981 年第 1 期。

王运熙:《〈文心雕龙·原道〉和玄学思想的关系》,《文学评论丛刊》第 18 辑,收入《文心雕龙探索》,《王运熙文集》第 3 卷,上海古籍出版社 2012 年版。

冯春田:《刘勰〈文心雕龙〉“原道”、“徵圣”、“宗经”论的理论及其关系》,《齐鲁学刊》1989 年第 5 期。

詹福瑞:《〈宗经〉与〈文心雕龙〉的理论体系》,《河北大学学报(哲学社会科学版)》1994 年第 4 期。

◎作者讲课实录:

第三讲　奇文郁起,其《离骚》哉:《辨骚》

刘勰在《序志》篇论“文之枢纽”时,提到了“变乎骚”,《文心雕龙》第五篇即为《辨骚》。《离骚》为《楚辞》第一篇,在六朝时期说《离骚》即代指《楚辞》,如《世说新语・豪爽》:“王司州在谢公坐,咏‘入不言兮出不辞,乘回风兮载云旗’。”刘孝标注:“《离骚・九歌・少司命》之辞。”此《离骚》即指《楚辞》。《序志》篇用一“变”字,意即屈原“去圣之未远”,《离骚》是经典之后的新变。《物色》篇论《诗经》描写物色“情貌无遗”,紧接着说:“及《离骚》代兴,触类而长。”这就是“变乎骚”。《比兴》篇在论《诗经》的比兴后说:“楚襄信谗,而三闾忠烈,依《诗》制《骚》,讽兼比兴。”(第173页)这也是“变乎骚”。而刘勰将《文心雕龙》第五篇题作《辨骚》,立意在辨别楚《骚》与经典的同与异,辨别奇与贞、华与实等问题,这是本篇的理论重心。开篇说:“自《风》《雅》寝声,莫或抽绪。奇文郁起,其《离骚》哉!”《楚辞》是经典之后最早的文人创作,其得与失、经验与教训,需要细致辨析。

本篇依次论述四个问题。

一　前人论《骚》,鉴而弗精

最早对《离骚》发表评论的是淮南王刘安。武帝即位初,淮南王刘安入朝献《淮南子》,并奉诏作《离骚传》,“旦受诏,日食时上”(《汉书・淮南王传》),在《离骚传》里第一次对屈原的创作精神给予了高度评价。《离骚传》早已散佚,我们只能从班固《离骚序》节引中看到片段:

> 淮南王安叙《离骚传》,以《国风》好色而不淫,《小雅》怨悱而不乱,若《离骚》者,可谓兼之。蝉蜕浊秽之中,浮游尘埃之外,皭

然泥而不滓，推此志，虽与日月争光可也。

刘勰在《辨骚》篇第一段也只引了这段话，他已经看不到刘安《离骚传》的全文。在汉高祖和文帝时期，淮南王刘安的祖母和父亲先后遭迫害，冤屈致死，“刘安在帝室中，是两世（高祖、文帝）含冤的一系”①。因此，刘安在《离骚传》里称颂《离骚》之“怨悱”、屈原之蝉蜕浊秽可与日月争光，未尝没有引屈原为同调，寄寓内心悲怨的用意。

刘安之后，司马迁对于屈原自沉抱有极大的同情，在《史记》中为屈原立传，并从屈原等人的著述行为中提炼出“发愤著书”的精神以自励。但是刘勰在《辨骚》篇里并没有直接提到司马迁。司马迁《太史公自序》说：“屈原放逐，著《离骚》。……此人皆意有所郁结，不得通其道也，故述往事，思来者。”在《史记·屈原贾生列传》中，司马迁勾勒屈原的生平，高度评价屈原的人格和创作精神，同时也寄寓自己的怀抱。他说：

> 屈平疾王听之不聪也，谗谄之蔽明也，邪曲之害公也，方正之不容也，故忧愁幽思而作《离骚》。离骚者，犹离忧也。……屈平正道直行，竭忠尽智以事其君，谗人间之，可谓穷矣。信而见疑，忠而被谤，能无怨乎？屈平之作《离骚》，盖自怨生也。……其文约，其辞微，其志洁，其行廉，其称文小而其指极大，举类迩而见义远。其志洁，故其称物芳；其行廉，故死不容自疏。

司马迁用一个“怨”字概括屈原创作的内在情感动力。怨，来自屈原的“志洁行廉”与“王听之不聪，谗谄之蔽明，邪曲之害公，方正之不容”的黑暗现实之间不可调和的矛盾冲突。“信而见疑，忠而被谤”，忠贞诚挚却横遭怀疑毁谤，志洁行廉却穷途舛背，因此必然产生痛苦惨怛却无法排遣的怨情，《离骚》就是屈原怨情喷薄而出的发愤之作。司马迁还指出，《离骚》之刺世，在艺术表现上能借古讽今、以小喻大、因迩及远、文约辞微，达到很高的艺术境界。

---

① 徐复观：《两汉思想史》第二卷《〈淮南子〉与刘安的时代》，第 110 页，华东师范大学出版社 2001 年版。

司马迁赞美屈原，是属于自期自励；而西汉后期扬雄推重屈原，则是自悼和自慰。扬雄曾依傍《离骚》《惜诵》等屈原骚赋，作《广骚》《畔牢愁》，可惜今已不存。《汉书》本传载扬雄有《反离骚》，赞美屈原的光辉美德和卓越才华，批评楚国政治的黑暗、奸佞群小的邪恶，对屈原不遇明主、愤而沉江表示深切的同情和惋惜。扬雄又以抱道而居、随遇而安的儒家处世态度批评屈原沉江是过于激烈的行为。

班固继承父亲班彪的遗业修《汉书》，当时汉明帝曾下诏批评司马迁"反微文刺讥，贬损当世，非谊士也"（见班固《典引》），这对于班固评论人物有很大的影响。他曾作《离骚经章句》，已亡佚，现存《离骚赞序》和《离骚序》二篇。在《离骚序》里，班固发展了"君子固穷""明哲保身"的儒家中庸思想，批评屈原说：

> 今若屈原，露才扬己，竞乎危国群小之间，以离谗贼。然责数怀王，怨恶椒、兰，愁神苦思，强非其人，忿怼不容，沉江而死，亦贬絜狂狷景行之士。多称昆仑冥婚宓妃虚无之语，皆非法度之政、经义所载。谓之兼诗《风》《雅》而与日月争光，过矣。然其文弘博丽雅，为辞赋宗，后世莫不斟酌其英华，则象其从容。自宋玉、唐勒、景差之徒，汉兴，枚乘、司马相如、刘向、扬雄，骋极文辞，好而悲之，自谓不能及也。虽非明智之器，可谓妙才者也。

班固认为屈原"露才扬己，竞乎危国群小之间"，是逞其私志的不智行为；对于屈原多称"昆仑""冥婚""宓妃"表现幽怨之情的浪漫瑰奇描写，班固批评为"虚无之语，皆非法度之政，经义所载"。这完全是依据儒家经典的是非标准评判屈原及其作品，以儒家的中庸之道和"温柔敦厚"诗教衡量屈原及其创作。基于此，他不同意淮南王刘安的推崇，只称赞屈赋文辞弘肆广博、华丽典雅，是后代辞赋的宗祖，宋玉、司马相如、扬雄等莫不猎其英华，效其风度，驰骋文藻，尚觉自愧不如。最后班固评价屈原"非明智之器""可谓妙才"，屈原被降格为才华横溢的文人而已。

东汉中后期上层政权中，外戚与宦官的斗争愈趋激烈，一些文士卷入复杂的斗争冲突中，受到贬抑和打击，志向得不到施展，不免怀有怨懑之情。他们从屈原赋中得到情感的共鸣，许多文士发扬了屈原"发愤以抒情”的精神，写作一些抒情小赋，促进了东汉后期抒情赋的勃兴。其中，王逸创作了《九思》(《逢尤》《怨上》《疾世》《悯上》《遭厄》《悼乱》《伤时》《哀岁》《守志》)等作品，直接秉承屈原“发愤抒情”、司马迁“发愤著书”的精神，批评现实政治的险恶、黑暗，表达遭受贬黜和压迫的幽思。王逸还撰著《楚辞章句》，是现存最早的《楚辞》注本。虽也是从儒家的思想标准来认识和评价屈原及其创作，但是与班固所谓“君子道穷，命矣”的宿命论、明哲保身态度不同，王逸认为：

> 人臣之义，以忠正为高，以伏节为贤，故有危言以存国，杀身以成仁。是以伍子胥不恨于浮江，比干不悔于剖心，然后忠立而行成，荣显而名著。若夫怀道以迷国，佯愚而不言，颠则不能扶，危则不能安，婉娩以顺上，逡巡以避患，虽保黄耇，终寿百年，盖志士之所耻，愚夫之所贱也。(《楚辞章句序》)

人臣应该忠贞节义，具有危言存国、杀身成仁的勇气和正义，哪怕用生命来捍卫忠贞正义也是值得的，必然荣名不朽。反过来，那些苟容求合之辈，明哲保身，不敢抗言直谏，不能扶颠安危，只是委曲求全，小心自保，即使寿终百年，也是为世人所不齿的。同样是从儒家人生观、文艺观出发，王逸能大胆肯定屈原愤懑的怨情和直谏的勇气。他又说：

> 而屈原履忠被谮，忧悲愁思，独依诗人之义，而作《离骚》，上以讽谏，下以自慰。遭时暗乱，不见省纳，不胜愤懑，遂复作《九歌》以下凡二十五篇。……今若屈原，膺忠贞之质，体清洁之性，直若砥矢，言若丹青，进不隐其谋，退不顾其命。此诚绝世之行，俊彦之英也。[①] (同上)

可见，王逸虽然也是依经立论，依照儒家经典标准来评论屈原，但是他不是秉持儒家所谓“温柔敦厚”“主文而谲谏”的原则来论屈原，而是发挥《诗经》的讽谏精神，肯定屈原切直讽谏、勇于斗争的精神。

刘勰在《辨骚》里列举了刘安、班固、王逸、扬雄各家的评论和汉宣帝的嗟叹，然后评论说：“褒贬任声，抑扬过实，可谓鉴而弗精，玩而未

---

① [汉]王逸：《王叔师集》，《汉魏六朝百三家集》本。

核者也。”(第18页)他认为上述各家的评价,不论褒贬抑扬,都依据一己之喜好,随意评断,不切合屈原作品的实际。刘勰在《知音》篇中说到文学评论存在不公正现象,“会己则嗟讽,异我则沮弃”(第237页)。汉代人对于屈原的评论,看似任意褒贬,其实与每一个评论者所处的时代政治、思想文化背景及个人的情怀是有关系的。

二 依经论《骚》,四同四异

《辨骚》篇第二段,刘勰以经典为标准评论《楚辞》。《楚辞》是经典的新变,从时间上说,离经典最近。《辨骚》篇说《离骚》“轩翥诗人之后,奋飞辞家之前。岂去圣之未远,而楚人之多才乎?”(第18页)轩翥,是展翅高飞的意思。辞家,指汉代写大赋的辞人。屈原《离骚》,正是介于《诗三百》与汉大赋之间,既有圣人的沾溉,又源于“楚人多才”,故而取得很高的成绩。《通变》篇说:“暨楚之骚文,矩式周人。”(第145页)《事类》篇:“屈宋属篇,号依诗人。”(第180页)都是说楚《骚》能够依循周人的法度。刘勰感慨后人“去圣久远,文体解散”(《序志》),反过来说,楚《骚》离圣人不远,经典的法度依然存在,而又能自开门户,自铸伟辞,因此可以依据经典进行评论,察其同与异、通与变。

> 将核其论,必征言焉。故其陈尧、舜之耿介,称禹、汤之祗敬:典诰之体也。讥桀、纣之猖披,伤羿、浇之颠陨:规讽之旨也。虬龙以喻君子,云蜺以譬谗邪:比兴之义也。每一顾而掩涕,叹君门之九重:忠怨之辞也。观兹四事,同于《风》《雅》者也。(第19页)

征言是刘勰阐述理论的一个基本方法。《征圣》篇云:“征之周孔,则文有师矣。”征信于周公、孔子关于文辞的论断,确立他的理论根基。《辨骚》篇依经论《骚》也是采取征言的方法。先说同于《风》《雅》的四点:

1.**典诰之体**。《离骚》曰:“彼尧、舜之耿介兮,既遵道而得路。”又曰:“汤禹严而祗敬兮,周论道而莫差。”这是述远古圣人的至道,善者美之,示人主以规范,符合《尚书》中《尧典》《汤诰》的体要。

2.**规讽之旨**。《离骚》曰:“何桀、纣之昌披兮,夫唯捷径以窘步。”

又曰:“羿淫游以佚田兮,又好射夫封狐;固乱流其鲜终兮,浞又贪夫厥家。浇身被于强圉兮,纵欲杀而不忍;日康娱以自忘兮,厥首用夫颠陨。”后羿、夏桀、商纣是前代荒淫昏庸误国的君主,寒浞和其子浇是乱臣贼子,最终颠陨败亡。屈原引述这些古事,恶者刺之,旨在规讽、警醒人主。此前,班固《离骚赞序》论屈原“上陈尧、舜、禹、汤、文王之法,下言羿、浇、桀、纣之失,以风怀王”,为刘勰所本。刘勰在《明诗》里说:“楚国讽怨,则《离骚》为刺。”(第 23 页)这种“规讽之旨”和《诗经》讥刺过失的精神是一致的。

3.**比兴之义**。《九章·涉江》曰:“驾青虬兮骖白螭,吾与重华游兮瑶之圃。”王逸解释前一句:“虬、螭,神兽,宜于驾乘,以喻贤人清白,宜可信任也。”《离骚》曰:“飘风屯其相离兮,帅云霓而来御。”王逸解释后一句:“云霓,恶气也,以喻佞人。”刘勰遵从王逸的解释,说这是“比兴之义”。在《比兴》篇里刘勰也说屈原“依《诗》制《骚》,讽兼比兴”(第 173 页)。此外,刘勰在《颂赞》篇里还说:“及三闾《橘颂》,情采芬芳,比类喻意,又覃及细物矣。”(第 37 页)指出屈原对于比兴有所发展,以赞颂一些细小之物来喻意。

4.**忠怨之辞**。《九章·哀郢》曰:“望长楸而太息兮,涕淫淫其若霰。过夏首而西浮兮,顾龙门而不见。”宋玉《九辩》曰:“岂不郁陶而思君兮,君之门以九重。”表达的是对君主忠爱而又进身无门的哀怨。司马迁《史记·屈原贾生列传》论屈原“信而见疑,忠而被谤,能无怨乎?”刘勰继承司马迁的评论,概括为忠怨。在《程器》篇,他还赞叹“屈(原)、贾(谊)之忠贞”(第 241 页)。

刘勰认为《楚辞》这四点是同于《风》《雅》的。综合而言,这四点更多侧重于屈原的怀抱和作品的意旨。接着又说《楚辞》与经典不同的四个方面:

> 至于托云龙,说迂怪,丰隆求宓妃,鸩鸟媒娀女:诡异之辞也。康回倾地,夷羿彃日,木夫九首,土伯三目:谲怪之谈也。依彭咸之遗则,从子胥以自适:狷狭之志也。士女杂坐,乱而不分,指以为乐;娱酒不废,沉湎日夜,举以为欢:荒淫之意也。摘此四事,异乎经典者也。(第 19 页)

1.诡异之辞。《离骚》曰:“吾令丰隆乘云兮,求宓妃之所在。”王逸注:“丰隆,雷师。宓妃,神女也。”又曰:“望瑶台之偃蹇兮,见有娀之佚女。吾令鸩为媒兮,鸩告余以不好。”有娀,传说中的国名。佚女,美女。鸩,鸩鸟,有毒。这都是神话传说中的人与物,故而刘勰说是“诡异之辞”。

2.谲怪之谈。《天问》曰:“康回冯怒,地何故以东南倾?”王逸注:“康回,共工名也。《淮南子》言,共工与颛顼争为帝,不得,怒而触不周之山,天维绝,地柱折,故东南倾。”《天问》又曰:“羿焉彃(按,用箭射)日,乌焉解羽?”王逸注:“《淮南》言,尧时十日并出,草木焦枯,尧令羿仰射十日,中其九日,日中九乌皆死,堕其羽翼。”《招魂》曰:“一夫九首,拔木九千些。”王逸注:“言有丈夫,一身九头,强梁多力,从朝至暮,拔大木九千枚也。”《招魂》又曰,土伯“三目虎首,其身若牛些”。王逸注:“言土伯之头,其貌如虎,而有三目。”这些也是荒诞不经的虚构,刘勰说是“谲怪之谈”。在《诸子》篇里刘勰说:“《列子》有‘移山跨海’之谈,《淮南》有‘倾天折地’之说,此踳驳之类也。”(第 80 页)《列子》中有愚公移山的故事,又说龙伯国的巨人跨几步就可以到达海中蓬莱、方丈等山;《淮南子》记载共工和颛顼争为帝,共工怒而触不周之山,天柱折,地维绝。这些都是远古时代的神话传说,刘勰视之为“踳驳”,即荒诞不经,可以与这里的谲怪之谈相参照。对这类神话性的虚构,刘勰是持批评态度的。其实在儒家经典里,也不乏此类内容,如《左传》就记载了不少荒诞的故事,《诗经》也有一些是吟颂神话的。

值得注意的是,从刘勰所列举的例子来看,“诡异之辞”和“谲怪之谈”在今天看来都是虚幻不实的想象,刘勰为什么一分为二呢?笔者认为,除了行文整齐的要求外,可能还是有意义差别的。“诡异之辞”所举,如“宓妃佚女,以譬贤臣”(王逸《离骚经序》),一般是具有正面意义的神话;而“谲怪之谈”所举的康回、后羿、木夫、土伯等都是负面甚至邪恶的故事。可以看出“诡异之辞”和“谲怪之谈”,就像“典诰之体”与“规讽之旨”一样,意思是相对的。

3.狷狭之志。《离骚》曰:“虽不周于今之人兮,愿依彭咸之遗则。”王逸注:“彭咸,殷贤大夫也。谏其君不听,自投水而死。”《悲回风》曰:

“浮江淮而入海兮，从子胥而自适。”刘勰认为这种或自沉或远遁的想法，不能和光同尘，都是心胸褊急狭隘的表现，是“狷狭之志”。

4.**荒淫之意**。《招魂》曰：“士女杂坐，乱而不分些。”又曰：“娱酒不废，沉日夜些。”描写男女杂坐，日夜沉湎于酒，恣意调戏淫乱，刘勰说是“荒淫之意”。

刘勰以经典为标准来衡量《楚辞》，提出“四同四异”的说法，这种“依经论骚”的思维方式，上承汉代班固、王逸等人，向下对于后代的文学批评有深远的影响。若仔细考察刘勰论《楚辞》，会发现同样是依经论骚，刘勰更接近于班固，与王逸差异较大。如前所引，班固在《离骚序》里，批评屈原“忿怼不容，沉江而死，亦贬絜狂狷景行之士。多称昆仑冥婚宓妃虚无之语，皆非法度之政、经义所载”。这是为刘勰所继承的。王逸在《离骚经序》里视子胥浮江、比干剖心为杀身成仁，给予肯定，与刘勰所谓狷狭之志的评价是不同的。在王逸看来，宓妃佚女等叙写“其词温而雅，其义皎而朗”，而刘勰则批评为“诡异之辞”。此外，王逸把《离骚》与《诗经·抑》“匪面命之，言提其耳”相比，觉得屈原还算是“优游婉顺”的。他对屈原的怨愤有较为深切的认同，尽管也是依经立论，但更强调儒家杀身舍生、不屈不挠的伟岸品格和激切讽谏的批判精神。而刘勰更拘守于儒家中庸的思想，更倾向于班固明哲保身的人生态度。

通过依经立论而对《楚辞》加以辨析，刘勰概括说：“固知《楚辞》者，体宪于三代，而风杂于战国，乃《雅》《颂》之博徒，而词赋之英杰也。观其骨鲠所树，肌肤所附，虽取镕经旨，亦自铸伟辞。”（第 19 页）《楚辞》既秉承了《诗》《书》的精神，也夹杂着战国的风气；失去经典的雅正典则，只能算是经典的低贱的博徒；《楚辞》为汉代辞赋开辟了道路，在辞赋中可称得上英雄豪杰。《楚辞》合乎经典的四个方面，是取镕经旨；同时能够自铸伟辞，而惊采绝艳，恰当地做到会通适变。在《事类》篇里，刘勰说：“观夫屈、宋属篇，号依诗人，虽引古事，而莫取旧辞。”这也属于取镕经旨和自铸伟辞的两个层面。

三　衣被词人，非一代也

前面说《楚辞》是词赋之英杰，接下来，刘勰论《楚辞》对后代的影响：

> 自《九怀》以下，遽蹑其迹；而屈、宋逸步，莫之能追。故其叙情怨，则郁伊而易感；述离居，则怆怏而难怀；论山水，则循声而得貌；言节候，则披文而见时。是以枚、贾追风以入丽，马、扬沿波而得奇。其衣被词人，非一代也。故才高者菀其鸿裁，中巧者猎其艳辞，吟讽者衔其山川，童蒙者拾其香草。（第20页）

刘勰说，自西汉王褒《九怀》以下的辞赋，无不效法《楚辞》，但无人能追得上屈原、宋玉超绝的步伐，言外之意是屈原、宋玉的精神在汉人辞赋中迷失了。司马迁早在《史记·屈原贾生列传》里就说过："屈原既死之后，楚有宋玉、唐勒、景差之徒者，皆好辞而以赋见称；然皆祖屈原之从容辞令，终莫敢直谏。"司马迁是专为屈原立传，故而将屈原与宋玉等人分开，说屈原的直谏勇气没有得到继承，宋玉、唐勒、景差和汉代辞赋家都不敢直谏，只是效法屈原的从容辞令。班固在《汉书·艺文志》中也说屈原"作赋以讽，咸有恻隐古诗之义。其后宋玉、唐勒，汉兴，枚乘、司马相如，下及扬子云，竞为侈丽闳衍之词，没其风谕之义"。司马迁说后人莫敢直谏，班固说汉辞赋家"没其风谕之义"，刘勰说"而屈宋逸步，莫之能追"，意思是相近的。

刘勰又指出屈原、宋玉作品叙情怨、述离居，情感悲怨深切，富有感染力；叙写山水和节候，形象逼真，生动贴切。刘勰在《杂文》篇说："宋玉含才，颇亦负俗，始造对问，以申其志，放怀寥廓，气实使文。"（第58页）申志放怀，也就是"叙情怨"的意思。《比兴》篇说："宋玉《高唐》云：'纤条悲鸣，声似竽籁。'此比声之类也。"（第174页）可以帮助我们理解"论山水，则循声而得貌"。又《物色》篇举《楚辞·九歌·少司命》"秋兰兮青青，绿叶兮紫茎"二句评说"凡摛表五色，贵在时见"（第223页），即"言节候，则披文而见时"的意思。同篇又说："屈平所以能洞监《风》《骚》之情者，抑亦江山之助乎？”（第225页）意谓《楚辞》的惊采绝艳，得益于楚地瑰丽奇秀的山水风物。

刘勰说，屈、宋《楚辞》嘉惠于后世辞赋家非止一代，影响深远。《时序》篇说：“爰自汉室，迄至成、哀，虽世渐百龄，辞人九变，而大抵所归，祖述《楚辞》，灵均余影，于是乎在。”（第213页）这正是“衣被词人，非一代也”的意思。枚乘、贾谊、司马相如、扬雄等，得其奇丽，或铺张扬厉，学其宏大的体制，或猎其艳丽的辞藻，或在描写风景、吟咏物色方面向屈宋学习。《楚辞》在汉赋形成史上具有重要的意义。《才略》篇说：“相如好书，师范屈、宋，洞入夸艳，致名辞宗。”（第228页）汉代司马相如创作辞赋取得辉煌成就，正是得益于学习屈原、宋玉的骚赋。在《诠赋》篇，刘勰明确地说：“及灵均唱《骚》，始广声貌。然则赋也者，受命于诗人，而拓宇于《楚辞》也。”（第33页）赋体虽然滥觞于《诗经》，真正的发育是在《楚辞》中。关于屈骚对汉赋的影响，前人多有论述，如班固《离骚序》说：“然其文弘博丽雅，为辞赋宗，后世莫不斟酌其英华，则象其从容。自宋玉、唐勒、景差之徒，汉兴，枚乘、司马相如、刘向、扬雄，骋极文辞，好而悲之，自谓不能及也。”不过刘勰的论述更为深入，更为细致。

四　后世为文，须斟酌奇贞与华实

那么，后人创作辞赋，该如何向《楚辞》学习呢？刘勰《辨骚》篇最后回答了这个问题：

> 若能凭轼以倚《雅》《颂》，悬辔以驭楚篇，酌奇而不失其贞，玩华而不坠其实；则顾盼可以驱辞力，欬唾可以穷文致，亦不复乞灵于长卿，假宠于子渊矣。（第20页）

刘勰说后人写辞赋，不必乞灵、假宠于王褒和司马相如，应该取法乎上，向《诗经》《楚辞》学习，不能取法乎下。刘勰在《才略》篇批评司马相如的赋理不胜辞，《程器》篇说司马相如有文无质，《物色》篇说司马相如等人“诡势瑰声”，属于“辞人丽淫而繁句”，所以真正取法的对象不应该是司马相如等汉赋作家，而是《诗》《骚》。刘勰提出学《骚》与宗经相结合。古人云："登车而有所礼则式。"式即凭轼。他用"凭轼"来比喻倚靠《雅》《颂》，即宗经的意思。"悬辔"即《通变》篇"长辔远驭"的意思，先总摄纲纪，抓住要点，然后才可以从容驰骋，即"悬辔以驭楚篇"。所以在"倚《雅》《颂》"与"驭楚篇"之间是有主次之分的。酌取奇伟、玩味华艳，即驭楚篇；但不能失去雅正和朴实，即须倚《雅》《颂》。

刘勰阐述作文的道理，"擘肌分理，唯务折衷"。《辨骚》篇论奇与贞（即"正"）、华与实，就体现了这一思维特征。《定势》篇说："奇正虽反，必兼解以俱通……若爱典而恶华，则兼通之理偏。"（第149页）正确处理奇与正的关系应"执正以驭奇"，而不能"逐奇而失正"（《定势》）。至于华与实，刘勰虽说过"华实异用"（《明诗》），但最理想的还是"华实相扶"（《才略》）、"华实相胜"（《章表》）。《诸子》篇说"洽闻之士，宜撮纲要，览华而食实，弃邪而采正。极睇参差，亦学家之壮观也"（第80页），也即"酌奇而不失其贞，玩华而不坠其实"的意思。

【扩展阅读】

王运熙：《刘勰为何把〈辨骚〉列入"文之枢纽"？》，原载《光明日报》1964年8月23日，收入《文心雕龙探索》，《王运熙文集》第3卷，上海古籍出版社2012年版。

张利群：《"辨骚"与"变乎骚"的批评学意义——从对屈原论争的评价看刘勰的作者批评观》，《山西师大学报（社会科学版）》2002年第4期。

王运熙：《〈文心雕龙〉的〈正纬〉与〈辨骚〉》，《复旦学报（社会科学版）》1985年第2期。

◎作者讲课实录：

第四讲　诗有恒裁,思无定位:《明诗》

《文心雕龙》自《明诗》以下的二十篇,属于文体论,每篇一般分“原始以表末”“释名以章义”“选文以定篇”“敷理以举统”四个部分,论述各种文体的起源流变、命名意义、代表性作家作品和写作要点。

一　“言志”与“诗者,持也”

《明诗》开篇就释名章义,解释诗的名义:

> 大舜云:“诗言志,歌永言。”圣谟所析,义已明矣。是以“在心为志,发言为诗”,舒文载实,其在兹乎!诗者,持也,持人情性;三百之蔽,义归“无邪”,持之为训,有符焉尔。(第23页)

关于诗,最早的论述是《今文尚书·尧典》“诗言志,歌永言,声依永,律和声”这一段文字。志是人内在的思想情感,一切怀抱都可以称为志。诗歌是人内在思想感情的语言表达。早期先民,诗、乐、舞三位一体,不相分离。《毛诗大序》具体解释说:“诗者,志之所之也,在心为志,发言为诗。”诗是人的情志之所至。心中的情志通过语言表现出来,就是诗。刘勰秉承了传统“诗言志”的说法,同时又接受了汉代纬书的解释。《诗纬含神雾》云:“诗者,持也。”这是古代的音训方法,用音相同或相近的字来解释本字。汉人如此解释诗的名义,可能是受到荀子的影响。《荀子·乐论》就说先王担心民众因情感冲动而混乱,“故制《雅》《颂》之声以道(按,同‘导’)之”,“足以感动人之善心,使夫邪污之气无由得接焉”。这个“道(导)”,就近似于汉人的“持”。刘勰接受“诗者,持也”的解释,并引申为“持人性情”,诗歌不是诗人的情欲宣泄,而是“发乎情,止乎礼义”,“主文而谲谏”,有节制地、委婉含蓄地抒写出来,因此义归“无邪”。“诗者,持也”与“诗言志”是不矛盾的:言志是诗之体,“持人性情”是诗之用。但这个“持”字可以有不同方向的理解,如唐人成伯玙《毛诗指说》解释说:“在于敦厚之教,自持其心;讽刺之道,可以扶持邦家者也。”向内养成温柔敦厚的性情,是自持其心;向外讽刺不良的政治,是扶持国家。刘勰的“持人性情”,包括“扶持邦家”的内容,从下文他重视“顺美匡恶”和“匡谏之义”可以看出。这与钟嵘《诗品序》解释“诗可以怨”只注意于“使穷贱易安,幽居靡闷”的一面而未涉及“怨刺上政”是略有不同的。六朝时期,许多文论家常有意回避诗歌讽喻时政的功能,刘勰继承儒家的文论思想,对于讽谏的意义多有强调。至唐人孔颖达《毛诗正义》曰:“作者承君政之善恶,述己志而作诗,为诗所以持人之行,使不失坠,故一句而三训也。”对诗的内涵作出更丰富的解释。

二　论历代诗歌

刘勰说:“人禀七情,应物斯感,感物吟志,莫非自然。”(第23页)人是“性灵所钟”(《原道》),禀受喜、怒、忧、思、悲、恐、惊七种感情,不学而能,因外物的感动而起;情感兴起后,便需要吟咏出来,这是自然而然的事。《原道》篇说“心生而言立,言立而文明,自然之道也”(第1页),《物色》篇说“春秋代序,阴阳惨舒;物色之动,心亦摇焉”(第222页),都可以拿来与这里的“莫非自然”相参照。因为感物兴情,需要吟咏出来,于是便有了诗。接着刘勰“原始以表末”,梳理和评论历代诗歌的演化过程。

1.远古诗歌,辞达而已。“昔葛天乐辞,《玄鸟》在曲;黄帝《云门》,理不空弦。至尧有《大唐》之歌,舜造《南风》之诗,观其二文,辞达而已。”(第23页)这是根据《吕氏春秋》《周礼》《尚书大传》等记载远古圣人时代诗乐的传说。然而早期诗乐多已不存,只有《孔子家语》记载:

> 昔者,舜弹五弦之琴,造《南风》之诗。其诗曰:“南风之薰兮,可以解吾民之愠兮;南风之时兮,可以阜吾民之财兮。”

司马迁曰："南风者，生长之音也。"舜广施德化，天下大治，百姓心欢，故歌此诗。刘勰引用孔子的话评曰："辞达而已。"意即朴实而不华丽。

2.**顺美匡恶，其来久矣**。"及大禹成功，九序惟歌；太康败德，五子咸怨：顺美匡恶，其来久矣。"（第23页）善政则歌颂赞美，败德便怨刺讽喻。这种美刺的传统，是很悠久的。夏启崩后，子太康立，败德失国，兄弟五人作歌以怨。《尚书·夏书》载《五子之歌》，其二曰：

> 训有之，内作色荒，外作禽荒。甘酒嗜音，峻宇雕墙。有一于此，未或不亡。

刘勰所谓"顺美匡恶"四字，本于郑玄的《诗谱序》："论功颂德，所以将顺其美；刺过讥失，所以匡救其恶。"是儒家诗论的传统。

3.**四始六义**。"自商暨周，《雅》《颂》圆备，四始彪炳，六义环深。子夏监绚素之章，子贡悟琢磨之句，故商、赐二子，可与言诗。"（第23页）"四始"最早见于《毛诗大序》，指"风""大雅""小雅""颂"。郑玄笺曰："始者，王道兴衰之所由。"人君行之则为兴，废之则为衰。"六义"是指《毛诗大序》所谓风、赋、比、兴、雅、颂。《文心雕龙》专列《比兴》篇，《诠赋》篇和《颂赞》篇的颂体分别追溯到《诗经》的赋和颂。《论语》中记载孔子与子夏、子贡谈论诗的例子，刘勰称引此事，说明诗歌具有感发意志、培养人格的重要意义。在《文心雕龙》里，刘勰对于儒家"五经"格外重视《诗经》，甚至可以说是用文学的眼光来认识《诗经》的，《情采》篇说："昔诗人什篇，为情而造文；辞人赋颂，为文而造情。"（第154页）扬雄已将诗人和辞人对举，而刘勰在这里更进一步，不仅将诗人和辞人对举，更标举"诗人"——《诗三百》的作者"为情而造文"，是后世文人的模范。

4.**李陵、班姬见疑于后代**。自《诗经》之后，刘勰又梳理从《楚辞》到汉武帝时的柏梁体，再到汉成帝时的诗歌，然而大多已经不存。其中汉初高祖时韦孟作《讽谏》诗，刘勰称赞其"匡谏之义，继轨周人"（第23页）。西汉辞人留下来的作品，"莫见五言，所以李陵、班婕妤见疑于后代也"（第23页）。所谓"见疑于后代"，现可知在刘勰之前，刘宋时的颜延之《庭诰》就说："逮李陵众作，总杂不类，元是假托，非尽陵制。

至其善写，有足悲者。”颜延之说“非尽陵制”，意思是有真有伪。刘勰说“见疑于后代”，但他自己并没有表示怀疑。后世传为李陵的诗歌十一首，《文选》只录了李陵《与苏武诗》三首，说明当时人认为“非尽陵制”。

其一

良时不再至，离别在须臾。屏营衢路侧，执手野踟蹰。仰视浮云驰，奄忽互相逾。风波一失所，各在天一隅。长当从此别，且复立斯须。欲因晨风发，送子以贱躯。

其二

嘉会难再遇，三载为千秋。临河濯长缨，念子怅悠悠。远望悲风至，对酒不能酬。行人怀往路，何以慰我愁。独有盈觞酒，与子结绸缪。

其三

携手上河梁，游子暮何之。徘徊蹊路侧，悢悢不能辞。行人难久留，各言长相思。安知非日月，弦望自有时。努力崇明德，皓首以为期。

此外《文选》还载有苏武诗四首，其中有“俯仰江汉流”句，苏轼在《答刘沔都曹书》中据“江汉”二字与苏武在长安作诗不合而断为齐梁人拟作。今人多认为李陵、苏武诗均系六朝人拟作。其实刘勰只提到李陵的诗歌，未提及苏武诗，钟嵘《诗品》也只提到李陵的诗歌，上中下三品均未列苏武。① 可见在刘勰、钟嵘眼里，李陵诗歌并非都是伪作，而苏武诗乃后人拟作，故而不提。

5.五言渊源久远。自魏晋以后，五言代替四言而成为最重要的一种诗歌体制，这种体制的源头更为久远。晋代挚虞《文章流别论》说：“五言者，‘谁谓雀无角，何以穿我屋’之属是也。”“谁谓”二句出自《诗经·召南·行露》，《诗经》以四言为主，只是偶尔夹杂一两句五言，没有全篇都是五言的。刘勰也运用这种方法，说：“按《召南·行露》，始肇半章；孺子《沧浪》，亦有全曲；《暇豫》优歌，远见春秋；邪径童谣，近

① 《诗品序》有“子卿《双凫》”，然今人多认为“子卿”是“少卿”（李陵字）之误。

在成世:阅时取证,则五言久矣。”其实《沧浪》歌多用“兮”字,《暇豫》歌四句,三句为五言,都不能说是完整的五言诗。唯刘勰提到的“邪径童谣”,为汉成帝时歌谣,是完整的五言诗:“邪径败良田,谗口乱善人。桂树华不实,黄爵巢其颠。故为人所羡,今为人所怜。”钟嵘《诗品序》追溯五言诗的源头,提供了新的依据,说:“《夏歌》曰:‘郁陶乎予心。’《楚谣》曰:‘名余曰正则。’虽诗体未全,然是五言之滥觞也。逮汉李陵,始著五言之目矣。”

6.**《古诗》为五言之冠冕**。《明诗》篇说:“《古诗》佳丽,或称枚叔。其《孤竹》一篇,则傅毅之词,比采而推,两汉之作乎?观其结体散文,直而不野,婉转附物,怊怅切情,实五言之冠冕也。”(第23页)刘勰所谓“古诗”,是一个特指的概念,即今传之《古诗十九首》。当然《古诗十九首》自萧统编《文选》始有定称,在刘勰当时并非恰为十九首,只是通称一些失其姓氏的五言诗为“古诗”。其数量,钟嵘《诗品》说陆机所拟为十四首,此外还有四十五首,当远不止十九首。徐陵编《玉台新咏》又分《西北有高楼》以下九首为枚乘作。大致来说,非一人一时之作,多数约产生于东汉后期。对于《古诗》,刘勰和钟嵘都给予了很高的评价。刘勰称赏《古诗》风格质直而不粗俗,状物婉转贴切,抒情悲哀动人,是五言诗的冠冕。钟嵘置《古诗》于上品第一位,品赞曰:“文温以丽,意悲而远,惊心动魄,可谓几乎一字千金!”他们的称许,后人是没有异词的。

7.**建安之初,五言腾踊**。建安时期,是五言诗大发展的时代,是五言诗史的第一个高潮期。《明诗》篇说:“暨建安之初,五言腾踊,文帝、陈思,纵辔以骋节;王、徐、应、刘,望路而争驱;并怜风月,狎池苑,述恩荣,叙酣宴;慷慨以任气,磊落以使才,造怀指事,不求纤密之巧,驱辞逐貌,惟取昭晰之能:此其所同也。”(第23页)刘勰提到的数人,其中曹植、刘桢、王粲在钟嵘《诗品》中均入上品,曹丕入中品,徐幹和应玚入下品,都是建安时期五言诗的杰出代表,如曹丕当时就赞美刘桢“其五言诗之善者,妙绝时人”(《与吴质书》)。当时曹操“雅爱诗章”,曹丕“妙善辞赋”,笼群才于麾下,参军旅,预公宴,用曹丕的话来说,“昔日游处,行则连舆,立则接席,何曾须臾相失。每至觞酌流行,丝竹并奏,酒酣耳热，仰而赋诗”（《与吴质书》），这就是刘勰所谓“怜风月，狎池苑，述恩荣，叙酣宴”，是曹氏周围的邺下文人集团的生活。建安是一个特殊的时代，“世积乱离，风衰俗怨，并志深而笔长，故梗概而多气也”（《时序》），世上有太多的乱离，个人遭遇了太多的苦难，人人都怀着建功立业、扬名不朽的宏愿，故而胸襟磊落，任气而发，情怀悲壮慷慨，诗风也是爽朗刚健，唯求清晰明白，而不务纤密繁褥。刘勰所描述的建安诗风的时代特征，钟嵘《诗品》概括为“建安风力”。

8.**正始明道，诗杂仙心**。建安以后，曹魏时期的诗歌，用钟嵘的话说，是“陵迟衰微”（《诗品序》）。刘勰说：“正始明道，诗杂仙心。何晏之徒，率多浮浅。唯嵇志清峻，阮旨遥深，故能标焉。”（第 23 页）正始（240—249）是魏齐王曹芳年号。时司马懿篡魏之势已成，曹爽辅政，最终却被司马懿夷三族。何晏和王弼都忠于曹爽，但魏祚已衰，无能为力，于是喜好老、庄的玄学，清谈以避祸。《续晋阳秋》：“正始中，王弼、何晏好庄、老玄胜之谈，而世遂贵焉。”关于正始玄风，刘勰在《论说》篇也说：“何晏之徒，始盛玄论，于是聃、周当路，与尼父争途矣。”（第 86 页）玄学势力强盛，乃至与正统的儒家思想相竞争。在《时序》篇里，刘勰说：“正始余风，篇体轻澹。”（第 217 页）“轻澹”与“浮浅”意思相近。何晏有一首完整的《拟古》五言诗传世，诗曰：

> 鸿鹄比翼游，群飞戏太清。常恐入网罗，忧祸一旦并。岂若集五湖，顺流唼浮萍？永宁旷中怀，何为怵惕惊！

关于这首诗的意旨，袁宏《名士传》曰：“是时曹爽辅政，识者虑有危机。晏有重名，与魏姻戚，内虽怀忧，而无复退也，著五言诗以言志，云云。”[①]显然是抒写在当时危难的政治环境里的忧患心情。钟嵘《诗品》列何晏入中品，评曰：“平叔‘鸿雁’之篇，风规见矣。”风规即讽喻、讽谏，钟嵘谓此诗有讽谏之义。刘勰的评论重点则在“比翼游”“戏太清”等受老庄思想影响而表达高蹈游仙的情怀，所以批评说“诗杂仙心”，“率多浮浅”。对于玄学流行的曹魏后期，刘勰凸显出阮籍和嵇康二

---

① 《世说新语·规箴》刘孝标注引。

人。在其他篇中,刘勰也将二人并论,如《才略》篇云:“嵇康师心以遣论,阮籍使气以命诗,殊声而合响,异翮而同飞。”(第231页)《体性》篇云:“嗣宗俶傥,故响逸而调远;叔夜俊侠,故兴高而采烈。”(第138页)在司马氏残暴专政的魏末,二人命运不同,阮籍逃于酒,嵇康终被杀。他们在性格上差异很大,诗文因之而表现出不同的风貌。此前颜延之《五君咏》赞阮籍曰:“阮公虽沦迹,识密鉴亦洞。沉醉似埋照,寓辞类托讽。长啸若怀人,越礼自惊众。物故不可论,途穷能无恸。”前四句可以帮助我们理解“阮旨遥深”。又赞嵇康曰:“中散不偶世,本自餐霞人。形解验默仙,吐论知凝神。立俗迕流议,寻山洽隐沦。鸾翮有时铩,龙性谁能驯。”“立俗”句、“龙性”句可以帮助我们理解“嵇志清峻”。沈约《七贤论》谓嵇康“风貌挺特,荫映于天下”,谓阮籍“毁行废礼,以秽其德。崎岖人世,僅然后全”,也值得引出作参考。钟嵘《诗品》列阮籍入上品,评其《咏怀》诗“言在耳目之内,情寄八荒之表”,“颇多感慨之词,厥旨渊放,归趣难求”,这可帮助理解“阮旨遥深”的意思,阮籍诗歌的主旨很深邃,难以确解,也就难以被罗织罪名;列嵇康入中品,评曰:“过为峻切,讦直露才,伤渊雅之致。然托喻清远,良有鉴裁,亦未失其高流矣。”这可帮助理解“嵇志清峻”的意思,性格刚烈,诗风便清远峻烈。刘勰在《书记》篇也说:“嵇康《绝交》,实志高而文伟矣。”(第125页)志之高即“清峻”。

在曹爽辅政多违背法度时,何晏、王弼营心于老庄玄学,消极逃避;而应璩作《百一诗》讽刺曹爽,刘勰称赞说:“若乃应璩《百一》,独立不惧,辞谲义贞,亦魏之遗直也。”(第23页)应璩之“独立不惧”,与何晏立朝清谈“铦巧好利,不念务本”[1]正相对。应璩能作诗讽谏曹爽失政,是魏代正直的遗风。据《左传·昭公十四年》记载,叔向之弟叔鱼在断案中收受贿赂而被杀,叔向建议将叔鱼之尸弃于市。孔子曰:“叔向,古之遗直也。”称他不隐于亲。刘勰用“魏之遗直”称赞应璩的《百一诗》,评价是很高的。此前,李充《翰林论》评曰:“应休琏五言诗百数十篇,以风(按,同‘讽’)规治道,盖有诗人之旨。”其后,钟嵘将他置于

---

① 《三国志·魏书·傅嘏传》傅嘏评何晏语。

《诗品》中品，评曰："善为古语，指事殷勤，雅意深笃，得诗人激刺之旨。"看来大家对于应璩诗歌的认识没有大的差异。

9.**晋世群才，稍入轻绮**。刘勰在《明诗》篇又论西晋诗歌说："晋世群才，稍入轻绮。张、潘、左、陆，比肩诗衢，采缛于正始，力柔于建安。或析文以为妙，或流靡以自妍。此其大略也。"魏晋南北朝时期，文学家族开始兴起。刘勰这里列举四姓，除了出身低微的左思外，都是文学家族，张有张载、张亢、张协，《时序》篇称为"三张"；潘为潘岳、潘尼；陆指陆机、陆云，《时序》篇标为"二俊"。钟嵘《诗品序》云："太康中，三张、二陆、两潘、一左，勃尔复兴，踵武前王，风流未沫，亦文章之中兴也。"所列举诗人与刘勰一致。刘勰用"轻绮"二字恰当地概括西晋诗风，"力柔于建安"就是轻，西晋时期没有建安文人"慷慨以任气，磊落以使才"的个性和胸怀，诗歌没有建安风力的感人力量，故曰轻；"采缛于正始"即是绮，正始诗文风气是浮浅、轻淡，自潘岳、陆机以降，诗风趋于繁缛，谢混云："潘诗烂若舒锦，无处不佳。"（钟嵘《诗品》引）刘勰《才略》篇说："陆机才欲窥深，辞务索广，故思能入巧，而不制繁。"（第232页）文辞追求广博丰富，不能控制繁缛，也就是绮的意思。"析文以为妙"，就是《丽辞》篇所谓"魏晋群才，析句弥密"（第169页），一个意思，分为对偶的两句，讲究对偶巧妙；"流靡以自妍"，就是《声律》篇所谓"辞靡于耳，累累如贯珠矣"（第161页），追求音调谐和之美。《声律》篇说："陈思、潘岳，吹籥之调也；陆机、左思，瑟柱之和也。"意思是曹植、潘岳诗文的声律自然和谐，而陆机、左思则有意追求声律调和。

10.**江左篇制，溺乎玄风**。江左，指东晋。刘勰论东晋诗风说："江左篇制，溺乎玄风。嗤笑徇务之志，崇盛忘机之谈。袁、孙已下，虽各有雕采，而辞趣一揆，莫与争雄。所以景纯《仙篇》，挺拔而为俊矣。"（第23页）他用一"溺"字，说明玄学对于当时诗风浸染之深重。玄学的源头可以追溯得更早，前面说"正始明道，诗杂仙心"，正始年间，何晏、王弼等人已重视《老子》《庄子》《周易》并作注释。魏末晋初，向秀于《庄子》旧注外为《解义》，"妙析奇致，大畅玄风"（《世说新语·文学》）。西晋后期约在怀帝永嘉年间前后，玄学又盛行。刘勰《论说》篇说："夷甫、裴頠交辨于有无之域。"（第86页）王衍尚无，裴頠重有，相互辩难。

钟嵘《诗品序》所谓“永嘉时,贵黄、老,尚虚谈。于时篇什,理过其辞,淡然寡味”,指的就是王衍等人。东晋之玄风,钟嵘说“微波尚传”,刘勰则说诗歌“溺乎玄风”。当时中原沦丧,偏安江南,但王导、庾亮、桓彝等人依然终日谈玄,甚至接引支遁、道安、慧远等名僧,谈玄而兼论佛。这时谈玄并没有多少新意,《论说》篇批评说:“逮江左群谈,惟玄是务。虽有日新,而多抽前绪矣。”(同上)虽然也有一些新的话题,但大多不过是申述前人的思想而已。

东晋的上层士人,以清谈虚诞为标尚,视治理文案、经营时务为俗情,醉心佛老,不关心现实问题。一些有识之士早已敏锐地觉察到问题的严重性。晋元帝时的应詹《上疏陈便宜》说:“魏正始之间,蔚为文林;元康以来,贱经尚道,以玄虚宏放为夷达,以儒术清俭为鄙俗。永嘉之弊,未必不由此也。今虽有儒官,教养未备,非所以长育人材、纳之轨物也。”他主张修建学校,以崇明儒家教义。王羲之也感慨:“今四郊多垒,宜人人自效,而虚谈废务,浮文妨要。”(《世说新语·言语》引)虽不能说“清言致患”,但“虚谈废务”,清言不足以治理祸患。刘勰强调文人应该练达于政事:“盖士之登庸,以成务为用。”(《程器》)因此斥责东晋士人溺乎玄风,说他们“嗤笑徇务之志,崇盛忘机之谈”(第23页),嘲笑致力于政事者徇于俗务,而竞相崇尚不关心世事的虚谈。刘勰提到的袁是袁宏,孙是孙绰,认为他们在雕饰文采上各有特点,而旨趣则都在玄言清谈。袁宏以《咏史》诗受到谢尚的赏识(见《世说新语·文学》),钟嵘列入《诗品》中品。孙绰是东晋玄言诗的代表,钟嵘将他与许询并称“孙许”,列入下品,评曰“弥善恬淡之词”。孙绰《秋日》:

> 萧瑟仲秋日,飙唳风云高。山居感时变,远客兴长谣。疏林积凉风,虚岫结凝霄。湛露洒庭林,密叶辞荣条。抚菌悲先落,郁松羡后凋。垂纶在林野,交情远市朝。澹然古怀心,濠上岂伊遥。

全诗十四句,前六句全部写景,中四句感物兴情,末四句表达远离世俗、高隐濠上的超然情怀,正是道家的旨趣。

除了感物兴情外,玄言诗多是“寓目理自陈”的“理感”的运思模式。庐山诸道人《游石门诗》曰:“超兴非有本,理感兴自生。”所生之兴是对道家的宇宙人生道理的体悟,而不是人世的伦常物理。王羲之《兰亭集诗》:“仰视碧天际,俯瞰渌水滨。寥阒无涯观,寓目理自陈。大矣造化工,万殊莫不均。群籁虽参差,适我无非亲。”谢安《兰亭集诗》:“相与欣佳节,率尔同褰裳。薄云罗景物,微风翼轻航。醇醪陶丹府,兀若游羲唐。万殊混一理,安复觉彭殇。”两首诗后四句写的都是对老庄之道的感悟。玄言诗这种“理感”与宋诗以理观物有相通之处,都是超越所描写的具体形象而感悟深一层的玄理、理趣。所以沈曾植《与金甸丞太守论诗书》曰:“其实两晋玄言,两宋理学,看得牛皮穿时,亦只是时节因缘之异,名文身句之异,世间法异;以出世法观之,良无一异也。”刘勰和钟嵘都重物感,忽视理感,对玄言诗多有批评。

对于晋宋诗坛如何走出玄言诗,当时大家的看法不尽一致。檀道鸾《续晋阳秋》曰:

> 正始中,王弼、何晏好庄老玄胜之谈,而世遂贵焉。至过江,佛理尤盛。故郭璞五言始会合道家之言而韵之。(许)询及太原孙绰转相祖尚,又加以三世(按,佛经指过去、现在、未来)之辞,而《诗》《骚》之体尽矣。询、绰并为一时文宗,自此作者悉体之。至义熙中谢混始改。

檀道鸾认为郭璞的五言诗是“会合道家之言而韵之”,意即也是淡乎寡味的玄言诗,但刘勰说郭璞的《游仙篇》在玄学风气中“挺拔而为俊矣”,两者意思是有差异的。刘勰在《才略》篇中称赞郭璞“足冠中兴”,史称晋元帝“中兴”;又谓《游仙诗》“亦飘飘而凌云矣”。钟嵘《诗品》列郭璞入中品,赞郭璞“始变永嘉平淡之体,故称中兴第一。《翰林》以为诗首。但《游仙》之作,辞多慷慨,乖远玄宗,而云‘奈何虎豹姿’,又云‘戢翼栖榛梗’,乃是坎壈咏怀,非列仙之趣也”。钟嵘的态度与刘勰更为接近,而评述得更为清晰,郭璞的《游仙诗》借游仙题材以吟咏坎壈不平的情怀,情辞慷慨,旨趣与玄言诗是不同的。在《诗品序》里钟嵘说,东晋玄言诗盛行时,“先是郭景纯用隽上之才,变创其体;刘越石仗清刚之气,赞成厥美。然彼众我寡,未能动俗”。在西晋、东晋之交,也就是钟嵘《诗品序》所谓“贵黄、老,尚虚谈”的永嘉时及其后一段时间内，玄言煽炽，而郭璞和刘琨二人才气清俊，挺拔不俗，但寡不敌众，不能改变俗风，所以后来孙绰、许询等的玄言诗依然很盛。

11.**宋初庄老告退，山水方滋**。关于玄言诗风的熄灭，山水诗的兴起，刘勰说："宋初文咏，体有因革，庄老告退，而山水方滋。俪采百字之偶，争价一句之奇。情必极貌以写物，辞必穷力而追新。此近世之所竞也。"（第23页）关于这一段话，需要一些辨析：

第一，"庄老告退"是否在宋初？上引檀道鸾《续晋阳秋》说玄言诗风"至义熙中谢混始改"。钟嵘《诗品序》说"逮义熙中，谢益寿斐然继作"，意谓到了义熙时谢混继续变革玄风。义熙（405—418）是东晋后期安帝的年号。沈约《宋书·谢灵运传论》说："仲文始革孙、许之风，叔源大变太元之气。"檀道鸾和沈约将诗风革新定在东晋义熙中，但是刘勰认为玄言诗风气至宋初才"体有因革"。檀道鸾、沈约、钟嵘等称赞殷仲文和谢混真正变革了玄言诗的风气，但刘勰《才略》篇说："殷仲文之孤兴，谢叔源之闲情，并解散辞体，缥缈浮音；虽滔滔风流，而大浇文意。"谓二人破坏文体，风格轻浮，文意淡薄。这与钟嵘《诗品》称谢混、殷仲文二人"为华绮之冠"是不同的。之所以出现如此歧异的评价，可能涉及刘勰与钟嵘等人对刘宋诗歌所持评价态度之不同。钟嵘对于宋初诗歌是持欣赏态度的，列谢灵运于《诗品》上品就说明了这一点；而刘勰贬斥"宋初讹而新"（《通变》）。钟嵘欣赏宋初山水诗，因而能肯定谢混、殷仲文变革玄言的正面意义；刘勰批评宋初诗文"讹而新"，不能充分认识谢混、殷仲文"变"的意义，觉得是从一个错误转向另一个错误。至于萧子显《南齐书·文学传论》说"仲文玄气，犹不尽除；谢混情新，得名未盛"，则是遗憾二人"变"得还不够，影响也不大。这正是基于他所谓"若无新变，不能代雄"的文学史观而作出的评价。

第二，"庄老告退"与"山水方滋"是什么关系？按刘勰所言，似乎玄言和山水是完全对立的关系，山水代替玄言而起。后人如清代王士禛《双江唱和集序》说："汉魏间诗人之作，亦与山水了不相及。迨元嘉间谢康乐出，始创为刻画山水之词。"就是根据刘勰所论。但事实上，山水诗和玄言诗并非如此一刀两断的关系，而是相互蕴含，彼此消长。魏晋玄学导引士人从庙堂走向山林，审美意趣从世俗丝竹转向山水清音。西晋时的左思在《招隐诗》中说:“何必丝与竹?山水有清音。”东晋时的孙绰在《兰亭集序》中说:“振辔于朝市,则充屈之心生;闲步于林野,则辽落之志兴。”这代表两晋山水诗人的普遍心态,即人生志趣逐渐从庙堂转向山林,从官场转向田园,审美情趣超越世俗,走向自然。玄言诗人“玄对山水”①,用玄理去参悟山水,屡借山水化其郁结。所以玄言诗中也写山水,不过多是用玄理的眼光审视山水,从山水中悟道。② 上面所举孙绰《秋日》虽是玄言诗,但已多描绘山水,因此应该说山水诗蕴育于玄言诗中,当玄言诗中玄理渐渐淡去后,自然就成了标准的山水诗。值得注意的是,早期的山水诗,如谢灵运的某些诗篇,并没有完全摆脱玄言诗的影响,往往还拖着一条玄言的尾巴,如《石壁精舍还湖中作》最后四句便是在谈玄理。诗曰:

> 昏旦变气候,山水含清晖。清晖能娱人,游子憺忘归。出谷日尚早,入舟阳已微。林壑敛暝色,云霞收夕霏。芰荷叠映蔚,蒲稗相因依。披拂趋南径,愉悦偃东扉。虑澹物自轻,意惬理无违。寄言摄生客,试用此道推。

刘勰论刘宋初以谢灵运为代表的山水诗,说:“俪采百字之偶,争价一句之奇。情必极貌以写物,辞必穷力而追新。此近世之所竞也。”(《明诗》)即增加篇幅,讲究骈偶,细腻逼真地描写物色,追逐新奇的辞句。诗歌发展到晋宋之交,山水诗蔚然兴起,势不可当,刘勰并不否定山水诗,他认识到“山林皋壤,实文思之奥府”,屈原得“江山之助”(《物色》)。《文心雕龙》专设《物色》一篇,就是及时总结山水诗赋流行以后出现的新问题。其中对近代山水诗赋的特征给予了很恰当的概括:

> 自近代以来,文贵形似,窥情风景之上,钻貌草木之中;吟咏所发,志惟深远;体物为妙,功在密附。故巧言切状,如印之印泥,不加

① 《世说新语·容止》刘孝标注。

② 晋宋时期宗炳《画山水序》提出“山水质有而趣灵”“山水以形媚道”的命题,王微《叙画》认为山水为“太虚之体”:绘画理论和诗学都发现了山水悟道的审美意趣,两者可以互相发明,都显示出晋宋时期山水审美的觉醒。

雕削，而曲写毫芥。故能瞻言而见貌，即字而知时也。（第224页）

刘勰指出了近代山水诗赋贵形似、善体物、描写细密真切等特征。《诠赋》篇赞语“写物图貌，蔚似雕画”，也即“文贵形似”是山水诗赋的特征。但刘勰强调写物应该以情感为根本，“物以情观”，而不能舍本逐末，辞采过于繁华。若“志深轩冕，而泛咏皋壤；心缠几务，而虚述人外。真宰弗存，翩其反矣”（《情采》），这样的山水诗赋，虚假地“为文而造情”，是刘勰所贬斥的。刘勰在《比兴》篇说“图状山川，影写云物”，需要运用比兴的手法，即描写山水而以情贯之，获得“惊听回视”的效果；又说“以切至为贵”，即“极貌以写物”，能见貌知时。如果仅仅是“辞必穷力而追新”，那只是“讹而新”，是刘宋时代诗文的弊病。

对于刘宋初新起的山水诗，沈约是持赞赏态度的，《宋书·谢灵运传论》说：“灵运之兴会标举，延年之体裁明密，并方轨前秀，垂范后昆。”钟嵘《诗品》将谢灵运置于上品，将颜延之、鲍照置于中品，序中推“谢客为元嘉之雄，颜延年为辅”，都属于“五言之冠冕，文词之命世”，评价可谓高矣。相比而言，刘勰用“讹而新”评宋初文学，态度更为保守，根源大约在于宗经思想的消极影响。

三　四言正体，五言流调

魏晋南北朝四言诗逐渐退出诗坛，五言诗取而代之，成为诗坛主流的体制。如何认识和评价四言和五言诗，是时代提出的一个新问题。晋代挚虞在《文章流别论》里说：

> 夫诗虽以情志为本，而以成声为节。然则雅音之韵，四言为正，其余虽备曲折之体，而非音之正也。

挚虞认为，诗歌应以四言为雅音之正，其他五言、六言、七言、九言，虽然音节增多，备曲折之体，但都不是“音之正”。这还是出于对儒家经典《诗经》文体的尊重，没有认识到五言诗兴起的历史趋势。颜延之在《庭诰》里说：“至于五言流靡，则刘桢、张华；四言侧密，则张衡、王粲。若夫陈思王，可谓兼之矣。”（《全宋文》卷三六）流靡，是流丽绮靡；侧密，是细微缜密。这是首次指明五言和四言两种诗体的不同风格特征。刘勰从“宗经”的立场出发，辨别四言、五言的高下，说：

> 若夫四言正体，则雅润为本；五言流调，则清丽居宗。华实异用，惟才所安。（《文心雕龙·明诗》）

正体，即《文心雕龙·章句》所谓“诗颂大体，以四言为正”；流调，即世俗流行的体调。刘勰认为，雅润和清丽是四言和五言两体不同的风格特征。尽管刘勰所谓“正体”“流调”蕴含有尊推四言的传统看法，但是他与挚虞标四言为“正”，贬斥其他一切“非音之正”的偏激做法不同，能正确地肯定五言诗逐渐流行的趋势。刘勰以为四言诗风格雅润，五言诗风格清丽，两者适用于不同的场合，功用不同；而且，作者因才情不同，对四言、五言各有擅长。稍后钟嵘在《诗品序》里与四言诗相比较，突出分析五言诗艺术表现上的优越性：

> 夫四言，文约意广，取效《风》《骚》，便可多得。每苦文繁而意少，故世罕习焉。五言居文词之要，是众作之有滋味者也，故云会于流俗。岂不以指事造形，穷情写物，最为详切者邪！

钟嵘认为，写四言诗可效法《风》《骚》，但是常常会觉得文词繁复，而难以尽意，所以世人很少写作四言诗。而五言诗，虽仅增加一字，但是音节、结构更为灵活自由，增强了表现力，在叙事抒情、摹象写物方面更加详尽切要，因此能迎合一般士人的趣味。钟嵘肯定了五言诗艺术表现力的丰富性超越四言诗，由此而得到诗人们的喜爱，成为流行的主要诗体。这一方面是五言诗蔚然兴盛的创作形势在理论上的表现，另一方面也为五言诗的进一步发展张本。稍后，萧子显在《南齐书·文学传》里提出“五言之制，独秀众品”的重要论断。

附：五言是“俳谐倡乐多用之”吗？

挚虞的《文章流别论》是研究中古文学与文论的重要文献，可惜原书散佚，只能通过后人的辑补，略窥其貌。其中有一段辨析五、七言诗体的，很具有理论价值，今人频频引述，作为立论的依据。然而今人引述的这段文字是有讹误的。以讹传讹,得出了似是而非的结论,需要重新予以校核。

今人常依据严可均的《全上古三代秦汉三国六朝文》引述挚虞《文章流别论》中这样一段文字:

> (1)《书》云:"诗言志,歌永言。"言其志,谓之诗。古有采诗之官,王者以知得失。(2)古之诗有三言、四言、五言、六言、七言、九言。古诗率以四言为体,而时有一句二句杂在四言之间,后世演之,遂以为篇。(3)古诗之三言者,"振振鹭,鹭于飞"之属是也,汉郊庙歌多用之。五言者,"谁谓雀无角,何以穿我屋"之属是也,于俳谐倡乐多用之。六言者,"我姑酌彼金罍"之属是也,乐府亦用之。七言者,"交交黄鸟止于桑"之属是也,于俳谐倡乐世用之。古诗之九言者,"泂酌彼行潦挹彼注兹"之属是也。不入歌谣之章,故世希为之。夫诗虽以情志为本,而以成声为节。(4)然则雅音之韵,四言为正;其余虽备曲折之体,而非音之正也。(序号为笔者所加,下同。)

严可均此书主要是取材于明梅鼎祚的《文纪》和张溥的《汉魏六朝百三家集》,张溥《汉魏六朝百三家集》曾旁采梅鼎祚的《文纪》,现查上引挚虞《文章流别论》的这一段文字,也赫然存在于梅、张二书中,文字相同,可见是大家相互转抄,而始作俑者是万历间的梅鼎祚。梅鼎祚《西晋文纪》卷十三辑录了挚虞的《文章流别论》,并注:"以上见《艺文类聚》《北堂书钞》《太平御览》。"严可均抄录自梅书,注其原始出处为《艺文类聚》卷五十六,但并没有核校原文。

其实,《艺文类聚》卷五十六的原文并非如此,查《宋本艺文类聚》(上海古籍出版社 2013 年影印)卷五十六引挚虞《文章流别论》曰:

> (1)《书》云:"诗言志,歌永言。"言其志,谓之诗。古有采诗之官,王者以知得失。
>
> (2)诗之流也,有三言、四言、五言、六言、七言、九言。古诗率以四言为体,而时有一句二句杂在四言之间。后世演之,遂以为篇。古诗之三言者,"振振鹭,鹭于飞"之属是也。(3)五言者,"谁

谓雀无角,何以穿我屋"之属是也。六言者,"我姑酌彼金罍"之属是也。七言者,"交交黄鸟止于桑"之属是也。九言者,"泂酌彼行潦挹彼注兹"之属是也。夫诗虽以情志为本,而以成声为节。(4)然则雅音之韵,四言为言。其余虽备曲折之体,而非音之正也。

梅鼎祚、张溥、严可均等书所谓五言、七言"于俳谐倡乐世用之"的字样都不见于《艺文类聚》。那是从哪里来的呢?原来是摘自《太平御览》,并发生了拼接的讹误。《太平御览》卷五八六引《文章流别论》曰:

(1)"诗言志,歌永言。"古有采诗之官,王者以知得失。(3)古诗之四言者,"振鹭于飞"是也,汉郊庙歌多用之。五言者,"谁谓雀无角,何以穿我屋"是也,乐府亦用之。六言者,"我姑酌彼金罍"是也,乐府亦用之。七言者,"交交黄鸟止于桑"是也,于俳谐倡乐世用之。古诗之九言者,"泂酌彼行潦挹彼注兹"是也,不入歌谣之章,故世希为之。夫诗虽以情志为本,而以声成为节。

细心的读者很容易发现,梅鼎祚、张溥、严可均所引的挚虞《文章流别论》这段文字,是把《艺文类聚》和《太平御览》中的两段文字剪断拼接起来的。(1)(2)(4)句取自《艺文类聚》,而(3)句则取自《太平御览》,并删去重复部分,构成了梅氏的(1)(2)(3)(4)句段,在这个剪接拼凑的过程中,不仅略作文字的调整,还把本来是论七言的"于俳谐倡乐世用之"几字重复误植于"五言"之下,于是就变成了"五言者,'谁谓雀无角,何以穿我屋'之属是也,于俳谐倡乐多用之"。其实按照《太平御览》,五言是"乐府亦用之",七言才是"于俳谐倡乐世用之"。《文章流别论》这一段文字正确的拼接应该是:

《书》云:"诗言志,歌永言。"言其志,谓之诗。古有采诗之官,王者以知得失。古之诗有三言、四言、五言、六言、七言、九言。古诗率以四言为体,而时有一句二句杂在四言之间,后世演之,遂以为篇。古诗之三言者,"振振鹭,鹭于飞"之属是也,汉郊庙歌多用之。五言者,"谁谓雀无角,何以穿我屋"是也,乐府亦用之。六言者,"我姑酌彼金罍"是也,乐府亦用之。七言者,"交交黄鸟止于桑"之属是也,于俳谐倡乐世用之。古诗之九言者,"泂酌彼行潦挹彼注兹"之属是也。不入歌谣之章,故世希为之。夫诗虽以情志为本,而以成声为节。然则雅音之韵,四言为正;其余虽备曲折之体,而非音之正也。

梅鼎祚的这个拼接错误,后来产生了广泛的不良影响,张溥和严可均都承袭其误,今人编撰的《魏晋南北朝文论选》《魏晋南北朝文论全编》之类著作甚至包括郭绍虞主编的《中国历代文论选》第一册等,都依据严可均的辑本而发生讹误;唯杨明先生编撰的《中国历代文论选新编》(上海教育出版社 2007 年版)"魏晋南北朝"部分选录《文章流别论》分别采自《艺文类聚》和《太平御览》,而不是梅、张、严的拼接本。这才是忠实审慎的治学态度。许多学者的论文也是建立在"五言者……于俳谐倡乐多用之"的基础上而进一步作出错误的推论,得出"五言诗在魏晋之际仍多用于俗乐歌词""挚虞将五言诗划入游戏之作,认为五言诗是俗"之类的结论。

从文学史上来看,五言诗虽然不像四言体那么雅正,但是在汉末魏晋时,它越来越得到文人的喜爱,逐渐代替四言,成为文人抒写情志的主要诗体样式。曹丕在《又与吴质书》中就称赞刘桢"五言诗之善者,妙绝时人"。刘桢《公宴诗》《赠五官中郎将诗》等五言诗都是在非常庄重的场合为尊敬的君主而作的,绝不是"于俳谐倡乐多用之",我们读汉末曹魏时的五言诗,公宴赠答、从军纪行,皆是志深而笔长的文人咏怀写志之作,根本得不出"于俳谐倡乐多用之"的印象。当时的文人乐府诗也普遍采用五言的形式,恰是符合挚虞所谓"乐府亦用之"的论断。就挚虞存世的诗作来看,以四言为主,有五言残篇《逸骥诗》四句,曰:"逸骥无镳辔,腾陆从长川。剪落就羁靮,飞轩蹑云烟。"抒写摆脱羁绊、绝尘远奔的志向,显然也不是"俳谐倡乐"的格调。可见,魏晋的五言诗创作实际,也不是"于俳谐倡乐多用之"。

"于俳谐倡乐多用之"一语用于汉魏晋的七言体,倒是恰当的。翻阅史书,汉魏时诸如"古人欲达劝诵经,今世图官免治生""死诸葛走生仲达"之类的七言体童谣、俗谚时或可见。当时流行的民间故事中也有七言歌词,如《拾遗记》载汉昭帝使宫人为《淋池歌》,歌曰:"秋素景兮泛洪波,挥纤手兮折芰荷,凉风凄凄扬棹歌,云光开曙月低河,万岁为乐岂云多。”这正符合“于俳谐倡乐多用之”的实情。这些七言体的俳谐倡乐刚刚兴起时，是为文士所轻视的，除了挚虞外，如傅玄《拟四愁诗序》云：“张平子作《四愁诗》，体小而俗，七言类也。”视七言诗为“体小而俗”，显然有轻视的意思。刘宋初的鲍照创作了不少七言体，但萧子显在《南齐书·文学传论》中批评其“发唱惊挺，操调险急，雕藻淫艳，倾炫心魂”。直到唐代，据孟棨《本事诗》载，李白还说过：“兴寄深微，五言不如四言，七言又其靡也，况使束于声调俳优哉。”“束于声调俳优”指称的就是七言，其意思与挚虞所谓“于俳谐倡乐多用之”是相近的。所以，结合文学史实来看，挚虞所言应该是“五言者……乐府亦用之。七言者……于俳谐倡乐世用之”，而非五、七言都是于俳谐倡乐世用之。

这虽然是一则材料的辨析，但是从中可知文献考据对于文学与文论研究之重要。清人治学，提出义理、考据、辞章相结合。义理是核心，但是应该建立在考据的基础上，将一则则材料的本来面目考核正确了，真实含义阐释准确了，然后提出义理论断，才是立论稳固的。

【扩展阅读】

石家宜：《〈文心雕龙〉与〈诗品〉比较》，《南京师范大学文学院学报》2007年第1期。

［日］兴膳宏：《〈文心雕龙〉与〈诗品〉在文学观上的对立》，彭恩华译，《文艺理论研究》1982年第2期。

毕万忱、李淼：《〈文心雕龙·明诗〉篇新探》，《学术月刊》1981年第10期。

◎作者讲课实录：

第五讲　乐本心术，响浃肌髓：《乐府》

诗与乐本来紧密联系，乐府是诗歌中独特的一类，且与国家文治息息相关，具有自己的特点。前代若刘歆的目录学著作《七略》，将诗归在《六艺略》，歌归入《诗赋略》，诗和乐是分开的。刘勰也是如此，在《明诗》篇之后另列一篇专论乐府。与刘勰撰写《文心雕龙》几乎同时，沈约在《宋书·乐志》中记录了汉魏至刘宋时期朝廷和民间音乐的沿革、制度、乐章等，是研究早期乐府的重要文献，可以拿来与刘勰《文心雕龙·乐府》相参照。

沈约在《宋书·乐志》中较为详细地追溯了秦汉以后宗庙郊祀、朝廷享宴之雅乐的沿革。刘勰论述朝廷雅乐则颇为简略，《乐府》篇第一段以“自《咸》《英》以降，亦无得而论矣”（第 27 页），第二段以“《武德》兴乎高祖，《四时》广于孝文，虽摹《韶》《夏》，而颇袭秦旧。中和之响，阒其不还”（第 28 页），分别将先秦和汉代的雅乐轻轻带过。论述的重点是批评雅乐的世俗化。

一　音声推移，亦不一概

第一段论地方音乐的兴起，说：

> 至于涂山歌于“候人”，始为南音；有娀谣于“飞燕”，始为北声；夏甲叹于东阳，东音以发；殷整思于西河，西音以兴：音声推移，亦不一概矣。（第 27 页）

这是根据《吕氏春秋·季夏纪·音初》的记载，叙述四方音乐之始。大禹巡视南土，涂山氏女令其妾在涂山（今安徽怀远县东南）之阳等候他，她唱“候人兮猗”，这是最早的南方音乐。有娀国（在今山西运城一带）二美女曾唱“燕燕往飞”，这是最早的北音。夏后氏孔甲曾到东阳（今山东费县西南）打猎，收养民家一个孩子，孩子后被斧斫破脚而成残疾，做了守门人，孔甲哀叹：“呜呼有疾，命矣夫！”这是东方音乐的开端。殷商君主叫河亶甲，又名整甲，迁移至西河（今河南安阳市内），犹思故处而作歌，始为西方音乐。沈约《宋书·乐志》的记载更为详细：

> 民之生，莫有知其始也。含灵抱智，以生天地之间。夫喜怒哀乐之情，好得恶失之性，不学而能，不知所以然而然者也。怒则争斗，喜则咏哥（歌）。夫哥者，固乐之始也。咏哥不足，乃手之舞之，足之蹈之，然则舞又哥之次也。咏哥舞蹈，所以宣其喜心，喜而无节，则流淫莫反。故圣人以五声和其性，以八音节其流，而谓之乐，故能移风易俗，平心正体焉。昔有娀氏有二女，居九成之台。天帝使燕夜往，二女覆以玉筐，既而发视之，燕遗二卵，五色，北飞不反。二女作哥，始为北音。禹省南土，嵞山之女令其妾候禹于嵞山之阳，女乃作哥，始为南音。夏后孔甲田于东阳萯山，天大风晦冥，迷入民室。主人方乳，或曰：“后来，是良日也，必大吉。”或曰：“不胜之子，必有殃。”后乃取以归，曰：“以为余子，谁敢殃之？”后析橑，斧破断其足。孔甲曰：“呜呼！有命矣。”乃作《破斧》之哥，始为东音。周昭王南征，殒于汉中。王右辛余靡长且多力，振王北济，周公乃封之西翟，徙宅西河，追思故处作哥，始为西音。此盖四方之哥也。

这是关于民间音乐之产生的早期传说，沈约叙述得更为详细，并究其根源在于人之性情，与《宋书·谢灵运传论》中所谓“歌咏所兴，宜自生民始也”是一样的意思，也即刘勰《原道》篇“心生而言立，言立而文明，自然之道也”、《明诗》篇“感物吟志，莫非自然”的意思。

二　乐本心术，响浃肌髓

刘勰接着论述音乐巨大的艺术感染力：

匹夫庶妇，讴吟土风。诗官采言，乐胥被律。志感丝篁，气变金石。是以师旷觇风于盛衰，季札鉴微于兴废，精之至也。夫乐本心术，故响浃肌髓，先王慎焉，务塞淫滥。敷训胄子，必歌九德。故能情感七始，化动八风。（第27页）

民间歌谣，本为徒歌，采诗官献于朝廷，乐官配以音乐，各地百姓的情性气质通过乐器的演奏而表现出来，可以从中观风俗之盛衰、政治之兴废。《左传·襄公二十九年》就记载了吴季札观乐知政的故事。音乐本来源自人心，也具有深入肌髓的感染力，历代先王都重视提倡雅乐，以感化百姓，防止淫滥的俗乐对百姓的诱惑。关于音乐的感染力，沈约《宋书·乐志》的论述更为深刻：

周衰，有秦青者，善讴，而薛谈学讴于秦青，未穷青之伎而辞归。青饯之于郊，乃抚节悲歌，声震林木，响遏行云。薛谈遂留不去，以卒其业。又有韩娥者，东之齐，至雍门，匮粮，乃鬻哥假食。既而去，余响绕梁，三日不绝。左右谓其人不去也。过逆旅，逆旅人辱之，韩娥因曼声哀哭，一里老幼，悲愁垂涕相对，三日不食。遽而追之，韩娥还，复为曼声长哥，一里老幼，喜跃抃舞，不能自禁，忘向之悲也。乃厚赂遣之。故雍门之人善哥哭，效韩娥之遗声。卫人王豹处淇川，善讴，河西之民皆化之。齐人绵驹居高唐，善哥，齐之右地，亦传其业。前汉有虞公者，善哥，能令梁上尘起。若斯之类，并徒哥也。

沈约列举秦青等四人的例子来说明民间音乐具有砭人肌骨、变化风俗的感染力量。但沈约并没有因此而排斥俗乐，刘勰则搬出荀子《乐论》《礼记·乐记》的思想，说“先王慎焉，务塞淫滥”，要用雅正的音乐感动四方，以发挥积极的意义。《荀子·乐论》说：

凡奸声感人而逆气应之，逆气成象而乱生焉；正声感人而顺气应之，顺气成象而治生焉。唱和有应，善恶相象，故君子慎其所去就也。

荀子认为在人心中潜伏着顺逆二气，若淫邪的音乐激动了逆恶之气，逆恶之气表现出来，就会生乱；若雅正的音乐激动了顺适之气，顺适之气表现出来，合乎礼法，社会就安定。这段话为刘勰所本。刘勰论乐，秉承儒家文艺理论思想，认识到音乐具有强烈的艺术感染力，会产生广泛的社会影响，据此而提倡雅乐，反对俗乐。

三　武帝崇礼，始立乐府

关于乐府产生的时间，班固《汉书·艺文志》曾有"自孝武立乐府"的记载，刘勰据此说"暨武帝崇礼，始立乐府"，然《史记·乐书》记载，惠帝时就有乐府。乐府令这一官职，可能惠帝时就有了，而作为朝廷音乐机关的乐府署，则是设立于汉武帝时。先秦的雅乐，由于"秦燔《乐经》"，到汉代时乐家制氏只能记其铿锵鼓舞，而不能言其义。因此汉武帝时设立乐府署，一方面采集民间音乐，一方面朝廷的协律都尉等重新制作声歌。关于采集民间音乐，刘勰用一句"总赵、代之音，撮齐、楚之气"便了之，这一句是依据《汉书·艺文志》的记载。班固原文说：

> 自孝武立乐府而采歌谣，于是有代、赵之讴，秦、楚之风，皆感于哀乐，缘事而发，亦可以观风俗，知薄厚云。

"代、赵之讴，秦、楚之风"，也就是流传于后世的汉乐府民歌。沈约《宋书·乐志》记述汉乐府民歌说："凡乐章古词，今之存者，并汉世街陌谣讴，《江南可采莲》、《乌生》、《十五子》（按，疑当作《乌生八九子》）、《白头吟》之属是也。"沈约还记录了这些民歌的歌词，但是刘勰对汉乐府民歌避而不谈，转而论李延年、朱买臣、司马相如等协律制歌，批评《安世房中乐》（汉高祖唐山夫人作）、《郊庙歌》乐歌"丽而不经""靡而非典"，华丽但不雅正。这两组郊庙歌辞没有歌颂祖宗的功德，内容不合郊祭庙祭的要求，音乐又不采用先秦雅乐，而是新声俗乐。[①] 据班固

① 参见王运熙、杨明：《魏晋南北朝文学批评史》第一编第三章第五节，上海古籍出版社 1989 年版。

《汉书·礼乐志》记载，汉成帝时，“郑声尤甚。黄门名倡丙强、景武之属富显于世，贵戚五侯定陵、富平外戚之家淫侈过度，至与人主争女乐”。所以刘勰说：“及元、成，稍广淫乐，正音乖俗，其难也如此。”（第28页）他对汉代乐府评价不高，既不提乐府民歌，又批评朝廷制歌不是雅乐，而是“淫乐”。

四　魏三祖的清商乐是“郑曲”

清商乐，即清商三调，包括平调、清调、瑟调，是汉魏六朝时期俗乐的总称。曹魏三祖（曹操、曹丕、曹叡）喜爱清商乐，亲自创作清商曲，推动了清商乐在魏晋以后的昌盛。但是刘勰在《乐府》篇论曰：

> 至于魏之三祖，气爽才丽，宰割辞调，音靡节平。观其“北上”众引，“秋风”列篇，或述酣宴，或伤羁戍，志不出于滔荡，辞不离于哀思，虽三调之正声，实《韶》《夏》之郑曲也。（第28页）

《宋书·乐志》第三“清商三调歌诗”下除了古词《董桃行》《善哉行》外，均为三曹歌诗，分别录曹操《短歌行》《苦海行》《秋胡行》《塘上行》《善哉行》、曹丕《燕歌行》《短歌行》《善哉行》、曹叡《苦寒行》《善哉行》。《三国志·魏书·武帝纪》注引《魏书》称曹操“登高必赋，及造新诗，被之管弦，皆成乐章”。《宋书·乐志》第三记载：“魏武帝尤好之（清歌）。”清商曲在六朝时期逐渐兴盛，曹魏三祖是起推动作用的。王僧虔说：“今之清商，实由铜雀（按，指曹操建安十五年冬作的铜雀台）；魏氏三祖，风流可怀。”（《宋书·乐志》第一）刘勰指出三曹分割古调，制作新曲，歌辞内容不受所采用的曲调的原初主题限制，音节柔靡动听。在汉末乱世里，曹操、曹丕的清商曲“或述酣宴，或伤羁戍”，这是符合事实的。但刘勰又评价说：“志不出于滔荡，辞不离于哀思。”滔荡，意即放荡。二句意谓不符合儒家“乐而不淫，哀而不伤”的中和之美。显然，刘勰是以朝廷雅乐为标准来评价清商曲这种俗乐的。“辞不离于哀思”其实正是清商曲的本色。清商曲声调的特点是清越哀伤。[1]《古诗十九首》之五："清商随风发，中曲正徘徊。一弹再三叹，慷慨有余哀。"可见其声调之哀伤。刘勰提到曹操、曹丕的两首清商曲：

苦寒行

曹　操

北上太行山，艰哉何巍巍。羊肠坂诘屈，车轮为之摧。树木何萧瑟，北风声正悲。熊罴对我蹲，虎豹夹路啼。溪谷少人民，雪落何霏霏。延颈长叹息，远行多所怀。我心何怫郁，思欲一东归。水深桥梁绝，中道正徘徊。迷惑失故路，薄暮无宿栖。行行日已远，人马同时饥。担囊行取薪，斧冰持作糜。悲彼东山诗，悠悠使我哀。

燕歌行

曹　丕

秋风萧瑟天气凉，草木摇落露为霜。群燕辞归雁南翔，念君客游多思肠。慊慊思归恋故乡，君何淹留寄他方。贱妾茕茕守空房，忧来思君不敢忘。不觉泪下沾衣裳，援瑟鸣弦发清商。短歌微吟不能长，明月皎皎照我床。星汉西流夜未央，牵牛织女遥相望，尔独何辜限河梁！

二诗音调哀婉悲凉，刘勰也说是"三调之正声"，但随即又批评为"《韶》《夏》之郑曲"。沈约《宋书·乐志》说："又有因弦管金石，造歌以被之，魏世三调歌词之类是也。"曹魏的清商三调平调、清调、瑟调，"皆周《房中》之遗声也"（《通典》卷一四五），因此刘勰说是正声；但他又说是郑曲，显然是针对不离于哀思的乐辞而言的。的确，清商曲辞与舜禹时代的《韶》《夏》古乐相比，孰郑孰雅，自不待辨。但若依据雅乐标准排除新曲俗乐，就不免显得保守了。

---

① 参见王运熙：《乐府诗述论》，第 352 页，《王运熙文集》第 1 卷，上海古籍出版社 2012 年版。

五　诗为乐心，声为乐体

西晋乐府，刘勰谈的是朝廷中的雅乐，傅玄创定雅歌，张华制作新篇，供朝廷祭祀行礼宴享之用。晋武帝泰始年间，荀勖作新笛律十二枚，造新声，阮咸讥新律声高，高近哀思，不合中和，被荀勖贬黜。刘勰《乐府》也说荀勖所改"声节哀急"，不像曹魏时杜夔调律"音奏舒雅"，并总结出乐器和乐章须表里相资、相互配合。乐由诗和声两个要素构成，刘勰论二者关系说：

> 故知诗为乐心，声为乐体。乐体在声，瞽师务调其器；乐心在诗，君子宜正其文。"好乐无荒"，晋风所以称远；"伊其相谑"，郑国所以云亡。故知季札观乐，不直听声而已。（第29页）

据《礼记·乐记》，乐乃人心感于物而动的结果。心动而形于言，于是有诗，故诗为乐心；声为乐之象，乐由声而显现，故声为乐体。乐之诗，为文辞；乐之声，发乎乐器。但刘勰论述的重点在作为乐心的诗，即"君子宜正其文"部分。《左传·襄公二十九年》记载吴季札观乐："为之歌唐，曰：'思深哉，其有陶唐氏之遗民乎？不然，何忧之远也！"唐，是尧时的旧都，周朝晋国的始封地，《诗经·唐风·蟋蟀》有"好乐无荒"，意谓虽不可以不为乐，但不能逸乐过度。季札观歌《郑》，曰："美哉，其细已甚，民弗堪也，是其先亡乎！"《诗经·郑风·溱洧》有"伊其相谑"句，《毛诗序》曰："《溱洧》，刺乱也。兵革不息，男女相弃，淫风大行，莫之能救焉。"刘勰根据季札观乐的例子，指出重点在辞，不止于听声而已，乐辞的雅正非常重要。乐府需要声与诗的相互配合，这种配合有两种情况，一是"始皆徒歌，既而被之弦管"，二是先有弦管金石的音乐，后造歌以相配合（参沈约《宋书·乐志》）。二者有时又是矛盾的。刘勰说"声来被辞，辞繁难节"，声律配合辞句时，如辞句过于繁杂，便难以调节，因此乐辞应该简约，简约的乐辞可以通过反复和增加衬句以配合乐声。

六　艳歌婉娈，怨诗诀绝

接着，刘勰批评晋代以来的民歌俗乐“诗声俱郑”，歌词和音乐都淫靡不雅：

> 若夫艳歌婉娈，怨诗诀绝，淫辞在曲，正响焉生！然俗听飞驰，职竞新异，雅咏温恭，必欠伸鱼睨；奇辞切至，则拊髀雀跃。诗声俱郑，自此阶矣。（第29页）

这里所谓的艳歌，是指“相和歌”中的《瑟调曲》，包括《艳歌何尝行》《艳歌行》《艳歌罗敷行》等。《宋书·乐志》有《艳歌何尝行》，词曰：

> 飞来双白鹄，乃从西北来。十十五五，罗列成行。妻卒被病，行不能相随。五里一反顾，六里一裴回。吾欲衔汝去，口噤不能开；吾欲负汝去，毛羽何摧颓。乐哉新相知，忧来生别离。躇踌顾群侣，泪下不自知。念与君离别，气结不能言。各各重自爱，道远归还难。妾当守空房，闭门下重关。若生当相见，亡者会黄泉。今日乐相乐，延年万岁期。

《乐府诗集》有古辞《艳歌行》，词曰：

> 翩翩堂前燕，冬藏夏来见。兄弟两三人，流宕在他县。故衣谁当补，新衣谁当绽。赖得贤主人，览取为吾绽。夫婿从门来，斜柯西北眄。语卿且勿眄，水清石自见。石见何累累，远行不如归。

二诗均是写男女恋情，辞情缠绵哀婉，所以刘勰说“艳歌婉娈”。“怨诗诀绝”是指汉乐府“相和歌”中的《白头吟》，词曰：

> 皑如山上雪，皎若云间月。闻君有两意，故来相决绝。今日斗酒会，明旦沟水头。躞蹀御沟上，沟水东西流。凄凄复凄凄，嫁娶不须啼。愿得一心人，白头不相离。竹竿何袅袅，鱼尾何蓰蓰。男儿重意气，何用钱刀为！

魏晋以后，诗人喜爱汉乐府民歌，常有拟作。如《艳歌行》和《白头吟》二曲,《乐府诗集》录有曹植《艳歌行》、曹丕《艳歌何尝行》、傅玄《艳歌行有女篇》、鲍照和张正见《白头吟》等作品。但刘勰将它们贬斥为“淫辞”,表现出对民歌的轻视态度。他感慨世人趋俗,大都喜好新奇,听雅歌则昏昏欲睡,听俗乐便欢呼雀跃,因此而“诗声俱郑”。

雅和俗,一直是传统文艺观念史上的一对矛盾。前代如荀子提倡先王的雅乐,而孟子则大胆地提出“今之乐犹古之乐也”(《孟子·梁惠王下》),若能与民同乐,则“世俗之乐”与“先王之乐”一样,都有其价值。正统的观念一般是尚古雅而斥新俗。刘勰具有浓厚的宗经思想,“《韶》响难追,郑声易启”,他依据雅乐的标准来批评汉代的乐府民歌,因而未能给予合理的认识和评论。关于这个问题,王运熙先生曾分析说,刘勰鄙视汉乐府民歌,因为不少歌辞描写的是“方俗闾里小事”,语言过于质朴鄙俗,缺乏文采,不符合刘勰重视辞藻华美的文学思想。[①]

刘勰轻视民歌,可能是有现实针对性的。自东晋以降,吴声、西曲等民间曲调日益盛行。这些民间歌谣因上层人士的喜爱而得到流行,并影响到上层士人的创作。《世说新语·言语》篇载:“桓玄问羊孚:‘何以共重吴声?’羊曰:‘以其妖而浮。’”“共重吴声”已经是一种时代风气。当然也有人以正统的儒家观念斥责这些民间歌咏为郑卫之音。《晋书·王恭传》载:“会稽王道子尝集朝士,置酒于东府。尚书令谢石因醉为委巷之歌。恭正色曰:‘居端右之重,集藩王之第,而肆淫声,欲令群下何所取则?’石深衔之。”这里的“委巷之歌”,就是指吴歌。又,《南史·颜延之传》载:“延之每薄汤惠休诗,谓人曰:‘惠休制作,委巷中歌谣耳,方当误后生。’”至宋、齐时期,吴声西曲得到上层统治阶级的肯定,宋孝武帝刘骏就曾亲自作吴歌。萧子显《南齐书·萧惠基传》说:“自宋大明以来,声伎所尚,多郑卫淫俗。雅乐正声,鲜有好者。”人们对吴声西曲的喜爱已经超过雅乐。萧子显在《南齐书·文学传论》里概括当时文章有三体,其中有曰:“次则发唱惊挺,操调险急,雕藻淫艳,倾炫心魂。亦犹五色之有红紫,八音之有郑、卫。斯鲍照之遗烈

---

① 王运熙:《从〈乐府〉、〈谐隐〉看刘勰对民间文学和通俗文学的态度》,《文心雕龙探索》,第65页,《王运熙文集》第3卷,上海古籍出版社2012年版。

也。”就是指鲍照等文人所作的乐府诗。刘勰、钟嵘和萧统等都比较轻视民歌,可能是对当时文人接受民歌影响而“操调险急,雕藻淫艳”的创作风气有所警诫。至稍后的陈代徐陵编选《玉台新咏》,才选录了不少民间歌咏和文人的仿作。

七　文人乐府,事谢丝管

刘勰在《乐府》篇后段说:

> 观高祖之咏“大风”,孝武之叹“来迟”,歌童被声,莫敢不协。子建、士衡,咸有佳篇,并无诏伶人,故事谢丝管。俗称乖调,盖未思也。(第30页)

这一段文字从音乐性的角度讨论朝廷乐府和文人乐府的差别。据《史记·高祖本纪》,十二年(前195)十月,高祖还乡过沛,置酒于沛宫,发沛中儿童,得一百二十人,教他们乐歌。酒酣,高祖击筑,自为歌诗曰:“大风起兮云飞扬,威加海内兮归故乡,安得猛士兮守四方!”令儿童皆和习之。这时虽然没有乐府,但是帝王作歌,可以令儿童歌唱。又据《汉书·外戚传》,李夫人去世后,汉武帝相思悲感,为作诗曰:“是邪,非邪?立而望之,偏何姗姗其来迟!”令乐府诸音家弦歌之。刘勰用这两个例子来说明帝王咏叹,可以令乐府机关被以管弦,合乐歌唱。至曹操那个时代依然如此,如《三国志·魏书·武帝纪》注引《魏书》说曹操“登高必赋,及造新诗,被之管弦,皆成乐章”。但是,至曹植、陆机等一些文人仿制、拟作乐府时,诗与乐逐渐分开了,一方面是在汉末乱世中旧乐亡绝,另一方面他们是一般的文臣,没有资格下诏使伶人作谱合弦来歌唱,因此“事谢丝管”,而只能讲究内容和辞章即“乐心”(诗)的一面。文人创作乐府将诗、声相分离的现象,被世俗人批评为“乖调”,但刘勰认为文人乐府之诗、声分离是很自然的,不应该强求文人乐府一定要合乐。

汉乐府对于魏晋文人具有深刻的影响,如曹植、曹丕、王粲、陆机、傅玄等都创作有大量的乐府诗,特别是曹植,其《美女篇》《名都篇》《妾薄命》《野田黄雀行》等均是名篇。文人仿制，既不合乐，且摆脱旧题的限制，或题虽旧而义自新，或自出新题，是乐府诗发展的新阶段。萧涤非先生曾说“汉乐府变于魏，而子建实为之枢纽”，曹植乐府体制上有三个特征：“一曰格调高雅”，“二曰文字藻丽”，“三曰音律乖离。乐府主声，子建所作，多侧重文字与内容，入乐者甚少，故两汉‘其来于于，其去徐徐’之韵味，亦颇缺乏。殆几与不入乐之诗打成一片矣”。[①] 所言第三点，即刘勰所谓“并无诏伶人，故事谢丝管”，不过萧涤非先生语气带有遗憾，刘勰则肯定这种诗、乐分离现象。

【扩展阅读】

王运熙：《从〈乐府〉、〈谐隐〉看刘勰对民间文学和通俗文学的态度》，原载《柳泉》1983 年第 1 期，收入《文心雕龙探索》，《王运熙文集》第 3 卷，上海古籍出版社 2012 年版。

杨明：《释〈文心雕龙·乐府〉中的几个问题——兼谈刘勰的思想方法》，《文学遗产》2000 年第 1 期。

王小盾：《〈文心雕龙·乐府〉三论》，《文学遗产》2010 年第 3 期。

◎作者讲课实录：

① 萧涤非：《汉魏六朝乐府文学史》，第 154 页，人民文学出版社 1984 年版。

第六讲　铺采摛文，体物写志：《诠赋》

赋是汉魏六朝时期与诗相并列的重要文体。刘歆《七略》有"诗赋略"，曹丕《典论·论文》说"诗赋欲丽"，陆机《文赋》曰"诗缘情而绮靡，赋体物而浏亮"，都是将诗、赋并提；范晔《后汉书》在列举传主著述时亦多并列诗、赋。在文学意识逐渐自觉的魏晋南北朝时期，以抒怀咏物为特征的诗与赋得到突显，与其他实用性文体区别开来。如萧统编《文选》，入选赋与诗的数量远远超过其他文体。刘勰在《明诗》《乐府》篇之后紧接着列《诠赋》篇，也是基于它们性质较为相近。

一　释名以章义：铺采摛文，体物写志

> 《诗》有六义，其二曰赋。赋者，铺也；铺采摛文，体物写志也。昔邵公称："公卿献诗，师箴瞽赋。"《传》云："登高能赋，可为大夫。"《诗序》则同义，《传》说则异体，总其归涂，实相枝干。故刘向明"不歌而颂"，班固称"古诗之流"也。（第32页）

《诠赋》开篇，依据前代文献，解释赋的名义。《毛诗序》说："诗有六义，一曰风，二曰赋……"关于"六义"，最早的说法是《周礼·春官·大师》的"六诗"："教六诗，曰风，曰赋，曰比，曰兴，曰雅，曰颂。"汉郑氏注："赋之言铺，直铺陈今之政教善恶。"刘勰引用郑注，采其前半句"赋之言铺"，而遗其后半句"直铺陈今之政教善恶"，但是在《诠赋》后段，他说赋应该"贵风轨""益劝戒"，这与汉儒的"直铺陈今之政教善恶"是有联系的。虽然"风轨"和"劝戒"不是《诠赋》篇的重心所在，但通过《文心雕龙》全书看，刘勰还是重视赋的政治功能的。

两汉以后，赋体事实上逐渐丧失铺陈政教善恶的功能，转而侧重于铺写外物，寄予情思，因此刘勰将“赋”音训为“铺”之后，紧接着解释为“铺采摛文，体物写志”。摛，也即铺、铺陈的意思。东汉班固《答宾戏》借宾客之口嘲戏以著述为业者，“虽驰辩如涛波，摛藻如春华，犹无益于殿最也”（按，殿最，考核政绩）。摛藻铺采，是汉代大赋的体制特征。司马迁《太史公自序》说司马相如的赋是“靡丽多夸”，扬雄谓赋“极靡丽之辞，闳侈巨衍，竞于使人不能加也”（《汉书·扬雄传》），极力铺排辞藻，穷极声貌，加以细致描绘，刘勰据此而概括为“铺采摛文”。赋的内容，刘勰概括为“体物写志”。陆机《文赋》就曾说“赋体物而浏亮”，“体”为动词，“体物”即具体逼真地刻画物象，“写志”即倾吐情怀的意思。向秀《思旧赋》曰：“遂援翰而写心。”挚虞《文章流别志》解释赋“所以假象尽辞，敷陈其志。古诗之赋，以情义为主，以事类为佐”。此为刘勰所本。纪昀曾说：“铺采摛文，尽赋之体；体物写志，尽赋之旨。”这是切合刘勰本意的。而事实上，汉大赋的文体特征是铺采摛文，重在讽谏政治，不在抒写个人怀抱。“体物写志”算得上是东汉后期抒情小赋的写作意旨。

《国语·周语上》又记载：“故天子听政，使公卿至于列士献诗……师箴瞍赋。”韦昭注曰：“赋公卿列士所献诗也。”周代天子听政，有瞽叟赋诗；至春秋时期，诸侯外交时也多赋诗言志。这类“赋”诗，往往并不配上音乐旋律，吟诵时只有音调的抑扬抗坠。刘向说“不歌而诵谓之赋”，即是指赋诗。《毛诗故训传》又提出：“升高能赋，可以为大夫。”左思《三都赋序》解释说：“升高能赋者，颂其所见也。”唐孔颖达疏曰：“升高能赋者，谓升高有所见，能为诗，赋其形状，铺陈其事势也。”《毛诗序》所说的“赋”，只是《诗经》的“六义”之一，刘向与《毛诗故训传》所说的赋，则是与诗不同的一种体制，近似于春秋时期的“赋诗言志”。班固《汉书·艺文志》解释说：“言感物造耑，材知深美，故可以为列大夫也。古者，诸侯卿大夫交接邻国，以微言相感，当揖让之时，必称诗以喻其志，盖以别贤不肖而观盛衰焉。”可见“登高能赋”还是指春秋时期诸侯外交场合的“赋诗言志”，刘勰所说则是把“登高”引申为升高登山①。刘勰引用班固《两都赋序》所谓"赋者,古诗之流也"的论断来阐述诗赋的关系,赋是由诗衍生而出的,如果说诗是树干的话,那么赋则是枝丫。

二　六义附庸,蔚成大国

> 至如郑庄之赋"大隧"、士芳之赋"狐裘",结言短韵,词自已作,虽合赋体,明而未融。及灵均唱《骚》,始广声貌。然则赋也者,受命于诗人,而拓宇于《楚辞》也。于是荀况《礼》《智》,宋玉《风》《钓》,爰锡名号,与诗画境。六义附庸,蔚成大国。述客主以首引,极声貌以穷文,斯盖别诗之原始,命赋之厥初也。(第33页)

不管是《诗经》中的赋,还是周代的瞽叟赋诗、春秋时的赋诗言志,都不是独立的创作。至《左传·隐公元年》记载"郑伯克段于鄢"一事,文曰:"公入而赋:'大隧之中,其乐也融融。'姜出而赋:'大隧之外,其乐也泄泄。'"杜预注:"赋,赋诗也。"孔颖达正义:"赋诗,谓自作诗也。"又《左传·僖公五年》记载,晋献公宠爱骊姬,骊姬杀太子申生,逼重耳、夷吾出奔,倾危晋国,士芳退而赋曰:"狐裘龙茸,一国三公,吾谁适从?"杜预注:"士芳自作诗也。"这些"赋",都谓自作,所以刘勰说:"结言短韵,词自已作。"虽然其直接铺陈似赋,但还不是标准的赋体,因而刘勰说:"虽合赋体,明而未融。"

赋体渊源于楚《骚》,这是刘勰的一个基本认识,在《辨骚》篇就说过《楚辞》是"词赋之英杰","其衣被词人,非一代也"。汉代大赋作家各自都从楚《骚》中得到滋养,不同程度地受到楚《骚》的影响。《通变》篇中也说:"汉之赋颂,影写楚世。"(第145页)《诠赋》篇探索赋的源流,认为楚《骚》是赋体发展史上的重要一环,"灵均唱《骚》,始广声貌"(第33页),注重于对声貌物色的铺陈描写,是赋的特征,而从《楚辞》就开始注重描写声貌了。所以刘勰说赋这种体制"受命于诗人,而

---

① 《韩诗外传》卷七载:"孔子游于景山之上,子路、子贡、颜渊从。孔子曰:'君子登高必赋。小子愿者,何言其愿?丘将启汝。'"

拓宇于《楚辞》也”。拓宇，开拓疆土，即发展的意思。

到了荀况的《赋篇》和宋玉的《风赋》《钓赋》，才真正是以赋命名的篇章，赋始“与诗画境”，成为一种独立的文体。刘勰在《文心雕龙》中提到宋玉的赋篇，还有：1.《登徒子好色赋》。《谐讔》篇：“宋玉赋《好色》，意在微讽，有足观者。”（第64页）2.《神女赋》。《丽辞》篇：“宋玉《神女赋》云：‘毛嫱鄣袂，不足程式；西施掩面，比之无色。’此事对之类也。”（第170页）3.《高唐赋》。《比兴》篇：“宋玉《高唐》云：‘纤条悲鸣，声似竽籁。’此比声之类也。”（第174页）到宋玉那个时代，赋这种文体已经获得充分的发展，由“六义”之附庸而“蔚成大国”了。

荀子和宋玉的赋，已经具备了汉大赋的两个基本要素——主客问答的结构和铺排的方法，即刘勰所谓“述客主以首引，极声貌以穷文”。试举宋玉的《风赋》：

风 赋

宋 玉

楚襄王游于兰台之宫，宋玉、景差侍。有风飒然而至，王乃披襟而当之，曰：“快哉此风，寡人所与庶人共者耶？”宋玉对曰：“此独大王之风耳，庶人安得而共之？”王曰：“夫风者，天地之气，溥畅而至，不择贵贱高下而加焉。今子独以为寡人之风，岂有说乎？”宋玉对曰：“臣闻于师，枳句来巢，空穴来风，其所托者然，则风气殊焉。”王曰：“夫风，始安生哉？”宋玉对曰：“夫风生于地，起于青蘋之末，侵淫溪谷，盛怒于土囊之口，缘太山之阿，舞于松柏之下，飘忽淜滂，激扬熛怒，耾耾雷声，回穴错迕，蹶石伐木，梢杀林莽。至其将衰也，被丽披离，冲孔动楗，眴涣粲烂，离散转移。故其清凉雄风，则飘举升降，乘凌高城，入于深宫，邸华叶而振气，徘徊于桂椒之间，翱翔于激水之上，将击芙蓉之精，猎蕙草，离秦蘅，概新夷，被荑杨，回穴衡陵，萧条众芳。然后徜徉中庭，北上玉堂，跻于罗帏，经于洞房，乃得为大王之风也。故其风中人，状直惨凄惏栗，清凉增欷，清清泠泠，愈病析酲，发明耳目，宁体便人。此所谓大王之雄风也。”王曰：“善哉论事。夫庶人之风，岂可闻乎？”宋玉对曰：“夫庶人之风，塕然起于穷巷之间，堀堁扬尘，勃郁烦冤，冲孔袭门,动沙堁,吹死灰,骇溷浊,扬腐余,邪薄入瓮牖,至于室庐。故其风中人,状直憞溷郁邑,殴温致湿,中心惨怛,生病造热,中唇为胗,得目为蔑,啖齰嗽获,死生不卒。此所谓庶人之雌风也。”

《风赋》的总体结构是楚襄王和宋玉的问答,其中对于“大王之雄风”“庶人之雌风”的描摹,是穷极声貌的铺排,汉大赋就承续了这种赋体特征。

三　汉大赋:体国经野,义尚光大

> 秦世不文,颇有杂赋。汉初词人,循流而作:陆贾扣其端,贾谊振其绪,枚、马播其风,王、扬骋其势,皋、朔已下,品物毕图。繁积于宣时,校阅于成世,进御之赋千有余首。讨其源流,信兴楚而盛汉矣。若夫京殿苑猎,述行序志,并体国经野,义尚光大。既履端于唱序,亦归余于总乱。序以建言,首引情本;乱以理篇,写送文势。按《那》之卒章,闵马称“乱”,故知殷人缉《颂》,楚人理赋,斯并鸿裁之寰域,雅文之枢辖也。(第33页)

秦代不重视文化,辞赋创作没有可以称道的,刘勰一笔带过。他接下来列举西汉写作大赋的陆贾、贾谊、枚乘、司马相如、王褒、扬雄、枚皋、东方朔八家。陆贾、贾谊生活在汉初,年代较早,是汉赋的端绪,枚乘略后,司马相如、枚皋、东方朔等都是汉武帝时期的辞赋家,王褒生活在宣帝时,扬雄生活在成帝时。刘勰特别提到“宣时”“成世”,即汉宣帝、汉成帝时期。他论历代文学,非常重视帝王文治对于文学兴废的影响,即《时序》篇所谓“风动于上,而波震于下者也”(第211页)。《时序》篇论汉代文学,就紧密关注汉代帝王的喜好和文化政策对文学的影响。《诠赋》篇也是如此。的确,汉大赋的兴盛,与帝王的爱好与提倡是有直接关系的。此前,班固《两都赋序》说:“至于武、宣之世……言语侍从之臣,若司马相如、虞丘寿王、东方朔、枚皋、王褒、刘向之属,朝夕论思,日月献纳……或以抒下情而通讽谕,或以宣上德而尽忠孝,雍容揄扬,著于后嗣,抑亦《雅》《颂》之亚也。”汉武帝读司马相如《子虚赋》,遗憾“不得与此人同时”(《史记 · 司马相如传》)。汉宣帝肯定辞赋高于倡优博弈。至成帝时,下诏令光禄大夫刘向校经传诸子诗赋,“论而录之,盖奏御者千有余篇”(班固《两都赋序》)。所以刘勰感叹“讨其源流,信兴楚而盛汉矣”,赋体起源于楚《骚》,而繁盛于汉代。

萧统《文选》录历代赋,根据内容分为京都、郊祀、耕藉、畋猎、纪行、游览、宫殿、江海、物色、鸟兽、写志、哀伤、论文、音乐、抒情十五类。刘勰论汉大赋,说:“京殿苑猎,述行序志,并体国经野,义尚光大。”京殿,包括《文选》京都、宫殿类,如《两都赋》《二京赋》《鲁灵光殿赋》等,是体国;苑猎,包括郊祀、耕藉、畋猎类,如《上林赋》《长杨赋》《羽猎赋》等,是经野;述行,是指纪行类,如《北征赋》《东征赋》;序志指班固《幽通赋》、张衡《思玄赋》等自叙情志的大赋。刘勰说这些大赋的内容风格应该是义尚光大,即规模宏大,恢宏壮丽。

关于汉大赋的结构要点,刘勰指出除了纵横铺陈、义尚光大外,尤要注意发端和结局:发端的唱序,交代清楚作赋的缘由;篇末的乱辞,要能收束一篇的旨趣。我们举班固的《西都赋》来看,此篇开端的叙引是这样的:“有西都宾问于东都主人曰:‘盖闻皇汉之初经营也,尝有意乎都河洛矣,辍而弗康,实用西迁,作我上都。主人闻其故而睹其制乎?’主人曰:‘未也。愿宾摅怀旧之蓄念,发思古之幽情,博我以皇道,弘我以汉京。’宾曰:‘唯,唯。汉之西都,在于雍州,实曰长安。”接下来便是正文铺叙西都的壮观繁盛。这个发端就交代清楚了作赋的缘由。宾客夸赞了西都后,东都主人喟然而叹,然后以更为洪壮的气势铺排东都之兴盛,最后曰:“主人之辞未终,西都宾矍然失容,逡巡降阶,惵然意下,捧手欲辞。主人曰:‘复位,今将授子以五篇之诗。’宾既卒业,乃称曰:‘美哉乎,斯诗义正乎扬雄,事实乎相如。匪唯主人之好学,盖乃遭遇乎斯时也。小子狂简,不知所裁,既闻正道,请终身而诵之。”这就归结到最后的赋旨,东都主人折服西都宾客,意谓东都更盛,即归到光扬大汉的本旨。序引点出缘由,乱辞结出本旨,这是大赋写作的关键。

四　咏物杂赋:言务纤密,理贵侧附

至于草区禽族,庶品杂类,则触兴致情,因变取会,拟诸形容,则言务纤密;象其物宜,则理贵侧附。斯又小制之区畛,奇巧之机要也。(第33页)

这里说的是汉大赋之外的咏物杂赋。班固《汉书·艺文志》提到杂禽兽六畜昆虫赋十八篇,杂器械草木赋三十三篇。刘勰所述,即此类赋。自汉末以降,这类咏物杂赋逐渐增多,如曹丕、曹植和建安七子就多有杂赋之作。刘勰在《才略》篇提及西晋张华一篇杂赋,说:"《鷦鷯》寓意,即韩非之《说难》也。"(第232页)意即张华的《鷦鷯赋》隐寓着《韩非子·说难》所表达的全身远害的意思。

鷦鷯赋 并序

张　华

鷦鷯,小鸟也,生于蒿莱之间,长于藩篱之下,翔集寻常之内,而生生之理足矣。色浅体陋,不为人用,形微处卑,物莫之害。繁滋族类,乘居匹游,翩翩然有以自乐也。彼鷲鶚鹍鸿,孔雀翡翠,或陵赤霄之际,或托绝垠之外,翰举足以冲天,觜距足以自卫,然皆负矰婴缴,羽毛入贡。何者?有用于人也。夫言有浅而可以托深,类有微而可以喻大,故赋之云尔。

何造化之多端兮,播群形于万类。惟鷦鷯之微禽兮,亦摄生而受气。育翩翾之陋体兮,无玄黄以自贵。毛弗施于器用兮,肉不登乎俎味。鹰鹯过犹俄翼兮,尚何惧于罿罻!翳荟蒙茏,是焉游集。飞不飘扬,翔不翕习。其居易容,其求易给。巢林不过一枝,每食不过数粒。栖无所滞,游无所盘。匪陋荆棘,匪荣茝兰。动翼而逸,投足而安。委命顺理,与物无患。伊兹禽之无知兮,何处身之似智!不怀宝以贾害兮,不饰表以招累。静守约而不矜,动因循以简易。任自然以为资,无诱慕于世伪。鵰鶡介其觜距,鹄鹭轶于云际,鹍鸡窜于幽险,孔翠生乎遐裔。彼晨凫与归雁,又矫翼而增逝:

咸美羽而丰肌，故无罪而皆毙；徒衔芦以避缴，终为戮于此世。苍鹰鸷而受绁，鹦鹉惠而入笼。屈猛志以服养，块幽絷于九重。变音声以顺旨，思摧翮而为庸。恋钟岱之林野，慕垄坻之高松。虽蒙幸于今日，未若畴昔之从容。海鸟鹍鹏，避风而至。条枝巨雀，逾岭自致。提挈万里，飘飖逼畏。夫唯体大妨物，而形瑰足玮也。阴阳陶蒸，万品一区。巨细舛错，种繁类殊。鹪螟巢于蚊睫，大鹏弥乎天隅。将以上方不足，而下比有余。普天壤以遐观，吾又安知其大小之所如！

明人张溥《汉魏六朝百三家集题辞》谓张华“初未知名，作《鹪鹩赋》以寄意，感其不才善全，有庄周木雁之思。”《庄子·山木》篇，弟子设“山中之木以不材得终其天年，今主人之雁以不材死”二难以问，庄子笑着回答说：“周将处乎材与不材之间。”张华此赋立意在此。这样咏物寄意，符合刘勰所谓“触兴致情，因变取会”的要求。刘勰指出写作这类咏物杂赋，风格体制是“小制”，与汉大赋之“极丽靡之辞，闳侈巨衍”是不同的，需要细致地描写物色，刻画形态，不是正面论理，而是侧面比附，关键在于寄寓情理。

五　选文以定篇：评论历代十八家赋

观夫荀结隐语，事数自环；宋发夸谈，实始淫丽。枚乘《菟园》，举要以会新；相如《上林》，繁类以成艳；贾谊《鹏鸟》，致辨于情理；子渊《洞箫》，穷变于声貌；孟坚《两都》，明绚以雅赡；张衡《二京》，迅拔以宏富；子云《甘泉》，构深玮之风；延寿《灵光》，含飞动之势：凡此十家，并辞赋之英杰也。及仲宣靡密，发端必遒；伟长博通，时逢壮采；太冲、安仁，策勋于鸿规；士衡、子安，底绩于流制；景纯绮巧，缛理有余；彦伯梗概，情韵不匮：亦魏晋之赋首也。（第34页）

荀子的赋，近似谜语，反复形容描摹，然后揭出谜底，故刘勰说“荀结隐语，事数自环”。如：

礼　赋

荀　子

爰有大物，非丝非帛，文理成章。非日非月，为天下明。生者以寿，死者以葬。城郭以固，三军以强。粹而王，驳而伯，无一焉而亡。臣愚不识，敢请之王。王曰："此夫文而不采者与？简然易知，而致有理者与？君子所敬，而小人所不者与？性不得则若禽兽，性得之则甚雅似者与？匹夫隆之则为圣人，诸侯隆之则一四海者与？致明而约，甚顺而体，请归之礼。"

荀子的赋，风格是雅正简约的。但赋至宋玉，开始夸张铺排。刘勰之前，挚虞在《文章流别论》中就说，赋"至宋玉则多淫浮之病矣"，与屈原的骚、荀子的赋相比，宋玉的赋夸饰靡丽得过分。刘勰在《夸饰》篇中说："自宋玉、景差，夸饰始盛。"（第 177 页）《诠赋》里说"宋发夸谈，实始淫丽"。淫丽，即扬雄所说的"辞人之赋丽以淫"。

枚乘是西汉早期的辞赋家，曾做过吴王濞的郎中，后为梁孝王的宾客。刘勰这里提到的《菟园》，即《梁王菟园赋》，但仅剩残篇，刘勰所谓"举要以会新"难以考实。枚乘赋最著名的是《七发》。刘勰在《杂文》篇中说："及枚乘摛艳，首制《七发》，腴辞云构，夸丽风骇。盖七窍所发，发乎嗜欲，始邪末正，所以戒膏粱之子也。"（第 58 页）《七发》极尽铺排之能事，所叙故事为楚太子有病，吴客提出以音乐、饮食、车马、游览、田猎、观涛来治疗，未能奏效。最后吴客要为太子陈述"天下要言妙道"，"于是太子据几而起，曰：'涣乎若一听圣人辩士之言。'涩然汗出，霍然病已"。赋的主旨，据《文选》李善注，枚乘"事梁孝王，恐孝王反，故作《七发》以谏之"，其中讽谏意旨非常明显。刘勰在《才略》篇赞枚乘《七发》"膏润于笔，气形于言矣"，辞藻丰蔚，而意旨鲜明。

司马相如是汉大赋作者的代表。对于他的大赋，后人评价存在分歧。司马迁在《史记·司马相如列传》里说："无是公言天子上林广大，山谷、水泉、万物，乃子虚言楚云梦所有甚众，侈靡过其实，且非义理所尚，故删取其要，归正道而论之。"又传末之"太史公曰"谓："相如虽多虚辞滥说，然其要归引之节俭，此与《诗》之风谏何异！"一方面批评司马相如赋靡丽多夸、虚辞滥说，另一方面肯定其讽谏的主旨与《诗经》

无异。稍后的扬雄虽然早年称赏司马相如赋“弘丽温雅”，但又以为“靡丽之赋，劝百风一，犹驰骋郑卫之声，曲终而奏雅”（《汉书·司马相如传》引）。刘勰在《诠赋》里用“繁类以成艳”品评司马相如的赋。这个品评在其他篇章中得到呼应，如《才略》篇说：“相如好书，师范屈、宋，洞入夸艳，致名辞宗。然核取精意，理不胜辞，故扬子以为‘文丽用寡者长卿’，诚哉是言也！”（第228页）《物色》篇说：“及长卿之徒，诡势瑰声，模山范水，字必鱼贯，所谓诗人丽则而约言，辞人丽淫而繁句也。”（第223页）可见，刘勰对司马相如的态度，接近于扬雄。但是司马相如的赋，繁辞艳说，的确富有感染力。《汉书·扬雄传》载：“往时武帝好神仙，相如上《大人赋》欲以风，帝反缥缥有凌云之志。”刘勰在《风骨》篇引述此事说：“相如赋仙，气号凌云，蔚为辞宗，乃其风力遒也。”（第141页）风力遒劲，就是说艺术感染力之强烈，司马相如因之而堪称“辞宗”。

汉初文帝、景帝时期，“辞人勿用”，贾谊才高而遭贬，内心充满忧愤，撰作《吊屈原赋》和《鹏鸟赋》等以自喻。刘勰在《诠赋》这里提到《鹏鸟赋》“辨于情理”，这篇赋是贾谊被贬斥长沙，失意之后所写，主旨是以道家的顺天委命思想来安顿心灵，“齐死生，等荣辱，以遣忧累焉”（《西京杂记》卷五）。《史记》本传说：“贾生为长沙王太傅三年，有鸮飞入贾生舍，止于坐隅。楚人命鸮曰‘鹏’。贾生既以谪居长沙，长沙卑湿，自以为寿不得长，伤悼之，乃为赋以自广。”其中如：

> 且夫天地为炉兮，造化为工；阴阳为炭兮，万物为铜。合散消息兮，安有常则？千变万化兮，未始有极。忽然为人兮，何足控抟；化为异物兮，又何足患！小智自私兮，贱彼贵我；达人大观兮，物无不可。贪夫徇财兮，烈士徇名。夸者死权兮，品庶每（按，贪恋）生。怵迫之徒兮，或趋西东；大人不曲兮，意变齐同。愚士系俗兮，窘若囚拘；至人遗物兮，独与道俱。众人惑惑兮，好恶积亿；真人恬漠兮，独与道息。释智遗形兮，超然自丧；寥廓忽荒兮，与道翱翔。乘流则逝兮，得坻则止；纵躯委命兮，不私与己。其生兮若浮，其死兮若休。澹乎若深渊之静，泛乎若不系之舟。不以生故自宝兮，养空而游。德人无累兮，知命不忧；细故蒂芥兮，何足以疑？

其中表达的就是老、庄超越世俗,齐外物、齐生死的主题,所以刘勰说“辨于情理”。《比兴》篇又说:“贾生《鹏鸟》云:‘祸之与福,何异纠缠。’此以物比理者也。”(第174页)刘勰赞赏贾谊和屈原一样忠贞(《程器》),对于贾谊的不幸深表同情。贾谊的赋属于骚体赋,继承了屈原骚怨的精神。在《哀吊》篇里,刘勰说:“自贾谊浮湘,发愤吊屈,体周而事核,辞清而理哀,盖首出之作也。”(第55页)其实贾谊的《吊屈原赋》,后世一般视为赋篇,是骚赋的典范,而不是吊文。《汉书·贾谊传》说:“(屈原)遂自投江而死,(贾)谊追伤之,因以自喻。”贾谊此篇在吊屈原的同时抒发自己之幽愤,其中大量铺陈了尊卑、贵贱、善恶、贤愚相互颠倒的人、事、物,以讽刺“阘茸尊显兮,谗谀得志;贤圣逆曳兮,方正倒植”的悖谬现实,没有后来司马相如的繁艳,故而刘勰说“辞清”;批判政治,寄予悲愤,故曰“理哀”。

王褒为汉宣帝时辞赋家,善为赋颂,得到宣帝的宠信。《汉书》本传记载:“其后太子体不安,苦忽忽善忘,不乐。诏使褒等皆之太子宫虞侍太子,朝夕诵读奇文及所自造作。疾平复,乃归。太子喜褒所为《甘泉》及《洞箫颂》,令后宫贵人左右皆诵读之。”辞赋之铺陈扬厉,竟然具有化释胸中郁积之气的艺术治疗功能。《洞箫赋》是王褒的名篇,反复铺排箫的制作材料禀天然之丽质,工匠制作之精细,乐师演奏之高超,音乐效果之美妙。刘勰在《才略》篇说:“王褒构采,以密巧为致,附声测貌,泠然可观。”(第228页)描绘外貌,摹写声音,都非常形象逼真。《洞箫赋》善于用比兴,如描绘箫声时而慷慨,时而优柔云:“听其巨音,则周流泛滥,并包吐含,若慈父之畜子也。其妙声,则清静厌瘱,顺叙卑达,若孝子之事父也。科条譬类,诚应义理;澎濞慷慨,一何壮士;优柔温润,又似君子。”《比兴》列举此为“以声比心”之例。

班固的《两都赋》、张衡的《二京赋》、扬雄的《甘泉赋》、王延寿的《鲁灵光殿赋》都是汉大赋的典范之作,刘勰以“明绚”“雅赡”“迅拔”“宏富”“深玮”“飞动”等词语描述它们的特征。以上荀、宋赋和八家汉大赋,被刘勰赞为“辞赋之英杰”。

接下来,刘勰又论魏晋八家赋。建安时期,擅长辞赋的是王粲和徐幹。曹丕《典论・论文》说:“王粲长于辞赋,幹时有逸气,然非粲匹也。”①刘勰也列举了王粲和徐幹二人。这个时期以抒情小赋为主,大赋逐渐退场,所以刘勰说时逢壮采;后面论左思、潘岳,也说“策勋于鸿规”。壮采、鸿规,不是魏晋赋的主要风格特征。王粲的赋多以抒情发端,如《登楼赋》:“登兹楼以四望兮,聊暇日以销忧。”《初征赋》:“违世难以回析兮,超遥集于蛮楚。逢屯否而底滞兮,忽长幼以羁旅。”《思友赋》:“登城隅之高观,忽临下以翱翔。行游目于林中,睹旧人之故场。身既没而不见,余迹存而未丧。沧浪浩兮回流波,水石激兮扬素精。夏木兮结茎,春鸟兮愁鸣。”《伤夭赋》:“惟皇天之赋命,实浩荡而不均。或老终以长世,或昏夭而夙泯。物虽存而人亡,心惆怅而长慕。哀皇天之不惠,抱此哀而何诉?”所以刘勰称赞说:“发端必遒。”即富有风力,感染力强。又《才略》篇说:“仲宣溢才,捷而能密,文多兼善,辞少瑕累,摘其诗赋,则七子之冠冕乎!”(第231页)王粲才思敏捷,而思致绵密,文辞少有毛病。刘勰在《才略》篇说:“徐幹以赋、论标美。”然而,徐幹的赋今可见者多为残篇,难窥全貌,故不具论。

刘勰说:“太冲、安仁,策勋于鸿规。”(第34页)当指左思的《三都赋》和潘岳的《藉田赋》,义旨雅正,体制宏大。“士衡、子安,底绩于流制”,谓陆机和成公绥也能在赋这种流行文体的创作上取得实绩。在《才略》篇中,刘勰说:“成公子安,选(按,通‘撰’)赋而时美。”(第232页)成公绥的赋时而有美篇。陆机的诗赋,才深思巧,辞广而过繁。郭璞的赋,刘勰在《才略》篇列举其《南郊赋》,品曰“穆穆以大观”,在《诠赋》这里评郭璞赋为“绮巧”和“缛理有余”。晋宋时期郭璞的《江赋》广为流传,《文选・江赋》注引《晋中兴书》曰:“璞以中兴,王宅江外,乃著《江赋》,述川渎之美。”辞采粲丽艳逸。“彦伯梗概,情韵不匮”,是指袁宏的《北征赋》。据《世说新语》刘孝标注引《袁宏集》,赋末云:

> 闻所闻于相传,云获麟于此野。诞灵物以瑞德,奚授体于虞者。悲尼父之恸泣,似实恸而非假。岂一物之足伤,实致伤于天

① 此据《三国志・王粲传》裴注引《典论》,通行本作“徐幹时有齐气,然粲之匹也”。参见范子烨:《曹丕〈典论・论文〉“齐气”发覆》,《中国文化》2013年第37期。

下。感不绝于余心，溯流风而独写。

这篇赋情辞慷慨，为时人所讽诵。《世说新语·文学》载："桓宣武命袁彦伯作《北征赋》。既成，公与时贤共看，咸嗟叹之。时王珣在坐，云：'恨少一句，得"写"字足韵当佳。'袁即于坐揽笔益云：'感不绝于余心，溯流风而独写。'公谓王曰：'当今不得不以此事推袁。'"补一句而足韵，故而刘勰说"情韵不匮"。

六　敷理以举统：立赋之大体是"丽辞雅义"

原夫登高之旨，盖睹物兴情。情以物兴，故义必明雅；物以情观，故词必巧丽。丽词雅义，符采相胜，如组织之品朱紫，画绘之著玄黄，文虽杂而有质，色虽糅而有本，此立赋之大体也。然逐末之俦，蔑弃其本，虽读千赋，愈惑体要，遂使繁华损枝，膏腴害骨，无贵风轨，莫益劝戒，此扬子所以追悔于雕虫，贻诮于雾縠者也。（第35页）

最后一段阐明作赋须遵循的原则。前面引《传》曰："登高能赋，可以为大夫。"刘勰说登高的意图在于"睹物兴情"，这比左思《三都赋序》所谓"升高能赋者，颂其所见也"更深入了一层。情与物的关系，是刘勰在《文心雕龙》中反复阐述的理论问题，这是当时以诗、赋、骈文为中心的文学创作的基本问题。《明诗》篇说："人禀七情，应物斯感。感物吟志，莫非自然。"（第23页）《物色》篇说："春秋代序，阴阳惨舒；物色之动，心亦摇焉。……岁有其物，物有其容；情以物迁，辞以情发。"（第222页）这都是在反复阐明"感物兴情"的理论。"赋"这种文体，更是直接关涉着外物。班固《汉书·艺文志》解释赋为"感物造耑"，陆机《文赋》说："赋体物而浏亮。"体物，即写物图貌，是赋的写作要点。随着汉末抒情小赋的兴起，越来越多的辞赋作家借描写物色以抒发情感，"感物兴情"的意识越来越自觉，如：

嵇康《琴赋》："顾兹梧而兴虑，思假物以托心。"
陆机《感时赋》："矧余情之含瘁，恒睹物而增酸。"
陆机《思归赋》："悲缘情以自诱，忧触物而生端。"

曹摅《述志赋》:“悲盛衰之递处,情悠悠以纡结。揽萱草以掩泪,曾一欢而九咽。”

夏侯湛《秋可哀》:“感时迈以兴思,情怆怆以含伤。”

正是基于辞赋家创作经验的积累和当时理论的发展,刘勰提出“情以物兴”“物以情观”的问题。关于赋的要求,刘勰概括为“丽词雅义”,也即扬雄所谓“诗人之赋丽以则”的“丽以则”,“则”即是雅正,偏重赋的内容主旨。刘勰所谓的“本”与“质”,即“雅义”;所谓的“末”与“文”,即“丽词”。雅义与丽词二者须符采相胜,表里一致,相得益彰,但又有主次轻重的分别。如果过于讲究“丽词”,结果就是“繁华损枝,膏腴害骨”,也即《风骨》篇所谓“瘠义肥辞,繁杂失统”(第141页),所以《诠赋》赞语提出“风归丽则,辞剪荑稗”(第35页)。此前,挚虞《文章流别论》也批评汉代以降的赋存在“假象过大”“逸辞过壮”“辩言过理”“丽靡过美”等缺点,“背大体而害政教”。这对刘勰论赋有着直接的影响。从最后一段可知,刘勰所谓的“雅义”也包括“贵风轨”“益劝戒”的内容,即作赋应该有益于风教、法度、勉励和警诫。这与汉人论赋重视讽谏意旨是有关联的。在《谐讔》篇里,刘勰称赏宋玉《登徒子好色赋》“意在微讽,有足观者”(第64页),可见刘勰还是秉承汉儒的讽喻文学观,强调赋的“雅义”在于讽喻。

【扩展阅读】

牟世金:《从汉人论赋到刘勰的赋论》,《文史哲》1988年第1期。

冷卫国:《刘勰的赋学思想》,《齐鲁学刊》2001年第1期。

龚克昌:《刘勰论汉赋》,《文史哲》1983年第1期。

◎作者讲课实录:

第七讲　辞宗丘明，直归南、董：《史传》

魏晋南北朝时期，不仅朝廷有著作郎、撰史学士等史官，私家修史也非常兴盛。宋元嘉十五年（438），儒学、玄学、史学、文学“四学并建”，史学成为贵族子弟的一门重要学问。当时不仅出现了数量可观的私修史书，而且出现了诸如裴骃注《史记》、谯周《古史考》、应劭集解《汉书》、韦昭《汉书音义》、裴松之注《三国志》、何常侍《论三国志》、徐众《三国志评》等注释、评论著作和一些专篇的史评，史学批评几乎与文学批评一样发达。这些史评著述为刘勰撰写《史传》专篇确立了基础。当时的史书编撰也出现了一些问题，如刘勰所指摭的“自《史》《汉》以下，莫有准的”（第 74 页），“俗皆爱奇，莫顾实理”（第 77 页）等等，因此刘勰在《文心雕龙》中专列《史传》这一篇，探讨撰写史传的一些理论问题。本篇追溯古代史官的建制，评述历代重要的史传著作，分析史书的编撰体例和叙事方法，对史家的品德学识也提出了相应的要求。

一　古者左史记言，右史书事

> 开辟草昧，岁纪绵邈，居今识古，其载籍乎？轩辕之世，史有仓颉，主文之职，其来久矣。《曲礼》曰：“史载笔。”史者，使也，执笔左右，使之记也。古者左史记言，右史书事。言经则《尚书》，事经则《春秋》也。唐、虞流于典、谟，夏、商被于诰、誓。洎周命维新，姬公定法，紬三正以班历，贯四时以联事。诸侯建邦，各有国史，彰善瘅恶，树之风声。（第 69 页）

人类的历史已很久远，后人之所以能够认识历史，依靠的是史官的文献记载。据说最早在黄帝时期就有史官仓颉。许慎《说文序》曰:“神农氏结绳而治,黄帝之史仓颉,见鸟兽蹄迒之迹,乃造书契。”传说仓颉创造了最早的汉字,开创了中国的史官文化。史的职责在于“主文”,即掌管文书。《周礼》中说:“史掌官书以赞治。”《周礼·天官·冢宰》郑氏注:“史,掌书者。”贾公彦疏:“史,主造文书也。”意即起草文书。《礼记·曲礼》曰:“史载笔。”意即各国的史官专职笔录王事,记录王的言行举止,王若外出,如参与诸侯盟会之类,史官准备好书写工具,跟从着去做记录。关于史字的本义,许慎《说文》云:“史,记事者也,从又持中。中,正也。又,手也。”“中”字后人或解释为官署簿书。史,即以手持簿书的意思。刘勰多采用音训的方式释义,这里也是如此,说:“史者,使也,执笔左右,使之记也。”这样解释是不确切的,但他有所本。班固《白虎通义·谏诤》云:“所以谓之史,何?明王者使为之也。”就是将史解释为“使”。

古代的史官,《周礼》记载有太史、小史、内史、外史、御史。《礼记·玉藻》则云:“动则左史书之,言则右史书之。”班固《汉书·艺文志》说:“左史记言,右史记事,事为《春秋》,言为《尚书》。”后人一般以班固所述为确切,《礼记》的“左史”“右史”讹误,应该对换。当然,言与事能否如此明确地分工?清人章学诚就提出了质疑,他说《春秋左传》中大量记言,《尚书》典谟之篇也有不少记事的文字,“古人事见于言,言以为事,未尝分事、言为二物也”(《文史通义·书教上》)。

因为有了史官,唐尧、虞舜和夏、商的史实记载在《尚书》中而得以流传。自周朝建立后,周公旦颁布历法,按照四时的次序编排事件。至春秋时期,各诸侯国也有了自己的史官。我们现在从《左传》《国语》等文献中可以看到春秋时各诸侯国都有史官。其中最著名者,如鲁有左丘明,齐有南史,晋有董狐,楚有倚相等。《左传·襄公二十五年》载齐国崔杼杀死齐庄公,“大史书曰:‘崔杼弑其君。’崔子杀之。其弟嗣书,而死者二人……南史氏闻大史尽死,执简以往,闻既书矣,乃还”。这位南史,应该是齐国的小史。《左传·宣公二年》记载赵盾的堂兄弟赵穿杀死了晋灵公,赵盾出奔,“闻公弑而还。大史书曰:‘赵盾弑其君。’以示于朝。宣子(按,即赵盾)曰:‘不然。’对曰:‘子为正卿,亡不越竟,反不讨贼,非子而谁?'……孔子曰:'董狐,古之良史也,书法不隐。赵宣子,古之良大夫也,为法受恶。惜也,越竟乃免。'"《左传·昭公十二年》记载,楚灵王对右尹子革称赞左史倚相:"是良史也,子善视之,是能读《三坟》《五典》《八索》《九丘》。"

史官的职责不仅在于记事记言,更重要的是"彰善瘅恶,树之风声"(第70页),彰显美政善行,批判邪恶败德,树立正确的是非观念,对社会政治和人心风俗产生积极的影响。刘勰这里所论,是本于孔子编撰《春秋》的精神。据《左传·成公十四年》载:"君子曰:《春秋》之称,微而显,志而晦,婉而成章,尽而不污,惩恶而劝善。非圣人谁能修之?"孔子撰《春秋》"善名必书,恶名不灭",坚守一定的政治立场和道德准绳,以期发挥劝善惩恶的意义。

二　论《春秋》与《左传》

> 自平王微弱,政不及雅,宪章散紊,彝伦攸斁。夫子闵王道之缺,伤斯文之坠,静居以叹凤,临衢而泣麟,于是就太师以正《雅》《颂》,因鲁史以修《春秋》,举得失以表黜陟,征存亡以标劝戒;褒见一字,贵逾轩冕;贬在片言,诛深斧钺。然睿旨幽隐,经文婉约,丘明同时,实得微言,乃原始要终,创为传体。传者,转也,转受经旨,以授于后,实圣文之羽翮,记籍之冠冕也。(第70页)

周朝经历文王、武王、成王、康王的盛世,至昭王、穆王时已显颓势,厉王是有名的暴君,宣王时曾一度中兴,而周幽王宠爱褒姒,曾有过烽火戏诸侯的荒唐事。后犬戎入侵,进攻镐京,杀死幽王。太子宜臼即位,是为平王,将国都东迁至洛邑,史称东周。此后周室衰微,失去天下共主的地位,政教只能行于畿内,与其他诸侯国无异,𬨎轩使者在王境内所采的诗,不能再称为雅,而是降为王风,故而刘勰说"政不及雅"。东周时期,法度废坏,礼崩乐败。正如范宁《穀梁传集解序》云:"幽王以暴虐见祸,平王以微弱东迁,征伐不由天子之命,号令出自权臣之门……下陵上替,僭逼理极,天下荡荡,王道尽矣。孔子睹沧海之横流,乃喟然而叹曰:'文王既殁,文不在兹乎!'言文王之道丧,兴之者在己。于是就大师而正《雅》《颂》，因鲁史而修《春秋》。”刘勰所论，即本于范宁。下“举得失以表黜陟，征存亡以标劝戒”二句，也是本于范宁所谓“举得失以彰黜陟，明成败以著劝诫”。

如《春秋·隐公元年》载：“三月，公及邾仪父盟于蔑。”仪父是邾娄国君的字。杜预注曰：“附庸之君，未王命，例称名。（邾君）能自通于大国，继好息兵，故书字冠之。”《春秋》称名、称字是很有讲究的，应字而名是贬，应名而字则是褒。这里记载邾仪父，是应名而字，以示对他的尊重。

又《春秋·僖公二十三年》记载：“冬十有一月，杞子卒。”孔子记载杞成公为“杞子”，为什么不称名呢？据杜预注，“成公始行夷礼，以终其身，故于卒贬之。杞实称伯，仲尼以文贬称子”。杞成公至死都用夷礼，故而贬之称子。

《春秋·僖公九年》记载：“九月戊辰，诸侯盟于葵邱。”按《春秋》的一般义例，诸侯盟会是不详记日期的，但是这次盟会标志着齐桓公称霸，故记载了日期，《穀梁传》解释为“美之也”。此前四年，齐桓公拥立太子郑为王，即周襄王。后齐桓公在葵丘召集齐、鲁、宋、卫、郑、许、曹等诸侯国的君主参加盟会，周襄王也派人参加，表彰齐桓公的功勋。故而孔子记载此次盟会，详细记载日期。

又《春秋·隐公七年》载：“冬，天王使凡伯来聘。戎伐凡伯于楚丘，以归。”凡伯是周天子的大夫，出使鲁国，卫国竟然在其地楚丘执天子之使，这是非常无礼的举动，故《春秋》书曰“戎伐”，以彰显卫侯之恶。

这些都是“表黜陟”“标劝戒”的例子，属于“《春秋》笔法”。《征圣》篇说“《春秋》一字以褒贬”（第6页），即是谓此类记述在片言只字中蕴含着孔子的褒贬态度。

接着，刘勰指出左丘明作《春秋左氏传》，发明圣人微言，并解释“传”的意义。关于《春秋》“睿旨幽隐，经文婉约”的特征，最早见于《左传·成公十四年》的记载：“君子曰：‘《春秋》之称，微而显，志而晦，婉而成章，尽而不污，惩恶而劝善。非圣人谁能修之！’”关于左丘明作《左传》，司马迁在《史记·十二诸侯年表》里说，孔子作《春秋》，

“七十子之徒口受其传指，为有所刺讥褒讳挹损之文辞，不可以书见也。鲁君子左丘明惧弟子人人异端，各安其意，失其真，故因孔子史记具论其语，成《左氏春秋》”。意思是说，孔子最初只是口授给弟子，因为一些讥刺褒贬的话不可以直接形诸文字。左丘明担心弟子各人按自己的意思去理解，迷失孔子的本意，故而依据孔子所编撰的《春秋》，详细论其意旨，撰成《左氏春秋》。班固《汉书·艺文志》说：“周室既微，载籍残缺，仲尼思存前圣之业。……以鲁周公之国，礼文备物，史官有法，故与左丘明观其史记，据行事，仍人道，因兴以立功，就败以成罚，假日月以定历数，借朝聘以正礼乐。有所褒讳贬损，不可书见，口授弟子，弟子退而异言。丘明恐弟子各安其意，以失其真，故论本事而作传，明夫子不以空言说经也。”与司马迁所言意思相同而更详细。故而刘勰说：“丘明同时，实得微言，乃原始要终，创为传体。”所谓“原始要终”，即推究史事的起始，记述史事的过程、结果。刘勰又采用音训的方法释传为“转”，转授经旨。“传”的本字为“專”。《说文》：“專，六寸簿也。”刻写经文的竹简长二尺四寸，專的尺寸小于经书，是训释经典的书，如伪孔安国《尚书传》、毛亨《毛诗故训传》之类。淮南王刘安注《离骚》，也称为《离骚传》，“传”傍“经”而行，训释经典，显明圣人隐微的意旨，故而刘勰说是“圣文之羽翮”；《左传》记事“原始要终”，是后世史书的源头。

三　论《史记》与《汉书》

及至从横之世，史职犹存，秦并七王，而战国有《策》。盖录而弗叙，故即简而为名也。汉灭嬴、项，武功积年，陆贾稽古，作《楚汉春秋》。爰及太史谈，世惟执简，子长继志，甄序帝绩。比尧称典，则位杂中贤；法孔题经，则文非玄圣。故取式《吕览》，通号曰纪，纪纲之号，亦宏称也。故本纪以述皇王，列传以总侯伯，八书以铺政体，十表以谱年爵，虽殊古式，而得事序焉。尔其实录无隐之旨，博雅弘辩之才，爱奇反经之尤，条例踳落之失，叔皮论之详矣。及班固述汉，因循前业，观司马迁之辞，思实过半，其十志该富，赞序弘丽，儒雅彬彬，信有遗味。至于宗经矩圣之典，端绪丰赡之功，遗亲攘美之罪，征贿鬻笔之愆，公理辨之究矣。观夫左氏缀事，附经间出，于文为约，而氏族难明。及史迁各传，人始区详而易览，述者宗焉。及孝惠委机，吕后摄政，史、班立纪，违经失实。何则？庖牺以来，未闻女帝者也。汉运所值，难为后法。“牝鸡无晨”，武王首誓；妇无与国，齐桓著盟；宣后乱秦，吕氏危汉，岂唯政事难假，亦名号宜慎矣。张衡司史，而惑同迁、固，元帝王后，欲为立纪，缪亦甚矣。寻子弘虽伪，要当孝惠之嗣；孺子诚微，实继平帝之体；二子可纪，何有于二后哉？（第71页）

这一大段，刘勰述评汉代史传著作，《战国策》和陆贾的《楚汉春秋》仅一笔带过，主要笔墨用于评论《史记》和《汉书》，以下谈四个问题。

1.司马迁《史记》创立史书的新体例。司马氏世代为周朝太史，至司马迁之父司马谈在汉武帝时为太史令。司马谈去世后，司马迁又官太史令，所以刘勰说“子长继志”。司马迁在《太史公自序》里记载父亲临终对他说的一番话，一直激励着他：

太史公执迁手而泣曰：“余先周室之太史也。自上世尝显功名于虞夏，典天官事。后世中衰，绝于予乎？汝复为太史，则续吾祖矣。今天子接千岁之统，封泰山，而余不得从行，是命也夫，命也夫！余死，汝必为太史；为太史，无忘吾所欲论著矣。且夫孝始于事亲，中于事君，终于立身。扬名于后世，以显父母，此孝之大者。夫天下称诵周公，言其能论歌文、武之德，宣周、邵之风，达太王、王季之思虑，爰及公刘，以尊后稷也。幽、厉之后，王道缺，礼乐衰，孔子修旧起废，论《诗》《书》，作《春秋》，则学者至今则之。自获麟以来四百有余岁，而诸侯相兼，史记放绝。今汉兴，海内一统，明主贤君忠臣死义之士，余为太史而弗论载，废天下之史文，余甚惧焉，汝其念哉！”迁俯首流涕曰：“小子不敏，请悉论先人所次旧闻，弗敢阙。”

可见司马迁肩负着重要的使命，秉承父志，继续修史。司马迁编撰《史记》,纂述历代帝王的功业,但这些帝王并非都是圣人,有的只能称得上中等贤人,因此不能如《尚书》中的《尧典》《舜典》那样称典;司马迁编撰《史记》是述而非作,文字不足以与孔子撰《春秋》相比,因此不能称经。司马迁在《太史公自序》里对上大夫壶遂说:"余所谓述故事,整齐其世传,非所谓'作'也,而君比之于《春秋》,谬矣。"刘勰所谓"文非玄圣"即是此意。于是司马迁采用"本纪"这一体式。刘勰认为《史记》的本纪是"取式《吕览》",近人范文澜辩驳说司马迁"本纪"之名是承续《禹本纪》。在《史记·大宛传赞》中就两次提到《禹本纪》。《史记》的体例是:十二《本纪》,记述自传说五帝至当朝天子汉武帝的事迹;三十《世家》,记述历代侯伯将相的家世;七十《列传》,是卿士特起者的传记;八《书》,包括《礼》《乐》《律》《历》《天官》《封禅》《河渠》《平准》,记录朝章国典,关涉国家政治制度;十《表》,以表谱的形式叙录历代诸侯将相的年爵。刘勰在下文中特别说明司马迁创设"纪传体"的意义。《左传》采用的是编年体,每个人物的事件都分散编撰在各个年代里,难以对每个人物的事迹有明晰的了解,"氏族难明";《史记》采用纪传体,各人立传,把传主的生平事迹脉络清晰地叙述出来,所以被后代史家所仿效,"述者宗焉"。林纾《春觉斋论文·流别论》说:"化编年为列传,成正史之传体,其例实创自史迁。"

2.转述班彪(字叔皮)、班固对司马迁撰《史记》的评论。前二句"实录无隐之旨,博雅宏辩之才"是其优点,后二句"爱奇反经之尤,条例踳落之失"是其缺点。班彪《略论》论司马迁说:

> 孝武之世,太史令司马迁采《左氏》《国语》,删《世本》《战国策》,据楚、汉列国时事,上自黄帝,下讫获麟,作《本纪》《世家》《列传》《书》《表》,凡百三十篇,而十篇缺焉。迁之所记,从汉元至武以绝,则其功也。至于采经摭传,分散百家之事,甚多疏略,不如其本,务欲以多闻广载为功,论议浅而不笃。其论术学,则崇黄老而薄五经;序货殖,则轻仁义而羞贫穷;道游侠,则贱守节而贵俗功:此其大敝伤道,所以遇极刑之咎也。然善述序事理,辩而不华,质而不野,文质相称,盖良史之才也。诚令迁依五经之法言,同圣人之是非,意亦庶几矣。(范晔《后汉书·班彪传》引)

班固《汉书·司马迁传赞》秉承其父之意论曰：

春秋之后，七国并争，秦兼诸侯，有《战国策》。汉兴，伐秦定天下，有《楚汉春秋》。故司马迁据《左氏》《国语》，采《世本》《战国策》，述《楚汉春秋》，接其后事，讫于天汉。其言秦、汉，详矣。至于采经摭传，分散数家之事，甚多疏略，或有抵牾。亦其涉猎者广博，贯穿经传，驰骋古今，上下数千载间，斯以勤矣。又，其是非颇缪于圣人，论大道则先黄老而后六经，序游侠则退处士而进奸雄，述货殖则崇势利而羞贱贫，此其所蔽也。然自刘向、扬雄博极群书，皆称迁有良史之材，服其善序事理，辨而不华，质而不俚，其文直，其事核，不虚美，不隐恶，故谓之实录。

司马迁编撰《史记》时，儒家思想的独尊地位还没有确立，及至东汉光武帝、明帝时期，儒家思想早已成为国家意识形态。汉明帝永平十七年(74)下诏评论司马迁说：

司马迁著书，成一家之言，扬名后世，至以身陷刑之故，反微文刺讥，贬损当世，非谊士也。(见班固《典引》)

在明帝的眼里，司马迁还不如“污行无节”的司马相如。处在这种意识形态之中，班彪、班固对司马迁当然多有批评，虽然不能否认司马迁的实录和宏博，但是认为司马迁的思想立场多有违背儒家原则的地方。的确，在司马迁撰著《史记》的时代，虽然董仲舒提出“罢黜百家，表章六经”，但这需要一个过程，当时司马迁的思想还有不少是与儒家不一致的，如：

儒者博而寡要，劳而少功，是以其事难尽从。……道家使人精神专一，动合无形，赡足万物。其为术也，因阴阳之大顺，采儒墨之善，撮名法之要，与时迁移，应物变化，立俗施事，无所不宜，指约而易操，事少而功多。儒者则不然。以为人主天下之仪表也，主倡而臣和，主先而臣随。如此则主劳而臣逸。(《太史公自序》)

若至家贫亲老，妻子软弱，岁时无以祭祀进醵，饮食被服不足以自通，如此不惭耻，则无所比矣。是以无财作力，少有斗智，既饶争时,此其大经也。今治生不待危身取给,则贤人勉焉。是故本富为上,末富次之,奸富最下。无岩处奇士之行,而长贫贱,好语仁义,亦足羞也。(《货殖传序》)

韩子曰:“儒以文乱法,而侠以武犯禁。”二者皆讥,而学士多称于世云。至如以术取宰相卿大夫,辅翼其世主,功名俱著于《春秋》,固无可言者。及若季次、原宪,闾巷人也,读书怀独行君子之德,义不苟合当世,当世亦笑之。故季次、原宪终身空室蓬户,褐衣疏食不厌。死而已四百余年,而弟子志之不倦。今游侠,其行虽不轨于正义,然其言必信,其行必果,已诺必诚,不爱其躯,赴士之厄困,既已存亡死生矣,而不矜其能,羞伐其德,盖亦有足多者焉。……由此观之,“窃钩者诛,窃国者侯,侯之门仁义存”,非虚言也。(《游侠列传序》)

司马迁如此之类论述都是“不与圣人同是非,颇谬于经”(扬雄《自序》)。刘勰所批评的“爱奇反经之尤”也就是《史记》中诸如此类的言论。他直接称引班彪、班固对司马迁的批评,可见他与班氏父子一样,是站在儒家思想立场来评论《史记》得失的。

3.评论班固《汉书》的得失。司马迁《史记》所记迄于武帝太初年间。至东汉光武帝建武中,班彪“继采前史遗事,傍贯异闻,作《后传》数十篇”。明帝时,班固在其父《后传》的基础上修撰《汉书》,所以刘勰说“因循前业”;但记载汉初至武帝太初之间的史事,多采自司马迁。在体例上,《汉书》没有《史记》的世家,而创立了十《志》,相当于《史记》的《表》,包括《律历》《礼乐》《五行》《地理》《艺文》等,刘勰说“十《志》该富”,丰富完备。刘勰特别提到班固《汉书》“赞序弘丽”,赞是指《汉书》的《本纪》《志》《列传》末的赞语,序是指八《表》开头的序、全书末的《叙传》。班固的赞相当于司马迁《史记》各篇末的“太史公曰”。在《颂赞》篇里,刘勰说:“及迁《史》、固《书》,托赞褒贬,约文以总录,颂体以论辞。”(第39页)他对这种赞述文字是持肯定态度的,欣赏其“儒雅彬彬,信有遗味”。班固具有浓厚的儒家思想,如儒家的中庸之道、明哲保身等观念体现在《汉书》的论赞中。范晔的《后汉书·班固传论》说班彪、班固“论议常排死节,否正直,而不叙杀身成仁之为美”,很有不满之意。但是同样具有浓厚儒家思想的刘勰则肯定班固《汉书》的赞序是“儒雅彬彬”。唐代刘知幾《史通·论赞》曰:“孟坚辞惟温雅,理多惬当。其尤美者,有典诰之风,翩翩奕奕,良可咏也。”显然是延续刘勰的评论的。班固《汉书》的赞序弘丽,“信有遗味”,称得上美文。萧统编选《文选》,“以能文者为本”,但还是从班固《汉书》中选入了《公孙弘传赞》《述高纪》《述成纪》《述韩英彭卢吴传》,并在序中解释说:“若其赞论之综缉辞采,序述之错比文华,事出于沉思,义归乎翰藻,故与夫篇什杂而集之。”意即这些赞述文字很有文学性。

刘勰又引仲长统(字公理)对《汉书》的评论,其言虽不可考,意思大体可知。班固批评司马迁《史记》“是非颇缪于圣人”,自赞其书“旁贯《五经》”,因此是“宗经矩圣之典”。《史记》以五十万言叙三千年事,《汉书》以八十万言叙二百年事,可见《汉书》叙事之详赡,即“端绪丰赡之功”。刘宋时的范晔在《后汉书·班固传论》中也称赞班固“文赡而事详”。“遗亲攘美之罪”当指班固采用其父的《后传》而不加说明。“征贿鬻笔之愆”,其事不详,刘知幾《史通·曲笔》也说“班固受金而始书”。

《史记》《汉书》优劣论,是魏晋南北朝文史论者的一个重要话题。西晋张辅曾撰著《班马优劣论》。西晋傅玄说:“吾观班固《汉书》,论国体则饰主阙而抑忠臣,叙世教则贵取容而贱直节,述时务则谨辞章而略事实,非良史也。”(《傅子》)范晔《后汉书·班固传论》说:“彪、固讥迁,以为是非颇谬于圣人。然其论议,常排死节,否正直,而不叙杀身成仁之为美,则轻仁义,贱守节,愈矣。”刘勰对于《史记》《汉书》的褒贬虽然是引用班彪和仲长统的评论,但是他自己的态度还是很鲜明的,如《史记》“爱奇反经”,从“宗经”的立场看,是严重的问题,而班固《汉书》“宗经矩圣”,在思想根本上是正确的。显然在刘勰的心目中,《汉书》要比《史记》更为雅正。在《诸子》篇里,刘勰说:“昔东平求诸子、《史记》,而汉朝不与;盖以《史记》多兵谋,而诸子杂诡术也。”(第80页)“多兵谋”也是“爱奇反经”之一尤。

4.**女后摄政,不可入《本纪》**。汉惠帝优柔寡断,软弱无能,“号令一出太后”(《史记·吕后本纪》),不久就被吕太后幽杀了。孝惠崩,太子刘恭立，为少帝，不久又被吕后幽杀。更立惠帝宫中子恒山王义，改名曰弘，是为后少帝。吕后去世后，周勃、陈平等人铲除吕氏家族，认为少帝刘弘并非汉惠帝亲生子，于是立刘恒为帝，即汉文帝。从惠帝到二少帝的十五年，都是吕后制天下事，司马迁《史记》竟然不设《惠帝本纪》《少帝本纪》，而设立《吕后本纪》，班固因之，作《高后纪》，刘勰严厉批评此为“违经失实”，因为自古以来未闻“女帝”。《尚书·牧誓》：“古人有言曰：牝鸡无晨。牝鸡之晨，惟家之索。”汉代伪孔安国注：“索，尽也。喻妇人知外事，雌代雄鸣，则家尽；妇夺夫政，则国亡。”又《穀梁传·僖公九年》：“诸侯盟于葵邱，曰……毋使妇人与国事。”所以刘勰说《史记》《汉书》为吕后设立本纪，是违经失实。吕后称制，是汉代特殊的历史现象，在刘勰看来，就像战国时期宣太后乱秦一样，是汉朝的危机，难为后法，政事不能委之于妇人，编撰史传确立名号，更应该谨慎，不该为吕后立《本纪》。刘勰并指出，《史记》《汉书》为吕后立《本纪》乖违名号，发生了不良的影响，“张衡司史，而惑同迁、固”。据《后汉书·张衡传》，“衡为侍中，上疏请得专事东观，收捡遗文，毕力补缀。又以为《王莽本传》但应载篡事而已，至于编年月，纪灾祥，宜为《元后本纪》”，刘勰批评张衡此举“缪亦甚矣”。他认为汉孝惠之子刘弘即后少帝和西汉后期平帝崩后立的孺子婴，都是汉家的胤嗣，可以立《本纪》，以系汉家的统序，而不能为吕太后、元太后立《本纪》。

刘勰为什么要花费这么多笔墨来辨正女后立纪的问题呢？自东汉末年至魏晋宋齐时期，朝廷多弱主，母后临朝，外戚宦官专权肆虐，国势衰弱，国祚也不长。刘勰所论，当是针对这种政治问题而发的。后来唐代刘知幾也认同刘勰所论，在《史通·序例》里提出“录皇后者既为‘传’体，自不可加以‘纪’名”的原则。

四 “总会”与“诠配”

原夫载籍之作也，必贯乎百氏，被之千载，表征盛衰，殷鉴兴废，使一代之制，共日月而长存；王霸之迹，并天地而久大。是以在汉之初，史职为盛，郡国文计，先集太史之府，欲其详悉于体国也。

阅石室，启金匮，紬裂帛，检残竹，欲其博练于稽古也。是立义选言，宜依经以树则；劝戒与夺，必附圣以居宗；然后诠评昭整，苛滥不作矣。然纪传为式，编年缀事，文非泛论，按实而书。岁远则同异难密，事积则起讫易疏，斯固总会之为难也。或有同归一事，而数人分功，两记则失于复重，偏举则病于不周，此又诠配之未易也。故张衡摘史、班之舛滥，傅玄讥《后汉》之尤烦，皆此类也。（第75页）

这一段首先论述史家责任重大，史传著作意义深远，它们包罗诸子百家，记载一代的治乱，评述往代的兴废盛衰，传之千载，以历史的殷鉴昭示、警诫后人。刘勰之前，范晔在《狱中与诸甥侄书》中说："欲因事就卷内发论，以正一代之失。"刘勰之后，刘知幾《史通·曲笔》说："盖史之为用也，记功司过，彰善瘅恶，得失一朝，荣辱千载。"都认识到史书匡正社会政治的重要意义。

汉代初年重视史职，汉武帝置太史令，"天下计书，于上丞相之外，分上太史，以为记载之依据"①，因此史官能够阅览国家秘藏的重要文书和前代典籍，详细地了解国家的大事，如《史记·太史公自序》所言"迁为太史令，紬史记石室金匮之书"，因此可以博览故迹，考稽往古，练达于事。刘勰接着提出撰著史传的根本原则："立义选言，宜依经以树则；劝戒与夺，必附圣以居宗；然后诠评昭整，苛滥不作矣。"这与他"征圣""宗经"的指导思想是完全一致的。《宗经》篇说："纪传盟檄，则《春秋》为根。"（第11页）《春秋》不仅仅是纪传体的源头，也为后世的纪传树立了原则。史传"立义选言"，应该有原则条例。如杜预《春秋左氏传序》："一曰微而显，二曰志而晦，三曰婉而成章，四曰尽而不污，五曰惩恶而劝善。"这就是《春秋》的凡例。在前面刘勰曾感慨"自《史》《汉》以下，莫有准的"，《史记》与《汉书》丢弃了《春秋》《左传》的条例。"劝戒与夺"，即前面"举得失以表黜陟，征存亡以标劝戒"的意思，依据圣人经典的原则来记录和评论一代的兴废盛衰，

① 金毓黻：《中国史学史》，第27页，河北教育出版社2004年版。

以警诫后世。

刘勰在这一段里首次将前代的史传归纳为纪传和编年两类。《春秋》和《左传》是“编年缀事”,《史记》《汉书》是“纪传为式”,它们都不是凭空而论,而是“按实而书”。但是,不管是纪传还是编年,叙述历史都不能完满地再现史实。若按编年叙事,年代久远的事件,传说异辞,难以考实;久远的事件较为简略,近代的事件较为繁杂;在同一年里记述各种事件,头绪繁多,叙述事件的始末难免疏漏,所以编年体逐年“总会”材料是困难的。若采纪传体,以人为单位,同样一件事,多人参与,若在每个人的传记里都叙述,则难免重复,只在个别人的传记里叙述,则又显得不够周全,因此如何把同一历史事件选择性地安排在人物传记里,也是不容易的。

刘勰关于纪传、编年二体的划分,直接影响到唐代的刘知幾。刘知幾《史通》内篇在《六家》之后便是《二体》,专门辨析这一问题。他以《春秋》和《史记》为例分别论述编年和纪传的得失:

> 夫《春秋》者,系日月而为次,列时岁以相续,中国外夷,同年共世,莫不备载其事,形于目前。理尽一言,语无重出。此其所以为长也。至于贤士贞女,高才俊德,事当冲要者,必盱衡而备言;迹在沉冥者,不枉道而详说。如绛县之老,杞梁之妻,或以酬晋卿而获记,或以对齐君而见录。其有贤如柳惠,仁若颜回,终不得彰其名氏,显其言行。故论其细也,则纤芥无遗;语其粗也,则丘山是弃。此其所以为短也。《史记》者,纪以包举大端,传以委曲细事,表以谱列年爵,志以总括遗漏,逮于天文、地理、国典、朝章,显隐必该,洪纤靡失。此其所以为长也。若乃同为一事,分在数篇,断续相离,前后屡出,于《高纪》则云语在《项传》,于《项传》则云事具《高纪》。又编次同类,不求年月,后生而擢居首帙,先辈而抑归末章,遂使汉之贾谊将楚屈原同列,鲁之曹沫与燕荆轲并编,此其所以为短也。考兹胜负,互有得失。

至近代的林纾,在《春觉斋论文》中称赞刘勰“总会”“诠配”之论“可谓深明史体”,并详举例子说明《史记》中“同异难密”的问题,以及司马迁如何避免“两记则失于重复,偏举则病于不周”而“能于复中见单,令眉目皎然,不至于淆乱”。

五　素心、隐讳与直笔

若夫追述远代,代远多伪。公羊高云“传闻异辞”,荀况称“录远略近”,盖文疑则阙,贵信史也。然俗皆爱奇,莫顾实理。传闻而欲伟其事,录远而欲详其迹,于是弃同即异,穿凿傍说,旧史所无,我书则传,此讹滥之本源,而述远之巨蠹也。至于记编同时,时同多诡,虽定、哀微辞,而世情利害。勋荣之家,虽庸夫而尽饰;迍败之士,虽令德而嗤埋:吹霜煦露,寒暑笔端,此又同时之枉,可为叹息者也。故述远则诬矫如彼,记近则回邪如此,析理居正,唯素心乎!若乃尊贤隐讳,固尼父之圣旨,盖纤瑕不能玷瑾瑜也;奸慝惩戒,实良史之直笔,农夫见莠,其必锄也:若斯之科,亦万代一准焉。至于寻繁领杂之术,务信弃奇之要,明白头讫之序,品酌事例之条,晓其大纲,则众理可贯。然史之为任,乃弥纶一代,负海内之责,而赢是非之尤。秉笔荷担,莫此之劳。迁、固通矣,而历诋后世。若任情失正,文其殆哉!(第76页)

这一段主要是阐述史家的主观态度问题,近似于后来刘知幾的史识论和章学诚的史德论所涉及的史家著述精神。归结起来,刘勰所论包括述远记近的“素心”“尊贤隐讳”和“良史直笔”三个方面。

1.**素心**。刘勰说,追述久远的历史,由于文献难征,传闻异辞,因而多虚伪不实。这时,史家应该本着贵信史的精神,文疑则阙,对于有疑问的文献,宁愿从阙,也不能将虚妄的事件通过史笔记录下来。这种求真求实的态度,是遵从孔子的精神。《论语·卫灵公》:“子曰:‘吾犹及史之阙文也。’”包咸注曰:“古之良史,于书字有疑则阙之,以待知者。”又《论语·子路》:“子曰:‘君子于其所不知,盖阙如也。’”这是刘勰“文疑则阙”之所本。他批评当时“俗皆爱奇,莫顾实理”,仅据传闻而神奇其事,记述远古也力求详尽,追求新奇,凭空虚传,认为这是“讹滥之本源”“述远之巨蠹”。刘勰在《正纬》篇里说“世敻文隐,好生矫诞”，就是违背信史的原则，所以要对纬书的虚伪浮假进行纠正。刘勰说，记述同时代的人与事，往往会受到“世情利害”的束缚而不合实情，多有枉曲。特别是在南朝士族等级制度的社会里，出身于功勋荣耀的家族，虽是庸夫也会得到史家的赞饰；反之，困顿失败的人，即使有美好的品行也遭到埋没。这样的史家就是“褒贬任声，抑扬过实”（《辨骚》）。如何克服“述远则诬矫”“记近则回邪”呢？刘勰提出“析理据正，唯素心乎！”素心就是本心、公正心的意思。史家须秉持一颗公正不偏颇的良心来撰述史传，借用《宗经》篇的话来说，“述远”要做到“事信而不诞”，“记近”要做到“义直而不回”。

2.尊贤隐讳。史家之德，还表现在尊贤隐讳。《公羊传·闵公元年》：“《春秋》为尊者讳，为亲者讳，为贤者讳。”刘勰采用公羊说，认为“尊贤隐讳，固尼父之圣旨”，是孔子编撰《春秋》的原则。瑕不掩瑜，不以一眚掩大德，因此应为尊、亲、贤者的小过错隐讳。《春秋》尊贤隐讳的例子随处可见。如鲁隐公十一年被羽父杀死，《春秋》记载：“冬十有一月壬辰，公薨。”杜预《左传》注：“实弑，书薨，又不地者，史策所讳也。”左丘明道出原委：“羽父请杀桓公，将以求大宰。（隐）公曰：‘为其少故也，吾将授之矣。使营菟裘，吾将老焉。’羽父惧，反谮（隐）公于桓公，而请弑之。”羽父向隐公请求杀掉桓公，自己做太宰。隐公不允许，说：“本来是因为桓公年少，我才代为摄政。他现在长大了，我要把国君的位子让给他，然后去养老。”羽公担心自己的阴谋被传出去，反过来在桓公面前诬陷隐公，请求桓公杀掉隐公，后来真的派人刺杀了隐公。《春秋》讳言这场政变，故仅记载“公薨”而不言“弑”。又如僖公元年正月即位，却不书，为什么呢？因为去年八月闵公死，僖公出奔邾，九月庆父出奔莒，公才归鲁，这是由于国乱而身出复入，于即位之礼有阙焉。左丘明解释说：“公出复入，不书，讳之也。讳国恶，礼也。”在传统的政治伦理社会里，为尊亲贤隐讳，是人们言行的重要准则，而且人们觉得这种隐讳，与“不虚美，不隐恶”的直笔原则是并行不悖的。《论语·子路》：“子曰：子为父隐，直在其中。”可见隐与直并不矛盾。刘知幾《史通·曲笔》也说：“史氏有事涉君亲，必言多隐讳，虽直道不足，而名教存焉。”也就是说“尊贤隐讳”和“直笔”，在古人看来是不矛盾的。

3.**直笔**。刘勰说,“奸慝惩戒,实良史之直笔”,就像农夫见到禾苗中有恶草,非锄除干净不痛快。这也是本之于孔子。上已引《左传》里记载孔子称赞董狐“古之良史也,书法不隐”。不隐,就是不隐恶,故而能起到惩戒邪恶的作用。《论语·卫灵公》载孔子曰:“直哉史鱼!邦有道,如矢;邦无道,如矢。”鱼是周朝太史的名字,孔子称赞史官鱼之直,即直道而行,对于太史来说,即是直笔。史官能够“不虚美,不隐恶”,不为利诱,不畏强权,秉笔直书,彰恶扬善,就像孔子撰《春秋》那样使乱臣贼子惧。这样的史书“腾褒裁贬,万古魄动”,具有警诫世人的意义。

刘勰在这一段之末将撰写史传的原则和方法概括为四个大纲:“寻繁领杂之术”,即“诠配”的方法,纪传体处理好“同归一事,而数人分功”的矛盾;“务信弃奇之要”,即述远史遵循“信史”的原则“文疑则阙”;“明白头讫之序”,即“总会”的方法,将同时发生的众多事件的起讫首尾梳理清楚;“品酌事例之条”,即隐讳和直笔,确立好评判得失的原则。最后,刘勰再次强调史家责任的重大,要全面记载和衡量一代史实,如果“任情失正”,就会遭到各种诘难。像司马迁、班固这样的通才都遭遇后人的诋毁,所以要做一个合格的史学家,是非常不容易的。

刘勰虽然不是专门的史学家,但《史传》阐述前代史官制度、评述历代史书著作,提出撰写史书的原则、体例、方法等诸多方面的问题,在我国史学批评史上占有重要的地位,对后世产生了深远的影响。如比刘勰略晚的北魏柳虬不满意于当时的史官“密书善恶,未足惩劝”,于是上疏魏太祖说:

> 古者人君立史官,非但记事而已,盖所以为监诫也。动则左史书之,言则右史书之,彰善瘅恶,以树风声。故南史抗节,表崔杼之罪;董狐书法,明赵盾之愆。是知直笔于朝,其来久矣。而汉魏已还,密为记注,徒闻后世,无益当时,非所谓将顺其美,匡救其恶者也。且著述之人,密书其事,纵能直笔,人莫之知。何止物生横议,亦自异端互起。故班固致受金之名,陈寿有求米之论。著汉魏者,非一氏;造晋史者,至数家。后代纷纭,莫知准的。(《周书·柳虬传》)

其中不少文字就直接来自刘勰的《文心雕龙·史传》。唐代刘知幾的《史通》中多次提到刘勰，一部《史通》处处可以看到刘勰《史传》篇的影响。清代纪昀曾批评说："彦和妙解文理，而史事非其当行，此篇文句特烦，而约略依稀，无甚高论，特敷衍以足数耳。学者欲析源流，有刘子玄之书在。"其言颇为苛刻。其实追溯刘知幾（字子玄）《史通》之源头，正在于《文心雕龙》的《史传》篇。

【扩展阅读】

金毓黻：《〈文心雕龙·史传〉篇疏证》，《中华文史论丛》1979年第1辑。

王先霈：《〈文心雕龙·史传〉篇"传体"说发微》，《文艺理论研究》2012年第2期。

柏明：《〈文心雕龙·史传〉意义之管见——兼论魏晋南北朝时期的史评》，《西北大学学报（哲学社会科学版）》1987年第4期。

◎作者讲课实录：

第八讲　弥纶群言，研精一理：《论说》

《文心雕龙》第十八篇为《论说》，是阐论“论”和“说”两类文体：论体范围较广，刘勰论述得比较详细；说体特指先秦和汉代的游说文辞，范围较窄，刘勰用的笔墨相对少一些。

一　论也者，弥纶群言，而研精一理者也

1. **释名以章义**。《论说》开篇阐述“论”体的名义、源头和性质：

> 圣哲彝训曰经，述经叙理曰论。论者，伦也；伦理无爽，则圣意不坠。昔仲尼微言，门人追记，故抑其经目，称为《论语》；盖群论立名，始于兹矣。自《论语》已前，经无论字；《六韬》二论，后人追题乎！详观论体，条流多品：陈政，则与议说合契；释经，则与传注参体；辨史，则与赞评齐行；铨文，则与叙引共纪。故议者宜言，说者说语，传者转师，注者主解，赞者明意，评者平理，序者次事，引者胤辞。八名区分，一揆宗论。论也者，弥纶群言，而研精一理者也。（第85—86页）

首二句，将经与论对举，圣人的法理教训为经，阐述经典、叙说道理为论。其实在儒家的传统里，与经对举的是传；佛教经典中，常常是经、论并称。《隋书·经籍志》谓佛经者，乃释迦牟尼所说，“以佛所说经为三部”；“又有菩萨及诸深解奥义、赞明佛理者，名之为论”。如有《大乘经》《小乘经》，也有《大乘论》《小乘论》。刘勰整理过佛经，受之影响，将佛典的经、论搬到儒家的典籍上，谓“五经”之类是圣人的常训，是经；《论语》是孔子门人的追记，故而谦虚地称为《论语》，不称为经。他

在这里说“抑其经目，称为《论语》”，是有道理的。汉代的简册，《六经》策长二尺四寸，《孝经》一尺二寸，《论语》八寸。用王充的话说：“截竹为简，破以为牒，加笔墨之迹，乃成文字。大者为经，小者为传记。”（《论衡·量知》篇）《论语》八寸，远短于经，而长于传。刘勰音训曰：“论者，伦也。”伦，即条理、顺序，有条理、有顺序地讲述道理，不发生错误，就是论。佛经的义旨通过菩萨的论阐明出来，同样，儒家圣人的彝训也是通过后人的论加以阐明，所以有了论则“圣意不坠”。刘勰说以论命名，《论语》为最早。后人如晁公武、杨慎予以非难，指出“论”字不始于《论语》，《尚书·周官》就有“论道经邦”之言。而顾炎武则为刘勰辩解，说《古文尚书》是东晋人梅赜所献，刘勰当时尚未流行。但后文刘勰提到“安国之传《书》”，就是梅赜的《伪古文尚书》。

刘勰追溯文体命名的缘由时，多从经典中找依据，这里说“论”体也是如此。其实《论语》是孔子及其弟子的语录，与后世的论体差别较大；且《论语》的论，也不是“议论”的论。《文选·辨命论注》引《傅子》说：“昔仲尼既没，仲弓之徒追论夫子之言，谓之《论语》。”《论语》的论是论纂的意思，而不是议论。由于征圣、宗经思想的作用，刘勰很牵强地把论体文的源头追溯到《论语》。

论这种文体细分的话，可以区别为八类。“陈政，则与议、说合契”，如东汉崔寔的《政论》，是明政术的论，因为阐说得广泛，不是专辨一理，故而刘勰将它放在《诸子》中说。“议者宜言，说者说语”，议是在朝廷上对具体政务陈述已见，以供帝王咨询的一种文体，与陈说政事的议论文很接近。游说之辞，与论体更为接近，刘勰把它们放在一篇里说，就是明证。

“释经，则与传、注参体”，“传者转师，注者主解”，传是转述经旨，注也是解释经典，注以己意的意思，二者与“述经叙理”的论都是相通的。刘勰在此篇下文特别论及经注的问题：“若夫注释为词，解散论体，杂文虽异，总会是同；若秦延君之注《尧典》，十余万字；朱普之解《尚书》，三十万言；所以通人恶烦，羞学章句。若毛公之训《诗》，安国之传《书》，郑君之释《礼》，王弼之解《易》，要约明畅，可为式矣。”（第88页）这种注释经典，伴经而行的体制，是一种独特的论，与独立成篇，研精一理的论体不同。这种注释，是阐发经典的意义，但是解散论体，不是首尾完足的一篇文章，而是分散在所注文章之中，若汇总起来也算是论。汉代经学家注经，离章辨句，谓之章句，至今尚存的如东汉赵岐的《孟子章句》、王逸的《楚辞章句》。然而当时章句之学的通病是严守师说，转相传授，冗长繁杂，义难圆通，因此如扬雄、桓谭、班固、王充、梁鸿等许多人都不守章句，通训诂、举大义而已。刘勰说："所以通人恶烦，羞学章句。"扬雄、班固等，就是刘勰这里所说的通人。刘勰品赞毛亨的《毛诗故训传》、孔安国的《古文尚书传》、郑玄的《三礼注》（《周官礼注》《仪礼注》《礼记注》）和王弼的《周易注》要约明畅，文辞精要简约，意义明白晓畅，是注释的楷式。

"辨史，则与赞评齐行"，"赞者明意，评者平理"，是指史书中的论、赞、评等，如《左传》"君子曰"、《史记》"太史公曰"、《汉书》赞、《三国志》评、《后汉书》论等等，都是就所述史事加以引申评论，揭示历史规律和教训。《颂赞》篇曰："及迁《史》固《书》，托赞褒贬。约文以总录，颂体以论辞。"（第 39 页）与这里所说的意思相同。

"铨文，则与叙引共纪"，"序者次事，引者胤辞"，如班固的《两都赋序》、皇甫谧的《三都赋序》，都是铨衡文章的论体。"引"有延伸义，曲有《思归引》，文有班固《典引》，如陆机《文赋》前的一段话或可称之为引，也具有论体的性质。

议、说、传、注、赞、评、序、引八种名目，论是它们的共同特点。"弥纶群言，研精一理"，统摄众家之言，加以辨析研究，提出自己的见解，这是论体的性质。《诸子》篇说："诸子者，入道见志之书。"（第 79 页）诸子与论体从阐论理的角度说，性质相近，那它们有什么区别呢？刘勰在《诸子》篇说："博明万事为子，适辨一理为论。"适辨一理，也就是"研精一理"。

2. **原始以表末**。接下来，刘勰联系时代思想的衍变，概述汉魏晋论体的流变：

> 是以庄周《齐物》，以论为名；不韦《春秋》，六论昭列；至石渠论艺，白虎讲聚，述圣通经，论家之正体也。及班彪《王命》，严尤《三将》，敷述昭情，善入史体。魏之初霸，术兼名、法；傅嘏、王粲，

校练名理。迄至正始,务欲守文;何晏之徒,始盛玄论。于是聃周当路,与尼父争途矣。详观兰石之《才性》,仲宣之《去伐》,叔夜之辨声,太初之《本无》,辅嗣之两《例》,平叔之二论,并师心独见,锋颖精密,盖论之英也。至如李康《运命》,同《论衡》而过之;陆机《辨亡》,效《过秦》而不及;然亦其美矣。次及宋岱、郭象,锐思于机神之区,夷甫、裴頠,交辨于有无之域,并独步当时,流声后代。然滞有者全系于形用,贵无者专守于寂寥;徒锐偏解,莫诣正理。动极神源,其般若之绝境乎?逮江左群谈,惟玄是务;虽有日新,而多抽前绪矣。至如张衡《讥世》,韵似俳说;孔融《孝廉》,但谈嘲戏;曹植《辨道》,体同书抄;言不持正,论如其已。(第86页)

《庄子》和《吕氏春秋》是子书,但是《庄子》中的《齐物论》,《吕氏春秋》中的《开春论》《慎行论》《贵直论》《不苟论》《似顺论》《士容论》则是单独以"论"名篇的论体文。(《齐物论》篇题有"齐物/论""齐/物论"两种读法,六朝时期多采用前用一种读法。)

汉代的论,刘勰称赞西汉的"石渠论艺"、东汉的"白虎讲聚",述圣通经,是论家的正体。石渠,阁名,是汉代皇家收藏秘书的地方。汉宣帝甘露元年(前53),曾召五经名儒太子太傅萧望之等大议殿中。三年,召萧望之与刘向、韦玄成等经儒凡二十余人,杂论"五经"同异于石渠阁,条奏其对,宣帝亲自裁定。《汉书·艺文志》著录《五经杂议》十八篇和一些议奏、《隋书·经籍志》著录戴圣撰《石渠礼论》四卷等,都是"石渠论艺"的成果。白虎,指白虎观。东汉章帝建初四年(79),诏诸王诸儒会于白虎观,讲议"五经"同异,肃宗亲自裁决,如孝宣甘露石渠故事,令班固撰集其事,作《白虎通德论》,即传于今的《白虎通义》。这是汉代文化史乃至中国经学史上的大事。刘勰评论这些论,述圣通经,是论家的正体。"述经叙理曰论",汉儒的这些论都是引经据典地阐述经典的意旨,当然算得上"论家之正体"。

汉代的论,刘勰还提到班彪的《王命论》和严尤的《三将论》,"敷述昭情,善入史体"。严尤《三将论》已残佚,班彪的《王命论》载于《汉书》和《文选》。两汉之交,王莽败,光武初即位于冀州。当时隗嚣据陇拥众,招集英俊,有割据一方的野心。嚣问彪曰:"往者周亡,战国并争，天下分裂，数世然后乃定，意者从横之事，复起于今乎？”班彪乃著《王命论》，以救时难。其辞曰：

昔在帝尧之禅曰：“咨尔舜，天之历数在尔躬。”舜亦以命禹。暨于稷契，咸佐唐虞，光济四海，奕世载德。至于汤武，而有天下。虽其遭遇异时，禅代不同，至于应天顺民，其揆一焉。是故刘氏承尧之祚，氏族之世，著乎《春秋》。唐据火德，而汉绍之。始起沛泽，则神母夜号，以章赤帝之符。由是言之，帝王之祚，必有明圣显懿之德，丰功厚利积累之业，然后精诚通于神明，流泽加于生民。故能为鬼神所福飨，天下所归往。未见运世无本，功德不纪，而得倔起在此位者也。世俗见高祖兴于布衣，不达其故，以为适遭暴乱，得奋其剑。游说之士，至比天下于逐鹿，幸捷而得之。不知神器有命，不可以智力求也。悲夫！此世所以多乱臣贼子者也。若然者，岂徒暗于天道哉？又不睹之于人事矣。

夫饿馑流隶，饥寒道路，思有短褐之袭，担石之蓄，所愿不过一金，然终于转死沟壑。何则？贫穷亦有命也。况乎天子之贵，四海之富，神明之祚，可得而妄处哉？故虽遭罹厄会，窃其权柄，勇如信、布，强如梁、籍，成如王莽，然卒润镬伏锧，烹醢分裂，又况么么不及数子，而欲暗干天位者乎？是故驽蹇之乘，不骋千里之途；燕雀之畴，不奋六翮之用；楶棁之材，不荷栋梁之任；斗筲之子，不秉帝王之重。《易》曰：“鼎折足，覆公餗。”不胜其任也。

当秦之末，豪杰共推陈婴而王之。婴母止之曰：“自吾为子家妇，而世贫贱，卒富贵，不祥。不如以兵属人，事成，少受其利。不成，祸有所归。”婴从其言，而陈氏以宁。王陵之母，亦见项氏之必亡，而刘氏之将兴也。是时，陵为汉将，而母获于楚。有汉使来，陵母见之，谓曰：“愿告吾子，汉王长者，必得天下，子谨事之，无有二心。”遂对汉使伏剑而死，以固勉陵。其后，果定于汉，陵为宰相，封侯。夫以匹妇之明，犹能推事理之致，探祸福之机，而全宗祀于无穷，垂策书于《春秋》，而况大丈夫之事乎？是故穷达有命，吉凶由人。婴母知废，陵母知兴，审此二者，帝王之分决矣。

盖在高祖，其兴也有五：一曰帝尧之苗裔，二曰体貌多奇异，三曰神武有征应，四曰宽明而仁恕，五曰知人善任使。加之以信诚好谋，达于听受，见善如不及，用人如由己，从谏如顺流，趣时如响赴。当食吐哺，纳子房之策；拔足挥洗，揖郦生之说；寤戍卒之言，断怀土之情；高四皓之名，割肌肤之爱。举韩信于行阵，收陈平于亡命。英雄陈力，群策毕举，此高祖之大略，所以成帝业也。若乃灵瑞符应，又可略闻矣。初刘媪妊高祖，而梦与神遇，震电晦冥，有龙蛇之怪。及其长而多灵，有异于众。是以王武感物而折券，吕公睹形而进女；秦皇东游以厌其气，吕后望云而知所处。始受命则白蛇分，西入关则五星聚。故淮阴留侯谓之天授，非人力也。

历古今之得失，验行事之成败，稽帝王之世运，考五者之所谓，取舍不厌斯位，符瑞不同斯度，而苟昧于权利，越次妄据，外不量力，内不知命，则必丧保家之主，失天年之寿，遇折足之凶，伏斧钺之诛。英雄诚知觉寤，畏若祸戒，超然远览，渊然深识，收陵、婴之明分，绝信、布之觊觎，距逐鹿之瞽说，审神器之有授，毋贪不可冀，为二母之所笑，则福祚流于子孙，天禄其永终矣！

该文从尧禅舜说起，揭示大汉兴起乃是应天顺人，神器不可妄取的道理，正反两面引古例，摆事实，晓以天理，喻以利害，扑灭隗嚣的不臣之心。刘勰说它"善入史体"，意即具有史论的特征。萧统《文选》就将班彪的《王命论》与曹冏的《六代论》等史论编在一起。

到了曹魏时期，上层政治思想发生了重大的变化。傅玄《掌谏职上疏》说："近者魏武好法术，而天下贵刑名。魏文慕通达，而天下贱守节。其后纲维不摄，而虚无放诞之论，盈于朝野，使天下无复清议。"贱守节，是抛弃了汉代的人伦价值观。贵刑名，则是曹魏思想文化的新特征。时代新风也影响到论体。近人刘师培《中古文学史》第三课说："魏武治国，颇杂刑名，文体因之渐趋清峻。"清峻，就是刘勰所谓"风清骨峻"的意思。刘勰说："魏之初霸，术兼名、法；傅嘏、王粲，校练名理。迄至正始，务欲守文。""术兼名法"与"贵刑名"是一样的意思，指老、庄、申、韩的刑名之学，讲究循名责实，慎赏明罚。刘勰说魏初在刑名之学影响下的论体是"校练名理"，即考核名实之理，一直到正始时，都守此成法。"校练名理"的论体，刘勰列举了傅嘏和王粲二人。据《世说新语》刘孝标注引《荀粲别传》,傅嘏善名理。《三国志·魏书》本传载:“嘏常论才性同异,钟会集而论之。”可惜今已不存。《三国志·魏书·王粲传》注引《典略》曰:“粲才既高,辩论应机。钟繇、王朗等虽名为魏卿相,至于朝廷奏议,皆阁笔不能措手。著诗赋论议垂六十篇。”王粲的《去伐论》已佚,存世有《难钟、荀太平论》,主旨是圣人治世也须举刑罚,“刑罚未尝一世而乏也”。像丹朱、四凶、三苗都是“下愚”之人,难以教化,因此“罪而弗刑,是失所也。犯而刑之,刑不可错矣”。上述讨论的都是刑名的问题。

到了齐王曹芳的正始年间(240—249),王弼、何晏等人阐扬老、庄道家思想,“始盛玄论”。刘勰说:“于是聃、周当路,与尼父争途矣。”老、庄之学开始盛行,向传统居于正宗地位的儒家学说争夺话语权。王弼、何晏等论“有无”,比“校练名理”更玄虚、更抽象,但是与魏初之论名理,还是有一定关系的。刘师培说:“王弼、何晏之文……虽阐发道家之绪,实与名法家言为近者也。”嵇康的《声无哀乐论》借秦客与东野主人问难的形式阐论“声音自当以善恶为主,则无关于哀乐。哀乐自当以情感,则无系于声音”的道理,以否定儒家“治世之音安以乐,亡国之音哀以思”的传统说法。夏侯玄的《本无论》已残佚,《列子》张湛注引夏侯玄曰“天地以自然运,圣人以自然用,自然者道也”云云,当是出自《本无论》。王弼的《易略例》云:“夫象者出意者也,言者明象者也,言生于象,故可寻言以观象。象生于意,故可寻象以观意。故言者所以明象,得象而忘言;象者所以存意,得意而忘象。”这是著名的“得意忘象”说。何晏的《道论》说:“有之为有,恃无以生;事而为事,由无以成。”[①]《晋书·王衍传》载,魏正始中,何晏、王弼等祖述《老》《庄》,立论以为:“天地万物,皆以无为本。无也者,开物成务,无往不存者也。阴阳恃以化生,万物恃以成形,贤者恃以成德,不肖恃以免身。故无之为用,无爵而贵矣。”从这些片段中可以了解何晏“二论”的大体内容。

刘勰列举魏代诸家之论后称赏说:“并师心独见,锋颖精密,盖论

---

① 《列子·天瑞》篇张湛注引,见杨伯峻《列子集释》,第10—11页,中华书局1979年版。

之英也。”《才略》篇品评说：“嵇康师心以遣论。”可见，他认为论体文应该“师心独见”。汉代的论，不管是“石渠论艺”，还是“白虎讲聚”，对象都是经。论者面对经典，只能“述圣通经”，必须依经敷旨，本师著说，不能别出胸怀，自辟户牖。[1] 但是魏代论体的内容是名实之理、本末有无之辨，这些论具有诸子的“入道见志”的性质，因此像诸子一样，以“能越世高谈，自开户牖”（《诸子》）为可贵。刘勰撰写《文心雕龙》，整体来看称得上子书，分开则是一篇篇专论。他在《序志》篇说自己的立论，“有同乎旧谈者，非雷同也，势自不可异也；有异乎前论者，非苟异也，理自不可同也”，不有意趋同，也不故意曲说立异，正体现出师心独见的精神。在《诸子》篇里，他批评两汉以后的诸子“类多依采”；《论说》篇里，对于“江左群谈，惟玄是务；虽有日新，而多抽前绪矣”，他也抱有遗憾。

魏晋时期论体的师心独见，表现出文人摆脱经学束缚后，人格精神和价值观念的独立。曹魏时的桓范《世要论·序作篇》曰：

> 夫著作书论者，乃欲阐弘大道，述明圣教。推演事义，尽极情类，记是贬非，以为法式。当时可行，后世可修。且“古者富贵而名贱废灭，不可胜记，唯篇论俶傥之人，为不朽耳”。夫奋名于百代之前，而流誉于千载之后，以其览之者益，闻之者有觉故也。岂徒转相仿效，名作书论，浮辞谈说，而无损益哉！而世俗之人，不解作体，而务泛溢之言，不存有益之义，非也。故作者不尚其辞丽，而贵其存道也；不好其巧慧，而恶其伤义也。故夫小辩破道，狂简之徒，斐然成文，皆圣人之所疾矣。

中间一段话是引自司马迁的《报任安书》。不过，把司马迁的“唯倜傥非常之人”改为“唯篇论俶傥之人”，可见桓范是秉承司马迁“成一家之言”以传后不朽的思想，而专门运用在“篇论”上。有独立见解的“篇论”，褒贬是非，在当时有意义；流传于后世，览之者有益，闻之者有觉，也有重要的思想启示，这样的“篇论”就具有不朽的价值。汉代的文人

---

[1] 刘永济校释：《文心雕龙校释》，第646页，中华书局2010年版。

如司马相如、扬雄都不善于言辞，似乎渊默沉静是一种美德；魏晋以后的士人则不一样，人人胸中有一段独立不倚的见解，生出一段桀骜不驯的议论。如荀粲，据《世说新语》刘孝标注引《粲别传》，“粲诸兄儒术论议各知名。粲能言玄远，常以子贡称‘夫子之言性与天道，不可得而闻也’，然则六籍虽存，固圣人之糠秕。能言者不能屈”。魏晋清谈好论，正是确证个体精神的一种人生存在方式。刘勰在阐述论体时，对这种个性独创精神是给予肯定的。

魏代论体，刘勰还论及了李康的《运命论》。萧统《文选》收入此篇。李康此篇开宗明义，提出“夫治乱，运也；穷达，命也；贵贱，时也”的观点。然后排比大量史实，说明君臣“合离之由，神明之道也”；以“兴主”和“乱亡者”对比，得出“吉凶成败，各以数至”的道理。下一段用“夫以仲尼之才也，而器不周于鲁卫”约十个排比句渲染圣人之不遇，再以其孙子思、其徒子夏之获隆遇相对照，再次证明了“治乱，运也；穷达，命也；贵贱，时也”的论点。然后转笔阐论“圣人处穷达如一”的出处观，讥讽那些奔竞于富贵者，无德行必遭杀身之祸，最后归到“既明其哲，以保其身”的结论。全文充满了作者的愤懑之情，一气贯之，用大量的排比句铺陈史实，首尾完足，气势充沛。与王充《论衡》中体势漫弱的《命禄》篇相比，确为“过之”。

刘勰还说：“陆机《辨亡》，效《过秦》而不及。”贾谊的《过秦论》长句短句，放纵自如，也是用大量的排比句正说反说，辞气矫健，逼出“仁义不施，而攻守之势异也”的结论。据《晋书》本传，陆机二十岁的时候，西晋灭吴。他退居旧里，闭门勤学，积有十年。“以孙氏在吴，而祖父世为将相，有大勋于江表，深慨孙皓举而弃之，乃论权所以得，皓所以亡，又欲述其祖父功业，遂作《辨亡论》二篇。”《辨亡论》明显带有模仿贾谊《过秦论》的痕迹[①]。其弟陆云在信中就说：“《辨亡》则已是《过秦》，对事求当可得耳。”陆机《辨亡论》把西晋灭吴归咎为“历命应化而微，王师蹑运而发”。由于灭亡的是自己的宗主国，陆机对吴国灭亡的

① 骆鸿凯详细比较两文，指出陆机模仿贾谊近十处。骆鸿凯：《文选学》，第395页，中华书局1989年版。

原因多有回护,对西晋或称之“王师”,或诋为“强寇”,辞气已不能一致。所以刘勰说它“效《过秦》而不及”。李康的《运命论》论君子处世的原则,陆机的《辨亡论》是切实的史论,二者与那些“多抽前绪”的“玄论”明显不同,所以刘勰称赞两文“亦其美矣”。

西晋的论,刘勰列举四人,宋岱有《周易论》,郭象也有《周易论》,均亡佚,两人是论易理的,刘勰说“锐思于机神之区”。王衍作《本无论》,佚。据《晋书》本传,裴頠深患时俗放荡,不尊儒术,何晏、阮籍素有高名于世,口谈浮虚,不遵礼法,尸禄耽宠,仕不事事;至王衍之徒,声誉太盛,位高势重,不以物务自婴,遂相仿效,风教陵迟,乃著崇有之论以释其蔽,大旨是贵无必然贱有,贱有必然外形,“外形则必遗制,遗制则必忽防,忽防则必忘礼。礼制弗存,则无以为政矣”。刘勰认为当时的这些有、无之论,虽然“独步当时,流声后代”,获得很高的名声,但是“滞有者全系于形用,贵无者专守于寂寥”。裴頠执着于有,不知一切有形的事物都归于寂灭;王衍执着于无,当把无当一事物来执着时,无就是有了。这都是偏解,而非正理。唯有佛学的智慧才真正解决了有无的问题,如僧肇《不真空论》说“非有非真有,非无非真无”,“虽有而无,所谓非有;虽无而有,所谓非无。如此,则非无物也,物非真物”。《般若波罗蜜多心经》云:“色即是空,空即是色。”不可执着于色,也不可执着于空,这才是“般若之绝境”。

东晋的论,重在谈玄,多是在老话题上兜圈子,新意不多,刘勰一笔带过。当时论体在玄学话题之外,还出现了一些研讨佛学的“论”文,论果报有无,论夷夏是非,辨三教异同,辨神形生灭①,刘勰此篇没有论到。刘勰只是提到汉魏时期论体的一些不良风气:张衡《讥世》“颇似俳说”,由于原文已佚,不得其详;“孔融《孝廉》,但谈嘲戏”,原文也亡佚了,但是曹丕在《典论·论文》中批评孔融“不能持论,理不胜辞,至于杂以嘲戏”。孔融的放荡嘲戏,从他说“父之于子,当有何亲?论其本意,实为情欲发耳。子之于母,亦复奚为”之类话中可见一斑。他的

---

① 刘永济校释《文心雕龙校释》(中华书局 2010 年版)第 67—69 页列举了一些篇目,可参看。

论体杂以嘲戏,可举《汝颖优劣论》为例。该文列举事例证明“汝南士胜颍川士”,其中一例曰:“汝南张元伯,身死之后,见梦范巨卿。颍川士虽有奇异,未有鬼神能灵者也。”不免带有戏谑意味。曹植的《辨道论》主旨是说神仙之书、道家之言不可信,但罗列事实颇为繁杂,故而刘勰说“体同书抄”。这三篇都是言不持正,这样的论体还不如不作。

3. **敷理以举统**。这一段刘勰阐述作“论”的要点,即“心与理合”“辞共心密”:

> 原夫论之为体,所以辨正然否;穷于有数,追于无形,钻坚求通,钩深取极;乃百虑之筌蹄,万事之权衡也。故其义贵圆通,辞忌枝碎;必使心与理合,弥缝莫见其隙;辞共心密,敌人不知所乘;斯其要也。是以论如析薪,贵能破理。斤利者,越理而横断;辞辨者,反义而取通;览文虽巧,而检迹知妄。唯君子能通天下之志,安可以曲论哉!(第88页)

论体是用来辨别是非的,作者探究有形的具体事物与无形的抽象道理,须深入钻研辨正,以求得道理之通达和深刻。论是表达思想见解和衡量事理的手段,说理应该圆通,不偏激,不片面;文辞应该允当明畅,不支离分散。李充《翰林论》说:“论贵于允理,不求支离,若嵇康之论文矣。”嵇康之论,符合“义贵圆通,辞忌枝碎”的要求。“心与理合,弥缝莫见其隙”,论者的见解与理相吻合,是正理,论理圆融完满,富有逻辑性,就像用斧头顺着纹理劈柴一样,而不是“越理而横断”。“辞共心密,敌人不知所乘”,文辞能够准确详密地把内心的思想见解表达出来,不给论敌以可乘之机。如果“反义而取通”,只是以巧辩之言求取议论的通顺,经过仔细辨析就会发现其中的虚妄。《周易·同人》彖辞曰:“唯君子为能通天下之志。”论体的作者应该能“通天下之志”,将普遍性的真理阐明出来,而不为逞个人邪僻的曲论。刘勰除了在本篇里强调正理外,在其他篇章中谈及理的时候,常要求“理懿”(《诸子》)、“理赡”(《才略》)、“析理居正”(《史传》)。

理、心、辞的矛盾,扩大一点说,也就是陆机《文赋》所谓“意不称物,文不逮意”的问题。刘勰在其他篇章中也论及心与理相应,如《神思》篇曰“心以理应”,《体性》篇曰“切理餍心”,《知音》篇从鉴赏的角度谈心之应理,说:“心之照理,譬目之照形,目瞭则形无不分,心敏则理无不达。”至于理和辞的问题,更是《文心雕龙》着力阐论的。《情采》篇论两者的关系曰“辞者理之纬”,“联辞结采,将欲明理”,“理正而后摛藻”,把事理思考清楚了才形诸文辞。“理赡而辞坚”(《才略》)、“理懿而辞雅”(《诸子》)、“理圆事密”(《丽辞》)、“言中理准”(《议对》)、“理得而辞中”(《诏策》)等等,都是说文章能够做到辞理相称。反之,若“理拙而文泽”(《总术》)、“辞高而理疏”(《杂文》)等等都是“文浮于理”“理不胜辞”的毛病;若“理粹而辞驳”(《杂文》),则是文辞枝蔓,妨碍了论理的圆通。这些虽然不是专门说“论”体的,但也值得引出与“心与理合”“辞共心密”二句相参。

二 披肝胆以献主,飞文敏以济辞,此说之本也

《论说》后半部专门讲述“说”这种文体:

> 说者,悦也;兑为口舌,故言资悦怿;过悦必伪,故舜惊谗说。说之善者:伊尹以论味隆殷,太公以辨钓兴周。及烛武行而纾郑,端木出而存鲁,亦其美也。暨战国争雄,辨士云踊;从横参谋,长短角势;转丸骋其巧辞,飞钳伏其精术;一人之辨,重于九鼎之宝,三寸之舌,强于百万之师;六印磊落以佩,五都隐赈而封。至汉定秦、楚,辨士弭节,郦君既毙于齐镬,蒯子几入乎汉鼎。虽复陆贾籍甚,张释傅会,杜钦文辨,楼护唇舌,颉颃万乘之阶,诋戏公卿之席;并顺风以托势,莫能逆波而溯洄矣。夫说贵抚会,弛张相随,不专缓颊,亦在刀笔。范睢之言疑事,李斯之止逐客,并顺情入机,动言中务,虽批逆鳞,而功成计合,此上书之善说也。至于邹阳之说吴、梁,喻巧而理至,故虽危而无咎矣。敬通之说鲍、邓,事缓而文繁;所以历骋而罕遇也。(第89页)

这一段首先释名章义,解释“说”的含义,然后梳理先秦至汉代“辩说”的变化。《说文》:“说,说释也。从言,兑。一曰:谈说。”清段玉裁

注："说释，即悦怿。"刘勰这里取前一义，解释曰："说者，悦也。"《周易·说卦》："兑为泽……为口舌。"又《周易·兑》彖辞："兑，说（按，同'悦'）也。""说"和"兑"都有"悦"的意思。正如后人所解，"兑为口舌，悦在心而发于言，言所以宣悦也"（吕岩《吕子易说》卷下）。所以刘勰解释说"言咨悦怿"，出言要使人喜悦。但他笔锋一转，"过悦必伪"，言辞过于取悦别人，必然是不诚实的。《尚书·舜典》："帝曰：龙，朕堲谗说殄行，震惊朕师，命汝作纳言，夙夜出纳朕命，惟允。"伪孔安国解释曰："堲（按，jí，憎恶），疾；殄，绝；震，动也。言我疾谗说绝君子之行，而动惊我众，欲遏绝之。纳言，喉舌之官，听下言纳于上，受上言宣于下，必以信。"孔子也说过："巧言令色，鲜矣仁。"（《论语·学而》）《荀子·非十二子》曰："辩说譬谕，齐给便利，而不顺礼义，谓之奸说。"（杨倞注："齐，疾也；给，急也；便利，亦谓言辞敏捷也。"）这是儒家的共同认识，像战国纵横家的弄舌鼓簧，在他们看来就是"奸说""谗说"。

"说"之美善者，刘勰列举四例：

1.**伊尹以论味隆殷**。《吕氏春秋·本味》载伊尹说汤以至味曰："凡味之本，水最为始，五味三材，九沸九变。火之为纪，时疾时徐，灭腥去臊除膻，必以其胜，无失其理。调和之事，必以甘酸苦辛咸，先后多少，其齐甚微，皆有自起。"这是以滋味说汤，而至于王道。

2.**太公以辨钓兴周**。《六韬》："吕尚坐茅以渔，文王劳而问取，尚曰：'鱼求于饵，乃牵其缗；人食于禄，乃服于君。以饵取鱼，以禄取人，以小钓钓川而擒其鱼，以中钓钓国而擒其万国诸侯。'"

3.**烛武行而纾郑**。即《左传》记载烛之武退秦师的说辞。僖公三十年，晋侯、秦伯围郑，郑国危在旦夕，使烛之武夜缒而出见秦伯，曰："秦、晋围郑，郑既知亡矣。若亡郑而有益于君，敢以烦执事。越国以鄙远，君知其难也，焉用亡郑以陪邻？夫晋何厌之有！既东封郑，又欲肆其西封。不阙秦，焉取之？阙秦以利晋，唯君图之！"秦伯悦，与郑人盟，然后退军。烛之武剖析利弊，离间秦晋，使秦伯恍然大悟。亡郑乃"阙秦以利晋"，这真可谓说辞的成功范例。

4.**端木出而存鲁**。端木赐，字子贡，卫人。《史记·仲尼弟子列传》载："田常欲作乱于齐，惮高、国、鲍、晏，故移其兵，欲以伐鲁。孔子闻之,谓门弟子曰:‘夫鲁,坟墓所处,父母之国,国危如此,二三子何为莫出?’子路请出,孔子止之;子张、子石请行,孔子弗许。子贡请行,孔子许之,遂行。至齐,说田常曰:‘君之伐鲁,过矣。夫鲁难伐之国,其城薄以卑,其地狭以泄,其君愚而不仁,大臣伪而无用,其士民又恶甲兵之事,此不可与战,君不如伐吴。夫吴城高以厚,地广以深,甲坚以新,士选以饱,重器精兵,尽在其中。又使明大夫守之,此易伐也。’……故子贡一出,存鲁,乱齐,破吴,强晋,而霸越。”这个故事应该是战国纵横之士虚构的,并非实事。

战国时期,士虽然是地位低下的知识阶层,但是他们游说于诸侯之间,被诸侯待为上宾,由是纵横捭阖,运天下于股掌之间,“一人之辨,重于九鼎之宝,三寸之舌,强于百万之师”,诸侯得之则安,失之则危。他们“争取和王侯之间保持一种师友的,而不是君臣的关系”①,因此得到尊重和礼遇,正如刘勰所说,“六印磊落以佩,五都隐赈而封”。鬼谷子传说是纵横家的鼻祖,苏秦、张仪都曾向他学习纵横术。据说《鬼谷子》中有《转丸》《飞钳》等章,说的都是纵横辩说之术。“飞钳者,言察是非语,飞而钳持之”(贾公彦《周礼疏》卷二三),了解对方的好恶,针对他所关心的问题进行游说,先用“飞”的方法诱出对方爱好之所在,然后再用“钳”的方法控制住他。“转丸”大约是形容辩说诡谲无常,变化莫测,如丸之圆转自如。刘知幾《史通·言语》:“战国虎争,驰说云涌,人持弄丸之辩,家挟飞钳之术,剧谈者以谲诳为宗,利口者以寓言为主。若《史记》载苏秦合从、张仪连衡、范雎反间以相秦、鲁连解纷而全赵是也。”

汉代天下一统,“率土之滨,莫非王臣”,游说之士失去了横议天下的现实政治环境。虽然吴王濞、梁孝王招致四方游士如严忌、枚乘、邹阳等,但是“历史进入秦、汉之后,中国知识阶层发生了一个最基本的变化,即从战国的无根的‘游士’转变为具有深厚的社会经济基础的‘士大夫’”②。战国时诸侯与游士的师友关系,到汉代被“圣主贤臣”

---

① 余英时:《士与中国文化》,第44页,上海人民出版社2003年版。

② 同上书,第52页。

的理想结构所代替。汉初,游说之士如郦食其被齐王烹杀,蒯通也险遭同样的厄运。虽然陆贾被刘邦赏识,名位显赫,张释之在文帝时论政切合时事,杜钦在成帝时为王凤出谋划策,文辞明辨而审慎,楼护善于辩说,得到朝廷重用,但都是“顺风托势”,伺察帝王的脸色,揣摩他们的心思,顺着情势来辩说,而不能像战国策士那样,逆流而上,逆势兜转,通过游说之辞改变人主的心意。这是先秦和汉代说辞的明显差异。

刘勰说:“夫说贵抚会,弛张相随,不专缓颊,亦在刀笔。”“贵抚会”,意即要抓住时机。“弛张相随”,即缓和与严厉相结合。“不专缓颊,亦在刀笔”二句,一般解释“谓不仅口说,落于笔札者,亦得称说”,把“缓颊”解释为口头言说,“刀笔”解释为书面笔札。但是,若放回到《论说》这一段里,文义是不顺畅的。如果这句前面所谈的是口头的言说,后面所述的是书面笔札,那么这句承前启后,过渡自然。可这段前面所述陆贾、张释之、杜钦、楼护四人,后面所述范雎、李斯、邹阳、冯衍四人,并非前者是口头言说,后者是书面笔札。前面四人中如杜钦就有《说王凤》等文传世,后面四人如范雎上秦昭王书,本来是口头言说,记载于《战国策》和《史记》。也就是说,这一段论“说”体,没有明确分出口头和书面两类,中间插入“不专缓颊,亦在刀笔”,突兀得很。再看“不专缓颊”二句之前,提出“夫说贵抚会,弛张相随”,之后数句就是在谈“说”体的“弛张相随”,范雎、李斯“批逆鳞”是“张”,邹阳的“喻巧而理至”、敬通的“事缓而文繁”是“弛”。前后之间插入“不专缓颊,亦在刀笔”句,如果是谈口头与书面之分别的话,恰好隔断文意,文气也不顺畅,可见,“不专缓颊,亦在刀笔”不能如此理解。那么,此二句该如何理解呢?缓颊一词,不只是口头言说的意思。《史记·魏豹列传》:“汉王闻魏豹反,方东忧楚,未及击,谓郦生曰:‘缓颊往说魏豹。’”《汉书·高帝纪》略同,这是缓颊的最早出处,缓颊最初就是用于辩士游说的场合。刘勰论“说”体用缓颊一词,当是本于《史记》《汉书》。《汉书》张晏注曰:“缓颊,徐言引譬喻也。”徐言,即缓慢地说;引譬喻,借譬喻委婉曲折地说。《论说》篇这一段中“喻巧而理至”“事缓而文繁”,都是呼应缓颊,不过一成功一失败而已。刀笔,本来的确是指书写工具,但有时也指法律案牍,如《史记·李斯列传》:“(赵)高曰:‘高固内官之厮役也，幸得以刀笔之文进入秦宫，管事二十余年。'”刀笔之文即指法律案牍。称法律案牍为“刀笔之文”，乃取其严厉之意，刀笔就是笔铦如刀的意思。《奏启》篇赞语的“笔锐干将，墨含淳鸩”可以借来解释《论说》篇的刀笔。所以“不专缓颊，亦在刀笔”的意思是，说这种文体，不只是从容委婉的，也有严酷锐利的。这样解释，和上下文都能紧密契合：从容委婉，就是弛，邹阳、冯衍是也；严酷锐利就是张，范雎、李斯是也。整段文理协调，文气通顺，都是在围绕说体“弛张相随”展开论述，而且“不专缓颊，亦在刀笔”，即说体不只从容委婉，也有严厉犀利的，在这一段里还是关键的一句。

特别值得注意的是，刘勰在这里对辩说“批逆鳞”的勇气予以肯定。《韩非子·说难》：“夫龙之为虫也，柔可狎而骑也。然其喉下有逆鳞径尺，若人有婴之者，则必杀人。人主亦有逆鳞，说者能无婴（按，通‘撄’）人主之逆鳞，则几矣！”又《战国策·燕策》：“燕太子丹质于秦，亡归，见秦且灭六国，兵以临易水，恐其祸至，太子丹患之，谓其太傅鞫武曰：‘燕、秦不两立，愿太傅幸而图之。’武对曰：‘秦地遍天下，威胁韩、魏、赵氏，则易水以北，未有所定也。奈何以见陵之怨，欲批其逆鳞哉！'”刘勰称赞范雎和李斯的辩说“动言中务，虽批逆鳞，而功成计合”，即敢于犯颜直谏，冒触人主的过失，最后计议被采纳，取得成功。这是“上书之善说也”。

> 凡说之枢要，必使时利而义贞；进有契于成务，退无阻于荣身。自非谲敌，则唯忠与信。披肝胆以献主，飞文敏以济辞；此说之本也。而陆氏直称“说炜晔以谲诳”，何哉？（第 90 页）

这一段是“敷理以举统”，论“说”体的要义。一是“时利而义贞”，抓住有利的时机，说的义理要正确，这样才能达到成务、荣身的目的。二是“自非谲敌，则唯忠与信”，如果不是欺骗敌人的话，应该心怀忠信，而不是像陆机所说的“说炜晔而谲诳”。炜晔，盛貌，引申指文辞明丽晓畅。刘勰说“飞文敏以济辞”，就是炜晔，可见他对说辞的炜晔是不否认的。他反对的是谲诳。若檄文应该“参兵诈，谲诡以驰旨，炜晔以腾说”，因为它本来就是要威慑敌人的。但是在朝廷上的辩说，应该“披肝胆以献主”，本着忠信的情怀以献策进言。陆机所谓的谲诳是针对战国策士辩说而言的；刘勰所论，则是汉代以来朝廷上的辩说，所以他驳斥陆机而强调忠信。

【扩展阅读】

刘永济：《魏晋之际论著文之盛况》，《文心雕龙校释》，中华书局2010年版。

刘永济：《论说第十八》，《文心雕龙校释》，中华书局2010年版。

◎作者讲课实录：

第九讲　文之思也，其神远矣：《神思》《物色》《养气》

《文心雕龙》自《神思》以下各篇都是谈文章创作的问题，每篇各有侧重，又相互关联，涉及文章创作的方方面面。创作文章，首先且最重要的是构思，所以《神思》篇居创作论之首。

早在东汉时，王充就说过"用神思虑""思虑者，己之神"（《论衡·卜筮》篇）的话。至魏晋南北朝时期，神思是诗赋书画理论的一个常见范畴。东晋王羲之《书论》说写字是"静神摅思，挥襟作之"，指虚静专注的精神状态。刘宋时宗炳《画山水叙》说，画思之来，是"应会感神，神超理得"；创作山水画时"万趣融其神思。余复何为哉？畅神而已。神之所畅，孰有先焉"。所谓"万趣融其神思"，与刘勰的"神与物游"意思非常接近，指在创作激情高涨的时候文思活跃，浮想联翩，表象纷至沓来。此时只需畅神，任兴而发，任凭想象自由驰骋，不去人为地加以羁勒。这些思想，对于刘勰撰写《神思》篇或许有一定的启发。在刘勰之后，萧子显《南齐书·文学传论》说："属文之道，事出神思。感召无象，变化不穷。"用神思来概括创作思维，已经是当时人的普遍认识。

刘勰在《文心雕龙》里用"神"字，有时是指"鬼神"的神，有时具有神妙、神秘的意思，而"神思"的神，则是指创作主体——作家的精神心理；思是指精神心理的活动，也就是创作时的思维活动。神与思是体与用的关系。《养气》篇说："心虑言辞，神之用也。"（第 199 页）这句话就道明了神与思的体用关系。同篇又说："陆云叹用思之困神。"（第 200 页）过于用思，则精神疲倦。神是体，思是用，合起来就是作家创作时的心理思维活动。《神思》篇所论的作家创作思维，不能孤立起来看，后面的《物色》《养气》等篇，都是从不同方面论述创作心理，因此需要互相联系起来,才能对刘勰关于创作心理和思维的理论有完整的了解。

一　物色之动,心亦摇焉

关于文章创作的问题,陆机《文赋》曾经作过开创性的探讨,对《文心雕龙》的创作论产生了深刻的影响。陆机《文赋》提出创作的主要问题是"恒患意不称物,文不逮意",研究创作问题,就是探讨如何克服物、意、文三者的矛盾,刘勰《文心雕龙》的创作论部分也是围绕这个问题,不过探究得更为深入细致。

外在的物是如何激发作家产生创作冲动的呢?早在《礼记·乐记》里就有"人心之动,物使之然也"的说法,即物感说,陆机《文赋》也提出"悲落叶于劲秋,喜柔条于芳春",自然物候节序的变化,引起人们不同的情感心理。刘勰多次提到这个问题,特别是在《物色》篇里对此作了专门的论述:

> 春秋代序,阴阳惨舒;物色之动,心亦摇焉。盖阳气萌而玄驹步,阴律凝而丹鸟羞:微虫犹或入感,四时之动物深矣。若夫珪璋挺其惠心,英华秀其清气,物色相召,人谁获安?是以献岁发春,悦豫之情畅;滔滔孟夏,郁陶之心凝;天高气清,阴沉之志远;霰雪无垠,矜肃之虑深。岁有其物,物有其容;情以物迁,辞以情发。一叶且或迎意,虫声有足引心,况清风与明月同夜,白日与春林共朝哉!(第222页)

随着一年四季节候的变化,自然景物也跟着变化。昆虫会感知节序的变化:春天阳气萌生,则蚂蚁(玄驹)出动;秋天阴气凝聚,萤火虫(丹鸟)捕捉蚊蚋以备食用。物犹如此,更何况为"万物之灵""天地之心"的人呢?因此,"物色之动,心亦摇焉",人对物候节序的变化非常敏感,会产生不同的情感,"情以物迁,辞以情发",于是才有文学创作的需要。魏晋以降,诗文创作重视对于外在自然景物的描绘,追求"极貌以写物"的逼真效果,刘勰能够及时肯定文学创作的这种新趋向而专列《物色》一篇,是很具有理论眼光的。相比而言,挚虞《文章流别志论》说:“古诗之赋,以情义为主,以事类为佐。今之赋,以事形为本,以义正为助。”他对于“以事形为本”的“今之赋”颇有微词,眼光不免保守。对于物感的理论,梁初的昭明太子萧统有所引申。他在《答湘东王求文集及〈诗苑英华〉书》中说:“或夏条可结,倦于邑(按,同‘悒’)而属词;冬雪千里,睹纷霏而兴咏。密亲离则手为心使,昆弟宴则墨以亲露。”前二句是指自然物候之感动人情,后二句则是指人生聚散之情需要诗歌来发抒。后来钟嵘《诗品序》提出“气之动物,物之感人,故摇荡性情,形诸舞咏”,并进一步把触动人心的“物”由自然景物推广到社会人事。

刘勰在《诠赋》篇说:“原夫登高之旨,盖睹物兴情。”(第35页)情以物兴,物以情观,作家情感因外物触动而兴起,需要表达出来,于是有了创作的需要。刘勰《文心雕龙》的创作论部分,主要是以诗赋等文学体制为论述对象的。六朝时期,随着山水文学的兴起,山水自然景物成为诗赋表现的主要对象,因此,刘勰专列《物色》篇来探讨自然物色如何激发作家的情感,作文如何铺写物色。这个物主要是指自然景物。《神思》篇也多次提到物,这个物是指自然景物留在作家记忆中的表象。

二　思理为妙,神与物游

古人云:“形在江海之上,心存魏阙之下。”神思之谓也。文之思也,其神远矣。故寂然凝虑,思接千载;悄焉动容,视通万里。吟咏之间,吐纳珠玉之声;眉睫之前,卷舒风云之色:其思理之致乎!故思理为妙,神与物游。神居胸臆,而志气统其关键;物沿耳目,而辞令管其枢机。枢机方通,则物无隐貌;关键将塞,则神有遁心。是以陶钧文思,贵在虚静,疏瀹五藏,澡雪精神。积学以储宝,酌理以富才,研阅以穷照,驯致以绎辞。然后使玄解之宰,寻声律而定墨;独照之匠,窥意象而运斤。此盖驭文之首术,谋篇之大端。夫神思方运,万途竞萌。规矩虚位,刻镂无形。登山则情满于山,观海则意溢于海,我才之多少,将与风云而并驱矣。方其搦翰,气倍辞前，暨乎篇成，半折心始。何则？意翻空而易奇，言征实而难巧也。是以意授于思，言授于意。密则无际，疏则千里。或理在方寸，而求之域表；或义在咫尺，而思隔山河。是以秉心养术，无务苦虑；含章司契，不必劳情也。（第133页）

《神思》之开篇，刘勰借用《庄子·让王》的话来说明人的心即精神活动超越身体的限制，神思可以与形体相分离而远游。作家构思文章时的精神活动更是非常的广远，沉思时视通万里，思接千载，飞驰想象的翅膀，打破一切时空的限制。刘勰这一大段所论的，是文学创作时作家的创造性想象的问题。其中有这样几个要素：

1.**物**。“神与物游”“物沿耳目”的物，用今天的话来说就是表象，作家记忆中往日的表象，是艺术想象的基本材料。想象不是凭空的抽象，而是记忆中所保存的表象的重新组合、变形和再加工，“眉睫之前，卷舒风云之色”，就是指艺术想象时的表象运动。“神与物游”，是说艺术想象以表象为材料，活跃的思维对表象进行精心重组、变形等艺术加工。陆机《文赋》说：“情曈昽而弥鲜，物昭晰而互进。”前句说情感由迷蒙的情绪状态而越来越鲜明；后句说表象纷纷出现，灿溢目前。联系《文心雕龙》全书来看，刘勰非常重视物，作家情思之兴起，是由于外物感动的结果；艺术构思之时是“神与物游”，情感促使表象在想象中改造、变形和重组。而最后形诸文字表达，要做到“物无隐貌”，即真切细腻地表现出物色的特征。《诠赋》篇赞语说：“写物图貌，蔚似雕画。”如绘画那样，逼真地描写外物。

2.**志气和情意**。《神思》篇“神居胸臆，而志气统其关键”的志气，是指作家创作那一瞬间情绪饱满的精神状态。《体性》篇说：“气以实志，志以定言，吐纳英华，莫非情性。”（第137页）先天的气质禀赋和后天养成的作家意志，构成主体的精神状态。志气旺盛时写作的文章，无不是情性的表现。《养气》篇说：“志盛者思锐以盛劳，气衰者虑密以伤神。”（第200页）志气旺盛则文思敏锐，志气衰疲则文思迟钝。《神思》篇说：“登山则情满于山，观海则意溢于海。”想象登山观海时，脑中浮现往日登山观海所留下的各种记忆表象，当时的情意也激荡心头。志气情意是想象的动力，规定着想象的方向，情感伴随着表象的活动，对表象进行变形、加工和改造。整个创作过程中,情感都处于活跃状态。《夸饰》篇说:“谈欢则字与笑并,论戚则声共泣偕。”(第177页)此前陆机《文赋》也说:“信情貌之不差,故每变而在颜。思涉乐其必笑,方言哀而已叹。”作家的情感状态和创作中所表达的情绪是一致的、相互感染的。

想象、表象与情感三者的关系,刘勰在《神思》篇赞语中精练地概括为:“神用象通,情变所孕。”(第135页)精神想象和外物表象相沟通、相融合,孕育着变化多端的情思。

3.**言辞**。作家进行艺术构思,储藏在潜意识中的表象进入显意识时,总是伴随着言辞。陆机《文赋》说:“沉辞怫悦,若游鱼衔钩而出重渊之深;浮藻联翩,若翰鸟缨缴而坠曾云之峻。”说的就是表象由记忆深处进入显意识的过程,此时艰涩难出的言辞会联翩浮现出来。作家创作时脑海中的表象运动离不开言辞。当脑海中表象混乱繁杂时,以零散的、片段的言辞形式出现在意识中;而对表象的重组、加工过程,就是按照一定语言规则对这些言辞片段的有序化处理。刘勰说:“物沿耳目,而辞令管其枢机。”表象能否显现于意识(即“物沿耳目”),关键在于是否获得辞令的形式。刘勰说:“吟咏之间,吐纳珠玉之声。”这令人想起俄国作家阿·托尔斯泰的话,他在《论文学》里曾经说:“我建议所有的青年作家们在写作的时候,要做到口里琅琅有声。所有的大师都是嘴巴里一边大声地念,手里一边写的。”所说的都是作家创作时的一种不自觉的思维现象,即心中酝酿文思时,口中念念有词。这种创作心理现象,现代心理学称之为“内部言语”,“内部言语没有完整的语法形态,然而却具有强大的活力,它是把人的心理内部的主观意思转化生长为外部扩展性言语的一种机制”,是“一种词汇稀少、句法关系松散,结构残缺、但却黏附着丰富的心理表象的、充满生殖活力的内部语言”。[①] 刘勰在《镕裁》篇说“思绪初发,辞采苦杂”,指的就是构思之初尚未获得表层句法结构的“内部言语”。

---

① 钱谷融、鲁枢元主编:《文学心理学教程》,第260、261页,华东师范大学出版社1987年版。

《神思》篇这一段承接陆机《文赋》的话题,继续阐述艺术构思时物、意、言三者之间的矛盾。

刘勰说:"枢机方通,则物无隐貌;关键将塞,则神有遁心。"枢机是指言辞,文思通畅时,言辞葳蕤,生动鲜明地描绘物貌。《物色》篇所谓"写气图貌,既随物以宛转;属采附声,亦与心而徘徊",正是"枢机方通"的景象;"关键"是指志气,如果作者意兴阑珊,精神不饱满,想象也就衰疲无力。刘勰在《物色》篇说"物有恒姿,而思无定检",人的内心与外在物色之间总会有舛错矛盾,人心不可能如镜子一样将物色客观无遗地摄入。他在《神思》篇又指出"意翻空而易奇,言征实而难巧",即意与言之间存在矛盾。作家在进行艺术构思时,想象驰骋,表象翻腾,情感波动,逐渐形成的意象"翻空而易奇",而作为社会约定俗成的、具有自身结构规律的语言,是"征实而难巧"的。意与言之间的矛盾普遍存在,古今中外的作家都体验到了这种"言语的痛苦"。唐代刘禹锡《视刀环歌》曰:"常恨言语浅,不如人意深。"现代文艺学解释说,这是审美意象的具体性、个体性和语言的抽象性、规范化之间的矛盾。康德曾说:"至于审美意象,我所指的是由想象力所形成的一种形象显现。在这种形象的显现里面,可以使人想起许多思想,然而,又没有任何明确的思想或概念,与之完全相适应。因此,语言就永远找不到恰当的词来表达它,使之变得完全明白易懂。"(《判断力批判》第 49 节)刘勰之前,陆机虽然也思考言意之间的矛盾,但是他说:"始踯躅于燥吻,终流离于濡翰。"并且相信可以到达"情貌不差""穷形尽相"。但刘勰受到"言不尽意"论的影响,认识到言意两者的矛盾不能完全克服,因此感慨说:"方其搦翰,气倍辞前;暨乎篇成,半折心始。"提笔之前,是兴浓神旺,似乎有满腹的话要说;落笔成篇之后,才发现当初想写的,多半还没有表达出来。

三　虚静与养气

刘勰在《神思》篇既指出"关键将塞,则神有遁心",又申述"意翻空而易奇,言征实而难巧",对于"言""意"矛盾有了较为深刻的体认。但言不“尽”意,并不是说言不能切当地传达意。作家构思时如何使得思路畅通,如何消解物、意、言之间的矛盾,理顺文思呢?刘勰在《神思》和《养气》等篇回答了这个问题。概括起来说,就是平时要积累学理,提高素养,而临文时则须心境虚静,秉心养气。

《神思》篇说:“积学以储宝,酌理以富才,研阅以穷照,驯致以绎辞。”这里所说的,都是沉酣于前代经典和优秀作品之中,吸收其中的营养。正如陆机《文赋》所谓“咏世德之骏烈,诵先人之清芬,游文章之林府,嘉丽藻之彬彬”,即积累学问,斟酌事理,对于前人的优秀作品要广泛涉猎,悉心体会。下面一段,刘勰又提到“博练”和“博见”,“博”谓才学之广博,“练”谓识力之精卓,合起来是指作家平时的才学识见。刘勰此篇说:“理郁者苦贫……博见为馈贫之粮。”《奏启》篇说“博见足以穷理”,值得互相参照。《通变》篇说:“博览以精阅。”《事类》篇说:“将赡才力,务在博见。狐腋非一皮能温,鸡跖必数十而饱矣。”(第182页)又谓“综学在博”,可见刘勰非常强调作家应该具备广博的学识,只有学识广博,才能做到“心以理应”。

作家平时应该注意积累学养,综练识力,而运思作文时则需要平心静气,进入虚静的境界。《神思》篇说:“陶钧文思,贵在虚静,疏瀹五藏,澡雪精神。”中国古代不论儒家还是道家,都重视认知主体“心”的虚静。《荀子·解蔽》篇提出“虚一而静”,止水镜万象,内心守一而虚静,排除杂念,才能认识世界,获得真知。《老子》第十六章说:“致虚极,守静笃。”《庄子·天道》篇说:“万物无足以挠心者,故静也。……水静犹明,而况精神!”只有内心虚静,排除一切私心欲望和杂念的窒塞,心地空明澄澈,精神专注,才能做到以天合天。陆机的《文赋》谈到文学创作时的虚静心理状态:“收视反听,耽思傍讯”,“澄心以凝思”。创作时要关闭对世界的感官,排除杂念,凝聚精神,专心致志。刘勰这里也是在谈创作时的虚静心态,且直接源自庄子思想。《庄子·知北游》:“汝斋戒疏瀹而(按,通‘尔’)心,澡雪而精神,掊击而知。”刘勰借用“澡雪精神”等语来说明创作时须疏通心思,洗涤精神,摒弃一切俗念,进入虚明澄静的状态。现代研究者借用美国心理学家马斯洛的高峰经验来说明古代文论的虚静心理状态:

在“高峰经验”中，人对外部世界的知觉具有急剧变化的趋势：知觉被看作为自足的整体，他感到自己对于知觉对象正付出全部注意力而且可能达到入迷的地步，而通常的那些知觉，或者暂时消失，或者变成一种居于从属地位的不重要活动。在高峰经验中注意力高度集中的知觉导致对知觉对象的觉知越来越丰富，甚至被知觉对象所全盘吸引，达到知觉者和被知觉事物融为一体的感觉。正是在这样一种意识状态中，人很容易在幻觉中，不知庄周之梦蝶还是蝶梦庄周了，进入那种物我两忘、心醉神迷的境界。不少优秀文艺作品确是这样创作出来的。①

和虚静相关联的是作家的养气。作家进入创作阶段，应该精神饱满旺盛而且从容闲适，不可过于苦心钻砺而消耗精气。刘勰在《文心雕龙》中专列《养气》篇来阐述这个问题。

夫耳目鼻口，生之役也；心虑言辞，神之用也。率志委和，则理融而情畅；钻砺过分，则神疲而气衰：此性情之数也。（第199页）

这里谈的是人们用思的一个规律：心虑言辞都是精神的运作，如果顺随情志，任其自然，则心思通畅，左右逢源，笔无不达；若过于钻砺苦思，则耗费精神，心气衰竭，反而会情理淤滞。

这里所谓的率志委和，近似于《世说新语·任诞》所载王子猷访戴安道“乘兴而行，兴尽而返”。钟嵘《诗品》论谢灵运说：“若人兴多才高博，寓目辄书。”后四字“寓目辄书”，也就是在率志委和的精神状态下的即兴创作。前引宗炳《画山水序》所谓畅神，意思也近于刘勰的率志委和。刘勰还说，人年轻的时候志盛思锐，经得起花费心思；年老了则精气衰疲，若过于思虑，就会耗伤精神。每个人的天分才气都不相同，如果消耗精气去雕琢心思，斟酌辞句，过于苦费心力，那么本来为了舒散郁滞情怀的创作，反而成了促龄之具。曹操担心为文伤命，陆云感叹用思困神，唐代时李贺母亲说：“是儿要当呕出心乃已尔。”（李商隐《李

① 钱谷融、鲁枢元主编：《文学心理学教程》，第119页，华东师范大学出版社1987年版。

长吉小传》)都是不善于养气的后果。

刘勰认识到治学和为文是不同的。治学需要勤奋,而作文本来就是要抒写情志的,需要从容不迫,率情而作。《养气》篇说:“夫学业在勤,故有锥股自厉;志于文也,则有申写郁滞,故宜从容率情,优柔适会。若销铄精胆,蹙迫和气,秉牍以驱龄,洒翰以伐性,岂圣贤之素心,会文之直理哉!”(第201页)诗文创作是抒写情感,将心中郁积的情志通过语言文字舒布出来,本来是一件快乐的事。陆机《文赋》就说:“然伊兹事之可乐,固圣贤之所钦。”用今天的话来说,创作是一个自我实现的过程,应该是快乐的事。若弄成销铄精胆,消耗精气,使人短命,那为什么还要创作呢!刘勰在《书记》篇特别提到“舒布其言,陈之简牍”的书信尺牍这种文体:“详诸书体,本在尽言,所以散郁陶,托风采,故宜条畅以任气,优柔以怿怀。文明从容,亦心声之献酬也。”(第125页)尺牍用来抒写郁积的忧思,表现个人的风采,应该写得条贯畅达,宽舒从容。虽然这不是直接谈养气的问题,但值得拿来与《养气》篇“从容率情,优柔适会”云云相参照。

陆机已经认识到灵感“来不可遏,去不可止”的现象,并描绘灵感来去的状态,但又感慨“吾未识夫开塞之所由”。刘勰也说,思维有时迅捷通畅,有时迟钝阻塞。作家应该“清和其心,调畅其气,烦而即舍,勿使壅滞。意得则舒怀以命笔,理伏则投笔以卷怀,逍遥以针劳,谈笑以药倦,常弄闲于才锋,贾余于文勇”,内心清净,气息顺畅,做到心闲气舒。意兴若来了,便须及时把握住;意兴已去,就暂且搁笔。不要劳思竭虑,空耗精气,而应该享受在创作中自我实现的快感。在《神思》篇里,刘勰说:“秉心养术,无务苦虑;含章司契,不必劳情。”这也就是作家须养气的意思。在《隐秀》篇里刘勰还指出,即使是“篇章秀句”,“并思合而自逢,非研虑而所课也”(第192页)。文章的秀句,非常难得,但并非苦心经营的结果,往往是在虚静的心境中猝然不思而得,是虚静状态下意静神旺,创造力高度发挥的结果。

刘勰的养气论,与此前《孟子·公孙丑上》所谓“我知言,我善养吾浩然之气”不同,孟子所养之气,是“配道与义”“至大至刚”的道德人格境界。韩愈《答李翊书》所提出的“气盛,则言之短长与声之高下者皆宜”,秉承了孟子的精神,重在人的胸襟学养和人格力量;韩愈的“养气”,是“行之乎仁义之途,游之乎《诗》《书》之源”。这与刘勰论养气存在实质上的差异。刘勰的养气论更接近于道家的养生思想。《太上三元经》曰:“养生之道,必爱气存神,不可剧语大呼,使神劳气损,是以真人道士,常吐纳以和六液。”(《太平御览》卷六六八)道家认为平时养生不可大吼大叫,以免损气;刘勰则说作家创作时不可过于钻砺,以免耗气伤身。后世如唐人王昌龄《诗格》说:“思若不来,即须放情却宽之,令境生。”又说:“凡诗人,夜间床头,明置一盏灯。若睡来任睡,睡觉即起,兴发意生,精神清爽,了了明白。”这与刘勰的养气论有相通之处。钟嵘《诗品序》所讽刺的“终朝点缀,分夜呻吟”现象,后来李贺之呕出心肝,贾岛“两句三年得,一吟双泪流”之苦吟,都不符合刘勰养气爱护生命的原则。

四 寻声律而定墨,窥意象而运斤

刘勰在《神思》篇说:“夫神思方运,万途竞萌。规矩虚位,刻镂无形。”艺术构思之前期,各种表象伴随着情感纷纷出现在想象中,但这时还没有确定好如何形诸文字,脑中的审美意象还是潜在的,尚没有刻画成形,需要经过心思的酝酿而后“使玄解之宰,寻声律而定墨;独照之匠,窥意象而运斤”。“玄解之宰”和“独照之匠”,指敏锐而活跃着的心灵。“寻声律而定墨”“窥意象而运斤”是内心意象获得外在言语形式而得到文字表现的过程。刘勰在《练字》篇说:“心既托声于言,言亦寄形于字。”内在意象表之于言,形之于字,即得到恰当的艺术传达,创作才算完成。对于内在意象的外化传达,他是非常重视的。《神思》后面的各篇都涉及艺术传达的问题。刘勰说:“情数诡杂,体变迁贸,拙辞或孕于巧义,庸事或萌于新意。视布于麻,虽云未费,杼轴献功,焕然乃珍。”(第 135 页)构思中的内在意象是复杂多变的,文章的体制要求和风格也是多种多样的,因此辞与义、事与意之间难免有矛盾,不相一致。作家应该像织布一样,进行精细的加工。如果说在构思阶段,刘勰强调养气的话,那么到了内在意象的外化传达阶段,刘勰更重视作家的精思。因为就像《明诗》所言“诗有恒裁,思无定位”,语言的规则、文体的规范是相对恒定的,作家的思绪则变动不居,因此二者之间不可能没有矛盾,要做到“文成规矩,思合符契”(《征圣》篇),并非容易的事。当然,“思无定契,理有恒存”(《总术》篇),艺术传达还是有一些基本法则和规律的。《神思》篇以下就多谈创作传达的规律和法则。如《总术》篇专论创作方法的重要性:“执术驭篇,似善弈之穷数;弃术任心,如博塞之邀遇。”(第209页)“文场笔苑,有术有门。”(第210页)讲究方法,就如弈棋有路数可循;完全不顾及方法和规则,像博塞游戏那样凭运气,是写不好文章的。《镕裁》篇提出镕裁的方法:“规范本体谓之镕,剪截浮词谓之裁。”(第156页)镕是指根据创作的目的、所要表达的情理来选择、安排适当的体制;裁是删去繁辞骈枝。在《镕裁》篇,刘勰提出“三准”,即创作传达阶段的三个步骤:

> 凡思绪初发,辞采苦杂;心非权衡,势必轻重。是以草创鸿笔,先标三准:履端于始,则设情以位体;举正于中,则酌事以取类;归余于终,则撮辞以举要。然后舒华布实,献替节文。绳墨以外,美材既斫,故能首尾圆合,条贯统序。若术不素定,而委心逐辞,异端丛至,骈赘必多。(第157页)

起初“设情以位体”,即根据所要表现的情志意理来安排恰当的体制。接着“酌事以举类”,斟酌于古人的前言往行,引成辞,举人事,来类比表达自己的情理。古人写作文章,非常重视旁征博引古语古事来参证、表达自己的思想感情。刘勰在《事类》篇中专门谈到这个问题,其中说:“事类者,盖文章之外,据事以类义,援古以证今者也。”(第180页)并且指出经典文章的通常范式是“明理引乎成辞,征义举乎人事”,前代如崔骃、班固、张衡、蔡邕的文章就是“捃摭经史,华实布濩”(第181页),为后人确立了范式。后人写文章引用古语古事,要合适恰当,“用人若己”“不啻自其口出”才好,不能“引事乖谬”“改事失真”。最后一个步骤是“撮辞以举要”,“举要”是刘勰多次使用的一个范畴。《总术》篇说“乘一总万,举要治繁”(第210页)。所谓举要,就是用精当的语言揭示出文章的主旨要义,树立文章的主干,与陆机《文赋》所谓“立片言而居要，乃一篇之警策”意思相近而更为宽泛。陆机《文赋》说“理扶质以立干，文垂条而结繁”，对于文辞之繁，刘勰主张加以删裁。虽然他并不是一味地尚简，认为“繁而不可删”“略而不可益”才是真正的“练镕裁而晓繁略矣”（第 158 页），但是鉴于近代“饰羽尚画，文绣鞶帨”（《序志》）的不良文风，刘勰在《镕裁》篇更强调删繁就简，他说：“三准既定，次讨字句。句有可削，足见其疏。字不得减，乃知其密。精论要语，极略之体；游心窜句，极繁之体。”（第 157 页）显然在文辞方面是要求“精论要语”，而不是繁芜赘疣。

刘勰在《神思》篇又说临篇缀虑时的一个毛病是“辞溺者伤乱”。有的人辞藻繁复，滔滔不绝，但不免杂乱。解决的方法是“贯一”，“贯一为拯乱之药”（第 134 页）。后面的《附会》篇就进一步阐述“贯一”的问题。他以“人”喻“文”，提出“以情志为神明，事义为骨髓，辞采为肌肤，宫商为声气”（第 203 页），写文章时“类多枝派”，所以要善于“附会”，即把情志、事义、辞采、宫商等连缀、组织成为一个有生命的整体。刘勰说：“附辞会义，务总纲领，驱万途于同归，贞百虑于一致。”（第 203 页）这就是“贯一”，有一个总的纲领贯穿首尾，各个方面都服务于这个总纲领，做到“首尾周密，表里一体”。此外《练字》篇提出“缀字属篇，必须练择：一避诡异，二省联边，三权重出，四调单复”（第 188 页），即避免生僻的字，相同偏旁的字不要连续出现三个以上，尽量避免同一个词重复出现，注意前后字形体的肥瘦，免得写出来不好看，这已经涉及非常具体的书写美感的问题。《指瑕》篇指出“立文之道，惟字与义。字以训正，义以理宣”（第 195 页），然“虑动难圆，鲜无瑕病”，作者应该悉心斟酌，“令章靡疚，亦善之亚”（第 197 页）。这些篇章所谈的，以及后面我们还要论述的《风骨》《定势》《比兴》《声律》等等，都属于《神思》篇赞语“结虑司契”的契，是创作方法、法则，即如何做好内在情意向外传达的问题。

【扩展阅读】

王运熙：《读〈文心雕龙·神思〉札记》，《文心雕龙探索》，《王运熙文集》第 3 卷，上海古籍出版社 2012 年版。

张少康：《〈文心雕龙〉的物色论——刘勰论文学创作的主观与客观》，《北京大学学报(哲学社会科学版)》1985 年第 5 期。

王先霈：《神思论中的艺术心理学思想》，《云梦学刊》2005 年第 5 期。

◎作者讲课实录：

第十讲　才性异区，文体繁诡：《体性》

刘勰在《神思》篇曾列举大量事例说明“人之禀才，迟速异分；文之制体，大小殊功”（第 134 页）的问题，禀才属于人的个性禀赋，制体指文章的体制和风格。紧接其后的一篇标题为《体性》，就是专门论述文章的体制风貌和作家个性的关系。作家个性不同，经历不同，学养不同，其作品的风貌也相应地存在差异，对于这个现象，前代如陆机就已认识到，并描述为“夫夸目者尚奢，惬心者贵当，言穷者无隘，论达者唯旷”（《文赋》）：喜欢炫耀的人，文章往往侈大宏丽；思虑缜密的人，文章会写得切理餍心；言辞简约的人，文章显得局促；说话畅达的人，文章会旷荡辽远。刘勰对于作家的主体性和作品的风貌以及二者的关系，分析得更为细致，更为透彻。

一　才、气、学、习

> 夫情动而言形，理发而文见，盖沿隐以至显，因内而符外者也。然才有庸俊，气有刚柔，学有浅深，习有雅郑，并情性所铄，陶染所凝，是以笔区云谲，文苑波诡者矣。故辞理庸俊，莫能翻其才；风趣刚柔，宁或改其气；事义浅深，未闻乖其学；体式雅郑，鲜有反其习：各师成心，其异如面。（第 136 页）

首二句是互文，内心有情理的触动，自然需要借助言辞把它表现出来；隐含在内心的情理通过言语符号显现于外，隐与显、内与外是一致的。接下来，刘勰将作家的主体个性分为才、气、学、习四个方面，而且这四者与作品的辞理、风趣、事义、体式之间是具有对应关系的，各师成心，其异如面。

1.才。刘勰非常重视作家禀赋的才能。这里说“才有庸俊”,有的人才能平庸,有的人才能超群。在《神思》篇里,刘勰说:“人之禀才,迟速异分。”(第134页)有人文思敏捷,寓目辄书;有人思考谨慎,文思缓慢。如汉代高诱《淮南鸿烈解序》记载,武帝方好艺文,诏淮南王刘安“使为《离骚传》。自旦受诏,日早食已”,可谓文思迅捷。又《汉书·枚皋传》记载:“上(按,武帝)有所感,辄使赋之。为文疾,受诏辄成,故所赋者多。司马相如善为文而迟,故所作少而善于皋。”枚皋写文章很敏捷,司马相如文思较为迟缓,但枚皋时有累句,《西京杂记》比较二人的高下,说:“故知疾行无善迹矣。”文思快慢不同的人,可以在不同的场合施展才能。军旅戎马间的檄文,要在短时间内完成,文风须犀利迅捷,所以可以让枚皋之类文士来写作;朝廷上庄重的高文典册,须让司马相如之类文士仔细斟酌。杨修《答临淄侯书》:“尝亲见执事(按,敬称对方)握牍持笔,有所造作,若成诵在心。”这是称赞曹植才气高妙,文思敏捷。《三国志·魏书·王粲传》:“(粲)善属文,举笔便成,无所改定,时人常以为宿(预先)构;然正复精意覃思,亦不能加也。”《三国志·魏书·王粲传》引《典略》:“太祖尝使(阮)瑀作书与韩遂,时太祖适近出,瑀随从,因于马上具草,书成呈之。太祖揽笔欲有所定,而竟不能增损。”王粲和阮瑀文章写得既快又好。《后汉书·祢衡传》:“(刘)表尝与诸文人共草章奏,并极其才思。时衡出,还见之,开省未周,因毁以抵地。表怃然为骇。衡乃从求笔札,须臾立成,辞义可观。表大悦,益重之。”刘安、枚皋、曹植、王粲、阮瑀、祢衡,都是文思迅捷的作家。在《才略》篇里,刘勰比较曹植和曹丕禀才迟速的差异:“子建思捷而才俊,诗丽而表逸;子桓虑详而力缓,故不竞于先鸣。”(第230页)曹植才气高,文思来得快;曹丕才气比不上其弟,但思虑详备,所以不急于争先。刘勰称赞王粲说:“仲宣溢才,捷而能密,文多兼善,辞少瑕累,摘其诗赋,则七子之冠冕乎!”(第231页)又赞美祢衡“思锐于为文,有偏美焉”(第229页)。这些都是“才俊”的例子。

司马相如是历史上有名的思绪严谨深刻而缓慢的作家。除了《汉书·枚皋传》记载“司马相如善为文而迟”外,《西京杂记》卷二记载:“司马相如为《上林子虚赋》,意思萧散,不复与外事相关,控引天地,错综古今,忽然如睡,跃然而兴,几百日而后成。”扬雄也是文思艰深。桓谭《新论》曰:“成帝时召(扬雄)使作赋,子云为之卒暴倦卧,梦其五藏出在地,以手收内。及觉,大少气,病一岁,卒。”桓谭少年时见扬雄丽文高论,“不量年少,猥欲逮及。常作小赋,用精思大剧,而立感动发病”。《后汉书·王充传》:“年渐七十,志力衰耗,乃造《养性书》十六篇,裁节嗜欲,颐神自守。”《后汉书·张衡传》:“作《二京赋》,因以讽谏。精思傅会,十年乃成。”《晋书·左思传》:“左思作《三都赋》,构思十年,门庭藩溷,皆置笔砚,遇得一句,即便疏之。”这些都是文思艰深缓慢的例子,特别是扬雄和桓谭因思而致疾,不符合刘勰所谓卫气养生之道。当然,刘勰在才思迅捷和迟缓之间没有作出高下之分,“机敏故造次而成功,虑疑故愈久而致绩”(《神思》),迟缓或迅捷,都可以写出好文章。

《文心雕龙》中还专门列了《才略》篇,论述历代作家的才能。其中称赞贾谊才颖,“陵轶飞兔,议惬而赋清,岂虚至哉”;扬雄“竭才以钻思,故能理赡而辞坚矣”;“潘勖凭经以骋才,故绝群于锡命”;“魏文之才,洋洋清绮”;“左思奇才,业深覃思,尽锐于《三都》,拔萃于《咏史》,无遗力矣”。又批评桓谭《集灵》诸赋,“偏浅无才,故知长于讽论,不及丽文也”;东汉作家李尤的赋铭“志慕鸿裁,而才力沉膇,垂翼不飞”;“陆机才欲窥深,辞务索广,故思能入巧,而不制繁”(第228—232页)。可见刘勰对于作家才能的重视。刘勰在《体性》篇说:“辞理庸俊,莫能翻其才。”上举扬雄“理赡”“辞坚”,正是因为他有文才,且能“竭才以钻思”;桓谭善于著论,而不善于写作辞赋丽文,是因为他“偏浅无才”。

2.**气**。刘勰说:“气有刚柔。”气,或称“血气”,是先天的、与生俱来的气质。《声律》篇说:“声含宫商,肇自血气。”(第160页)人一生下来,发出的声音就有轻重长短高下的变化。在刘勰之前,曹丕《典论·论文》提出“文以气为主,气之清浊有体,不可力强而致”。曹丕以“清浊”论气,有优劣之分;刘勰以“刚柔”论气,则是天性之别,本无优劣。人所禀赋的气质偏刚或偏柔,决定了作品风格的刚或柔。刘勰评论具体作家,有时注重作家的气。如《才略》篇说:“孔融气盛于为笔,祢衡思锐于为文。”又说“嵇康师心以遣论,阮籍使气以命诗”(第 231 页)。《明诗》篇论建安时期的文人“慷慨以任气,磊落以使才”(第 23 页)。这都是偏于阳刚的一面。《才略》篇说“子桓虑详而力缓”(第 231 页),力缓,即气柔。《文心雕龙》全书中的气,有时是指作家的禀赋气质,有时是指作品中流贯的文气,如《风骨》篇多论及气,与“气有刚柔”的气,所指称的对象是有差异的。

3.**学**。刘勰说:“学有深浅。”“事义深浅,未闻乖其学。”学,主要是指对前代典籍故实和优秀作品的学习。《事类》篇论及作家博学的问题。其中说:“夫经典沉深,载籍浩瀚,实群言之奥区,而才思之神皋也。”(第 182 页)经典和载籍,都是作家学习的对象,只有平时“综学在博”,创作时才能“捃摭经史”。《神思》篇说:“积学以储宝。”以宝喻学,可见刘勰对于博学的重视。刘勰所论的文章范围至广,几乎一切文字记载都包括在内,即使专就诗赋来说,六朝时期的作家也重视运用事义典故。《才略》篇说:“自卿、渊(按,指司马相如、王褒)已前,多俊才而不课学;雄、向(按,指扬雄、刘向)已后,颇引书以助文:此取与之大际,其分不可乱者也。”(第 229 页)西汉作家才气高,学问浅;东汉以后的作家“引书以助文”,六朝诗文尤重引经据典,因此刘勰论作家,也强调博学。当然博不是堆砌学问,刘勰在提出博学的同时往往以“约”紧接其后,如《神思》篇说:“博见为馈贫之粮,贯一为拯乱之药,博而能一,亦有助乎心力矣。”(第 134 页)《事类》篇说:“综学在博,取事贵约。”(第 182 页)博观约取,是作家对待学问的正确态度。

4.**习**。刘勰说:“习有雅郑。”“体式雅郑,鲜有反其习。”习是指环境的熏习,作家在不同的环境中受到不同的熏习,或雅正,或俚俗,这在作品的风格上会得到相应的体现。《文心雕龙》其他一些篇章中也涉及这个问题。如《正纬》篇论及谶纬,“至于光武之世,笃信斯术,风化所靡,学者比肩”(第 14 页),意即东汉光武年间的谶纬风气对学者产生了影响。《乐府》篇对俗乐尤多警诫,说“自雅声浸微,溺音腾沸”,“迩及元、成,稍广淫乐,正音乖俗”(第 28 页),“俗听飞驰,职竞新异”(第 29 页)等等,说的都是淫滥的世俗音乐成为时尚,产生了不良的影响。《谐讔》篇说谐这种文体“辞浅会俗,皆悦笑也”(第 64 页),言辞浅显,适应世俗,看了会发笑;但“虽抃笑帷席,而无益时用”(第64页),没有什么实际的用途。但是善于作文的人,“未免枉辔”,也常常写这类东西,如束皙的《饼赋》之类,“尤而效之,盖以百数。魏晋滑稽,盛相驱扇”(第64页),出现了大量的滑稽作品,这就是庸俗(郑)的环境熏习的结果。刘勰论述时代给予文学的影响时,注重作家所受熏习的环境,如《时序》篇论屈原、宋玉“炜烨之奇意”“出于纵横之诡俗也”(第212页)。所谓“文变染乎世情,兴废系乎时序”(第218页),具体内涵当然是多方面的,其中的一个重要内容,就是政治环境和世俗风气对作家的深刻影响,即《体性》篇所谓的习。

汉魏时期论作家写作才能,一般都是强调先天的自然禀赋。如曹丕《典论·论文》说:“文以气为主。譬诸音乐,曲度虽均,节奏同检,至于引气不齐,巧拙有素,虽在父兄,不能以遗子弟。”似乎作家的文章才能是天生的,后天不可改变。这显然是片面的。陈琳《答东阿王笺》称赞曹植高世之才,“乃天然异禀,非钻仰者所庶几也”;杨修《答临淄侯笺》也赞叹说:“非夫体通性达,受之自然,其孰能至于此乎?”虽然其中不无奉承之意,但是也反映出当时人论文章才能侧重于自然禀赋的倾向。刘勰列举了才、气、学、习四个方面,认识更为深入,更为中肯。这四个方面,“并情性所铄,陶染所凝”。才和气,是“情性所铄”,是先天的禀赋;学和习,是“陶染所凝”,是后天个人的努力和环境的影响。那么,先天与后天,哪方面更为重要呢?刘勰在《事类》篇回答了这个问题:

> 夫姜桂因地,辛在本性;文章由学,能在天资。才自内发,学以外成。有学饱而才馁,有才富而学贫。学贫者,迍邅于事义;才馁者,劬劳于辞情:此内外之殊分也。是以属意立文,心与笔谋,才为盟主,学为辅佐,主佐合德,文采必霸。才学褊狭,虽美少功。(第182页)

刘勰认为创作文章当然需要后天的学习,但是若要做到“能”,还是由天资决定的。天资,即才,发自本性,是盟主,具有决定性的意义;学是后天的获得,具有辅助性意义。一个作家要真正取得创作上的成绩,需要“主佐合德”,既具有优秀的天资,又能勤奋学习。如果仅仅依靠才或学之一方面,则“虽美少功”,对于文学创作来说,都不免是遗憾。显然与曹丕仅仅重视先天的气不同,刘勰重视后天的学和习的意义。即使是同样认为先天禀赋具有决定性意义,曹丕重在气,刘勰重在才。其实刘勰所谓的才,只是先天禀赋的一种潜质,需要后天的锻炼发展。《体性》篇说:

> 夫才有天资,学慎始习。斫梓染丝,功在初化;器成彩定,难可翻移。故童子雕琢,必先雅制。沿根讨叶,思转自圆。八体虽殊,会通合数,得其环中,则辐辏相成。故宜摹体以定习,因性以练才。文之司南,用此道也。(第138页)

刘勰这一段特别提出“学慎始习”的问题,用制作器物和染丝织品作比喻,说儿童刚刚学习创作,应该先模仿典雅的作品,否则,若不慎重而模仿了庸俗之作,一旦定型就很难纠正了,这是“摹体以定习”的问题。同时刘勰还说“因性以练才”,即根据自己的天资而加以锻炼,将潜质发挥出来。练是后天的学习,但需要“因性”,即顺乎天性。

二 数穷八体

> 若总其归涂,则数穷八体:一曰典雅,二曰远奥,三曰精约,四曰显附,五曰繁缛,六曰壮丽,七曰新奇,八曰轻靡。典雅者,熔式经诰,方轨儒门者也;远奥者,复采曲文,经理玄宗者也;精约者,核字省句,剖析毫厘者也;显附者,辞直义畅,切理厌心者也;繁缛者,博喻酿采,炜烨枝派者也;壮丽者,高论宏裁,卓烁异采者也;新奇者,摈古竞今,危侧趣诡者也;轻靡者,浮文弱植,缥缈附俗者也。故雅与奇反,奥与显殊,繁与约舛,壮与轻乖。文辞根叶,苑囿其中矣。(第136页)

《体性》的体是指文章的风貌。刘勰提出八体,即八种不同的文章风格,其两两相对,典雅对新奇,远奥对显附,精约对繁缛,壮丽对轻靡。刘勰对这八种风格的态度也有不同。

一曰典雅。即雅正,合乎准则。刘勰说:"典雅者,熔式经诰,方轨儒门者也。"《定势》篇说:"以模经为式者,自入典雅之懿。"(第148页)典雅是以经典为楷范,模仿经典而形成的风格特征。刘勰在用典或雅的时候,多涉及义,如《诠赋》篇"义必明雅""丽词雅义",《章表》篇"必雅义以扇其风",《铭箴》篇"义典则弘"等等。意旨雅正,才符合典雅的风格要求,所以刘勰特别提出"方轨儒门",即符合儒家的思想意旨。《诸子》篇说:"研夫孟、荀所述,理懿而辞雅。"(第83页)《孟子》《荀子》具有典雅风格。从文体的角度说,《定势》篇指出"章、表、奏、议,则准的乎典雅"(第149页)。这几种文体都是臣下写给帝王的,在朝廷上议论国事,表达义理和心志,因此风格需要典雅。颂这种文体,本来是"雅容告神"的,后来"浸被乎人事",其风格也要求典雅。《颂赞》篇论颂体的特征和写作要求,说:"颂惟典雅,辞必清铄。"(第38页)像铭体记功褒德,箴体攻疾防患;诏策之类是皇帝制命,或者尚书代皇帝所作,意义重大,影响深远,所以也应该风格典雅。刘勰特别称道潘勖《册魏公九锡文》。汉献帝时,曹操自为魏公,加九锡。潘勖时任尚书右丞,模仿《尚书》,作《册魏公九锡文》,典赡雅饬,为后人所称赞,刘勰多次予以称赏,如《诏策》篇:"潘勖《九锡》,典雅逸群。"(第94页)《才略》篇:"潘勖凭经以骋才,故绝群于《锡命》。"(第229页)《风骨》篇:"昔潘勖锡魏,思摹经典。群才韬笔,乃其骨髓峻也。"(第141页)潘文之典雅,正是因为"思摹经典"。

二曰远奥。即意旨深远幽微。刘勰说:"远奥者,复采曲文,经理玄宗者也。"这里的玄宗,是意旨深奥的意思。运用多指意性的文辞来曲折地表达幽深的主旨,即是远奥。儒家的经典如《周易》《春秋》和《诗经》都具有远奥的特点。《原道》篇说:"文王患忧,繇辞炳曜。符采复隐,精义坚深。"(第2页)《宗经》篇说:"《春秋》则观辞立晓,而访义方隐。"(第10页)《比兴》篇说:"《诗》文弘奥,包韫六义。"(第172页)说的都是意旨远奥。《体性》篇下文,刘勰说:"子云沉寂,故志隐而味深","嗣宗俶傥,故响逸而调远"(第137页)。扬雄的文风和阮籍的诗风,具有远奥的特征。钟嵘《诗品上》谓阮籍的《咏怀》诗"厥旨渊放,归趣难求",也即近于刘勰所谓的远奥。先秦诸子中的《鹖冠子》和《鬼谷子》也具有远奥的特征。《诸子》篇说:“《鹖冠》绵绵,亟发深言;《鬼谷》眇眇,每环奥义。”(第83页)《隐秀》篇的隐,就是具有远奥风格的美。“隐也者,文外之重旨也”,“隐以复意为工……义生文外,秘响旁通”(第191页),其意近似于这里所谓的“复采曲文,经理玄宗”。隐是一种含蓄美,作者的意旨没有直接显现出来,而是深隐在文辞之外,需要读者去体会言外的深意。但隐不是晦涩。《隐秀》篇又说“或有晦塞为深,虽奥非隐。”(第192页)《总术》篇说:“奥者复隐,诡者亦曲。”(第208页)若过于晦涩难懂,读者无法从文辞中揣摩作者的主旨和意绪,那就是晦涩诡异,而不是隐。远奥的奥是深奥的意思,而不是阻奥。刘勰在《练字》篇特别指出汉代字书“率多玮字,非独制异,乃共晓难也”(第185页);西汉辞赋多用奇僻字,难以通晓,到东汉时训解已多有错误,“翻成阻奥”,构成了阅读的障碍,这是诡,而不是远奥。

三曰精约。指文辞精要而简洁,用简约精练的文辞将要义揭示出来。刘勰说:“精约者,核字省句,剖析毫厘者也。”“五经”中的《礼记》算得上精约,《征圣》篇说:“‘丧服’举轻以包重,此简言以达旨也。”(第6页)诸子中的《尹文子》也是精约,《诸子》篇说:“辞约而精,《尹文》得其要。”(第83页)除了诗赋以外,大多数的文体也需要精约。刘勰特别指出铭箴、对策等文体需要文辞简约。《铭箴》篇说:“其取事也必核以辨,其摛文也必简而深。此其大要也。”(第49页)《议对》篇里,刘勰称赞公孙弘之对策“总要以约文,事切而情举”(第121页),杜钦之对策“略而指事,辞以治宣,不为文作”(第121页),作文具有明确的目的,文辞具有精约的特点。《书记》篇论述的都是一些处理实务的文体,刘勰论其要领说:“或全任质素,或杂用文绮,随事立体,贵乎精要。意少一字则义阙,句长一言则辞妨。”(第131页)不可少一字,不可长一言,最精切地揭示要义。《总术》篇说:“精者要约,匮者亦鲜。”言辞精约而能表达丰富的意旨,即《宗经》篇所谓“辞约而旨丰”,才是精约;若义理贫瘠,言辞粗略,则是匮乏,而不是精约。精约还是文骨的要求。刘勰在《风骨》篇里说:“练于骨者,析辞必精。”(第141页)骨是主要针对文辞而言的,精切简约的言辞恰当地表现出要义,就是“文骨成焉”。

精约与繁缛相对。《定势》篇说："断辞辨约者，率乖繁缛。"（第149页）断辞辨约，就是精约，与繁缛正好相对。

四曰显附。指直接明畅地表达义理。刘勰说："显附者，辞直义畅，切理厌心者也。""五经"中的《尚书》可谓之显附。《宗经》篇说："《尚书》则览文如诡，而寻理即畅。"（第10页）如果能熟悉《尔雅》的话，就可以通晓的《尚书》的文意。诸子中墨家著作语言质朴，文意明白。《诸子》篇说："《墨翟》《随巢》，意显而语质。"（第83页）就文体来说，"符、檄、书、移，则楷式于明断"（《定势》篇）。《檄移》篇说："檄者，皦也，宣露于外，皦然明白也。"（第98页）檄是宣告敌人罪行而加以讨伐的文体，意义当然应该明确显示出来，而不能"曲趣密巧"，含糊隐约。如隗嚣讨伐王莽新朝的檄文"文不雕饰，而辞切事明"（第100页），就是显附的风格。《檄移》篇说："移者，易也，移风易俗，令往而民随者也。"（第101页）移是晓喻对方使他们遵从，因此也要求意思显豁。刘勰称赞司马相如的《难蜀父老》"文晓而喻博"，陆机的《移百官》"言约而事显"。刘勰还常用侧附、密附等范畴，如《诠赋》篇说铺写"草区禽族、庶品杂类"的赋，"象其物宜，则理贵侧附"（第33页），侧附相当于从侧面描写。《物色》篇说："体物为妙，功在密附。"（第224页）密附，即"如印之印泥"那样，细致逼真地描写物貌。显附要求表现情理物色，意思显豁明白。显附与远奥相对，《定势》篇说："综意浅切者，类乏蕴藉。"（第149页）当然，显附不是浅显，刘勰在《总术》篇说："辩者昭晰，浅者亦露。"（第208页）显附与浅露是有质的差异的。在《文心雕龙》中，浅是个贬义词。《明诗》篇说："何晏之徒，率多浮浅。"（第23页）《通变》篇说："魏、晋浅而绮。"（第145页）浮浅、浅露是言之无物，而显附要求"切理厌心"，揭示出义理，使读者阅后有正得我心之感。

五曰繁缛。譬喻广博，辞采繁复，如战国纵横家之寓言设喻，正反排比，即是繁缛。刘勰说："繁缛者，博喻酿采，炜烨枝派者也。"当然，繁缛本身并非就是一种不好的风格。《征圣》篇说《礼记》中《儒行》一篇，是"缛说以繁辞"（第6页）。博文以该情，用广博的文辞来详备地表达情理，是儒家经典本来就具有的一种风貌。《总术》篇说："博者该赡,芜者亦繁。”(第208页)繁与芜是有区别的,广博该赡可以称为繁缛;而芜则是繁缛而杂乱。《宗经》篇“体有六义”,其中之一为“体约而不芜”,可见芜才是刘勰真正要否定的不良文风。但是,鉴于当时文风繁杂芜秽,刘勰对于繁缛多持批评态度。他论文重视实用,本来实用性的文体不以繁词为贵,如《议对》篇说议对文体“文以辨洁为能,不以繁缛为巧”(第120页)。《论说》篇里,刘勰批评冯衍的说体“事缓而文繁,所以历骋而罕遇”(第89页),文辞繁缛,达不到实际的效果。即使是非实用性的诗赋,也不能过于繁缛。《诠赋》篇说:“然逐末之俦,蔑弃其本,虽读千赋,愈惑体要,遂使繁华损枝,膏腴害骨,无贵风轨,莫益劝戒,此扬子所以追悔于雕虫,贻诮于雾縠者也。”(第35页)这也是从“贵风轨”“益劝戒”的实用性立场批评后来的赋体过于繁缛。对于当时作家创作之繁杂芜秽,刘勰开出了药方。《镕裁》篇专论写文章应该剪截浮词,删去芜秽,此篇之末说:“若情周而不繁,辞运而不滥,非夫镕裁,何以行之乎?”(第158页)要做到情理周全而不繁芜,文辞流畅而不讹滥,靠的是镕裁的工夫。《总术》篇还提出了具体的方法,即“乘一总万,举要治繁”(第210页),也就是“博而能一”的意思,事义辞藻可以繁博,但需要“贯一”,有一个主旨贯穿始终。

六曰壮丽。指作者志高气盛,从而使作品体制宏大,辞采宏壮,具有动人心魄的感染力。刘勰说:“壮丽者,高论宏裁,卓烁异采者也。”壮丽多源自作者的志气,如《诸子》篇论《驺子》是“心奢而辞壮”(第83页)。《体性》篇说“公幹气褊,故言壮而情骇”(第137页),刘桢性子急躁,文章多气,曹丕《典论·论文》也说:“公幹壮而不密。”这种壮丽风格根源于他“仗气爱奇”(钟嵘《诗品》)的性格。《才略》篇称刘琨“雅壮而多风”(第232页),与钟嵘《诗品》所谓“自有清拔之气”意思是相近的。苦难的时代、困厄的遭遇和个人的性格相激荡而流贯于作品,形成这种雅壮多风的特征。壮丽还是一些文体的风格要求,《檄移》篇说:“陈琳之檄豫州,壮有骨鲠。”(第100页)刘勰品赞钟会的《移檄蜀将吏士民》、桓温的《檄胡文》“并壮笔也”。檄文要夸张地列数对方的罪状,张扬我方的声威,晓以利害,使敌人闻风丧胆,因此需要辞采壮丽。《夸饰》篇说:“壮辞可得喻其真。”(第176页)恰到好处的夸张手法，可以获得宏壮之美，产生“发蕴而飞滞，披瞽而骇聋”的艺术效果。

七曰新奇。刘勰说：“新奇者，摈古竞今，危侧趣诡者也。”对于新本身，刘勰并不反对，如《哀吊》篇称赞潘岳的《金鹿哀辞》等篇“义直而文婉，体旧而趣新”（第54页）；《封禅》篇甚至说：“日新其采者，必超前辙焉。”（第106页）不断创新文采，就能够超越前人。《通变》篇赞语总结提出“文律运周，日新其业”（第147页）。他认为创新之先应该“曲昭文体，然后能孚甲新意”（《风骨》篇）。反之，若抛弃旧的体制规则而一味趋新，就是刘宋初期的“讹而新”，是错误的。对于奇本身，刘勰也是不反对的，《辨骚》篇赞叹说：“奇文郁起，其《离骚》哉！”（第18页）同篇又提出“酌奇而不失其贞”的原则。若“爱奇反经”，便是过错。刘勰在《序志》篇说当时“辞人爱奇，言贵浮诡，饰羽尚画，文绣鞶帨，离本弥甚，将遂讹滥”（第246页），所以他对于新奇，抛弃经典的原则和过去的文体规则，竞相追求险僻怪异持严厉的批评态度。《指瑕》篇指出近人追求奇诡，喜好生造词句，文义不通。《练字》篇指出前代经典在传写过程中造成讹误，后人写文章将错就错，“理乖而新异”（第189页）。刘勰明明知道“爱奇之心，古今一也”（《练字》篇），但是他的《文心雕龙》确立宗经的立场，坚持通变、折中的原则，就是对于近代辞人过于追求新奇的针砭和矫正。《定势》篇一段文字说：

> 自近代辞人，率好诡巧，原其为体，讹势所变，厌黩旧式，故穿凿取新，察其讹意，似难而实无他术也，反正而已。故文反“正”为“乏”，辞反正为奇。效奇之法，必颠倒文句，上字而抑下，中辞而出外，回互不常，则新色耳。夫通衢夷坦，而多行捷径者，趋近故也；正文明白，而常务反言者，适俗故也。然密会者以意新得巧，苟异者以失体成怪。旧练之才，则执正以驭奇；新学之锐，则逐奇而失正；势流不反，则文体遂弊。秉兹情术，可无思耶！（第151页）

近人之穿凿取新其实没有什么高明之术，就是跟传统的规则反着来。对于创新，刘勰主张的是执正以驭奇，在遵循基本规范的前提下创新变化。他批评近人逐奇而失正，导致文体之弊。

八曰轻靡。轻靡与壮丽相对,壮丽源自作者志气的灌注,相反,轻靡就是文章中没有作者的志气抱负,没有深刻的义理,也没有宏大的体制,不过是辞藻绮靡华艳。刘勰说:"轻靡者,浮文弱植,缥缈附俗者也。"《序志》篇所谓"言贵浮诡,饰羽尚画"云云,就包括当时世俗文风轻靡的现象。后来梁代的朝廷和上层文士中兴起了宫体诗的风气。"简文六岁能属文,读书十行俱下。辞藻艳发,雅好赋诗,然文伤轻靡,时号'宫体'。"(《南史》卷八《梁本纪下》第八)宫体诗的典型风格,就是刘勰所批评的轻靡。

刘勰概括文章的风格为上述八体,他说:"文辞根叶,苑囿其中矣。"意谓八体包罗了一切文章的风貌。这八体之间,除了"雅与奇反"等四者相对而不兼容之外,其他各种风格之间是可以相互融会的,如《铭箴》篇赞语说铭和箴的文体规范是:"义典则弘,文约为美。"(第 49 页)义典属于典雅,文约属于精约。《议对》篇说:"标以显义,约以正辞,文以辨洁为能,不以繁缛为巧;事以明核为美,不以环隐为奇。此纲领之大要也。"(第 120 页)兼备精约和显附两种风格。

三　体与性,表里必符

> 若夫八体屡迁,功以学成。才力居中,肇自血气。气以实志,志以定言,吐纳英华,莫非情性。是以贾生俊发,故文洁而体清;长卿傲诞,故理侈而辞溢;子云沉寂,故志隐而味深;子政简易,故趣昭而事博;孟坚雅懿,故裁密而思靡;平子淹通,故虑周而藻密;仲宣躁竞,故颖出而才果;公幹气褊,故言壮而情骇;嗣宗俶傥,故响逸而调远;叔夜俊侠,故兴高而采烈;安仁轻敏,故锋发而韵流;士衡矜重,故情繁而辞隐。触类以推,表里必符,岂非自然之恒资,才气之大略哉!(第 137 页)

这一段是说作家的禀赋个性与文章风格之间的一致性。"八体屡迁"四字,是指作家一生的创作风格不断变化("迁"),还是指文章风格变化无穷多种多样?联系刘勰《文心雕龙》对历代作家的评论来看,他不大关注一个作家自身风格前后的变化,因此"八体屡迁"当是后一种意思，即文章风格多样。而一个作家真正成熟，形成自己的风格，是要靠学习的。但是后面刘勰在论风格与人的关系时，更强调才气。刘勰论作家主体，认为“才为盟主，学为辅佐”，更重视先天的才气。所以这一段说“才力居中，肇自血气”，也是着重于作家的才气，接着又说“气以实志”，这个志带有后天的学的辅佐，但决定性的因素还是才气。接下来他列举汉、魏、西晋时期的作家来说明作家之性和文章之体（风格）之间表里相符的一致性。

1.**“贾生俊发，故文洁而体清”**。贾谊才气高卓，文章语言洁净，风格清新。据《史记·屈原贾生列传》，贾谊年少，颇通诸子百家之书。二十余岁时，文帝召为博士，每诏令议下，诸老先生不能言，贾生文思敏捷，尽为之对，人人各如其意所欲出，因此可谓才气俊发。贾谊有《论积贮疏》，刘勰评曰：“理既切至，辞亦通畅，可谓识大体矣。”（《奏启》篇）贾谊怀抱忠贞，饱有才学，遭到绛、灌、东阳侯、冯敬之等人陷害，被谪为长沙王太傅，撰作《吊屈原赋》《鹏鸟赋》等以寄哀。刘勰评曰：“自贾谊浮湘，发愤吊屈，体周而事核，辞清而理哀，盖首出之作也。”（《哀吊》篇）对于贾谊的政论性文章和骚赋作品，刘勰在《才略》篇品评为“议惬而赋清”，立意恰当而文辞清雅，也就是这里的“文洁而体清”的意思。

2.**“长卿傲诞，故理侈而辞溢”**。司马相如的傲诞，可以借用“相如窃妻而受金”的“文士之疵”（《程器》）来参证。《史记·司马相如列传》载：“相如之临邛，从车骑，雍容闲雅甚都；及饮卓氏，弄琴，文君窃从户窥之，心悦而好之，恐不得当也。既罢，相如乃使人重赐文君侍者通殷勤。文君夜亡奔相如，相如乃与驰归成都。家居徒四壁立。……相如身自著犊鼻裈，与保庸杂作，涤器于市中。……其后人有上书言相如使时受金，失官。”司马相如是汉大赋作家的代表。《才略》篇称其赋“洞入夸艳，致名辞宗。然覆取精意，理不胜辞”，即“理侈而辞溢”。

3.**“子云沉寂，故志隐而味深”**。《汉书·扬雄传》载：“（雄）为人简易佚荡，口吃不能剧谈，默而好深湛之思，清静亡（无）为，少嗜欲，不汲汲于富贵，不戚戚于贫贱，不修廉隅以徼名当世。”扬雄性格沉静，文章的风格是意旨深远。《才略》篇说：“子云属意，辞义最深。”《封禅》篇评扬雄《剧秦美新》“诡言遁辞”,《诠赋》篇称扬雄《甘泉赋》“构深玮之风”,即这里的“志隐而味深”。

4.**“子政简易,故趣昭而事博”**。《汉书·刘向传》载:“向为人简易无威仪,廉靖乐道,不交接世俗,专积思于经术,昼诵书传,夜观星宿,或不寐达旦。”趣昭意谓主旨明畅,即显附。事博,是指刘向的《说苑》。刘勰《诸子》篇称“博明万事为子”,列刘向《说苑》为汉代诸子之一。

5.**“孟坚雅懿,故裁密而思靡”**。班固品性雅正美善,《后汉书·班固传》载:“(固)性宽和容众,不以才能高人,诸儒以此慕之。”所谓“裁密而思靡”,意谓论断严密,思虑细致。班固的《典引》赞美大汉承尧之德,刘勰赞其“雅有懿采,历鉴前作,能执厥中,其致义会文,斐然余巧”(《封禅》篇)。班固的《汉书》,刘勰称其“十志该富,赞序弘丽,儒雅彬彬,信有遗味”(《史传》篇)。

6.**“平子淹通,故虑周而藻密”**。张衡曾官太史令,识见广,学问博。《才略》篇说“张衡通赡”,通赡,即淹通。《杂文》篇评张衡《应间》“密而兼雅”,《七辨》“结采绵靡”,即这里“虑周而藻密”的意思,谓思虑周全,辞采绵密。

7.**“仲宣躁竞,故颖出而才果”**。躁竞,谓性子急,争强好胜。《程器》篇论“文士之疵”,举“仲宣轻脆以躁竞”,当本于《三国志·魏书·杜袭传》“粲性躁竞”的记载。《才略》篇说:“仲宣溢才,捷而能密,文多兼善,辞少瑕累,摘其诗赋,则七子之冠冕乎!”(第231页)即“颖出而才果”,意谓文思敏捷,才气洋溢。

“公幹气褊,故言壮而情骇;嗣宗俶傥,故响逸而调远”,上文已论及,不赘述。

8.**“叔夜俊侠,故兴高而采烈”**。《三国志·魏书·王粲传》载:“时又有谯郡嵇康,文辞壮丽,好言老、庄,而尚奇任侠。”《明诗》篇说:“嵇志清峻。”谓嵇康有俊才,多豪气。兴高,指激越的情怀寄托在诗文中;采烈,谓辞采明亮。《才略》篇说“嵇康师心以遣论”,即兴高;钟嵘《诗品》中品品评嵇康“过为峻切,讦直露才,伤渊雅之致,然托喻清远,良有鉴裁,亦未失其高流矣”,可以帮助我们理解刘勰所谓的“兴高而采烈”。

9.**“安仁轻敏，故锋发而韵流”**。轻敏，谓性格轻躁机敏。《晋书·潘岳传》载：“岳性轻躁，趋世利，与石崇等谄事贾谧，每候其出，与崇辄望尘而拜。构愍怀之文，岳之辞也。”潘岳构陷愍怀太子，为世人所不齿。刘勰在《程器》篇论文士之疵，也指出“潘岳诡祷于愍怀”。基于轻敏的性格，潘岳的文章词锋显露，音韵流畅，《才略》篇谓潘岳“敏给，辞自和畅”，是同样的意思。

10.**“士衡矜重，故情繁而辞隐”**。矜重，矜持庄重。《晋书·陆机传》载：“机服膺儒术，非礼不动。”这就是矜重。因为性格矜重，故不避忌繁缛，文风是“情繁而辞隐”。陆机的文章以繁缛著称。《世说新语·文学》载：“孙兴公云：‘潘文烂若披锦，无处不善；陆文若排沙简金，往往见宝。”又说：“孙兴公云：潘文浅而净，陆文深而芜。”沈约《宋书·谢灵运传论》评陆机、潘岳“缛旨星稠，繁文绮合”。刘勰也批评陆机的繁缛，《才略》篇说：“陆机才欲窥深，辞务索广，故思能入巧，而不制繁。”(第232页)《镕裁》篇也说：“至如士衡才优，而缀辞尤繁。”(第158页)《议对》篇说：“陆机断议，亦有锋颖，而谀辞弗剪，颇累文骨。”(第118页)《哀吊》篇说：“陆机之吊魏武，序巧而文繁。”(第56页)

通过列举这些例子，刘勰说明作家有什么样的性格禀赋，文章就会相应地形成某种风貌。作家的性格禀赋和文章的风貌之间表里如一，符契相合。如果把一部作品比喻为一个生命体的话，作家先天的才气和后天的学习构成他的情志，这个情志是文章的骨髓，而辞采是骨髓外面的肌肤。表里内外、情志和辞采都是相呼应、相一致的。

刘勰的《体性》篇谈论的是作家和作品之间内在的、必然性的关系，分析较为深入和全面，丰富了六朝时期文学理论批评的内容，是传统文论中关于创作论和作家论的重要篇章。

【扩展阅读】

詹锳：《〈文心雕龙〉论才思与风格的关系》，《河北大学学报(哲学社会科学版)》1980年第2期。

詹锳：《〈文心雕龙〉对作家作品风格的评论》，《河北大学学报(哲学社会科学版)》1983年第2期。

曹道衡:《曹丕和刘勰论作家的个性特点与风格》,《社会科学研究》1981年第5期。

张可礼:《〈文心雕龙·体性篇〉"八体"辨析》,《文史哲》1983年第1期。

◎作者讲课实录:

第十一讲　风清骨峻，篇体光华：《风骨》

前面一篇《体性》是论述作家个性禀赋、学养与文学作品风格的关系，在这篇《风骨》里，刘勰提出了对于文学风格的要求。针对当时文风的毛病，他提倡风骨，标举“建安风骨”作为文风的典范。

《文心雕龙》其他篇章设喻时多次提到“风”和“骨”，但其内涵与此篇的“风骨”不完全一样，有的甚至相差很远。如《体性》篇说：“辞为肌肤，志实骨髓。”（第139页）《附会》篇说：“以情志为神明，事义为骨髓，辞采为肌肤，宫商为声气。”（第203页）这些都是比喻的说法，不能据此认为志、事义就是骨。《文心雕龙》常用风声、风轨、风矩等范畴，如《史传》篇说：“诸侯建邦，各有国史。彰善瘅恶，树之风声。”（第70页）《奏启》篇中论“奏”的写作要求：“是以立范运衡，宜明体要。必使理有典刑，辞有风轨，总法家之裁，秉儒家之文，不畏强御，气流墨中，无纵诡随，声动简外。”（第115页）这些用语，如汉代人文章多用风德、风教一样，是重视文章的美刺教化意义，强调文章的感染性和影响力。但刘勰在《风骨》篇里并没有提到文学思想内容要关乎美刺教化，汉武帝读了司马相如的赋，飘飘有凌云之气，“乃其风力遒也”，显然无关乎美刺教化；他在《风骨》篇里所主张的是文章应该具有充沛、强烈的感染力量。

一　六朝人物品评与艺术批评中的“风骨”论

与汉代相比，魏晋是士人精神更为自由的时代；上层士人作为个体，其独特的形神风貌、个性精神更为舒展，更为多样，士人文化形成了彰显自我、标尚个性、欣赏风度的时代特征。在魏晋的人物品评中，出现了如风气、风神、风韵、风姿等一批称赏人物精神风貌的词语。如《世说新语·方正》注引《桓温别传》曰:“温有豪迈风气也。”又《世说新语·识鉴》注引《续晋阳秋》谓褚爽“俊迈有风气”。《晋书》中称裴楷、裴瓒“风神高迈”,卫玠“风神秀异”,桓玄“风神疏朗”,古成诜“风韵秀举”,石秀“风韵秀彻”,何充“风韵淹雅”,谢道韫“风韵高迈”,王济“俊爽有风姿”“风姿英爽”,王衍“风姿详雅”,车胤“风姿美劭”;桓彝叹赏谢安“此儿风神秀彻”,王雅品评王恭“风神简贵”(《晋书》虽然撰于初唐,但多有所本)。这些词语的意思与“风骨”是相通的。如对于王羲之的品评,《世说新语·赏誉》注引《文章志》曰:“羲之高爽有风气,不类常流也。”又引《晋安帝纪》曰:“羲之风骨清举也。”张彦远《历代名画记》说王羲之“风格爽举,不顾常流”。这里的风气、风格与风骨是可以互换的同义词。

魏晋的人物品评中,与风神、风骨经常相搭配的词语是“爽朗”“峻整”“魁奇”之类。《世说新语·容止》曰:“嵇康身长七尺八寸,风姿特秀。见者叹曰:‘萧萧肃肃,爽朗清举。’”《魏氏春秋》称夏侯玄“风格高朗,弘辩博畅”。《续晋阳秋》曰:“坦之雅贵有识量,风格峻整。”《晋书·刘曜载记》称刘胤“风骨俊茂,爽朗卓然”;又《赫连勃勃载记》云:“其器识高爽,风骨魁奇。”反过来,精神风貌不够爽朗的人,往往没有风骨。一个典型的例子是韩康伯。《世说新语·品藻》引蔡叔子云:“韩康伯虽无骨干,然亦肤立。”又《轻诋》篇云:“旧目韩康伯将肘无风骨。”如果仅仅联系这几条来看,似乎韩康伯体态肥胖,像个肉鸭子,所以说他无骨干,无风骨。但是再看《世说新语·言语》一则:

> 王中郎令伏玄度、习凿齿论青楚人物,临成,以示韩康伯,康伯都无言。王曰:“何故不言?”韩曰:“无可无不可。”

别人请他评论人物,他说“无可无不可”,态度含含糊糊,言辞首鼠两端,不够爽朗明峻,所以说他“无风骨”。风骨是一种高爽明朗的精神风貌。支遁本是东晋一位有风骨的高僧。《世说新语·赏誉》注引《支遁别传》曰:“遁任心独往,风期高亮。”孙兴公见支遁“棱棱露其爽”。

但《世说新语·伤逝》载:“支道林丧法虔之后,精神貫丧,风味转坠。”法虔是另一位高僧。法虔去世后,支遁精神颓丧,风味转坠,也就是失去了风骨。《论语·颜渊》曰:“君子之德,风;小人之德,草。草上之风必偃。”风,风化,指一种感染、转化、影响的力量。魏晋人物品评中的“风”也具有这一层意思。《世说新语·容止》载,庾亮“风姿神貌”,陶侃“一见便改观”。同书《言语》注引《高坐别传》曰:“和尚天姿高朗,风韵遒迈。丞相王公一见奇之,以为吾之徒也。”又《赏誉》注引《文士传》曰:“(陆)机清厉有风格,为乡党所惮。”可见,人物品评中的“风”,是指一种爽朗明峻的精神风貌,具有强烈的感染力。

“骨”是指骨相,人体肌肉的丰癯容易改变,而骨相是恒定的,关乎命运,是人的内在精神气质的外在显现。除了风骨一词外,当时人还常用“骨气”,如《世说新语·品藻》载:“时人道阮思旷骨气不及右军。”《世说新语·赏誉》载:“王右军目陈玄伯垒块有正骨。”“垒块有正骨”,可以用《品藻》篇武陔品评陈泰(字玄伯)的“明练简至”四字来解释。“明练简至”四字也可以用来解释《文心雕龙·风骨》中“结言端直,则文骨成焉”一句。

六朝时期的书画品评,常用风骨一词。如南齐谢赫《古画品录》用风骨品评曹不兴的画。梁武帝评蔡邕书“骨气洞达,爽爽有神”,又评王僧虔书“如王谢子弟,纵复不端正,奕奕皆有一种风流气骨”。“风流气骨”就是风骨。羊欣评王献之书法“骨势不若父,而媚趣过之”(《上古来能书人名》)。南齐王僧虔《论书》说:“郗超草书,亚于二王,紧媚过其父,骨力不及也。”书画中的骨气、骨势,用唐代张彦远《历代名画记》的说法,就是“笔迹劲利,如锥刀焉”(卷六);与骨相反的是肉,是“媚趣”“紧媚”。

二 “风骨”释义

> 《诗》总六义,风冠其首,斯乃化感之本源,志气之符契也。是以怊怅述情,必始乎风;沉吟铺辞,莫先于骨。故辞之待骨,如体之树骸;情之含风,犹形之包气。结言端直,则文骨成焉;意气骏爽,

则文风清焉。若丰藻克赡,风骨不飞,则振采失鲜,负声无力。是以缀虑裁篇,务盈守气,刚健既实,辉光乃新。其为文用,譬征鸟之使翼也。故练于骨者,析辞必精;深乎风者,述情必显。捶字坚而难移,结响凝而不滞,此风骨之力也。若瘠义肥辞,繁杂失统,则无骨之征也。思不环周,索莫乏气,则无风之验也。昔潘勖锡魏,思摹经典,群才韬笔,乃其骨髓峻也;相如赋仙,气号凌云,蔚为辞宗,乃其风力遒也。能鉴斯要,可以定文,兹术或违,无务繁采。(第140页)

风骨是后人解释最为歧异的一个范畴。刘勰只是在这一篇里论述风骨,除了《章表》篇"章以造阙,风矩应明;表以致禁,骨采宜耀"将风、骨对举以外,其他篇章里没有提到风骨。因此我们只能紧扣《风骨》这一篇来阐释风骨的含义,若过于浮泛,甚至将前面提到的一些比喻义都扯进来,反而会造成意思的含糊混乱。

这一段第一句论风,溯至《诗经》"六义",说风是"化感之本源,志气之符契"。文学之所以有感动人心、移风易俗的力量,源于"风力",而这种有力量的风是作者志气的抒发和表现。接下来刘勰在解释风的时候,都着重于化感和志气。如说:"相如赋仙,气号凌云,蔚为辞宗,乃其风力遒也。"司马相如作《大人赋》,汉武帝读后"飘飘有凌云之气,似游天地之间意",这就是有风的作品的化感力量。所谓"怊怅述情,必始乎风""情之含风,犹形之包气""意气骏爽,则文风清焉""深于风者,述情必显",这些对于风的解释,其中的情、意气也即"志气"。情感怊怅,即惆怅,源于内心深处不可排遣的真实情思;情意的表达要骏爽,明豁爽朗。反之,"思不环周,索莫乏气,则无风之验也",情意不饱满,表达得不通畅,空洞枯寂无生气,就谈不上风了。前面《宗经》篇提出"风清而不杂","思不环周,索莫乏气"大约就是杂。《附会》篇说:"才分不同,思绪各异,或制首以通尾,或尺接以寸附,然通制者盖寡,接附者甚众。若统绪失宗,辞味必乱,义脉不流,则偏枯文体。"(第204页)这一段话可以拿来解释"思不环周,索莫乏气"。首尾一气贯通,则有风;无风则是尺接寸附地拼凑在一起,没有流灌的义脉,辞味必乱,也就是杂。综合起来看,风是指郁勃深沉的情感,表达得鲜明爽朗,具有强烈的感染力。

再看骨，从“沉吟铺辞，莫先于骨”“练于骨者，析辞必精”等句来看，骨专指文辞方面，具体来说就是要“结言端直”，端，也就是正。刘勰在《风骨》篇后面引了《周书》“辞尚体要，弗唯好异”，《征圣》篇既引了《周书》此句，还引了《易》称：“辨物正言，断辞则备。”（第7页）体要和正言，就是“结言端直”的意思。潘勖的《册魏公九锡文》，立意模仿经典，典雅逸群，符合“结言端直”的要求，文骨高骏。作者锤炼文辞，若做到了确切、精要地表达情志意旨，就是有骨力；若意义贫瘠，堆垛繁杂的辞藻，不能一以贯之，就是“无骨之征”。王运熙先生解释说：“风的特点是清、显，即文风鲜明爽朗。它是作者意气骏爽的表现。骨的特点是运用端直、精要的语言，指作品文辞刚健精炼，它是作品语言的骨干。指出风骨优良的作品，文风鲜明生动，具有强大的艺术感染力。”（第140页）这是确切地把握了刘勰“风骨”的主要内涵。

三　气、采与风骨

> 故魏文称：“文以气为主，气之清浊有体，不可力强而致。”故其论孔融，则云“体气高妙”；论徐幹，则云“时有齐气”；论刘桢，则云“有逸气”。公幹亦云：“孔氏卓卓，信含异气，笔墨之性，殆不可胜。”并重气之旨也。夫翚翟备色，而翾翥百步，肌丰而力沉也；鹰隼乏采，而翰飞戾天，骨劲而气猛也。文章才力，有似于此。若风骨乏采，则鸷集翰林；采乏风骨，则雉窜文囿。惟藻耀而高翔，固文笔之鸣凤也。（第141页）

这一段先后阐述了两个方面的问题：一是气与风骨，二是风骨与文采。清代黄叔琳注曰：“气是风骨之本。”这是本段的一个重要主题。上古时期关于宇宙万物的产生，有一种自然元气论的观念，即认为有生命和无生命的万物都是由气构成，轻清之气上升为天，重浊之气下凝为地；人是由阴阳二气化合而成，清气多者为圣贤，浊气多者为愚钝。如王充就说：“万物之生，俱得一气。”（《论衡・齐世》）有生命的人，身体中流灌着生气。《孟子·公孙丑上》:"气,体之充也。"有气即生,无气则死。人之所以为人,禀赋着天地自然的精气,构成人的精神。曹丕《典论·论文》首先提出"文以气为主"的命题,其所谓气是指作家的自然禀赋。刘勰论作家的才性,也重视气。《体性》篇说:"才力居中,肇自血气。"血气是指作家的禀赋气质。同篇又说:"风趣刚柔,宁或改其气。"作家气质之阴阳刚柔,决定了作品风趣的偏向。而《风骨》篇里的气,有时意思近于《养气》的气,即作家饱满充沛的精神状态,如"是以缀虑裁篇,务盈守气,刚健既实,辉光乃新"。务盈守气,即《养气》篇"清和其心,调畅其气"的意思。气有时意思同于风,如"情之含风,犹形之包气""情与气偕",是指作品中情感表现得刚健爽朗,就像机体中生气灌注一样,充满活力,含有飞动之势。本来,风与气是一个意思。《广雅·释言》曰:"风,气也。"刘勰说:"思不环周,索莫乏气,则无风之验也。"作品没有生气的灌注,自然就不具有感染力量。《才略》篇说:"刘琨雅壮而多风。"钟嵘《诗品序》说:"刘越石仗清刚之气。"两句意思可以互相解释,风也就是气。

关于风骨和文采的关系,刘勰用三类飞鸟来作生动的譬喻:翚翟是野鸡,虽然羽毛鲜艳,肌肉肥厚,但没有骨力,所以飞不高远,这是比喻只有文采而没有骨力的作品,即前面说的"丰藻克赡,风骨不飞"。刘勰对于这种弊病批评得较多,如《诠赋》篇说:"繁华损枝,膏腴害骨。"陆机的断议,刘勰虽然肯定其"亦有锋颖",但批评其"腴辞弗剪,颇累文骨",就是属于这一类型的毛病。鹰隼是猛禽,骨劲而气猛,一飞冲天,这是比喻只有风骨而没有文采的作品。这两者都不是理想的文章风貌。唯有鸟中凤凰,藻耀而高翔,比喻既文采精美,又风清骨峻,才是理想的文章风貌。刘勰用"骨采"一词,表达风骨和文采兼备的意思。骨是体要,是"结言端直"的意思,即用精要端直的言辞表达作者的情意;但是写文章不只是追求达意即可,还需要美好动人,像美丽的花儿一样,让人品赏其芳香,玩味其艳丽,因此需要有丰蔚的文采。此篇赞语说:"才锋峻立,符采克炳。"也就是风骨与文采兼备的意思。在《章表》篇中,刘勰论章表特别提出"风矩应明""骨采宜耀"。同篇说:"文举之荐祢衡,气扬采飞。"又说诸葛亮的《出师表》"志尽文畅",都是既具风骨，又具文采的作品。

刘勰的“骨采”论，与六朝时期书法理论的“骨肉”论是相通的。传为晋卫夫人的《笔阵图》中说：“善笔力者多骨，不善笔力者多肉；多骨微肉者谓之筋书，多肉微骨者谓之墨猪；多力丰筋者圣，无力无筋者病。”不是多骨无肉，而是“多骨微肉”“多力丰筋”。书画艺术“纯骨无媚，纯肉无力”，都不够完美，要做到“肥瘦相如，骨力相称”（梁武帝《答陶隐居论书》）。这些观念值得与刘勰的“骨采”论相互参照。稍后，钟嵘在《诗品序》里提出“干之以风力，润之以丹采”的诗歌审美理想，与刘勰的“骨采”论意思非常接近。至唐代时，在刘勰的影响下，徐浩和张彦远在书画理论中阐发了“骨采”的问题。如徐浩《论书》云：

> 筋骨不立，脂肉何附？笔须藏锋，不然有病。鹰隼乏彩，翰飞戾天，骨劲而气猛也。翚翟备色，翱翮百步，肉丰而力沉也。华彩高翔，则书之凤凰矣。

这简直是把刘勰的比喻直接移用到了书法理论上。

四　风骨与通变

> 若夫熔铸经典之范，翔集子史之术，洞晓情变，曲昭文体，然后能莩甲新意，雕画奇辞。昭体故意新而不乱，晓变故辞奇而不黩。若骨采未圆，风辞未练，而跨略旧规，驰骛新作，虽获巧意，危败亦多。岂空结奇字，纰缪而成经矣！《周书》云：“辞尚体要，弗惟好异。”盖防文滥也。然文术多门，各适所好，明者弗授，学者弗师，于是习华随侈，流遁忘反。若能确乎正式，使文明以健，则风清骨峻，篇体光华。能研诸虑，何远之有哉！（第142页）

这一段是专门阐述风骨与通变的关系，为下一篇《通变》预设伏笔。若要创作出有风骨的作品，须能够“昭体”而“晓变”，即正确处理通和变。所谓“熔铸经典之范”和“曲昭文体”，侧重于通，即遵循经典确立的文章典范，遵守各种文体的基本法则；所谓“翔集子史之林”和“洞晓情变”，侧重于变，学习后代优秀文章，顺应情势，依时而变。刘勰在论“骨峻”时，特别称道那些“熔铸经典之范”的作品，如此篇前面谓潘勖《册魏公九锡文》“思摹经典”，“骨髓峻也”；《诔碑》篇称赞蔡邕的《杨赐碑》“骨鲠训典”，指碑文模仿《尚书》而显得骨鲠刚劲。刘勰称赞先秦诸子“去圣未远，故能越世高谈，自开户牖”（《诸子》），即是善于通变。他论《孟子》《荀子》“理懿而辞雅”，《管子》《晏子》“事核而言练”，《列子》“气伟而采奇”，《驺子》“心奢而辞壮”，《墨子》《随巢子》“意显而语质”，等等，都是具有风骨之美。《史传》篇说：“干宝述纪，以审正得序；孙盛《阳秋》，以约举为能。”这也是正确处理通与变而有风骨的作品。刘勰说这样的子书、史书都值得学习。文章意义之新、文辞之奇，都需要在遵守文体规范的前提下，依情势而求变。如果抛弃一切旧的规范而追逐新奇，就谈不上具有风骨。针对当时“习华随侈，流遁忘反”的现象，刘勰特别强调“确乎正式”，此篇赞语“辞共体并”的体，就是这里的“正式”的意思。在后面的《定势》篇里他批评近代辞人“厌黩旧式”。在“确乎正式”，遵循文体不可违背的法则基础上，努力使文风刚健鲜明，便具有风清骨峻之美。

关于创作出风清骨峻的作品须明晓通变这一原则，刘勰在《文心雕龙》的其他篇章也有表述，如《封禅》篇论关于封禅文章的写作要求，指出：“兹文为用，盖一代之典章也。构位之始，宜明大体，树骨于训典之区，选言于宏富之路，使意古而不晦于深，文今而不坠于浅，义吐光芒，辞成廉锷，则为伟矣。”（第106页）辞成廉锷，即言辞有骨力。“树骨”“选言”二句，意思近于“熔铸经典之范，翔集子史之术”；“意古而不晦于深，文今而不坠于浅”，意思近于“昭体故意新而不乱，晓变故辞奇而不黩”。可见这是刘勰论文学创作的一个重要原则。

五　余论

在前面的《体性》篇，刘勰指出，文章有典雅、远奥、精约、显附等八体，紧接着在这篇里他专门提出风骨而加以阐论。如果说风骨和八体都是风格,那么它们具有怎样的关系呢?对于这个问题,王运熙先生解释得很好,他说:“典雅、清丽等等概念,是指某一作家或某一文体的风格特征,而风骨则是对于许多作家和文体所提出的普遍要求。”[①]前述的八体,虽然刘勰的褒贬态度略有不同,但它们都是当时各种文体和作家创作中呈现出来的文章风貌,是客观的文学现状;而风骨则是刘勰为了纠正当时的文坛流弊而提出来的理想风格。八体中典雅、精约、显附、壮丽,与风骨较为接近;而远奥、繁缛、新奇、轻靡,与风骨距离较远,甚至是相违背的。

刘勰提出风骨的理想风格,有着鲜明的现实针对性。他指出晋宋以来文风的毛病是“辞人爱奇,言贵浮诡”(《序志》篇)、“率好诡巧”(《定势》篇),诡与“结言端直”是背道而驰的,谈不上有风骨;近代辞人“饰羽尚画,文绣鞶帨”(《序志》篇),就是过于繁缛,“繁华损枝,膏腴害骨”(《诠赋》篇)、“丰藻克赡,风骨不飞”(《风骨》篇),过于繁缛则损害了骨力。自东晋以来,文章贵玄,“世极迍邅,而辞意夷泰”(《时序》篇);有的辞赋作家为文而造情,“心非郁陶,苟驰夸饰”(《情采》篇),没有充沛的志气和情感的灌注,怎么可能产生感染人的风力呢?所以刘勰的风骨论,与他提出的征圣、宗经、通变等思想一样,都是对症下药,是矫正时弊的金针砭石。

刘勰心目中具有风骨美的作品是哪些呢?除了此篇提到的若干作家作品外,如《才略》篇说“嵇康师心以遣论,阮籍使气以命诗”,师心使气,就是有风骨。从《时序》篇来看,汉末建安文学具备他理想中的风骨。他说:“观其时文,雅好慷慨,良由世积乱离,风衰俗怨,并志深而笔长,故梗概而多气也。”(《时序》篇)《说文》:“慷慨,壮士不得志于心也。”“雅好慷慨”(按,雅,副词,甚、颇),正是《风骨》篇“怊怅述情”的意思;“梗概而多气”,正是“情之含风”。乱离的时世,令人悲怨的现实环境,促使士人直笔抒写激昂而深沉的现实情怀,具有感人至深的心灵震撼力,所以是有风骨之美的。《明诗》篇也说:“暨建安之初,五言腾

---

① 王运熙:《从〈文心雕龙·风骨〉谈到建安风骨》,《文心雕龙探索》,第97页,《王运熙文集》第3卷,上海古籍出版社2012年版。

踊，文帝、陈思，纵辔以骋节；王（粲）、徐（幹）、应（玚）、刘（桢），望路而争驱；并怜风月，狎池苑，述恩荣，叙酣宴，慷慨以任气，磊落以使才，造怀指事，不求纤密之巧；驱辞逐貌，惟取昭晰之能：此其所同也。”（第23页）任气使才，即《风骨》篇所谓“意气骏爽，则文风清焉”；抒情写物不求纤密而务昭晰，即具有“结言端直”的特征。这里所描述的，正是风骨美的特征。刘勰推崇汉末建安文学的风骨来矫正当时文风之繁缛浮诡，这一点与钟嵘有异曲同工之妙。钟嵘在《诗品序》里梳理诗歌史，感慨自永嘉至东晋时贵黄老，尚虚谈，“建安风力尽矣”。他推崇最高的诗人是曹植，品评曹植诗“骨气奇高，词彩华茂，情兼雅怨，体被文质，粲溢今古，卓尔不群”。这与刘勰所提倡的风骨和文采兼备是一致的。

不过，刘勰和钟嵘提倡风骨在当时似乎并未产生实质性的影响，齐梁文风依然沿着繁缛绮靡的道路走下去。他们的理论到唐代才焕发出生命活力。杨炯在《王勃集序》批评初唐诗文“骨气都尽，刚健不闻”。陈子昂在《与东方左史虬修竹篇序》里说：“文章道弊五百年矣，汉、魏风骨，晋、宋莫传。”风骨美学和体现风骨美的建安文学精神这时才得到重新提倡。盛唐诗歌就是“大得建安体”①，所以殷璠《河岳英灵集序》概括盛唐诗歌的特征是“言气骨则建安为俦，论宫商则太康不逮”，既恢复了建安风力，又兼采了齐梁时期的声律。当然，与建安时代的乱世悲歌不同，盛唐诗人更多抒发的是盛世的激越情怀，抒情主体没有建安诗人的凝重幽邃，而是表现为壮怀激烈、神思飘逸、兴致挥洒。“建安风骨”演化为“盛唐气象”。

【扩展阅读】

王运熙：《〈文心雕龙〉风骨论诠释》《从〈文心雕龙·风骨〉谈到建安风骨》《〈文心雕龙·风骨〉笺释》，《文心雕龙探索》，《王运熙文集》第3卷，上海古籍出版社2012年版。

---

① ［唐］皮日休：《郢州孟亭记》，萧涤非、郑庆笃整理《皮子文薮》，第70页，上海古籍出版社1981年版。

张少康：《刘勰及其〈文心雕龙〉研究》第五章第三节“《文心雕龙》的风骨论”，北京大学出版社2010年版。

◎作者讲课实录：

第十二讲　变则堪久，通则不乏：《通变》

一　学界释“通变”有三说

《通变》是刘勰《文心雕龙》的重要一篇，位列《风骨》《定势》之间，属于刘勰谈文章创作的部分。关于刘勰论“通变”的含义，最早是纪昀在评点《文心雕龙》时作了解释：

> 齐梁间风气绮靡，转相神圣。文士所作，如出一手。故彦和以通变立论。然求新于俗尚之中，则小智师心，转成纤仄，明之竟陵、公安，是其明征。故挽其返而求之古。盖当代之新声，既无非滥调，则古人之旧式，转属新声。复古而名以通变，盖以此耳。[①]

纪昀此说，对近现代《文心雕龙》研究者影响很大，黄侃、范文澜、刘永济等均沿其说。郭绍虞主编《中国历代文论选》也肯定纪昀之说“深得刘勰补偏救弊的用心”，但是在二十世纪六十年代初的文化背景下，《中国历代文论选》将“通变”与当时的文学理论机械对应，将“通变”解释为“文学发展中的继承与革新问题”。[②] 这种解释影响一时，甚至有的研究者将“通”解释为继承，“变”解释为革新，“通变”就是继承与革新的统一。自八十年代以来，越来越多的学者认识到“通变”和继承、革新之间不是对应关系。如祖保泉《文心雕龙解说》认为《通变》全文的意旨“不是指什么文学范畴里的继承与革新的全部规律。全文事

---

① 黄霖编著：《文心雕龙汇评》，第 102 页，上海古籍出版社 2005 年版。

② 马茂元：《说〈通变〉》，《江海学刊》1961 年第 11 期。

实证明,刘氏并没有论及文学内容的继承与革新问题;他讨论文学形式方面的继承与革新,也是有重点的”①。八十年代末,牟世金发表《文律运周 日新其业——〈文心雕龙·通变〉新探》②一文,反拨过去的解释,提出“‘通变’之义,主要是‘文辞气力’的表达方法的变新”,并给予了详细的阐释。今人或遵从此说,并引而申之。

综合起来说,关于刘勰的“通变”之义有复古、继承与创新、变新三种说法,并且分歧较大,甚至观点对立。这就需要我们重新斟酌审察刘勰论“通变”的主旨。

二 “通变”内涵包括“昭体”与“晓变”两方面

刘勰论作文应该“制首以通尾”(《附会》篇),“贯一”以“拯乱”(《神思》篇)。《文心雕龙·通变》一文除了赞语外,分为四段,“通变”思想是贯彻始终的。

第一段论述的是“有常之体”和“无方之数”的问题:

> 夫设文之体有常,变文之数无方,何以明其然耶?凡诗、赋、书、记,名理相因,此有常之体也;文辞气力,通变则久,此无方之数也。名理有常,体必资于故实;通变无方,数必酌于新声。故能骋无穷之路,饮不竭之源。然绠短者衔渴,足疲者辍途,非文理之数尽,乃通变之术疏耳。故论文之方,譬诸草木,根干丽土而同性,臭味晞阳而异品矣。(第144页)

如此将“有常之体”和“无方之数”对举,在《文心雕龙》其他篇章中也随处可见,特别是与《通变》前后相连的两篇都有论述,《风骨》篇说:“若夫熔铸经典之范,翔集子史之术,洞晓情变,曲昭文体,然后能孚甲新意,雕画奇辞。昭体故意新而不乱,晓变故辞奇而不黩。”(第142页)《定势》篇说:“夫情致异区,文变殊术。莫不因情立体,即体成势

① [梁]刘勰著,祖保泉解说:《文心雕龙解说》,第583页,安徽教育出版社1993年版。

② 载《文史哲》1989年第3期,又见牟世金《文心雕龙研究》,人民文学出版社1995年版。

也。”(第148页)可见“昭体”和“晓变”是创作论的重要原则。刘勰在《通变》篇开头这一段对此原则阐释得尤为详细明白。所谓“名理相因”,就是前面文体论各篇“释名以彰义”“敷理以举统”,阐论每一种文体的名称、特征和写作规范。每一种文体的特征和规范,是“有常”的,有其恒定的、需要遵守的规则,后世作家需要借鉴、取法于各种文体的典范性作家作品(即“故实”);在遵守文体规范的前提下,作家可以而且应该斟酌“新声”,在“文辞气力”方面有自己的创新变化,这种创新变化是因人因时而“无方”无穷尽的。从《通变》开篇这一段话来看,“通变”探讨的是文体规范和文辞气力等问题,不涉及文章的内容,因此祖保泉说“刘氏并没有论及文学内容的继承与革新问题”,是正确的;当然,即使是在形式方面,刘勰反对“师范宋集”和“近附”,与现代文论之所谓“继承”也是不一致的。

值得注意的是“变文之数无方”,后文即解释为“文辞气力,通变则久”,似乎“通变”就是“变”,或者说“通其变”。但是在此篇后面的文字中又出现“凭情以会通,负气以适变”“变则堪久,通则不乏”等句子,“通”与“变”相并列。到底“通变”是“通其变”还是“通”与“变”,还是二者兼而有之呢?刘勰的“通变”直接渊源于《周易》。而“通变”含有歧义,这个问题在《周易》里就存在。《周易·系辞上》曰:“参伍以变,错综其数,通其变,遂成天地之文。”又说:“化而裁之谓之变,推而行之谓之通。”前者是“通其变”,后者是“通”与“变”。刘勰仿《周易》用例而造成了语义上的歧解。但是《周易》在单独用“变”和连用“通”“变”时,含义是有差别的:单独用“变”,是无方向、无定准的“变动不居”;而“变”与“通”连用时,相当于“适变”的意思,即顺应某种规律和趋势的变。《周易·系辞下》说:

> (易之)为道也屡迁,**变动不居**,周流六虚,上下无常,刚柔相易,不可为典要。**唯变所适**,其出入以度,外内使知惧。

很显然,这段文字中“变动不居”和“唯变所适”的意思有明显的差异,前者是变而无常,后者是变而不失其常。《周易》说:“变通配四时”,“变通莫大乎四时”。四季的变化虽然现象多样,但有其内在的规律,这是通变，而不是变动不居。《定势》篇说近代辞人率好诡巧，是违背一切正则的“讹势所变”，《指瑕》篇说“情讹之所变”，都属于前一个“变”的意思，而不是通变、适变的意思。《周易·系辞下》论“通变”说：“刚柔者立本者也，变通者趣时者也。”刘勰直接将这句话搬用到《镕裁》篇：

> 情理设位，文采行乎其中。刚柔以立本，变通以趋时。立本有体，意或偏长；趋时无方，辞或繁杂。蹊要所司，职在镕裁。（第156页）

联系《周易》这二句来理解刘勰的通变，有两个要义：一是立本，一是趋时，二者缺一不可。没有立本的变，就是“变动不居”的讹变；没有趋时，就是僵化守陈，更谈不上通变。所以，刘勰在谈通变时，总是二者并提的，除了《通变》篇第一段和上面我们已经列举的《风骨》《定势》篇二例外，还如《定势》篇说“此循体而成势，随变而立功者也”（第149页），《议对》篇说“采故实于前代，观通变于当今”（第120页）。我们不能将通变仅仅理解为“观通变于当今”，而忽略了“采故实于前代”也是通变固有的内涵，否则就无法圆融地理解《通变》全篇的意思。刘勰在《颂赞》篇里描述了颂这种文体在后代如何因为不遵守有常之体，不“采故实于前代”而讹变的，这是变而失正，是通变的反面例子，可以用来说明通变不等于创新变化。颂这种文体的规范是“颂主告神，故义必纯美”（第36页），“颂惟典雅，辞必清铄”（第38页）。自《商颂》以下，文理允备，其中《时迈》一篇，“周公所制，哲人之颂，规式存焉”（第36页）。颂的文体规范这时已经确立了，体现在《时迈》中。但至《左传·僖公二十八年》记载众人诵说“原田每每”和《吕氏春秋·乐成》记载孔子始用于鲁，鲁人鹥诵之曰“麛裘而韠，投之无戾”云云“直言不咏，短辞以讽”，则是“野诵之变体，浸被乎人事矣”（第37页）。这是一变。“及三闾《橘颂》，情采芬芳，比类寓意，乃覃及细物矣。”这是再变。汉代扬雄的《赵充国颂》、班固的《安丰戴侯颂》、傅毅的《显宗颂》、史岑的《和熹邓后颂》，“或拟《清庙》，或范《駉》《那》，虽浅深不同，详略各异，其褒德显容，典章一也”。这是“还宗经诰”，重新合乎颂体规范，所以得到刘勰的肯定。至于班固的《车骑将军窦宪北征颂》、傅毅的《西征颂》,"变为序引,岂不褒过而谬体哉"。这是颂体之再谬。至马融的《广成颂》《上林颂》,"雅而似赋,何弄文而失质乎!"这是颂体的三谬。到了西晋陆机的《汉高祖功臣颂》"褒贬杂居",竟然作颂体有贬意,刘勰批评说"固末代之讹体也"(第37页)。颂体从《商颂》之"义必纯美"到陆机《功臣颂》之"褒贬杂居",看似是创新变化,但在刘勰看来,正是一个讹的过程。这是变,而不是通变。所以说刘勰的通变,包含着遵守"设文之体有常"的内容。文体规范可以触类而长,引而申之,但是基本原则不能违背。在当时有一位叫张融的,诗文新奇诞放。他在《门律自序》中说:"夫文岂有常体?但以有体为常,政当使常有其体。"意即文章没有固定的规范和标准,作者当自成一体。在《戒子书》中,他又说:"吾文体英绝,变而屡奇,既不能远至汉魏,故无取嗟晋宋。"既不师远,也不学近,怪怪奇奇,自成一家。这显然与刘勰的通变论强调"有常""昭体"是有很大差距的。甚至我们可以推测说,刘勰提出通变的问题,就是针对张融等的论调而发的。

三 "昭体"须师范"汉篇"

《通变》篇第二段说:

> 是以九代咏歌,志合文则。黄歌"断竹",质之至也;唐歌"在昔",则广于黄世;虞歌《卿云》,则文于唐时;夏歌"雕墙",缛于虞代;商周篇什,丽于夏年。至于序志述时,其揆一也。暨楚之《骚》文,矩式周人;汉之赋颂,影写楚世;魏之篇制,顾慕汉风;晋之辞章,瞻望魏采。榷而论之:则黄、唐淳而质,虞、夏质而辨,商、周丽而雅,楚、汉侈而艳,魏、晋浅而绮,宋初讹而新。从质及讹,弥近弥淡。何则?竞今疏古,风末气衰也。今才颖之士,刻意学文,多略汉篇,师范宋集,虽古今备阅,然近附而远疏矣。夫青生于蓝,绛生于蒨,虽逾本色,不能复化。桓君山云:"予见新进丽文,美而无采;及见刘、扬言辞,常辄有得。"此其验也。故练青濯绛,必归蓝蒨;矫讹翻浅,还宗《经》诰。斯斟酌乎质文之间,而檃括乎雅俗之

际，可与言通变矣。（第145页）

这是论自黄帝至宋初的创作风气。从黄帝到商周的文风由质朴趋于华丽，是文辞气力的变；而“序志述时”的文体之“常”是一致的，符合“刚柔以立本，变通以趋时”的原则，是正确的通变。

而自楚汉以降的后世文章演变却产生了问题。与上面所言通变的两个原则相呼应，对这个问题刘勰是从“采故实”和“观通变”两个方面来说明的。“楚之《骚》文，矩式周人；汉之赋颂，影写楚世；魏之策制，顾慕汉风；晋之辞章，瞻望魏采。”这近似“采故实”于近代。联系《文心雕龙》全书来看，这里的“影写”“顾慕”“瞻望”等取法乎近，附近而疏远，刘勰对此是有贬意的。如：

敬通杂器，准矱武铭，而事非其物，繁略违中。（《铭箴》篇）

班彪、蔡邕，并敏于致诘。然影附贾氏，难为并驱耳。（《哀吊》篇）

自桓麟《七说》以下，左思《七讽》以上，枝附影从，十有余家。或文丽而义暌，或理粹而辞驳。（《杂文》篇）

自《连珠》以下，拟者间出。杜笃、贾逵之曹，刘珍、潘勖之辈，欲穿明珠，多贯鱼目。可谓寿陵匍匐，非复邯郸之步；里丑捧心，不关西施之颦矣。（《杂文》篇）

然而懿文之士，未免枉辔；潘岳《丑妇》之属，束皙《卖饼》之类，尤而效之，盖以百数。（《谐讔》篇）

夫自六国以前，去圣未远，故能越世高谈，自开户牖。两汉以后，体势漫弱，虽明乎坦途，而类多依采，此远近之渐变也。（《诸子》篇）

至如李康《运命》，同《论衡》而过之；陆机《辨亡》，效《过秦》而不及，然亦其美矣。……虽有日新，而多抽前绪矣。（《论说》篇）

观《剧秦》为文，影写长卿，诡言遁辞，故兼包神怪。（《封禅》篇）

至于邯郸《受命》，攀响前声，风末力寡，辑韵成颂；虽文理顺

序，而不能奋飞。（《封禅》篇）

刘勰在文体论部分“原始以表末”时，对于这些因袭模拟、取法乎近，都有贬斥的意味。同样，在《通变》篇刘勰指出“晋之辞章，瞻望魏采”等等，也是批评各代文章未能遵有常之体，未能正确地“采故实于前代”，只取法乎近人，而导致在“观通变于当今”上也出现问题，文风讹变，而非通变。所谓“楚、汉侈而艳，魏、晋浅而绮，宋初讹而新。从质及讹，弥近弥淡”云云，就是不能正确“通变于当今”，导致文风一代比一代浮艳，乃至于意味浅淡，辞采讹滥。刘勰把这种文风不竞的责任归咎于“竞今疏古”“近附远疏”，也就是没有正确地处理好故实和通变、前代与当今的问题。所以，不能抛弃了“采故实于前代”，仅仅根据“观通变于当今”而把通变理解为变化创新。文风“从质及讹”，正是当时的新变，刘勰对之是持批判态度的；竞今也是新变，但是刘勰不客气地批评了这种疏古的竞今。刘勰把“竞今疏古”的错误道路具体描述为“多略汉篇，师范宋集”，提出纠正这种错误道路的办法是“还宗经诰”，在质文、雅俗之间斟酌考校。

刘勰主张征圣、宗经，因此提出“还宗经诰”是容易理解的；他认为当时的文风“将遂讹滥”（《序志》篇），因此批评“今才颖之士”“师范宋集”也是很自然的。他为什么不满于“今才颖之士”之“多略汉篇”呢？为什么刘勰主张多“师范”“汉篇”呢？他不是已经说过“汉之赋颂，影写楚世”“楚、汉侈而艳”，似乎对汉代文风也有微词吗？过去研究者较少追究这个问题。对于“汉篇”，一般解释为主要指刘向、扬雄等作家所作的风格比较质朴刚健的散文，而不是指那些艳丽的辞赋。笔者认为，若联系文体论的文字来看，《通变》篇提出的“汉篇”，是指多种文体的“常”即文体规范，形成于汉代，并出现了诸多典范的篇章，师范“汉篇”，就是学习、遵循“有常之体”，即“通变”论之“立本”或“采故实”的一面。试看文体论部分：

《铭箴》篇论铭这种文体，冯衍、崔骃、李尤的铭各有缺点，而“蔡邕铭思，独冠古今”（第 46 页），是铭体的典范。箴这种文体“唯《虞箴》一篇，体义备焉”，至扬雄稽古，“始范《虞箴》，作《卿尹》《州牧》二十五篇。……信所谓追清风于前古，攀辛甲于后代者也”（第 48 页）。后来到潘勖、温峤、王济、潘尼等的继作,鲜有克衷,各有所偏,都有缺点。

《诔碑》篇论诔这种文体,鲁哀公诔孔子,“虽非睿作,古式存焉”。汉代傅毅、苏顺、崔瑗的诔文“观其序事如传,辞靡律调,固诔之才也”,也是诔体的典范。曹植的诔则“体实繁缓”。西晋的潘岳“专师孝山,巧于序悲,易入新切,所以隔代相望,能徽厥声者也”(第 50 页)。碑文则以蔡邕为典型,“才锋所断,莫高蔡邕”(第 52 页)。后来孙绰作《王导碑》《郗鉴碑》《温峤碑》《桓彝碑》,“辞多枝杂”。

《哀吊》篇论哀辞,“霍嬗暴亡,帝伤而作诗,亦哀辞之类矣”(第 54 页),是哀辞的规范之篇。东汉时崔瑗的《汝阳主哀辞》“始变前式”:“履突鬼门”,怪而不辞;“驾龙乘云”,仙而不哀,属于体式之变。吊这种文体,贾谊《吊屈原文》“体周而事核,辞清而理哀,盖首出之作也”(第 55 页),是吊体的模范之作。而司马相如的《哀秦二世赋》,全为赋体;扬雄的《反离骚》,“辞韵沉腿”。班彪、蔡邕的吊文,虽然模范贾谊,但“难为并驱”。

《杂文》篇先论“对问”体,自宋玉《对楚王问》后,东方朔、扬雄、班固、崔骃、张衡、崔寔、蔡邕、郭璞“迭相祖述”,都创作出高卓的名篇。而曹植、庾敳的模仿之作,或“辞高而理疏”,或“意荣而文悴”,均有偏极。再论“七发”体,枚乘首唱之作,“信独拔而伟丽矣”,是此体的高标。继踵者有傅毅、崔骃、张衡、崔瑗、曹植、王粲,各有风格。自桓麟至左思,又有十余家相影附,然“或文丽而义暌,或理粹而辞驳”,每况愈下。第三为“连珠”体,扬雄为首创者,“辞虽小而明润”。而杜笃、贾逵、刘珍、潘勖等的拟作是邯郸学步、东施效颦,只有陆机之作才算上乘。

《论说》篇述“论”这种文体,汉代“石渠论艺,白虎讲聚,述圣通《经》,论家之正体也”(第 86 页)。张衡《讥世》,颇似俳说;孔融《孝廉》,但谈嘲戏;曹植《辨道》,体同书抄。魏正始以后“务欲守文”,李康、陆机有论的名篇,亦不及汉人。

《议对》篇论驳议这种文体,“自两汉文明,楷式昭备”(第 118 页),驳议的楷式至两汉而完备。吾丘寿王等四家驳议,“虽质文不同,得事要矣”;张敏等六家驳议,“事实允当,可谓达议体矣”。至西晋,傅咸“属辞枝繁”;陆机虽有锋颖,“而腴辞弗剪,颇累文骨”。又论对策这种文体，晁错等五人的对策“并前代之明范也”，是这种体制的范型。“魏晋以来，稍务文丽，以文纪实，所失已多”，体制规则也逐渐迷失。

综合起来看，刘勰评述各种文体的历代流变，除了颂、赞、祝、盟、封禅几种特殊文体定型于先秦，诏、策、章、表等文体因为朝廷专职或制度的原因（如“两汉诏诰，职在尚书”，“自魏晋诏策，职在中书”；“后汉察举，必试章奏”）各有其胜，诗、赋体制的历代演化情况复杂以外，上面列举的各种文体的体制规范都是在汉代完备的，每种文体的典型作家、典范作品也都出现在汉代。虽然后世也出现了若干种中规甚至精美的作品，只是“后发前至”（《铭箴》篇）、“隔代相望”（《诔碑》篇），依然是以汉代为典型的。这就是刘勰在《通变》篇提出“师范”“汉篇”的用意。或许《通变》篇所谓“疏古”的古还可以进一步上推到先秦经典，而“远疏”的远就是指汉篇。所以第二段在论趋新之变的时候，还是归结到“有常之体”上。

四 “循环相因”不是正确的通变

《通变》篇第三段列举“广寓极状”的五个例子并作评论：

> 夫夸张声貌，则汉初已极。自兹厥后，循环相因；虽轩翥出辙，而终入笼内。枚乘《七发》云：“通望兮东海，虹洞兮苍天。”相如《上林》云：“视之无端，察之无涯，日出东沼，入乎西陂。”马融《广成》云：“天地虹洞，固无端涯；大明出东，月朔西陂。”扬雄《校猎》云：“出入日月，天与地沓。”张衡《西京》云：“日月于是乎出入，象扶桑与濛汜。”此并广寓极状，而五家如一。诸如此类，莫不相循。参伍因革，通变之数也。（第146页）

这一段文字的意思本身或许不难理解，但是刘勰对于“广寓极状，而五家如一”持什么态度？是示人以法，还是借以批判？研究者分歧很大[1]。的

---

① 纪昀、范文澜、刘永济、王运熙等先生认为刘勰是以正面肯定的态度举例说明文辞气力的变化；陆侃如、牟世金、詹福瑞等先生认为所举五例正是刘勰批判的对象。牟世金先生将“参伍因革”视为下文的领句，可从。

确，仅仅从这段文字本身来看，刘勰是褒是贬，态度暧昧。笔者觉得需要联系刘勰《文心雕龙》全书，特别是联系论骚赋、论夸张和对这五人的具体评论来理解。

首先，刘勰对“夸张声貌”本身是不否定的，《文心雕龙》就列有《夸饰》专篇，《诠赋》篇说荀子、宋玉的赋“遂客主以首引，极声貌以穷文”（第33页），后六字即这段第一句“夸张声貌，则汉初已极”的意思。刘勰用“循环”“因循”也不具有明显的褒贬，如《史传》篇说“班固述汉，因循前业”，褒贬态度是不鲜明的。再看“轩翥出辙，而终入笼内”一句，有论者拿此句与《宗经》篇“百家腾跃，终入环内”相参，意即千变万化，却有法度可循。但是，刘勰用“轩翥”都是强调奋飞的意思。如《辨骚》篇论《离骚》“轩翥诗人之后，奋飞辞家之前”；《夸饰》篇以肯定的口气说“轩翥而欲奋飞，腾踯而羞局步”；《封禅》篇说“虽文理顺序，而不能奋飞”，对于“不能奋飞”是怀有遗憾的。相互参照来看，显然《通变》篇“终入笼内”就是局步而不能奋飞的意思，也就是不能“自铸伟辞”（《辨骚》）。所以从用语上看，这一段中刘勰是有否定态度的。

其次，刘勰提出五家的先后顺序是枚乘、司马相如、马融、扬雄、张衡，若依时间顺序应该将马融与扬雄对调，刘勰不是依据时间顺序来说明此五人一个继一个踵事增华，而是要说明枚乘为首创，司马相如、马融、扬雄、张衡都是影附、因循枚乘，跳不出框框。刘勰评论这五个人的赋，枚乘首唱《七发》“信独拔而伟丽矣”（《杂文》篇），评价最高；司马相如的《上林赋》“繁类以成艳”，也算是辞赋英杰十家之一；马融的《广成赋》“弄文而失质”（《颂赞》篇），已有贬抑；扬雄的《羽猎赋》“鞭宓妃以饟屈原……虚用滥形，不其疏乎！”（《夸饰》篇）真可谓一个不如一个。特别是张衡，刘勰虽在《诠赋》篇肯定他的《二京赋》“迅发以宏富”，也是辞赋英杰十家之一，但恰恰在《夸饰》篇批评了《通变》篇提到的张衡《西京》一赋“海若游于玄渚”等句“验理则理无可验，穷饰则饰犹未穷矣”（第177页）。刘勰在《通变》篇列举张衡《西京》赋“日月于是乎出入”二句和“海若”等句一样，也是“验理则理无可验，穷饰则饰犹未穷矣”。联系《夸饰》篇来看，刘勰的褒贬态度是非常鲜明的。《通变》篇这一段是专举“夸张声貌”的例子，在《夸饰》篇里，刘勰说司马相如“诡滥愈甚”，扬雄、张衡“虚用滥形”，毛病都是“甚泰”。既然刘勰的具体评价是这样的，怎么可能对这种“循环相因”持肯定态度呢？如果这是示人以“通变”正法的话，不是和《文心雕龙》其他部分相矛盾吗？刘勰的文学观念不至于如此错乱。

再者，“夸张声貌”本身属于“文辞气力”方面，刘勰是主张创新的，怎么可能会肯定“循环相因”呢？联系《辨骚》篇来看，刘勰所肯定的“取镕经旨，亦自铸伟辞”是通变，“循环相因”正好是“自铸伟辞”的反面。刘勰在《辨骚》篇说“驱辞力”“穷文致”的正确方法是“凭轼以倚《雅》《颂》，悬辔以驭楚篇”，并特别提到“亦不复乞灵于长卿，假宠于子渊矣”（第20页）。如果说刘勰肯定司马相如、马融、扬雄、张衡等的这种“循环相因”，不是在称赞“乞灵于长卿”就是通变之正法吗？

最后，刘勰论“夸张声貌”这一段的褒贬态度到底如何，还可以联系《通变》篇的上下文来看。前面一段用“青生于蓝，绛生于蒨”的比喻来说明“虽逾本色，不能复化”的道理。司马相如、马融、扬雄、张衡四人在文辞上因循枚乘，就是“虽逾本色，不能复化”，汲深绠短，后继乏力，出不了新意。后面一段，刘勰又说：“若乃龌龊于偏解，矜激乎一致，此庭间之回骤，岂万里之逸步哉？”司马相如等人在辞赋夸张上面“饰羽尚画”，不就是“龌龊于偏解，矜激乎一致”吗？刘勰说他们“虽轩翥出辙，而终入笼内”，意思也即是“庭间之回骤，岂万里之逸步哉”。刘勰在这里列举的因循五例，就是“文辞气力，通变则久”的反面例证。为什么汉赋作家穷极钻砺，还是“终入笼内”，“五家如一”呢？这不是说他们创新得不够，而是说，仅仅在文辞气力上追新求奇，向近代人学，是行不通的，必须“昭体”，遵“有常之体”，并“还宗经诰”。所以刘勰在《通变》篇后段归结说“参伍因革，通变之数也”，并提出“宜宏大体”和博览、精阅、拓衢路、置关键等方法。

《通变》篇与《文心雕龙》其他四十九篇一样，是首尾一贯、文意如环的，只有认识到刘勰对司马相如等人夸张声貌、循环相因是持否定贬抑态度的，认识到刘勰论通变处处兼顾“昭体”和“晓变”，而不是片面强调一面，解读《通变》篇乃至整个《文心雕龙》才能圆融无碍，否则就会扞格不入。

【扩展阅读】

滕福海:《〈文心雕龙·通变篇〉“设文之体”辨》,《杭州大学学报(哲学社会科学版)》1985年第1期。

寇效信:《〈通变〉释疑》,《陕西师范大学学报(哲学社会科学版)》1985年第4期。

牟世金:《文律运周 日新其业——〈文心雕龙·通变〉新探》,《文史哲》1989年第3期。

◎作者讲课实录:

第十三讲　情理设位，文采行乎其中：《情采》《镕裁》

《情采》前面一篇《定势》，谈的是写文章如何做到"因情立体，即体成势"的问题，即如何根据表达情感志意的需要确立文体，根据体裁的性质和要求确立相应的文章风格。最后的赞语说："因利骋节，情采自凝。"处理好情、体和势三者的关系，文章的情志和文采就能够很好地配合。接下来的《情采》篇，专门阐释情志和文采的关系。

一　立文之本源：情理为经，文辞为纬

圣贤书辞，总称"文章"，非采而何？夫水性虚而沦漪结，木体实而花萼振：文附质也。虎豹无文，则鞟同犬羊；犀兕有皮，而色资丹漆：质待文也。若乃综述性灵，敷写器象，镂心鸟迹之中，织辞鱼网之上，其为彪炳，缛采名矣。故立文之道，其理有三：一曰形文，五色是也；二曰声文，五音是也；三曰情文，五性是也。五色杂而成黼黻，五音比而成《韶》《夏》，五性发而为辞章，神理之数也。《孝经》垂典，丧言不文；故知君子常言，未尝质也。老子疾伪，故称"美言不信"；而五千精妙，则非弃美矣。庄周云"辩雕万物"，谓藻饰也。韩非云"艳采辩说"，谓绮丽也。绮丽以艳说，藻饰以辩雕，文辞之变，于斯极矣。研味《孝》《老》，则知文质附乎性情；详览《庄》《韩》，则见华实过乎淫侈。若择源于泾渭之流，按辔于邪正之路，亦可以驭文采矣。夫铅黛所以饰容，而盼倩生于淑姿；文采所以饰言，而辩丽本于情性。故情者文之经，辞者理之纬；经正而后纬成，理定而后辞畅：此立文之本源也。（第 152 页）

刘勰其实是非常重视“文采”的。这篇开头第一句是征诸圣，说“圣贤书辞，总称‘文章’”。《论语·泰伯》：“子曰：大哉，尧之为君也。……巍巍乎，其有成功也；焕乎，其有文章！”这个“文章”是指圣人立文垂制之著明，即礼乐制度。又《论语·公冶长》：“子贡曰：夫子之文章，可得而闻也。”邢昺疏曰：“章，明也。子贡言夫子之述作威仪礼法，有文彩，形质著明，可以耳听目视，依循学习，故可得而闻也。”这即刘勰所谓的“圣贤书辞，总称‘文章’”。《说文解字》曰：“文，错画也；章，乐竟也。”《周礼·考工记》曰：“青与赤谓之文，赤与白谓之章，白与黑谓之黼，黑与青谓之黻。”“文章黼黻”四字经常连用，是华彩的意思。刘勰说圣贤的书辞为什么称作“文章”呢，正是因为其讲究文采。

“非采而何”之反问，似乎是在驳斥时人对于文采的非难。的确，在齐梁时期，有人抨击繁艳的文风而主张复古，如与刘勰同时代的裴子野在《雕虫论》里就批评当时的文坛是“淫文破典”，并搬出荀子“乱代之征，文章匿而采”的话，言之凿凿。当然并不能说刘勰就是针对裴子野，但对于文采的态度，刘勰和裴子野的差异非常明显。刘勰论文重视征引前人的文字来佐证，但是裴子野所引的《荀子》一句，刘勰恰恰没有引用，而是在《章表》篇里引了“荀卿以为，观人美辞，丽于黼黻文章”（第111页），这正说明了刘勰对于“美辞”“黼黻文章”的重视。后面刘勰引用《孝经》《老子》《庄子》《韩非子》的话来证明“绮丽以艳说，藻饰以辩雕”是前人已经反复阐明了的原则。在其他篇章中，刘勰也表现出对文采的重视，如《才略》篇说王逸撰著《楚辞章句》博识有功，“而绚采无力”（第228页），即无力写作有文采的篇章；同篇又称赞“刘桢情高以会采”（第231页）。《时序》篇批评东汉光武帝重视图谶，“颇略文华”（第215页）；同篇又列举西晋初期人才之盛，说“并结藻清英，流韵绮靡”（第218页）。《颂赞》篇以“情采芬芳”称赞屈原的《橘颂》；《杂文》篇品评郭璞《客傲》“情见而采蔚”（第59页）。《附会》篇有言：“必以情志为神明，事义为骨髓，辞采为肌肤，宫商为声气。”（第203页）辞采对于文章的意义，就像人的肌肤一样，虽然没有神明、骨髓那么具有决定性意义，但肤如凝脂，给人以美感，并不是可有可无的。

刘勰在《情采》开篇对文采的重视，与《原道》篇“无识之物，郁然有彩;有心之器,岂无文欤”遥相呼应。“综述性灵,敷写器象,镂心鸟迹之中,织辞鱼网之上,其为彪炳,缛彩名矣”,正是“有心之器,岂无文欤”的意思。人类表达心灵,铺陈物色,结撰文字,当然应该有文采。《情采》篇的“立文之道,其理有三”与《原道》篇也是相互对应的:《原道》篇“旁及万品,动植皆文:龙凤以藻绘呈瑞,虎豹以炳蔚凝姿;云霞雕色,有逾画工之妙;草木贲华,无待锦匠之奇”,对应这里的“形文,五色是也”;《原道》篇“至于林籁结响,调如竽瑟,泉石激韵,和若球锽”,对应这里的“声文,五音是也”;《原道》篇“唯人参之,性灵所钟,是谓三才。为五行之秀,实天地之心。心生而言立,言立而文明”,对应这里的“情文,五性是也”。但《情采》篇所谈的不是“自然之道”,而是“立文之道”,是人之文。所以这里的“形文”,相当于《物色》篇“窥情风景之上,钻貌草木之中”,谓文章之铺陈物色;“声文”相当于《声律》篇“声含宫商,肇自血气”,谓音调谐和。“情文”则是《情采》篇所要着重论述的。

刘勰用水、木、虎、豹、犀、兕等来比喻“文采”和“情志”的关系,即“文”与“质”的关系。“文”与“质”作为一组意义相对的范畴,最早见于《论语》。《雍也》篇曰:“子曰:质胜文则野,文胜质则史,文质彬彬,然后君子。”包咸解释说:“彬彬,文质相半之貌。”邢昺疏曰:“言文华、质朴相半,彬彬然,然后可为君子也。”后世的“文质”论是沿着两个方向发展的:一是如曹植《前录自序》所谓“质素也如秋蓬,摛藻也如春葩”,这里的“质素”和“摛藻”,分别是“质”和“文”的意思。刘勰运用“文”与“质”,也多是指文华和质朴,如《书记》篇说:“或全任质素,或杂用文绮。”质素就是质,文绮就是文。《时序》篇说:“时运交移,质文代变。”是说文风由“质朴”转向“文华”。二是如曹丕《与吴质书》“伟长独怀文抱质,恬淡寡欲,有箕山之志,可谓彬彬君子者矣”,“质”是指内在的仁德,“文”是指外在的礼仪和文采。刘勰《情采》篇说“文附质”“质待文”,质谓情,扩大点儿说相当于内容,文为文采,扩大点儿说相当于形式;一是内在的,一是外在的。后面说“使文不灭质,博不溺心”,文是文采,质是情志。“《孝经》垂典,丧言不文;故知君子常言,未尝质也”,其中的“文”与“质”分别是文华和质朴;后面说“文质附乎性情”,意思是文章应该华丽还是质朴,要根据表达性情的需要。同一篇里运用“文”“质”意思有所不同,这是我们要注意的。

“将核其论,必征言焉”(《辨骚》),刘勰论文章,善于征引前人的言论进行细致辨析和评论。《庄子·天道》曰:“古之王天下者,知虽落天地,不自虑也;辩虽雕万物,不自说也。”“辩虽雕万物”,说明“辩”需要“雕”;但“不自说也”,是担心过于侈衍而掩盖了本意。《韩非子·外储说左上》:“夫不谋治强之功,而艳乎辩说、文丽之声,是却有术之士,而任坏屋折弓也。”“艳乎辩说”,是指辩说须绮丽。但人主治理国事,若沉溺于艳丽的辩说,则有损事功。通过这两则引文,刘勰指出“华实过乎淫侈”,文采超过并湮没了实际的内容,就太过分了。《孝经》说“丧言不文”,推开来说,平常不在丧时的言辞是应该有文采的;再进一步引申,言辞应该质朴还是有文采,要看言说者的情志如何。据此刘勰得出“文质附乎性情”的论断:文章写得文华还是质朴,要根据表达情志的需要;文采和情志二者,情志处于决定性的地位。刘勰比喻说,文采之于文章,就像粉黛可以修饰容颜,而娇美的风神还是生于美好的姿容,文辞的昭晰华丽还须看它是否恰当地表达了情理。所以情理和文辞是经与纬的关系,先经后纬;经正而后纬成,情理定而后文辞畅。紧接其后的《镕裁》篇第一句“情理设位,文采行乎其中”,也就是这里“情者文之经,辞者理之纬;经正而后纬成,理定而后辞畅”的意思,这是立文的本源。刘勰的“情经采纬”论,往前面追溯,与范晔所提出的“情志所托,故当以意为主,以文传意”(《狱中与诸甥侄书》)是一致的,即在情意和文采之间,有主次轻重之分。刘勰在具体批评时常指出一些作家作品没有正确处理理情与采的关系。如《才略》篇说司马相如辞赋“理不胜辞”,文章太丽而不实用,《杂文》篇说曹植的《客问》“辞高而理疏”,这都是文采胜过情理;《杂文》篇又说庾敳的《客咨》“意荣而文悴”,意旨丰富而文采不足。这都是没能做到“华实相称”。

二 为情而造文,为文而造情

昔诗人什篇,为情而造文;辞人赋颂,为文而造情。何以明其然？盖《风》《雅》之兴，志思蓄愤，而吟咏情性，以讽其上，此为情而造文也。诸子之徒，心非郁陶，苟驰夸饰，鬻声钓世，此为文而造情也。故为情者要约而写真，为文者淫丽而烦滥。而后之作者，采滥忽真，远弃《风》《雅》，近师辞赋，故体情之制日疏，逐文之篇愈盛。故有志深轩冕，而泛咏皋壤，心缠几务，而虚述人外。真宰弗存，翩其反矣。夫桃李不言而成蹊，有实存也；男子树兰而不芳，无其情也。夫以草木之微，依情待实，况乎文章，述志为本，言与志反，文岂足征！（第154页）

此段进一步申述"情经文纬"的思想。"情"和"文"，何者更为根本，更为重要？刘勰本于扬雄"诗人之赋丽以则，辞人之赋丽以淫"（《法言·吾子》），而将"诗人"与"辞人"对举。"诗人"，即《诗三百》的作者。"志思蓄愤"，也即《比兴》篇"比则蓄愤以斥言，兴则环譬以托讽"的意思，通过譬喻等方法抒写内心郁积的怨愤，表达对社会政治问题的讽喻，是《风》《雅》比兴的创作精神。"吟咏情性，以讽其上"，直接来源于《毛诗大序》。刘勰秉承儒家的文学理论传统，强调文学应该表达实在的内容，发挥切实的作用。除了论述大量的实用性文体外，《诠赋》篇说赋不能"无贵风轨，莫益劝戒"；《杂文》篇说"对问"体"乃发愤以表志"；《谐讔》篇批评东方朔、曹丕、薛综等人作品"无益时用""无益规补"，认为谐讔体应该"会义适时，颇益讽诫"。这里说"诗人什篇，为情而造文"，强调文学应该"述志为本"，表达基于现实感触的真切情感，先有情感而后有文辞。

所谓"诸子之徒"，即王褒、司马相如以下的一些辞赋作家，刘勰认为他们没有真实切己的感情，只是出于鬻声钓世的目的，"为文而造情"。刘勰对于汉代辞赋作家多有批评。如《比兴》篇说："炎汉虽盛，而辞人夸毗，讽刺道丧，故兴义销亡。于是赋颂先鸣，故比体云构，纷纭杂遝，倍旧章矣。"（第173页）认为汉代辞赋迷失《风》《雅》的"兴"义，只是多用譬喻的手法，"日用乎比，月忘乎兴"。《物色》篇说："及长卿之徒，诡势瑰声，模山范水，字必鱼贯，所谓诗人丽则而约言，辞人丽淫而繁句也。"（第223页）这完全是植根于扬雄的论断。刘勰批评汉代辞赋作家"苟驰夸饰"。对于夸饰，刘勰并不反对，《文心雕龙》还专列

《夸饰》篇，他反对的是没有真实的情感，为了造文而“苟”驰夸饰，乃至诡滥。刘勰将创作分为“为情而造文”和“为文而造情”两类。《哀吊》篇说：“隐心而结文则事惬，观文而属心则体奢。”（第 55 页）出于内心真实的悲痛，哀辞就写得恰当，这是“为情而造文”；为了追求文辞的观赏性而虚造悲情，这是“为文而造情”。

“为情而造文”和“为文而造情”两者的风貌有很大差异：前者“要约而写真”，精要简约，叙写真实情感；后者“淫丽而烦滥”，过于艳丽，乃至诡滥失实。后世的作家往往走入了“为文而造情”的歧途，“远弃《风》《雅》，近师辞赋”，学习模仿汉代辞赋，违背了《风》《雅》比兴的传统，文采讹滥，没有真情，这正是刘勰所批判的文学道路。在《辨骚》里他指出正确的道路是“凭轼以倚《雅》《颂》，悬辔以驭楚篇”，这样就可以“不复乞灵于长卿，假宠于子渊”。乞灵于长卿，假宠于子渊，正是“近师辞赋”。

三　心术既形，英华乃赡

> 是以联辞结采，将欲明理。采滥辞诡，则心理愈翳。固知翠纶桂饵，反所以失鱼，“言隐荣华”，殆谓此也。是以“衣锦䌹衣”，恶文太章；《贲》象穷白，贵乎反本。夫能设模以位理，拟地以置心，心定而后结音，理正而后摛藻；使文不灭质，博不溺心，正采耀乎朱蓝，间色屏于红紫，乃可谓雕琢其章，彬彬君子矣。（第 155 页）

最后一段，刘勰再一次阐述“情”和“采”的关系，归结起来有两点：一是结撰辞采是为表达情理服务的，情理和文辞有主次之分，如果文采过于诡滥，反而掩盖了情理的传达；二是先要酝酿好所要表达的情理，根据表达情理的需要来安排体裁，然后再雕饰辞藻。“心定而后结音，理正而后摛藻”，与前面的“经正而后纬成，理定而后辞畅”一样，都是说情理和文辞是有先后之别的。若做到文采繁富而又不淹没情理，就达到了文质彬彬的最高境界。适当的辞采有利于增强内容的审美性、感染力，孔子说：“《志》有之：‘言以足志，文以足言。’……言之无文，行而不远。”（《左传·襄公二十五年》）但是过分讲究文采，可能会喧宾夺主而掩盖了文意的传达。孔子所谓“巧言令色,鲜矣仁”(《论语·学而》),庄子所谓“言隐于荣华”,都是警诫文辞过于华艳。

情理和文采的关系问题,是汉魏六朝文学理论批评的一个重要话题。早在先秦时期,就有墨家反对繁文缛节。汉初,《淮南子·缪称训》说:“文者所以接物也,情系于中,而欲发外者也。以文灭情则失情,以情灭文则失文,文情理通,则凤麟极矣。”汉代的大赋,过于铺陈文采,最后欲讽而反劝,正属于“以文灭情则失情”。班固《汉书·艺文志》说:“汉兴,枚乘、司马相如,下及扬子云,竞为侈丽闳衍之词,没其风谕之义。”这正是“言隐荣华”。所以六朝文论家辨析情、文,要求摆正二者的关系。挚虞《文章流别论》说:“辨言过理,则与义相失;丽靡过美,则与情相悖。”这个见解与刘勰是一致的。沈约在《宋书·谢灵运传论》提出“以情纬文”,正是刘勰“情经文纬”的意思。这是在六朝创作日趋繁缛靡丽的时候,从理论上进行反思,给予矫正。

四　规范本体谓之镕,剪截浮词谓之裁

《情采》篇是从理论上阐明情志和文采的关系,其中特别提到“采滥辞诡,则心理愈翳”,即“文胜于理”时二者相矛盾的问题。在写作中如何正确处理“情”与“采”的矛盾,而使作品文质彬彬呢?刘勰提出“镕裁”的方法。《镕裁》篇是接着“情采”的话题来谈镕裁的具体方法。

什么叫“镕裁”?这只是一个比喻的说法,镕的本义是按照一定的模型铸造金属,裁是裁制衣服。刘勰说:“规范本体谓之镕,剪截浮词谓之裁。”(第156页)所谓规范本体,是根据所要表现的情理的需要,确定相应的文体和风貌;当这种文体和风貌与情理相称、相适应,就可以做到“纲领昭畅”。后面的“三准”论,是进一步、更具体地阐述“镕”的方法:

> 草创鸿笔,先标三准:履端于始,则设情以位体;举正于中,则酌事以取类;归余于终,则撮辞以举要。(第157页)

设情以位体,根据情理的需要设立相应的文体和风貌,这是刘勰在《文

心雕龙》里反复申述的基本思想。《定势》篇云:“夫情致异区,文变殊术。莫不因情立体,即体成势也。”(第148页)“因情立体”就是“设情以位体”的问题。《知音》篇提出“将阅文情,先标六观”,第一就是“观位体”。《文心雕龙》以二十篇的篇幅阐论各种文体,足以见得“设情以位体”的重要。在文体论部分,刘勰常常指陈一些“设情位体”不恰当的例子,如《颂赞》篇说曹植的《皇太子生颂》、陆机的《汉高祖功臣颂》,“其褒贬杂居,固末代之讹体也”(第37页)。颂应该是有褒无贬,贬抑的意旨不能用“颂”体来表现,这就属于“设情位体”的问题。诔是记述死者功德的文体,但曹植的《文帝诔》“百言自陈,其乖甚矣”(《诔碑》),花了很多文字叙述自己,不符合诔体的规范①,这也是“设情位体”的问题。所谓“酌事以取类”,是根据所要表现的事情,选择前代历史和典籍中相应的故事来比类,也即《事类》篇所言“据事以类义,援古以证今”的意思。六朝时期的文章特别是骈体文,非常重视引用成辞往事从正反面映衬和说明本旨。所谓“撮辞以举要”,近似于陆机《文赋》“立片言而居要,乃一篇之警策”的意思,即运用精要的语言直接陈述主旨,树立文章的骨干。作者的情理有了适当的文体来表现,有了相应的事类加以渲染说明,又在文章中得到精要明朗的表达,就达到了“镕则纲领昭畅”的要求。

“剪截浮词谓之裁”,刘勰把重复的文句、与主题岔开的内容比喻为骈拇枝指、附赘悬疣,认为都应该加以剪裁。即使是“绳墨以外”的“美材”,也应该斫削。在刘勰之前,陆机已谈到了剪裁的重要性。其《文赋》说:“或仰逼于先条,或俯侵于后章;或辞害而理比,或言顺而意妨。离之则双美,合之则两伤。考殿最于锱铢,定去留于毫芒。苟铨衡之所裁,固应绳其必当。”如果前后相睽违,辞理相妨碍,就应该通过剪

① 《世说新语·方正》:“孙兴公(按,孙绰)作庾公(按,庾亮)诔,文多托寄之辞。既成,示庾道恩(按,庾亮子)。庾见,慨然送还之,曰:‘先君与君,自不至于此!’”又《轻诋》:“孙长乐作王长史诔云:‘余与夫子,交非势利,心犹澄水,同此玄味。’王孝伯见曰:‘才士不逊,亡祖何至与此人周旋!’”孙绰在诔文中写自己与庾亮、王濛的交情,这是与曹植犯了同样的毛病。

裁删削而使“首尾圆合,条贯统序”。刘勰《才略》篇批评陆机“才欲窥深,辞务索广,故思能入巧,而不制繁”(第232页)。此篇中刘勰说:“《文赋》以为榛楛勿剪,庸音足曲,其识非不鉴,乃情苦芟繁也。”(第158页)意谓陆机虽然认识到剪裁的重要性,但是其诗文创作还是舍不得芟繁剪秽。在陆机当时,其弟陆云雅好清省,就曾在《与兄平原书》里指出陆机文章“皆欲微多”,也即辞繁。

其实,刘勰不是一味地以简约为美。他提出“谓繁与略,随分所好”(第157页),作家的个性不同(如陆机与陆云),文章的繁略也有不同:思绪纷繁的人善于敷衍铺陈,文章自然繁缛;才思精赅的人善于删削,文辞自然精简。但简要做到文约而意丰,“略而不可益”,繁要做到辞缛而意显,“繁而不可删”,那才是真正善于镕裁。当然,鉴于宋、齐时期文章的“采滥忽真”,刘勰谈得更多的还是删繁的问题。

【扩展阅读】

张少康:《刘勰及其〈文心雕龙〉研究》第五章第五节“《文心雕龙》的情采论”,北京大学出版社2010年版。

赵逵夫:《芜秽不生 纲领昭畅——古代文论谈熔裁》,《新闻战线》1987年第5期。

王少良:《〈文心雕龙〉“情采”范畴释论》,《辽宁师范大学学报(社会科学版)》2013年第1期。

◎作者讲课实录:

第十四讲　修辞与文术(一)

六朝时期的文章特别是骈体文,非常讲究修饰辞藻。刘勰对于辞采繁艳乃至讹滥翻新是持批评态度的。《总术》篇说:“凡精虑造文,各竞新丽,多欲练辞,莫肯研术。”时人重视“练辞”,而刘勰更重视“研术”。自《声律》篇以下的数篇都是在研讨文章的修辞和技法。

一　声律

声韵美是汉语文学本来就具有的特点,如《诗经》《楚辞》都注意音韵的和谐。在理论上,陆机《文赋》说:“暨音声之迭代,若五色之相宣。”长短、高低、轻重不同的音律变化,就像青、黄、赤、白、黑等五色相配合那样鲜明。刘宋时的范晔在《狱中与诸甥侄书》里说自己“性别宫商,识清浊,斯自然也”。这时人们所说的还只是自然音律。到了萧齐时,沈约提出“四声”“八病”说,人为地自觉追求音韵的和谐,避忌乖张失和。当时大家对这个问题的认识大致分为两派,一派是以陆厥和钟嵘为代表,认为诗歌符合自然的音律就可以了。如钟嵘在《诗品序》中说:“今既不被于管弦,亦何取于声律?”意谓诗歌不再合乐了,就不必有意地讲究声律。他又说:“余谓文制,本须讽读,不可蹇碍,但令清浊通流,口吻调利,斯为足矣。”意即诵读起来,流畅不碍口就可以了,所说的是自然的音韵美感。一派是以沈约和刘勰为代表,讲究自觉的安排,追求人工的音律美。沈约《宋书·谢灵运传论》说:

若夫敷衽论心,商榷前藻,工拙之数,如有可言。夫五色相宣,八音协畅,由乎玄黄律吕,各适物宜。欲使宫羽相变,低昂互节,若前有浮声,则后须切响。一简之内,音韵尽殊;两句之中,轻重悉异。妙达此旨,始可言文。

沈约又在《答甄公论》里指出:"作五言诗者,善用四声,则讽咏而流靡;能达八体,则陆离而华洁。"四声,指平、上、去、入,"八病"在《文镜秘府论》等中有详细的解释。

刘勰响应沈约对声律理论的探索,重视探究文章的音律之美。《神思》篇论创作须"寻声律以定墨"(第132页),《知音》篇说"六观宫商"(第238页),鉴赏文章最后要看看音律是否谐和,《附会》篇以"人"喻"文","宫商为声气"(第203页),可见音律不是可有可无的。《文心雕龙》中专列《声律》篇,探究声律问题。

1.**声含宫商,肇自血气**。《声律》开篇就说:"夫音律所始,本于人声者也。声含宫商,肇自血气,先王因之,以制乐歌。故知器写人声,声非效器者也。故言语者,文章神明枢机,吐纳律吕,唇吻而已。"(第160页)文章有音律美,根源于人声,人的声音天生就具有高下、长短、徐疾的变化,人类的音乐正是基于人声的这个天然属性而产生的,乐器模拟人的发音,而不是人模拟乐器的发声。作者的情志需要通过语言表现出来,就像前面《神思》篇所说的那样,"吟咏之间,吐纳珠玉之声";唇吻之间要反复酝酿,斟酌语句,注意音律的谐和。创作时的音律美感,不是像听音乐那样声由外来,而是如《文赋》所谓"叩寂寞而求音",文章的音律美感在心头浮现。刘勰用"内听"一词概括作家创作过程中追求音律美感的心理状态,这时需要内心虚静,注意力高度集中,沉浸在对音律美的细致辨析推敲之中;若心气浮躁,"声与心纷",则无法做到真正的"内听"。这一段里刘勰所说的,还只是作家讲究音律的一般情况,如钟嵘所说的"但令清浊通流,口吻调利,斯为足矣",也需要虚静地沉浸在"内听"之中才可实现。

2.**声有飞沉,响有双叠**。接下来,刘勰吸收了沈约的声律论主张,具体论述调、声、韵三方面的要求。"声有飞沉",是指声调:"飞"近似于唐人的平声,平声舒缓而上扬;"沉"近似于唐人的仄声(上、去、入三声合称),仄声顿挫而下抑。如果一句里仄声太多,"沉则响发而断",过于短促;如果一句里全是平声,"飞则声扬不还",阐缓无力。因此刘勰提出,平声、仄声要"辘轳交往,逆鳞相比",即交互相间,有变化才能和谐。沈约所谓的“宫羽相变，低昂互节，若前有浮声，则后须切响”，也是指平仄互调的问题。“八病”中的“平头”“上尾”“蜂腰”“鹤膝”都是关于平仄变化协调的问题。“平头诗者，五言诗第一字不得与第六字同声，第二字不得与第七字同声。同声者，不得同平、上、去、入四声，犯者名为犯平头。”（《文镜秘府论·西卷》）如“芳时淑气清，提壶台上倾”，上句“芳时”和下句“提壶”俱为平声，这是犯平头。“上尾诗者，五言诗中，第五字不得与第十字同声，名为上尾。”（同上）如“西北有高楼，上与浮云齐”，“楼”与“齐”俱为平声，这是犯上尾。“五言诗一句之中，第二字不得与第五字同声。言两头粗，中央细，似蜂腰也。”（同上）如虞炎《咏帘》首句“青轩明月时”，“轩”与“时”俱为平声，这是犯蜂腰。“鹤膝诗者，五言诗第五字不得与第十五字同声。言两头细，中央粗，似鹤膝也，以其诗中央有病。”（同上）如“拔棹金陵渚，遵流背城阙。浪蹙飞船影，山挂垂轮月”，“渚”与“影”均为上声，这是犯鹤膝。如果一首诗能够避免这些同声调的字，就可以做到“两句之中，轻重悉异”。从平仄论飞沉，是现在的一种常见理解，飞沉还有可能指声母的清与浊。此处不赘述。

“响有双叠”包括双声和叠韵。“双声隔字而每舛，叠韵杂句而必睽”，除了不可拆开的联绵词以外，在一联之内，不能有声母、韵母相同的字。“八病”中的旁纽、正纽、大韵、小韵就是要避免双声叠韵的问题。“纽”相当于现代语音学的“声母”。元兢《诗髓脑》说：“傍纽者，一韵之内，有隔字双声也。”如五言诗一句之中有“月”字，不得安“鱼”“元”“愿”等字。如“鱼游见风月，兽走畏伤蹄”，“鱼”“月”是双声，“兽”“伤”是双声，这就是犯傍纽。“正纽者，五言诗‘壬’‘衽’‘任’‘入’，四字为一纽；一句之中，已有‘壬’字，更不得安‘衽’‘任’‘入’等字。如此之类，名为犯正纽之病也。”（《文镜秘府论·西卷》）如“心中肝如割，腹里气便燋”，“肝”与“割”同纽，“我本汉家子，来嫁单于庭”，“家”与“嫁”同纽，这都是犯正纽。“大韵诗者，五言诗若以‘新’为韵，上九字中，更不得安‘人’‘津’‘邻’‘身’‘陈’等字，既同其类，名犯大韵。”（同上）五言诗两句之中不能有与韵脚同韵、同声调的字。如“紫翮拂花树，黄鹂间绿枝”，韵脚“枝”是支韵平声，“鹂”也是支韵平声，这是犯大韵。“小韵诗，除韵以外，而有叠相犯者，名为犯小韵病也。”（同上）五言诗上下两句中除了韵脚外的九个字内有叠韵的字，这就是犯小韵。如“搴帘出户望，霜花朝瀁日”，“望”与“瀁”都是阳韵。如果作诗和韵文能避免这些毛病，就可以做到“一简之内，音韵尽殊”。

刘勰又用“和”和“韵”两个词来总结诗文的声律问题：“异音相从谓之和，同声相应谓之韵。”“韵”指押韵。一旦确定了韵脚，后面一般都是在同一韵部选择，比较容易。汉魏六朝的诗人无不知押韵，所以刘勰说“韵气一定，则余声易遣”，“作韵甚易”。在《章句》篇里，刘勰说“韵”具有“节文辞气”的作用，即调节、修饰文章的语气。文章的转韵须“折之中和”。如果两韵一转，转韵太多，“声韵微躁”；如果百句都不转韵，则“唇吻告劳”（第 166 页）。这对于韵文创作是需要讲究的。“异音相从”的“和”，就是指前面所说的“飞”与“沉”要“辘轳交往”，平仄相间，两句（特别是一句）之内不能用双声叠韵而分开不在一起的字。所以调谐“和”更为复杂，刘勰说“和体抑扬，故遗响难契”，“选和至难”。声律论最根本的问题就是做好“异音相从谓之和”。

从上面的分析可以看出，刘勰的声律理论和沈约“四声”“八病”论是密切相关的，都是要求调、声和韵三者有变化、相协调。但沈约的“八病”从消极病犯的角度指出如何避忌，刘勰从积极调声的角度指示门径，都体现出六朝时期对于汉语音律美的自觉体认和细密探求。虽然“八病”之类不免琐屑，束人手脚，但是像钟嵘那样完全否定它，是不应该的。纪昀评《文心雕龙·声律》说得好：“齐梁文格卑靡，此学独有千古。”

二　丽辞

对偶是以单音节词为主的汉语所具有的一种独特的形式美。六朝时期骈体文一个最显著的特征是讲究对偶，诗歌也日趋骈俪化。梁湘东王《诗评》云：“作诗不对，本是吼文，不名为诗。”[①]可见时人重视对

① 〔日〕遍照金刚《文镜秘府论·论文意》引。

偶之一斑。刘勰对于诗文创作的这种新风气及时地给予理论总结,《文心雕龙》里专列《丽辞》一篇探讨骈偶的问题,这在整个六朝的文学理论批评史上还是不多见的。至唐代出现了大量的“诗格”类著作,探讨对偶的技巧才成为一个较为普遍的话题。

若《诠赋》篇“丽词雅义”的“丽词”,意谓美丽的词藻。但《丽辞》的“丽”,不是美丽的意思。《说文》曰:“麗,旅行也。鹿之性,见食急则必旅行。”《周礼·夏官·校人》:“麗马一圉,八麗一师。”郑玄注:“麗,耦也。”丽辞,就是对偶的词句。刘勰开篇说:“造化赋形,支体必双,神理为用,事不孤立。夫心生文辞,运裁百虑,高下相须,自然成对。”(第168页)这里的思维方式近似于《原道》篇从天地之文推阐至人类之文,自然界中的事物往往是成双成对的,因此形诸语言,骈偶是很自然的。接着,刘勰又基于“征圣”“宗经”的思想,搜索例证说明《尚书》《周易》《诗经》都存在大量的对偶。儒家经典的语句是“奇偶适变”,根据表意的需要或奇或偶,自然而然,不劳经营。到了汉代扬雄、司马相如、张衡、蔡邕乃至魏晋文人,开始有意地“刻形镂法”,探究对偶的巧妙,而且对偶和藻采同时艳发。至刘宋之初,“俪采百字之偶,争价一句之奇”(《明诗》)。对于诗文的骈偶化趋向,刘勰并没有否定,而是认为对偶应该恰当而巧妙(“契机者入巧”),不能不顾及文意,片面追求骈偶。

如何做到“契机者入巧”呢?刘勰通过剖析对偶的类型,辨析其难易优劣,从而指示途径。根据内容是否用典故,对偶分为“言对”和“事对”。不用典故的直语陈说为“言对”,如司马相如《上林赋》“修容乎礼园,翱翔乎书圃”。言对较为容易,但“贵在精巧”,忌两句意思重复,俗谓对偶句上下一意为“合掌”,如“游雁比翼翔,归鸿知接翮”。比事用典为“事对”,“务在允当”,更为困难,如果上下句的两事骥骖驽服,不相协调,则为偏枯,如“苏秦时刺股,劝学我便耽”,上句引事,下句空言不引事。

根据上下两句意义的相关性,对偶可以分为“正对”与“反对”。“正对”是“事异义同”,如张载《七哀》“汉祖想枌榆,光武思白水”。“反对”是“理殊趣合”,如王粲《登楼赋》“钟仪幽而楚奏,庄舄显而越吟”。刘勰说:“反对为优,正对为劣。”(第170页)不过联系唐代以来的律诗用对偶句写景的情况来看,正对更为普遍,不一定就劣于反对。反对为优,适合说理文,从正反两面说理,更透彻。

最后,刘勰提出运用骈偶的原则。从反面说,“若气无奇类,文乏异采,碌碌丽辞,则昏睡耳目”,如果没有峻朗的风骨和卓异的文采,仅仅是平庸的对偶,则不显精彩。从正面说,“必使理圆事密,联璧其章,叠用奇偶,节以杂佩,乃其贵耳”,即对偶要能表现情理,用事均衡恰当,散句和偶句相互参错。

刘勰的对偶论,尤可注意者还有两点:

其一,刘勰列举张华和刘琨两联上下“合掌”的例子,批评它们是“对句之骈枝”。“合掌”是“选体”对偶常见的现象。如李延寿《北史·文苑传序》曰:“曲阜之多才多艺,监二代以正其源;阙里之性与天道,修六经以维其末。”曲阜、阙里,都是孔子的故里,这就是骈枝(参孙德谦《六朝丽指》)。宋代葛立方《韵语阳秋》说:

> 《选》诗骈句甚多,如“宣尼悲获麟,西狩涕孔丘”,“千忧集日夜,万感盈朝昏”,“万古陈往还,百代劳起伏”,“多士成大业,群贤济洪绩”之类,恐不足为后人之法也。

《蔡宽夫诗话》曰:

> 晋宋间诗人,造语虽秀拔,然大抵上下句多出一意,如“鱼戏新荷动,鸟散余花落”,“蝉噪林愈静,鸟鸣山更幽”之类,非不工矣,终不免此病。甚乃有一人名而分用之者,如刘越石“宣尼悲获麟,西狩泣孔丘”,谢惠连“虽好相如达,不同长卿慢”等语,若非前后相映带,殆不可读,然要非全美也。唐初余风犹未殄,陶冶至杜子美始净尽矣。

早在齐梁时,刘勰已指摘这一弊病,或许非知之者难,而能之者难也。初唐时期合掌的毛病依然普遍存在,直至杜甫,才彻底纠正。

其二,刘勰提出“叠用奇偶”的主张。对偶是六朝骈体文的一个形式特征。有的骈文以对偶句式为主,兼用散体,以疏荡其气;有的骈文则几乎全是骈偶,如庾信的《哀江南赋序》是骈体文的杰作,除了“将非江表王气,终于三百年乎”“天意人事,可以凄怆伤心者矣”二句外,自首至尾全是对偶。刘勰则主张"叠用奇偶",即以骈偶为主,参以散句,他的《文心雕龙》便是如此。在《丽辞》篇前面一段,刘勰说圣人的经典是"奇偶适变,不劳经营"(第169页)。这大约是他所认为的骈偶的最高境界。

从对偶的角度看传统的文章,演化的轨迹非常清晰。六朝时期的骈体文,重视骈偶。《文镜秘府论·北卷·论对属》曰:"在于文章,皆须对属,其不对者,止得一处二处有之。若以不对为常,则非复文章。(若常不对,则与俗之言无异。)"这可以代表中唐以前对于文章的基本看法。自韩愈、柳宗元提倡古文运动,学习先秦两汉的散体文,当时一些人写作古文有意避免骈偶,追求雄健奇崛之气格。当时的文坛上,散体古文与骈体今文各行其道。到了宋代欧阳修、苏轼等人的古文则以散体为主,参以骈偶句式,这样兼备了骈偶的整饬和散体的流畅,形成新的文体风格。《文心雕龙·丽辞》篇还是必须放回到六朝的骈文环境里才能发现其理论意义。

三　比兴

比兴是传统诗文最基本的艺术表现方法,到今天依然有其生命力。古人视人同自然相与为一,都是由气化成,相互感应。"近取诸身,远取诸物"(《周易·系辞下》)是古人的基本思维方式,古人常常由自然联想到人事,以自然物比况人事,在诗歌创作中多采用比兴手法。《周礼·春官》最早提出"六诗"的说法,其中包括"比"和"兴"。《毛诗大序》提出"诗有六义焉",但没有对赋、比、兴作出解释。至西汉毛亨的《毛诗故训传》在《诗经》一百余首诗的首章次句下标"兴也",而比、赋没有标明。《比兴》篇开头,刘勰说:"《诗》文弘奥,包韫六义,毛公述传,独标兴体,岂不以风通而赋同,比显而兴隐哉!"(第172页)因为比义明显,兴义隐微,故而《毛传》独标兴体。这种解释为后人所接受,如唐代孔颖达《毛诗正义》也说"比显而兴隐","《毛传》特言'兴也',为其理隐故也"。

关于比兴的内涵,后人的解释颇有分歧。汉代郑众解释说:"比者，比方于物也；兴者，托事于物。”比是以一物比譬另一物，兴是寄托情事于一物。郑玄说：“比，见今之失，不敢斥言，取比类以言之；兴，见今之美，嫌于媚谀，取善事以喻劝之。”（《周礼·春官·大师》注）意即比义为刺，兴义为美。但是，联系《毛传》来看，郑玄的解释并不确切。《毛传》标“兴也”，既有美，也有刺。如《小雅·白华》首章“白华菅兮，白茅束兮”二句下，《毛传》：“兴也。……兴者，喻王取于申，申后礼仪备，任妃后之事，而更纳褒姒，褒姒为孽，将至灭国。”据《小序》，《白华》是“周人刺幽后”的诗。首二句的兴，就是刺而非美。到了西晋，挚虞《文章流别论》说：“比者，喻类之言也。兴者，有感之辞也。”刘勰对比兴的解释，不像郑玄那样分别美、刺，而是引申《毛传》的意思。朱自清在《诗言志辨》中曾说：“《毛传》‘兴也’的‘兴’有两个意义，一是发端，一是譬喻；这两个意义合在一块儿才是‘兴’。”刘勰解释“兴”，就是着眼于这两个意义。他说：

> 比者，附也；兴者，起也。附理者，切类以指事；起情者，依微以拟议。起情，故兴体以立；附理，故比例以生。比则蓄愤以斥言，兴则环譬以托讽。盖随时之义不一，故诗人之志有二也。（第172页）

比是相类似的事物之间的比附，诗人内心蓄积愤懑，用浅切形象的譬喻提出指责。兴则是诗人的情志因外物感动而兴起，采用委婉曲折的方式将讽意寄托在物象之中。后来孔颖达解释得更为清楚：“司农又云：‘兴者，托事于物。’则兴者，起也，取譬引类，起发己心。诗文诸举草木鸟兽以见意者，皆兴辞也。”刘勰虽不以“美”论“兴”，但是在第二段他列举《周南·关雎》和《召南·鹊巢》两个例子确都具有“善者美之”的意思。而在理论表述上，他强调的是“兴则环譬以托讽”，“托讽”是兴的意旨，环譬是“兴”的言说方式。

比兴的手法在《楚辞》中得到继承和发展。刘勰在《辨骚》篇说：“虬龙以喻君子，云蜺以譬谗邪，比兴之义也。”（第19页）在《比兴》篇说：“依《诗》制《骚》，讽兼比兴。”同时也感慨：“炎汉虽盛，而辞人夸毗，讽刺道丧，故兴义销亡。”（第173页）意谓汉代辞赋迷失了《诗经》讽刺的创作精神，没有“环譬以托讽”的意旨，片面发挥“比”的技法，

"或喻于声,或方于貌,或拟于心,或譬于事"(第174页)。"比"的方法频繁运用,而"兴"的方法被丢弃了,有比而无兴,故说"兴义销亡"。刘勰非常重视文学的规谏讽喻意义,因此他批评汉人辞赋丧失兴义,说"文谢于周人"。当然,对于汉代以降辞赋的类比譬喻,刘勰并不否定其意义,"比"的手法可以"巧言切状",更生动具体地"图状山川,影写云物",获得"惊听回视"的效果。

四 夸饰

古人写文章,为了获得惊听回视、动人心魄的艺术效果,经常采用夸张的艺术手法。夸张不符合生活的真实,因此如何正确认识和对待夸张,很早就成为文学批评史的一个问题。《孟子·万章上》记载了他对咸丘蒙的辩驳:

> 咸丘蒙曰:"舜之不臣尧,则吾既得闻命矣。《诗》云:'普天之下,莫非王土;率土之滨,莫非王臣。'而舜既为天子矣,敢问瞽瞍之非臣,如何?"曰:"是诗也,非是之谓也。劳于王事而不得养父母也。曰:'此莫非王事,我独贤劳也。'故说诗者,不以文害辞,不以辞害志。以意逆志,是为得之。如以辞而已矣,《云汉》之诗曰:'周余黎民,靡有孑遗。'信斯言也,是周无遗民也。"

咸丘蒙将《诗经》中的夸张表现当作事实上的全称判断,提出了一个看似不易回答的问题:既然《诗》说"率土之滨,莫非王臣",那么舜的父亲是不是舜的臣民呢?孟子指出读诗应该"不以文害辞,不以辞害志",对待夸张性的描写,要明白作者的本意,而不能拘于文辞的字面意思。如《云汉》诗曰:"周余黎民,靡有孑遗。"这也不过是夸张的艺术表现,如果将它当作事实判断,难道周朝没有留下遗民吗?显然不是如此。从这个例子可见,孟子虽然没有提到"夸张"一词,但他已认识到书籍中的确存在夸张这种现象,而且能对之作正确的理解。

到了东汉,王充"疾虚妄""务实诚",在《论衡》里对于世俗的一些夸张失实文字进行辨析和批评,同时对于经典中的夸张又给予肯定性的剖析。如他分析《诗经》“鹤鸣九皋,声闻于天”说:“诗人或时不知,至诚以为然;或时知,而欲以喻事,故增而甚之。”分析“周余黎民,靡有孑遗”说:“增益其文,欲言旱甚也。”认识到了夸张的用意。王充还分析了“俗人好奇”的心理,说:“誉人不增其美,则闻者不快其意;毁人不益其恶,则听者不惬于心。”因此夸张往往具有惊人耳目的效果。至魏晋以后,一些赋论如左思、皇甫谧更重视征实,避忌虚夸不实的描写。

在前人讨论夸饰的基础上,刘勰在《文心雕龙》中专列《夸饰》篇,具体阐论有关夸张的一些理论问题。

1.**文辞所被,夸饰恒存**。刘勰开篇引《易传·系辞上》“形而上者谓之道,形而下者谓之器”,道本抽象,难以言说;器则具体,可以形容,夸张的言辞可以说明形器的真相。这样说来,夸张主要用于描写形色声貌。刘勰说,自从天地开辟以来,当需要文字来描摹声貌时,夸张就存在了。《诗经》《尚书》的作者为了教化百姓、移风易俗的目的,常常采用夸张手法以增强艺术感染力。如《大雅·崧高》:“崧高维岳,峻极于天。”《大雅·假乐》:“干禄百福,子孙千亿。”这是扩大夸张。《卫风·河广》:“谁谓河广,曾不容刀。”《小雅·云汉》:“周余黎民,靡有孑遗。”这是缩小夸张。这些夸张,都不妨碍意义的表达,反而增强了表达的艺术效果。又如《鲁颂·泮水》:“翩彼飞鸮,集于泮林。食我桑黮,怀我好音。”恶鸟食泮林的桑葚而改其鸣声,比喻人感于恩德而变化气质。《大雅·绵》:“周原膴膴,堇荼如饴。”因为热爱周之原地,虽然其所生菜味苦,但我甘之如饴。刘勰说这些是“意深褒赞,故义成矫饰”,因为人心的深切赞美,对外物的描写也有很大程度的修饰。“矫饰”与《正纬》篇“世夐文隐,好生矫诞”的“矫诞”不同,“矫诞”有怪异荒谬的意思,“矫饰”则是因为作者以情感之眼观物而夸张其词。刘勰说:“大圣所录,以垂宪章。”这是经典本身所具有的,可作为后世作文夸饰的典范。的确,《诗经》里存在不少这样的夸饰,如《邶风·谷风》“谁谓荼苦,其甘如荠”也是如此。

2.**汉赋夸饰之得失**。刘勰在《情采》篇说:“诸子之徒,心非郁陶,苟驰夸饰,鬻声钓世,此为文而造情也。”诸子之徒,指辞赋家。《夸饰》篇也说:“自宋玉、景差,夸饰始盛。相如凭风,诡滥愈甚。”扬雄、张衡

等人的辞赋,都是“义睽刺也”,即违背“雅义”的原则。试看刘勰列举的几个例子:

> 司马相如《上林赋》:“于是乎离宫别馆,弥山跨谷……奔星更于闺闼,宛虹拖于楯轩(按,颜师古注:言室宇之高,故星虹得经加之)……椎蜚廉(按,飞廉,龙雀也)……掩焦明(按,焦明,似凤皇)。”
>
> 扬雄《甘泉赋》:“翠玉树之青葱兮。……鬼魅不能自还兮,半长途而下颠。”(按,颜师古注:言屋之高深,虽鬼魅亦不能至其极而反,故于长途之半而颠坠也。)
>
> 班固《西都赋》:“招白鹇,下双鹄;揄文竿,出比目。”(按,《尔雅》曰:“东方有比目鱼焉,不比不行,其名谓之鲽。”)
>
> 张衡《西京赋》:“海若游于玄渚。”(按,海若,海神。)

刘勰说这些夸饰描写“验理则理无可验,穷饰则饰犹未穷矣”(第177页),既无事实可征,不合于情理,又未达到夸饰的效果。刘勰这里所论,完全本于左思。左思《三都赋序》云:“扬雄赋《甘泉》,而陈‘玉树青葱’;班固赋《西都》,而叹‘以出比目’;张衡赋《西京》,而述‘以游海若’,假称珍怪,以为润色。若斯之类,匪啻于兹。考之果木,则生非其壤;校之神物,则出非其所。于辞则易为藻饰,于义则虚而无征。”左思论赋,重视描写的征实,刘勰也是如此。

汉代辞赋中不仅大量存在这类“虚而无征”的夸诞,还有一些“虚用滥形”的凭空虚构,如:

> 扬雄《校猎赋》:“鞭洛水之宓妃,饷屈原与彭胥。”(按,宓妃,伏羲氏女,溺死于洛,遂为洛水之神。彭,彭咸;胥,伍子胥。)

刘勰举这个例子想表达的意思是明显的,即“虚用滥形”,凭空幻设,虚假不实,也就是《辨骚》篇所批评的“诡异之辞”“谲怪之谈”。在他看来,这违背了经典的雅正原则。

对于这类“诡滥”虚假的夸饰,刘勰从“宗经”的原则给予批评。他所肯定的夸饰,是在形色声貌上进行扩大、缩小,或者是因为人的感情而改变物事的性状,而不是完全凭空的虚构。对于汉赋“气貌山海,体势宫殿”之类夸饰,刘勰肯定它“因夸以成状,沿饰而得奇”,因为夸饰而形象鲜明生动,获得惊人的艺术效果。所谓“谈欢则字与笑并,论戚则声共泣偕”,是指如“周原膴膴,堇荼如饴”之类的夸饰,侧重于情感的渲染。对于这类夸饰,刘勰也是肯定的,称赞其具有“发蕴而飞滞,披瞽而骇聋”的艺术效果。

最后,刘勰提出运用夸饰的原则:“饰穷其要,则心声锋起;夸过其理,则名实两乖。若能酌《诗》《书》之旷旨,剪扬、马之甚泰,使夸而有节,饰而不诬,亦可谓之懿也。”夸饰的目的在“穷其要”,使物象更鲜明,事理更生动,情感更深切,增强感染力。恰当的夸饰应该如《诗经》《尚书》那样,或在量上扩大缩小,或是渲染感情,不能像汉代辞赋那样凭空虚构一些诡异谲怪的事物。可见刘勰对于艺术虚构的认识还是不充分的。

五　事类

运用成辞典故是中国古代文学的重要修辞手法。《左传》《国语》等早期典籍就大量引用成辞。《庄子·杂篇》所谓“重言”,意即引述古人名言来说理。至魏晋以后,运用旧事成辞更是骈体文的基本写作方法。因此刘勰在《文心雕龙》里专列《事类》篇讨论写作文章如何运用事类的问题。什么是“事类”?“事类”又作“事义”。刘勰解释说:“事类者,盖文章之外,据事以类义,援古以证今者也。”引用历史上的前言往行来验证现在,辅助证明作者的观点,就是“事类”。他列举《周易》和《尚书》中的例子,阐释运用事类包括两种,即“明理引乎成辞”和“征义举乎人事”。引用成辞和征引历史故事,是“六经”论理的基本方法。屈原、宋玉的作品里虽然引用古事,但能够“自铸伟辞”(《辨骚》),不引用旧辞。汉初如贾谊的《鹏鸟赋》、司马相如的《上林赋》,也较少撮引成辞。自扬雄、刘歆到东汉的崔骃、班固、张衡、蔡邕,“捃摭经史”,大量引用典故,于是运用事类成了后人作文的范式。

刘勰是很重视事类的,《附会》篇有一段话将文章比喻为一个生命体,说:“夫才童学文,宜正体制,必以情志为神明,事义为骨髓,辞采为肌肤，宫商为声气。”这个“事义”，是指文章中征引的历史故事和前人言论，它是文章的骨髓。《知音》篇“将阅文情，先标六观”，其中第五观是“观事义”，考察作家运用事义是否恰当。

从作者主体性的角度说，“事义”关乎“学”。《体性》篇说：“事义浅深，未闻乖其学。”《事类》篇也说：“学贫者，迍邅于事义。”如果学问贫乏，就很难找到恰当的前言往行作例证来阐述自己的观点。《事类篇》论“才”和“学”的关系，“才自内发，学以外成”，才是先天的、内在的，是盟主，起着决定性作用；学是后天的，自外获得，是辅助。“文章由学，能在天资”，学问可以帮助人写好文章，但若想成为杰出的文学家，还是需要有天分。如何增加学问呢？刘勰说：“夫经典沉深，载籍浩瀚，实群言之奥区，而才思之神皋也。”作家应该广泛涉猎书籍，钻研经典，以广博自己的学问。当然，“综学在博，取事贵约”，胸中积累的学问越广博越好，但写文章斟酌事义时，贵在精约恰当，起到控制关键、画龙点睛的作用。刘勰列举刘劭《赵都赋》“公子之客，叱劲楚令歃盟；管库隶臣，呵强秦使鼓缶”二句，前句用赵国平原君的门客毛遂迫使楚王定盟一事，后句用蔺相如完璧归赵一事，都切合“赵都”，运用事义非常贴切。文章使人不朽，但如果“引事乖谬”，则“虽千载而为瑕”。刘勰列举曹植、陆机等引事乖谬的例子，告诫作文之士应该像高超的工匠从山林选择美木制造出精美的器物那样，从经典中选择精美的事例，恰当地表现义理。

关于事类，刘勰在赞语中还提出“用人若己”的最高要求。所谓“用人若己”，即“用旧合机，不啻自其口出”的意思，用古人的成语典故，就像从自己口中说出的一样。沈约曾提出“文章三易”，其中之一是“易见事”。沈约的文章“用事不使人觉，若胸臆语也”，北魏的邢邵“深以此服之”（《颜氏家训·文章》）。李白《山中与幽人对酌》：“两人对酌山花开，一杯一杯复一杯。我醉欲眠卿且去，明朝有意抱琴来。”这首诗明白如话，好像没有用典故。《宋书·陶潜传》：潜性嗜酒，“贵贱造之者，有酒辄设。潜若先醉，便语客：‘我醉欲眠，卿可去。’其真率如此”。原来李白化用了陶渊明的成辞，陶渊明真率萧散的人格精神也被带入了李白的诗歌中。这可谓“用人若己”。

齐梁时期,文学创作上存在过分讲究事类的现象。萧子显《南齐书·文学传论》列举当时文章三体,其中之一是"缉事比类,非对不发,博物可嘉,职成拘制。或全借古语,用申今情,崎岖牵引,直为偶说。唯睹事例,顿失精采"。这类文章只是在编排事例,毫无精彩之处。这样一来,博学反而成了"拘制"。到底"事类"在作文时占据什么地位呢?西晋时挚虞在《文章流别论》中就提出应该"以情义为主,以事类为佐",而不能"以事形为本,以义正为助"。刘勰在《事类》篇提出"才为盟主,学为辅佐",博学只是表现才思的辅助手段。《附会》篇说"必以情志为神明,事义为骨髓",显然情志更为重要,是文章的精神,事义是文章的骨髓,有了情志的贯穿,才有生气活力。

值得提出的是,钟嵘针对当时五言诗大量用典、"拘挛补衲,蠹文已甚"的现象,提出"直寻",即不用典故的主张。钟嵘认识到诗歌与文章体制的差异:"若乃经国文符,应资博古;撰德驳奏,宜穷往烈。至乎吟咏情性,亦何贵于用事?"(《诗品序》)吟咏情性的诗歌,不以用事为贵,这是比较通达的论断,有力地针砭了当时不良的诗风。其实钟嵘此论与刘勰论"事类"并不矛盾。因为钟嵘《诗品》专论五言诗,刘勰《文心雕龙》是泛论各种文体,特别是当时文坛盛行的骈体文。作为一部指导写作的论著,对于事类这一重要艺术方法,《文心雕龙》当然不能不有所论述。

附:《丽辞》篇"宋画吴冶"考释

《丽辞》篇:

> 自扬、马、张、蔡,崇盛丽辞,如宋画吴冶,刻形镂法,丽句与深采并流,偶意共逸韵俱发。

这段话意思显豁,主要指扬雄、司马相如、张衡、蔡邕的文章讲究对偶。其中的"宋画吴冶"已经成为一个成语,但是,"龙学"界历来的注释都是不准确、有问题的。这四字元刻本作"宋尽吴冶",明人朱谋㙔据《淮南子》改,何焯校本、谢兆申校本同朱校改,均作"宋画吴冶",在文字上作出正确的校勘。“宋画吴冶，刻形镂法”八字，刘勰直接取自《淮南子》。《淮南子·修务训》原文为：

> 夫宋画吴冶，刻刑镂法，乱修曲出。其为微妙，尧、舜之圣不能及。（高诱注：“宋人之画，吴人之治，刻镂刑法，乱理之文，修饰之功，曲出于不意也。”）

清人黄叔琳没有引《淮南子·修务训》，而是引用《庄子·田子方》一则著名的故事来注释“宋画”，可谓入了歧途。黄注曰：

> 宋画：《庄子》：宋元君将画图，众史皆至，有一史后至者，儃儃然不趋，受揖不立，因之舍。公使人视之，则解衣盘礴裸。君曰：可矣，是真画者也。

黄叔琳《文心雕龙辑注》是古代最为详备的注本，是“龙学”的基石，影响深巨，近人李详、范文澜、杨明照等的校注无不是在黄注本的基础上补苴阙漏，各有新得。范文澜《文心雕龙注》除了吸收黄氏此注外，还采纳了李笠说补注出《淮南子·修务训》文字。范注是现代“龙学”的奠基之作，因此，黄叔琳、范文澜对“宋画”的注释几乎被近现代所有的注释本所因袭，牟世金、詹锳、周勋初、张国庆等所有的注本，凡是解释“宋画”的，都追溯到《淮南子》和《庄子》，几无例外。也就是说，几乎所有的《文心雕龙》注释者都认为“宋画”一词出自《淮南子》，而《淮南子》的用典是出自《庄子》，所以把两书的原始文字都注释出来。

溯源至《淮南子》是正确的，刘勰这里完全是“因乎旧谈”，用《淮南子》的陈辞。但《文心雕龙》和《淮南子》的“宋画”，跟《庄子》有关系吗？

《庄子·田子方》这则“宋元君画史”的故事，寓意是灭弃世俗礼法，摆脱精神束缚，达到以天合天的境界，才是“真画者”。后代谈艺者多能领悟此意，如明人何良俊《语林》称之为“天机所到”，“遗人以全天”，又说：“苟仅能执绳墨、守途辙而不失者，是工徒之厮役也，曷足以言艺哉！”恽南田《南田画跋》说：“作画须有解衣盘礴、旁若无人意，然后化机在手，元气狼藉，不为先匠所拘，而游于法度之外矣。”王士禛《渔洋诗话》卷上曰：“诗文须悟此旨。”用今天的话来说，“宋元君画史”蕴含的是审美超越、艺术自由的道理。

而《淮南子》和《文心雕龙》的文字是“宋画吴冶,刻刑(形)镂法”,《淮南子》还进一步说其刻镂的工巧微妙,尧舜圣人都达不到。显然,其文义的重点是刻镂的工巧,这正好与《庄子》寓言的意思相反。《庄子》寓言强调的是天机自由,《淮南子》用意则在刻镂的工巧微妙。刘勰《文心雕龙·丽辞》篇文义重点也在“刻形镂法”即对偶的工巧上。如果说,《淮南子》和《文心雕龙》都用的是《庄子》的典故,那二书随后的“刻刑(形)镂法”四字意思就落空,无法理解了,《庄子》这则寓言显然没有“刻刑(形)镂法”的意思,因此,引用《庄子·田子方》“宋元君画史”来注释《淮南子》和《文心雕龙》的“宋画”,显然是不妥当的。“宋画”一定另有出处。

其实,《淮南子·泰族训》记载了另一则“宋画”的故事:

> 宋人有以象为其君为楮叶者,三年而成,茎柯豪芒,锋杀颜泽,乱之楮叶之中而不可知也。列子曰:“使天地三年而成一叶,则万物之有叶者寡矣。”夫天地之施化也,呕之而生,吹之而落,岂此契契哉?故凡可度者小也,可数者少也。至大,非度之所能及也;至众,非数之所能领也。故九州不可顷亩也,八极不可道里也,太山不可丈尺也,江海不可斗斛也。故大人者,与天地合德,与日月合明,与鬼神合灵,与四时合信。故圣人怀天气,抱天心,执中含和,不下庙堂而衍四海,变习易俗,民化而迁善,若性诸己能以神化也。

这就是著名的“莫辨楮叶”的故事,在当时流传颇为普遍,《列子·说符》《韩非子·喻老》都有记载,文字略有异同,现引于下,以便参照:

> 宋人有为其君以玉为楮叶者,三年而成,锋杀茎柯,毫芒繁泽,乱之楮叶中而不可别也。此人遂以巧食宋国。子列子闻之曰:“使天地之生物,三年而成一叶,则物之有叶者寡矣。故圣人恃道化而不恃智巧。”(《列子·说符》)
>
> 夫物有常容,因乘以导之。因随物之容,故静则建乎德,动则顺乎道。宋人有为其君以象为楮叶者,三年而成,丰杀茎柯,毫芒繁泽,乱之楮叶之中而不可别也。此人遂以功食禄于宋邦。列子

闻之曰："使天地三年而成一叶，则物之有叶者寡矣。"故不乘天地之资而载一人之身，不随道理之数而学一人之智，此皆一叶之行也。故冬耕之稼，后稷不能羡也；丰年大禾，臧获不能恶也。以一人力，则后稷不足；随自然，则臧获有余。故曰："恃万物之自然而不敢为也。"（《韩非子·喻老》）

《列子》《韩非子》《淮南子》这三处记载，虽有若干文字差异，当为一事。《列子》所记为源头，《韩非子》《淮南子》在此基础上各有发挥。故事说，宋国有一个人为他的国君用玉（一说象牙）雕刻楮叶（楮是一种落叶乔木），用了三年时间才雕刻成，脉络文理、毫芒色泽都惟妙惟肖，混杂在真楮叶中都辨别不出，假可乱真。这个宋人凭此在宋国获得了俸禄。但列子、韩非子、淮南子对此都不认可，认为"圣人恃道化而不恃智巧"，这样的奇技淫巧，是违背天道自然的。《淮南子·泰族训》这则故事之前谈的是"大巧"，宋人的奇巧正与"大巧"相对。

"莫辨楮叶"故事中所谓"茎柯豪芒，锋杀颜泽"云云，正是《淮南子》"刻刑镂法，乱修曲出"的意思；更重要的是，《列子》在故事之后说"故圣人恃道化而不恃智巧"；《韩非子》以"故冬耕之稼，后稷不能羡也"加以申述；《淮南子·泰族训》进一步以"故大人者，与天地合德……故圣人怀天气，抱天心"加以申论，这些内容正与《淮南子·修务训》"尧、舜之圣不能及"相呼应。把《淮南子·修务训》关于"宋画"的记载与《列子》《韩非子》《淮南子·泰族训》"莫辨楮叶"故事对读，文义之相应，若合符契。可以确信，《淮南子·修务训》的"宋画"典故就是出自"莫辨楮叶"故事。

也许有人说"莫辨楮叶"是雕刻，不是绘画。大约不能这样机械理解，后世论画多引"楮叶"，如陆绍曾《又为吴兴陆谷真题纸扇》"由来楮叶全抛俗，试写梅花逼更真"；叶昌炽《挽吉甫同年熙元叠前韵》"画笥烟云流楮叶，诗龛风月话筒杯"。古人用此典不会计较是绘画还是雕刻。

理清了《淮南子·修务训》"宋画"典故的源头，就可以理解刘勰《文心雕龙·丽辞》篇的"宋画"也是来源于"莫辨楮叶"故事，用宋人以象牙雕刻楮叶惟妙惟肖的故事来形容扬、马、张、蔡等"刻形镂法"，刻意追求对偶的奇巧。《丽辞》篇上文说《诗经》的对偶是"奇偶适变，不劳经营"，到汉代扬雄等人才刻意地追求对偶之巧，这与《淮南子·泰族训》前一则说"大巧"，后一则以"莫辨楮叶"谈人巧一样，是文理顺畅的。后世也有人继续这个话题，如宋末刘克庄《跋徐宝之贡士诗》就以"莫辨楮叶"故事比譬徐氏诗文之工妙。如果像现在大多数"龙学"家那样引用《庄子》的"宋元君画史"，《丽辞》的文意是怎么也解释不通顺的。就浅见所及，在众多的注本里，只有王运熙、周锋译注本注出《淮南子·修务训》，而未引《庄子·田子方》"宋元君画史"。笔者觉得这是正确的，不过还是应该引出"莫辨楮叶"的故事，意思才彻底清晰。

今人对于"吴冶"的注释也欠妥当。范文澜注引《吴越春秋·阖闾内传》："干将作剑，采五山之铁精，六合之金英，候天伺地，阴阳同光，百神临观，天气下降。"这也被当代各种《文心雕龙》注本普遍接受。其实《吴越春秋》这段文字也看不出"刻刑镂法"的意思。范文澜认为吴冶是指干将作剑；其实在《淮南子》那个时代，干将是剑名，还没有转化为人名。王念孙说："干将、莫邪为剑戟之通称，则非人名可知。故自西汉以前，未有以干将、莫邪为人名者。自《吴越春秋》始以干将为吴人，莫邪为干将之妻。"（《广雅疏证》卷八上）在《淮南子》里干将还是剑名。载有"宋画吴冶"的《修务训》就说："夫怯夫操利剑，击则不能断，刺则不能入，及至勇武攘卷一捣，则折肋伤干。为此弃干将、镆邪而以手战，则悖矣。"显然这里的干将是剑名，至《吴越春秋》干将才是人名，不容相混。吴冶，黄叔琳注："《吴越春秋》：越王元常使欧冶子造剑五枚。"刘咸炘遵从此注，其他注本则忽略此则黄注，而都依据范文澜注。黄叔琳指出吴冶是欧冶子事，这是正确的。不仅《吴越春秋》这么记载，《淮南子》就多处提到欧冶子：

> 淳均之剑不可爱也，而欧冶之巧可贵也。（《齐俗训》）
> 得十利剑，不若得欧冶之巧。（同上）
> 故剑工或剑之似莫邪者，唯欧冶能名其种。（《泛论训》）
> 区冶生而淳钧之剑成。（《览冥训》）

欧冶子为越人，但《越绝书》有“风胡子之吴见欧冶子”的记载，可能是他去了吴国，或者吴越通称，故称“吴冶”。《淮南子》和《文心雕龙》“宋画吴冶”一语，正是把“欧冶之巧”与“莫辨楮叶”之宋人之巧并提，才生出后面“刻刑镂法”一句。如果按现在通行的注释引用“干将作剑，百神临观”注“吴冶”，既与“宋画”龃龉，也与“刻刑镂法”不相干。解释典故，不仅要追溯出处，更要看它是否适合上下文的语境，符合作者的本意。刘勰作文“用人若已，古来无懵”（《文心雕龙·事类》），我们读者也要细心体会才好。

【扩展阅读】

朱星：《〈文心雕龙·声律篇〉诠解》，《天津师院学报》1979 年第 1 期。

邱世友：《刘勰论比兴》，《楚雄师范学院学报》1999 年第 4 期；《再释刘勰论比兴》，《学术研究》2004 年第 1 期。

祖保泉：《说〈事类〉——读〈文心雕龙〉手札》，《安徽师大学报（哲学社会科学版）》1986 年第 1 期。

◎作者讲课实录：

第十五讲　修辞与文术(二)

刘勰很重视作文的技法。此前陆机的《文赋》,对于立意、谋篇、炼句等作文技法也进行过探讨。但刘勰认为陆机“泛论纤悉,而实体未该”(《总术》篇),虽然细致,却没有把文术谈透彻。当时人们写作“各竞新丽,多欲练辞,莫肯研术”(同上),追求新奇繁丽,只在辞采上下功夫,求新求巧求丽,不能认真研究文术。于是刘勰在《文心雕龙》中专列《总术》篇,强调“文术”(即作文技法)的重要性,《章句》《附会》《指瑕》《练字》等篇都具体地探讨作文之术。“文术”是“活法”,而不是死法,“随变适会,莫见定准”,要根据作者表达情志的需要灵活运用,不是用一套死框子来束缚作者的手脚。刘勰论“文术”,多是提出一些原则性的要求,并剖析大量的实例来说明。“思无定契,理有恒存”(《总术》篇),作者的情志神思虽变化多端,但作文之理是客观存在的。

一　文笔说

今之常言,有文有笔,以为无韵者笔也,有韵者文也。夫文以足言,理兼《诗》《书》,别目两名,自近代耳。颜延年以为:笔之为体,言之文也;经典则言而非笔,传记则笔而非言。请夺彼矛,还攻其盾矣。何者?《易》之《文言》,岂非言文?若笔果言文,不得云经典非笔矣。将以立论,未见其论立也。予以为:发口为言,属翰曰笔,常道曰经,述经曰传。经传之体,出言入笔,笔为言使,可强可弱。六经以典奥为不刊,非以言笔为优劣也。(第208页)

这是《总术》篇的第一段,刘勰辨析当时流行的“文笔”说,提出“无韵者笔也,有韵者文也”的论断。“文”“笔”是自刘宋时期开始兴起的关于文章分类的一对概念。范晔《狱中与诸甥侄书》云:“手笔差易,文不拘韵故也。”意思是“笔”不押韵。刘勰这里说“无韵者笔也,有韵者文也”,是时人关于“文”与“笔”的共同认识。如与刘勰同时的萧绎《金楼子·立言》说:“至如不便为诗如阎纂,善为章奏如伯松,若此之流,泛谓之笔;吟咏风谣,流连哀思者,谓之文。”虽然萧绎没有直接按有韵无韵来分,但是章表奏议等无韵的文章称为笔,将诗赋等吟咏风谣、流连哀思者称为文,与刘勰所论基本上是相近的。

刘勰在这一段里批驳了颜延之的“文笔”说。颜延之在“文笔”之外,又提出了“言”。揣其意,“言”即记言,较为直白地记述他人的言辞为“言”,而“笔”则是在记述言辞的基础上作一些修饰而使“言”有文采。颜延之说经典是记述圣人言辞的,故是言而非笔,转述经旨的注传类著作是笔而非言。颜延之重视文采,其诗如错彩镂金,故而嫌经典没有文采,是言而非笔。这个论断严重地妨碍了刘勰文章“宗经”的理论根基。在刘勰看来,“圣文雅丽,衔华而佩实者也”(《征圣》篇),经典不仅蕴含圣人之道,且文质彬彬,是后世文章的典范,怎能说经典没有文采,只是“言”呢?因此他对颜延之的说法加以批驳,举了《周易》中的《文言》作为例子。他理解《文言》二字的意思是“言之文也”,那么,按照颜延之的意思“言之文也”则为笔推断,《周易》乃至整个经典当是笔而非言。言和笔的差别,前者为口头表达,后者是形诸文字。经和传的差异,前者是不刊之常道,后者是阐述经旨的文字,二者不是按照有没有文采来区分的。刘勰的这个解释是合乎实际的。

二　篇章论

刘勰在《章句》篇中说:

> 夫人之立言,因字而生句,积句而为章,积章而成篇。篇之彪炳,章无疵也;章之明靡,句无玷也;句之清英,字不妄也。(第164页)

章句,是离章辨句的省称,本是汉代分析经典章节句读的一种注经形式，如汉代有赵岐的《孟子章句》、王逸的《楚辞章句》等。刘勰所谓的“章句”，则是指文章的结构层级，他说文章由小到大可以分为字、句、章、篇四个层级。从写作的步骤看，是因字而生句，积句而为章，积章而成篇，就像建造房子一样，由一砖一瓦累积而成；但是作者提笔写作前，心中应有个完整的篇章，如何布局应该成竹在胸，就像建筑师在建造之前，脑中已经有了整座房屋的结构。文章完成后，篇、章、句、字相互之间协调圆融，鳞次栉比，构成一个完整的有机体，做到“篇中不可有冗章，章中不可有冗句，句中不可有冗字”（李郛《纬文琐语》）。刘师培在《汉魏六朝专家文研究》里解释刘勰这段话说：“此谓立言次第，须先字句而后篇章；而临文构思，则宜先篇章而后字句。盖文章构成，须历命意、谋篇、用笔、选词、炼句五级。必先树意以定篇，始可安章而宅句。若术不素定，而委心逐辞，异端丛至，骈赘必多。”

如何谋篇而使字、句、章、篇合为一个整体呢？刘勰在《附会》篇阐论了这个问题。《附会》篇曰：“何谓附会？谓总文理，统首尾，定与夺，合涯际，弥纶一篇，使杂而不越者也。”（第 203 页）这里提出作文之术的四个方面：

1.**总文理**。《附会》篇曰：“凡大体文章，类多枝派，整派者依源，理枝者循干。是以附辞会义，务总纲领，驱万涂于同归，贞百虑于一致。”（第 203 页）这里说的“总纲领”也就是“总文理”的意思，文以意为主，应该立一意为主脑，依此主脑来整理枝派，开合张弛、曲折变化都为此主脑服务，这就是总文理。如贾谊的《过秦论》，全篇的纲领在“仁义不施，而攻守之势异也”一句。前面写秦之强，看似秦不当速亡；写陈涉之微，似乎陈涉非能亡秦之人；而最终秦亡于陈涉，逼出“仁义不施”一句结论。有了总纲领，文章虽波澜起伏，而结构紧健。又如杜牧的《阿房宫赋》，朱宗洛《古文一隅评文》评曰：“通篇关键，只在‘楚人一炬，可怜焦土’八字。前半极力铺张，只为此八字作反跌之笔。后半反复感慨，亦只为此八字作唱叹，以垂鉴戒耳。”这也是“总文理”而能统领全篇。立意的纲领在文章中明确地出现，刘熙载在《艺概》里称之为“文眼”，说文眼“揭全文之旨。或在篇首，或在篇中，或在篇末。在篇首则后必顾之，在篇末则前必注之，在篇中则前注之，后顾之”。

2.统首尾。文章要做到“首尾周密,表里一体”(《附会》篇),《章句》篇曰:“启行之辞,逆萌中篇之意;绝笔之言,追媵(按,承接)前句之旨。故能外文绮交,内义脉注,跗萼相衔,首尾一体。”(第164页)这就是统首尾。开篇很重要,往往开篇即定下全文的基调,切入文章的本题。唐彪《读书作文谱》说:“首段得势,则通篇皆佳。”结尾是文章的结穴处,不可草草收兵,应该收缴前文,使首尾相援。上举贾谊的《过秦论》,就是结穴点睛,文章的主旨在结束处逼出。刘勰说:“若首唱荣华,而媵句憔悴,则遗势郁湮,余风不畅。”(第205页)如果首尾不相衔接照应,即使开篇有千里之势,但后文承接不住,或漫然无归宿处,都是不善附会。古人用“常山蛇势”来比喻文章的首尾呼应,“击首则尾应,击尾则首应,击其中则首尾皆应”。试看李斯的《谏逐客书》:

臣闻吏议逐客,窃以为过矣。昔缪公求士,西取由余于戎,东得百里奚于宛,迎蹇叔于宋,求丕豹、公孙枝于晋。此五子者,不产于秦,而缪公用之,并国二十,遂霸西戎。孝公用商鞅之法,移风易俗,民以殷盛,国以富强,百姓乐用,诸侯亲服,获楚魏之师,举地千里,至今治强。惠王用张仪之计,拔三川之地,西并巴蜀,北收上郡,南取汉中,包九夷,制鄢郢,东据成皋之险,割膏腴之壤,遂散六国之从,使之西面事秦,功施到今。昭王得范雎,废穰侯,逐华阳,强公室,杜私门,蚕食诸侯,使秦成帝业。**此四君者,皆以客之功,由此观之,客何负于秦哉!向使四君却客而不纳,疏士而不用,是使国无富利之实,而秦无强大之名也。**

今陛下致昆山之玉,有随和之宝,垂明月之珠,服太阿之剑,乘纤离之马,建翠凤之旗,树灵鼍之鼓。此数宝者,秦不生一焉,而陛下说之,何也?必秦国之所生然后可,则是夜光之璧不饰朝廷,犀象之器不为玩好,郑卫之女不充后宫,而骏良駃騠不实外厩,江南金锡不为用,西蜀丹青不为采。所以饰后宫、充下陈、娱心意、说耳目者,必出于秦然后可,则是宛珠之簪,傅玑之珥,阿缟之衣,锦绣之饰,不进于前,而随俗雅化,佳冶窈窕赵女不立于侧也。夫击瓮叩缶,弹筝搏髀,而歌呼呜呜快耳者,真秦之声也;郑卫桑间、韶虞武象者,异国之乐也。今弃击瓮叩缶而就郑卫,退弹筝而取韶虞,若是者何也？快意当前，适观而已矣。**今取人则不然，不问可否，不论曲直，非秦者去，为客者逐。然则是所重者在乎色乐珠玉，而所轻者在乎人民也。此非所以跨海内，制诸侯之术也。**

臣闻**地广者粟多，国大者人众，兵强则士勇。是以泰山不让土壤，故能成其大，河海不择细流，故能就其深，王者不却众庶，故能明其德。是以地无四方，民无异国，四时充美，鬼神降福。此五帝三王之所以无敌也。今不能然，弃黔首以资敌国，却宾客以业诸侯，使天下之士退而不敢西向，裹足不入秦，此所谓"借寇兵而赍盗粮"者也。夫物不产于秦，可宝者多；士不产于秦，而愿忠者众。今逐客以资敌国，损民以益雠，内自虚而外树怨于诸侯，求国无危，不可得也。**

朱宗洛《古文一隅评文》分析此文的脉络云："凡行文，入手处要振得起，如此文首二句是也。顿束处要收得住，如此文'此四君者'云云是也。过接处要便捷，如此文'取人则不然'句是也。结尾处要开宕，又要完足，如此文'地广者'一段，何等开宕；'物不产于秦'四语，何等完足。至通篇反正相足，顺逆相生，长短相间，整散相错处，尤见笔法之变。"

3.**定与夺**。写文章要能根据主题和行文的需要而切当地剪裁取舍。陆机虽然诗文过于繁丽，但也认识到剪裁的重要。他在《文赋》中说："要辞达而理举，故无取乎冗长。"刘勰在《镕裁》篇专门探讨剪裁取舍的问题，说："三准既定，次讨字句。句有可削，足见其疏；字不得减，乃知其密。精论要语，极略之体；游心窜句，极繁之体。谓繁与略，随分所好，引而申之，则两句敷为一章；约以贯之，则一章删成两句。"（第157页）为文并非一味地尚简，文章有简笔有繁笔，应根据主题表达的需要，定夺详略繁简。《附会》篇说："夫文变无方，意见浮杂，约则义孤，博则辞叛。"（第204页）所以在处理约和博时，须用心定与夺。《附会》篇特别提到"弃偏善之巧，学具美之绩：此命篇之经略也"（第203页）。有的作者在某一点或某一方面"锐精细巧"，过于用力，导致与全篇不协调，破坏文章的完整性，这个时候应该"定与夺"，即放弃偏善之巧，协调全篇，获得整体之美。

4.**合涯际**。写文章要连接前后段落，针线细密，使文意顺承、转换得自然圆通，弥合无迹。杜甫《白丝行》曰："美人细意熨帖平，裁缝灭尽针线迹。"写文章也是如此，承接、顿断、转换、过脉都需要自然圆润，不至突兀。杜甫的《奉赠韦左丞丈二十二韵》是笔墨承转，善于布置的成功例子：

> 纨袴不饿死，儒冠多误身。丈人试静听，贱子请具陈：甫昔少年日，早充观国宾。读书破万卷，下笔如有神。赋料扬雄敌，诗看子建亲。李邕求识面，王翰愿卜邻。自谓颇挺出，立登要路津。致君尧舜上，再使风俗淳。此意竟萧条，行歌非隐沦。骑驴三十载，旅食京华春。朝扣富儿门，暮随肥马尘。残杯与冷炙，到处潜悲辛。主上顷见征，歘然欲求伸。青冥却垂翅，蹭蹬无纵鳞。甚愧丈人厚，甚知丈人真。每于百寮上，猥诵佳句新。窃效贡公喜，难甘原宪贫。焉能心怏怏，只是走踆踆。今欲东入海，即将西去秦。尚怜终南山，回首清渭滨。常拟报一饭，况怀辞大臣。白鸥没浩荡，万里谁能驯！

宋人范温分析说："古人文章必谨布置，如老杜《赠韦见素》诗云：'纨袴不饿死，儒冠多误身。'此一篇立意也，故令'静听'而具陈之。自'甫昔少年日'至'再使风俗淳'，皆儒冠事业也。自'此意竟萧条'至'蹭蹬无纵鳞'，言误身如此也，则意举而文备，固已有是诗矣。然必言所以见韦者，于是有'厚愧''真知'之句，所以'真知'者，谓传诵其诗也。然宰相职在荐贤，不当徒爱人而已，士固不能无望，故曰'窃效贡公喜，难甘原宪贫'。果无益，则去之可也，故曰'焉能心怏怏，只是走踆踆'。必入海而去秦也。其于去也，人情必有迟迟不忍去之意，故曰'尚怜终南山，回首清渭滨'，所知不可以不别，故曰'常拟报一饭，况怀辞大臣'。夫如是，则相忘江海之外，虽见素亦不可得而见矣，故曰'白鸥没浩荡，万里谁能驯'终焉。此诗前贤录为压卷，为其布置最得正体，如官府甲第，厅堂房室各有定处，不可乱也。"(《仕学规范》《修辞鉴衡》引范温《潜溪诗眼》)

如果写文章能够做到上面四个方面的要求，作品就能够"外文绮交,内义脉注,跗萼相衔,首尾一体”(《章句》篇)。反之,“若统绪失宗,辞味必乱,义脉不流,则偏枯文体”(《附会》篇)。刘勰两次用到“义脉”,指的是文章纲领统帅,一意贯穿,首尾呼应,气行其中,筋力弥满。如果是“尺接以寸附”,前后不连贯,词、句、章、篇之间不协调,甚至前后颠倒、相互龃龉,则谈不上“内义脉注”。

三　虚词论

> 又诗人以“兮”字入于句限,《楚辞》用之,字出句外。寻“兮”字成句,乃语助余声。舜咏《南风》,用之久矣,而魏武弗好,岂不以无益文义耶?至于“夫”“惟”“盖”“故”者,发端之首唱;“之”“而”“于”“以”者,乃札句之旧体;“乎”“哉”“矣”“也”者,亦送末之常科。据事似闲,在用实切。巧者回运,弥缝文体,将令数句之外,得一字之助矣。外字难谬,况章句欤!(第167页)

《章句》这一段是论虚词在文章中的意义,这是他的首创之论。楚声中的“兮”字,刘勰认为是“语助余声”,“无益文义”,所以曹操不喜好用它,是很自然的。随着楚风停息,“兮”字在诗文中的使用逐渐减少了。根据在句子中的位置,他分虚词为“发端之首唱”“札句之旧体”“送末之常科”即句首、句中、句末三类。虚字虽然是“据事似闲”,本身没有实在的意义,但是对于文意的衔接和转换至关重要,往往是“将令数句之外,得一字之助”。清人刘淇《助字辨略·自序》说:“文以代言,取肖神理,抗坠之际,轩轾异情,虚字一乖,判于燕越。”特别是对于骈体文来说,恰当地运用虚词来运转文气,尤为重要。孙德谦在《六朝丽指》中说:“作骈文而全用排偶,文气易致窒塞,即对句之中,亦当少加虚字,使之动宕。”骈文若全都用藻丽字则平板而不流利,须若干虚词运化其中,文气才流转活动。对于散体文,虚词也很重要,文章的神气往往得益于虚字用得恰当。王葆心说:“助字以传达其神气,灵变其文心。”(《古文词通义》卷一一)

自刘勰首倡此论,后人多重视虚词在文章中的意义。刘知幾《史通·浮词》曰:“夫人枢机之发,亹亹不穷,必有余音足句,为其始末。

是以'伊惟''夫''盖',发语之始也。'焉''哉''矣''兮',断句之助也。去之则言语不足,加之则章句获全。"刘知幾所论,当是受到刘勰的启发。柳宗元《复杜温夫书》指出杜氏用助词之不当后说:"所谓乎、欤、耶、哉、夫者,疑辞也;矣、耳、焉、也者,决辞也。"

四 练字论

刘勰在《文心雕龙》里专列《练字》篇,但是这个"练"同"拣","练字"即选字,是根据字形来选择,而不是根据意义表达来推敲和锤炼,与唐宋以后诗格、诗话中讨论的"炼字"大不相同。《附会》篇说:"改章难于造篇,易字艰于代句。"(第205页)这个"易字"倒是与后世的"炼字"意义更为接近。

在《练字》中刘勰分析历代文章用字的难易,说"前汉小学,率多玮字","暨乎后汉,小学转疏","魏代缀藻,则字有常检","自晋来用字,率从简易"(第185页)。汉代辞赋多使用奇文玮字,除了汉大赋讲究铺排的文体要求以外,主观上,辞赋作者有意地用生僻字来彰显自己的才学,确证自己的士人身份。"汉兴,萧何草律,亦著其法,曰:'太史试学童,能讽书九千字以上,乃得为史。又以六体试之,课最者以为尚书御史、史书令史。'……六体者,古文、奇字、篆书、隶书、缪篆、虫书,皆所以通知古今文字,摹印章,书幡信也。"(班固《汉书·艺文志》)客观上,是因为汉代字数繁多,而相互之间颇有出入,如班固《汉书·艺文志》著录小学十家四十五篇,一般都是本于《苍颉》中正字,但司马相如的《凡将》"则颇有出矣"。随着扬雄《方言》、许慎《说文解字》、刘熙《释名》的出现,汉字趋于定型统一。到了魏晋以后,文章用字"率从简易"。对于文章文字的这种由难而易的变化,刘勰是持肯定态度的。东汉的王充就曾反对用生僻的文字作文章,以为写文章应该用寻常的言语。刘勰同时的沈约也提出"文章当从三易:易见事,一也;易识字,二也;易读诵,三也"(《颜氏家训·文章》引)。"易见事"关乎用典,"易读诵"指声律谐调,"易识字"就是刘勰所谓的"率从简易"。

关于"练字"选择字形,刘勰提出四点:"是以缀字属篇,必须练择:

一避诡异，二省联边，三权重出，四调单复。”“避诡异”，即须率从简易，不用生僻字。“省联边”，即避免连续排列同一部首的字构成句子，如《上林赋》：“沸乎暴怒，汹涌滂湃。滭弗宓汩，逼侧泌瀄。……于是乎蛟龙赤螭，𩷑䲛渐离，鰅鰫鰬魠，禺禺魼鳎，揵鳍掉尾，振鳞奋翼，潜处乎深岩。”连续三四个字甚至更多地用“氵”“鱼”部首的字。“权重出”，即同字相犯时，需要斟酌用他字替换，以避免重复。“调单复”，是从字形肥瘠上说的，单指独体字，复指合体字，“善酌字者，参伍单复”。这四点中，“省联边”和“调单复”主要是从书写的美观角度说的，多联边，多单多复，书写起来都不够美观。刘勰在此篇赞语中说：“声画昭精，墨采腾奋。”文章的语言文字讲究声律谐和、书写美观，不就是心声心画吗！

【扩展阅读】

王运熙：《〈文心雕龙·总术〉试解》，《文心雕龙探索》，《王运熙文集》第3卷，上海古籍出版社2012年版。

陶礼天：《六朝“文笔”论与文学观——〈文心雕龙〉“文笔之辨”探微》，《文艺研究》2005年第5期。

王志彬：《〈文心雕龙〉文术论今说》，《内蒙古师范大学学报（哲学社会科学版）》2004年第5期。

◎作者讲课实录：

第十六讲　文学史论(一):《时序》《才略》

《时序》篇近似于后代的文学史,依时间顺序阐述历代文学的演变过程。当然,刘勰《文心雕龙》全书的宗旨是研究"为文之用心",《时序》篇梳理文学史也是有关于"为文之用心"的,试图通过对历代文学演变轨迹的描述来探究制约文学盛衰的社会政治原因,这才是此篇的本旨所在。《才略》篇依时间顺序品评历代作家创作的特征、成就和得失。《时序》篇着力于文学的外部因素,《才略》篇重点在作家的才略与文风的关系,但都是历时性的阐述,因此可以放在一起来看,在其他篇章里也有一些涉及文学史的论述值得引出以参证。

一　远古文学

关于人类文明的产生,刘勰的解释似乎有点儿神秘主义。在《原道》篇里,他说:"人文之元,肇自太极。"对于传说中《河图》《洛书》之类神秘图案,他解释说:"谁其尸之?亦神理而已。"人类文明起源于道的自然显现。当文字出现时,人类才真正进入文明时代。《原道》篇说:

> 自鸟迹代绳,文字始炳。炎、皞遗事,纪在《三坟》,而年世渺邈,声采靡追。唐、虞文章,则焕乎为盛。元首载歌,既发吟咏之志;益、稷陈谟,亦垂敷奏之风。夏后氏兴,业峻鸿绩,九序惟歌,勋德弥缛。(第2页)

炎、皞,是炎帝和伏羲,加上黄帝,称为"三皇",传说是中华民族的始祖。伪孔安国《尚书传序》说:"伏羲、神农、黄帝之书,谓之《三坟》。"

刘勰说，自从苍颉受到鸟兽足迹的启发而创造文字代替过去的结绳记事始，文字就承担了记载文明的功用。但记载“三皇”之事的《三坟》，由于年代久远，已经不得其详了。至唐尧虞舜的时代，文章焕然兴盛。

传说最早的歌谣是“葛天乐辞”（《明诗》）。《吕氏春秋·仲夏纪·古乐》载：“昔葛天氏之乐，三人操牛尾，投足以歌八阕：一曰《载民》，二曰《玄鸟》，三曰《遂草木》，四曰《奋五谷》，五曰《敬天常》，六曰《达帝功》，七曰《依地德》，八曰《总万物之极》。”然而没有保存下来。有文辞传世的，以黄帝时的《弹歌》为最早，曰：“断竹，续竹，飞土，逐宍（肉）。”这是最早的二言诗。刘勰在《通变》篇品评曰：“黄歌‘断竹’，质之至也。”（第145页）至尧时歌谣有了发展。关于尧时的诗歌，《时序》篇说：“昔在陶唐，德盛化钧，野老吐‘何力’之谈，郊童含‘不识’之歌。”（第211页）《帝王世纪》载，帝尧之世，“天下大和，百姓无事，有五十老人击壤（按，古代一种游戏）于道，观者叹曰：‘大哉，帝之德也！’老人曰：‘吾日出而作，日入而息，凿井而饮，耕田而食。帝何力于我哉！’”（《艺文类聚》卷一一引）后世称之为《击壤歌》。又《列子·仲尼》载：“尧治天下五十年，不知天下治欤？不治欤？不知亿兆之愿戴己欤？不愿戴己欤？……尧乃微服游于康衢，闻儿童谣曰：‘立我蒸民，莫匪尔极。不识不知，顺帝之则。’尧喜问曰：‘谁教尔为此言？’儿童曰：‘我闻之大夫。’问大夫，大夫曰：‘古诗也。’”后世称之为《康衢谣》。传说这是唐尧时的歌谣。其中展现的是圣德大化，百姓沐浴其中而不知的政阜民乐景象。

元首载歌，是舜时的歌谣。《尚书·虞书》载：“帝庸作歌曰：‘……股肱喜哉，元首起哉，百工熙哉！’皋陶……乃赓载歌曰：‘元首明哉，股肱良哉，庶事康哉！’”伪孔安国传曰：“元首，君也。股肱之臣喜乐尽忠，君之治功乃起，百官之业乃广。……帝歌归美股肱，义未足，故续歌先君后臣，众事乃安，以成其义。”皋陶是舜的贤臣。《虞书》所载是君臣吟咏其志，赞颂君明臣贤的圣人之治。益、稷陈谟，指《尚书·益稷》篇，是记述舜与禹、皋陶相互告诫的文字。《养气》篇说：“夫三皇辞质，心绝于道华；帝世始文，言贵于敷奏。”（第199页）帝世指唐尧虞舜时，开始有文采，用文章来陈奏政事。《时序》篇说："有虞继作，政阜民暇，'薰风'诗于元后，'烂云'歌于列臣，尽其美者何？乃心乐而声泰也。"（第211页）《孔子家语》载："昔者，舜弹五弦之琴，造《南风》之诗。其诗曰：'南风之薰兮，可以解吾民之愠兮；南风之时兮，可以阜吾民之财兮。"《尚书大传》："舜将禅禹，于时俊乂百工，相和而歌卿云，帝乃唱之曰：'卿云烂兮，纠缦缦兮。日月光华，旦复旦兮。'"这两首相传是虞舜时的《南风歌》和《卿云歌》，内容是颂美。刘勰解释说，因为当时政治隆盛、百姓安乐，百姓心中喜乐，故而其声和平。《南风歌》虽然是比喻，但意思比较直接，刘勰在《明诗》篇评曰："辞达而已。"（第23页）《卿云歌》中已经开始运用比兴的手法，意蕴含蓄，文采华美，所以《通变》篇曰："虞歌《卿云》，则文于唐时。"（第145页）

夏商代的文学，《时序》篇曰："至大禹敷土，九序咏功；成汤圣敬，'猗欤'作颂。"（第211页）前句指《尚书·大禹谟》："九功惟叙，九叙惟歌。"伪孔安国传曰："言六府三事之功有次叙，皆可歌乐，乃德政之致。""猗欤"代指《诗经·商颂·那》。《小序》曰："《那》，祀成汤也。"主题是赞美商汤。《才略》篇曰："虞、夏文章，则有皋陶六德，夔序八音，益则有赞，五子作歌，辞义温雅，万代之仪表也。"（第226页）前三者分别指《尚书》中的《皋陶谟》《舜典》《大禹谟》，都是在圣人之世里记载和赞美德政的文字。"五子作歌"，是夏启的五个儿子所作。《史记·夏本纪》："夏后帝启崩，子帝太康立。帝太康失国，昆弟五人，须（按，等待）于洛汭，作《五子之歌》。"《五子之歌》其二曰："训有之，内作色荒，外作禽荒。甘酒嗜音，峻宇雕墙。有一于此，未或不亡。"《通变》篇说："夏歌'雕墙'，缛于虞代。"（第145页）"雕墙"，指《五子之歌》。从文辞上说，夏代的歌谣比虞舜时代更为缛丽；从内容上说，"大禹成功，九序惟歌；太康败德，五子咸怨：顺美匡恶，其来久矣"（《明诗》篇），夏代文学既有颂美，也有怨刺，包括"顺美"和"匡恶"两个方面，《五子之歌》主旨是怨刺"匡恶"，其风格为"辞义温雅"，所以刘勰说是"万代之仪表"，后代美刺文学的典范。而尧舜时期德盛化钧，政阜民暇，所以歌谣只有颂美而无怨刺。从最早的《弹歌》到"元首"歌，再到《五子之歌》，在句法形式上有明显的发展。《章句》篇说："寻二言肇于黄世,‘竹弹’之谣是也;三言兴于虞时,‘元首’之诗是也;四言广于夏年,洛汭之歌是也。”(第165页)即从二言、三言,发展至四言句式。

二 周秦文学

西周和春秋是圣人时代,留下了“明道”的经典文本,是后世文章的源头和典范。刘勰专门在“文之枢纽”部分列《宗经》篇,从文章的角度论述儒家的经典。《才略》篇说:“商、周之世,则仲虺垂诰,伊尹敷训,吉甫之徒,并述诗颂,义固为经,文亦师矣。”(第227页)仲虺、伊尹都是商汤的大臣,伪《古文尚书》有《仲虺之诰》,又有《伊训》——成汤既没,其孙太甲立,伊尹作此训,以教导太甲。《诗经·大雅》中如《烝民》《嵩高》都提到“吉甫作诵”,尹吉甫是周宣王的大臣,《诗经》中有的篇章是赞美尹吉甫的功绩,有的就是尹吉甫作的。刘勰在这里指出以《诗》《书》为代表的“五经”“义固为经,文亦师矣”,其意义是明道而为经,其文章也值得后人师法。在《时序》篇里,刘勰说:“逮姬文之德盛,《周南》勤而不怨;太王之化淳,《邠(豳)风》乐而不淫。幽、厉昏而《板》《荡》怒,平王微而《黍离》哀。”(第211页)《周南》言周文王之化自北而南;《豳风》是成王时周公出居东都,思公刘、太王居豳之职,忧念民事至苦之功,以序己志,后成王迎而反之。太史述其志,主于豳公之事,故别其诗以为豳国变风焉(参黄叔琳注)。刘勰说此二类诗产生于德盛化淳的治世,风格上是“勤而不怨”“乐而不淫”。至周幽王、厉王昏聩荒淫,出现了《板》《荡》等讽刺诗歌;至平王时国势衰微,出现了《黍离》这样的哀悯宗周的诗篇。刘勰这里对《诗经》的评论是基于郑玄的“正变”观,认为《周南》《豳风》都是“正风”,《板》《荡》《黍离》等属于“变雅”“变风”。郑玄《诗谱序》说:“文、武之德,光熙前绪,以集大命于厥身,遂为天下父母,使民有政有居。其时诗:《风》有《周南》《召南》,《雅》有《鹿鸣》《文王》之属。及成王,周公致太平,制礼作乐,而有颂声兴焉,盛之至也。本之由此《风》《雅》而来,故皆录之,谓之诗之正经。后王稍更陵迟,懿王始受谮亨(烹)齐哀公,夷身失礼之后,邶不尊贤。自是而下,厉也,幽也,政教尤衰,周室大坏。《十月之交》《民劳》《板》《荡》，勃尔俱作，众国纷然，刺怨相寻……谓之《变风》《变雅》。”郑玄从周世之盛衰解释诗之正变，对于刘勰有深刻的影响，刘勰也是从世代的盛衰来阐释文学的演化。

刘勰在《时序》篇没有论述春秋时期的文学，可能是因为在《宗经》等篇章里对于孔子编纂的经典阐论得比较充分，故而一笔带过。在《才略》篇里，刘勰说：“及乎春秋大夫，则修辞聘会，磊落如琅玕之圃，焜耀似缛锦之肆。薳敖择楚国之令典，随会讲晋国之礼法，赵衰以文胜从飨，国侨以修辞捍郑，子太叔美秀而文，公孙挥善于辞令，皆文名之标者也。”（第227页）这些都是《左传》中记载的春秋时一些善于外交辞令，重视修饰文辞的士人。

关于战国时期的文学，刘勰说：

> 春秋以后，角战英雄，六经泥蟠，百家飙骇。方是时也，韩、魏力政，燕、赵任权，五蠹、六虱，严于秦令，唯齐、楚两国，颇有文学。齐开庄衢之第，楚广兰台之宫，孟轲宾馆，荀卿宰邑，故稷下扇其清风，兰陵郁其茂俗，邹子以谈天飞誉，驺奭以雕龙驰响，屈平联藻于日月，宋玉交彩于风云。观其艳说，则笼罩《雅》《颂》。故知炜烨之奇意，出乎纵横之诡俗也。（《时序》篇）
>
> 战代任武，而文士不绝：诸子以道术取资，屈、宋以《楚辞》发采，乐毅报书辨而义，范雎上疏密而至，苏秦历说壮而中，李斯自奏丽而动，若在文世，则杨、班俦矣。荀况学宗，而象物名赋，文质相称，固巨儒之情也。（《才略》篇）

刘勰梳理文学史时关注上层统治者的文化政策和制度对于文学的影响，论战国文学也是如此。战国时期弃德务功，诸子百家竞相立说以耸动人主，儒家经典不受人重视，甚至被韩非子列为“五蠹”“六虱”。这个时候只有齐国、楚国重视文人，战国时齐国的稷下之学可谓诸子百家争鸣的中心。《史记·孟子荀卿列传》云：“驺奭者，齐诸驺子，亦颇采驺衍之术以纪文。于是齐王嘉之，自如淳于髡以下，皆命曰列大夫，为开第康庄之衢，高门大屋，尊宠之。览天下诸侯宾客，言齐能致天下贤士也。”司马迁慨叹说：“自驺衍与齐之稷下先生，如淳于髡、慎到、环渊、接子、田骈、驺奭之徒,各著书言治乱之事,以干世主,岂可胜道哉!"文化可谓盛矣!当时同样重视文学游说之士的只有楚国。宋玉《风赋》曰:"楚襄王游于兰台之宫,宋玉、景差侍。"襄王身边有一些文学弄臣。据《史记·孟子荀卿列传》,荀子在齐国遭受谗言,乃至楚国,楚之春申君以为兰陵令;春申君死而荀卿废,因家兰陵。李斯曾为荀子的弟子,后相秦。战国文学的特点,一是诸子蜂起,百家争鸣,凭借游说赢得名利。《诸子》篇列举战国时期的诸子,然后说:"并飞辩以驰术,餍禄而余荣矣。"(第80页)二是弃儒任智,"战代枝诈,攻奇饰说"(《养气》篇),文风炜烨谲狂,甚至于"踳驳""虚诞"(《诸子》篇)。三是以屈、宋和荀子为代表的辞赋,给汉代文学带来深远的影响。

秦祚短暂,刘勰在《时序》《才略》篇没有直接论及秦代文学,但是在其他篇章对秦代文学有些零星的评述。大体来说,"秦世不文"(《诠赋》篇),秦代不重视文学,统治者采用法家学说,手段极为残暴。刘勰说"法家少文"(《奏启》篇),如李斯的《上书言治骊山陵》,粗略不实,正是"政无膏润"(《奏启》篇)在文学风格上的表现。例外的是,秦始皇在泰山刻石颂德的一些铭文,"政暴而文泽,亦有疏通之美焉"(《铭箴》篇)。清代姚鼐《古文辞类纂》"碑志类"选辑李斯的铭文六篇,足见其受后人的重视。

三　西汉文学

刘勰论西汉文学颇为详细,大致分为这样几个时期:

1.汉初,即汉武帝之前的高祖、惠、文、景帝时期。《时序》篇曰:

> 爰至有汉,运接燔书,高祖尚武,戏儒简学。虽礼律草创,《诗》《书》未遑,然《大风》《鸿鹄》之歌,亦天纵之英作也。施及孝惠,迄于文、景,经术颇兴,而辞人勿用;贾谊抑而邹、枚沉,亦可知已。(第213页)

《史记·郦生陆贾列传》载:"骑士曰:沛公不好儒。诸客冠儒冠来者,沛公辄解其冠,溲溺其中。"高祖之"戏儒简学",于此可见一斑。当时运接焚书，百废待兴，刘邦虽武人不学，但禀受天纵英才，唱出了《大风歌》《鸿鹄歌》。《大风歌》曰："大风起兮云飞扬，威加海内兮归故乡，安得猛士兮守四方！"《鸿鹄歌》曰："鸿鹄高飞，一举千里。羽翮已就，横绝四海。横绝四海，当可奈何。虽有矰缴，尚安所施！"颇有帝王豪迈气象。"文景之世，经术颇兴"，文帝、景帝时，诏天下献书，收集散在世间的古籍，先后立鲁、韩、齐诗博士，但是辞赋还没有得到重视。贾谊、邹阳、枚乘是著名的辞赋家，《才略》篇曰："贾谊才颖，陵轶飞兔，议惬而赋清，岂虚至哉！枚乘之《七发》、邹阳之《上书》，膏润于笔，气形于言矣。"（第228页）但他们活着时命运多舛。据《史记·贾生传》，"贾谊，雒阳人也。年十八，以能诵诗属书闻于郡中，颇通诸子百家之书，文帝召以为博士。诸律令所更定，及列侯悉就国，其说皆自贾生发之。于是天子议以为贾生任公卿之位。绛、灌、东阳侯、冯敬之属尽害之，乃短贾生。于是天子后亦疏之，以贾生为长沙王太傅。居数年，怀王骑，堕马而死，无后。贾生自伤为傅无状，哭泣岁余，亦死"。邹阳游梁，曾被谗下狱；枚乘也曾称病免官。

2.**武帝时期**。《时序》篇云："逮孝武崇儒，润色鸿业，礼乐争辉，辞藻竞骛：柏梁展朝宴之诗，金堤制恤民之咏，征枚乘以蒲轮，申主父以鼎食，擢公孙之对策，叹倪宽之拟奏，买臣负薪而衣锦，相如涤器而被绣。于是史迁、寿王之徒，严、终、枚皋之属，应对固无方，篇章亦不匮，遗风余采，莫与比盛。"（第213页）汉武帝"罢黜百家，独尊儒术"，是中国历史上影响深远的大事，今人褒贬不一。刘勰的思想是宗经重儒，因此肯定武帝崇儒对于文学的意义。《诏策》篇曰："观文、景以前，诏体浮杂；武帝崇儒，选言弘奥。"（第93页）称赞武帝崇儒改良了文风。所谓"礼乐争辉"，即《乐府》篇"暨武帝崇礼，始立乐府"，这也是武帝时代的一桩文化大事。武帝爱好文艺，柏梁台君臣联句，被视为七言之始；黄河决口时，武帝曾自临致祭，悼念大功不成，乃作《瓠子歌二首》。他还招揽文士，宠爱辞人。《资治通鉴·汉纪九》载："上自初即位，招选天下文学材智之士，待以不次之位。四方士多上书言得失，自炫鬻者以千数。上简拔其俊异者宠用之。庄助最先进，后又得吴人朱买臣、赵人吾丘寿王、蜀人司马相如、平原东方朔、吴人枚皋、济南终军等，并在左右。”可谓盛极一时。特别是其对于司马相如辞赋的喜爱和欣赏，直接推动了汉大赋的繁荣。

3.**昭帝、宣帝时期**。《时序》篇曰：“越昭及宣，实继武绩，驰骋石渠，暇豫文会，集雕篆之轶材，发绮縠之高喻。于是王褒之伦，底禄待诏。”（第213页）昭帝和宣帝继续武帝重文的政策，石渠阁里荟萃一帮文士，纵谈经学，闲暇时聚会赋文，创作出词彩美丽的辞赋。《汉书·儒林传》曰：“昭帝时举贤良文学，增博士弟子员满百人，宣帝末增倍之。”甘露三年（前51），宣帝诏韦玄成、萧望之及诸儒杂论“五经”同异，是汉代儒学史的重要事件。当时的辞臣以王褒为代表，他撰有《洞箫赋》等，描写细密，声情并茂。《才略》篇曰：“王褒构采，以密巧为致，附声测貌，泠然可观。”（第228页）

4.**元帝、成帝时期**。《时序》篇曰：“自元暨成，降意图籍，美玉屑之谭，清金马之路，子云锐思于千首，子政雠校于六艺，亦已美矣。”（第213页）元帝和成帝都以好儒著称，重视典籍，优待文士，爱好美妙的谈论。扬雄和刘向是当时文学家的代表。班固《汉书·元帝纪赞》曰：“少而好儒，及即位，征用儒生，委之以政。”又《儒林传》曰：“元帝好儒，能通一经者皆复。”（按，复，蠲其徭赋。）“降意图籍”，是指河平三年（前26），“光禄大夫刘向校中秘书，谒者陈农使使求遗书于天下”（《汉书·成帝纪》）。刘向典校经传，考集异同，撰《别录》。当时的辞赋大家为扬雄。《才略》篇曰：“子云属意，辞义最深，观其涯度幽远，搜选诡丽，而竭才以钻思，故能理赡而辞坚矣。”（第228页）扬雄作赋思虑精苦，辞义深隐，《体性》篇说“子云沉寂，故志隐而味深”（第137页），与司马相如“傲诞，故理侈而辞溢”迥然不同。

西汉文化的一个突出特点是承续楚风。班固在《汉书·礼乐志》中说：“高祖乐楚声，故《房中乐》楚声也。”楚风弥漫于西汉文化的方方面面，文学中更是如此。刘勰在《时序》篇概括说：“爰自汉室，迄至成、哀，虽世渐百龄，辞人九变。而大抵所归，祖述《楚辞》，灵均余影，于是乎在。”（第213页）正如《辨骚》所言，“其衣被词人，非一代也”（第20页）。《楚辞》的瑰丽奇艳风格，笼罩着西汉二百年的文学。

四 东汉文学

西汉末哀、平二帝短祚，随后王莽篡政，文学上乏善可陈。东汉文学的沿革，刘勰分为四个时期。

1.**光武中兴**。《时序》篇说："自哀、平陵替，光武中兴，深怀图谶，颇略文华。然杜笃献诔以免刑，班彪参奏以补令，虽非旁求，亦不遐弃。"（第215页）谶纬，是附会儒家经义编造出来的预示吉凶的书，起源于西汉末哀、平之际，东汉光武帝深信此术，于是流行起来。《正纬》篇说："至于光武之世，笃信斯术，风化所靡，学者比肩。……乖道谬典，亦已甚矣。"光武帝虽然忽略文华，但并不抛弃文士。《后汉书·文苑传·杜笃传》载："笃少博学，不修小节，不为乡人所礼。居美阳，与美阳令游，数从请托，不谐，颇相恨。令怨，收笃送京师，会大司马吴汉薨，光武诏诸儒诔之。笃于狱中为诔，辞最高，帝美之，赐帛免刑。"这就是"杜笃献诔以免刑"。杜笃学问渊博，但是不拘小节。居美阳县时，多次请县令帮忙办事，不成功，就心怀不满，导致县令怨恨他，收送京城，关在狱中。这时开国功臣大司马吴汉死了，光武帝令各位儒生撰写诔文。杜笃在狱中写的诔文受到光武帝的赏识，因此获释出狱。可见光武帝还是喜好文章的。《后汉书·班彪传》载："河西大将军窦融以为从事，深敬待之，接以师友之道。彪乃为融画策事汉，总西河以拒隗嚣。及融征还京师，光武问曰：'所上章奏，谁与参之？'融对曰：'皆从事班彪所为。'帝雅闻彪材，因召入见，举司隶茂才，拜徐令，以病免。"这就是"班彪参奏以补令"。班彪帮助窦融出谋划策，写的章奏得到光武帝的青睐，被授予官职。刘勰举此二事，说明光武帝对于文学才士"亦不遐弃"。当时最著名的文人是桓谭和冯衍。《才略》篇说："桓谭著论，富号猗顿，宋弘称荐，爰比相如，而《集灵》诸赋，偏浅无才，故知长于讽论，不及丽文也。"（第228页）桓谭为通博之事，善于著论，写了很多论说文，其中以《新论》最著名，当时得到宋弘的举荐。但是他"不及丽文"，不善于辞赋，其《集灵宫赋》都是一些修仙、得道、游仙、不死的内容，刘勰说是"偏浅无才"。冯衍生活于两汉之交，有高才，二十岁而博通群书。但因为结交外戚而被废,既不得志,退而作赋以抒怀。刘勰《才略》篇曰:“敬通雅好辞说,而坎壈盛世,《显志》《自序》,亦蚌病成珠矣。”(第228页)所谓“蚌病成珠”,与此前司马迁的“发愤著书”、其后欧阳修的“穷而后工”是一脉相承的,不幸的人生遭际往往能造就出伟大的文学家来,就像美丽的珍珠是由河蚌经历痛苦孕育而成的一样。

2.**明帝、章帝时期**。《时序》篇说:“及明、章叠耀,崇爱儒术,肄礼璧堂,讲文虎观。孟坚珥笔于国史,贾逵给札于瑞颂,东平擅其懿文,沛王振其通论;帝则藩仪,辉光相照矣。”(第215页)《后汉书·章帝纪》载,建初三年,“下太常、将、大夫、博士、议郎、郎官,及诸生、诸儒会白虎观,讲议‘五经’同异……帝亲称制临决,如孝宣甘露石渠故事”。“白虎通讲”是与西汉“石渠论艺”并称的盛事,是章帝“崇爱儒术”之举。《论说》篇说:“至石渠论艺,白虎讲聚,述圣通经,论家之正体也。”(第86页)当时的文士,刘勰列举了曾任兰台令史的班固(字孟坚)、经学家而以《神雀颂》获官职的贾逵、擅长深美之文的宗室刘苍(封东平王)、用谶纬以释经的宗室刘辅(封沛王),皇帝爱好儒术,宗室作出表率,文士自然能出成绩。

3.**和帝、安帝、顺帝、桓帝时期**。这近八十年里,刘勰列举了傅毅、崔骃、崔瑗、崔寔、王延寿、马融、张衡、蔡邕等“磊落鸿儒”。《才略》篇评说:“傅毅、崔骃,光采比肩;(崔)瑗、(崔)寔踵武,能世厥风者矣。……马融鸿儒,思洽识高,吐纳经范,华实相扶。王逸博识有功,而绚采无力;(王)延寿继志,瑰颖独标,其善图物写貌,岂枚乘之遗术欤?张衡通赡,蔡邕精雅,文史彬彬,隔世相望。是则竹柏异心而同贞,金玉殊质而皆宝也。”(第228页)刘勰列举的这些人,或以经学著称,如马融;或以学问见长,如王逸;或善于辞赋,如王延寿;或是通才,如张衡、蔡邕,文史兼擅。就像竹、柏、金、玉,各有其质性,但都值得重视。刘勰论汉代文学特别注意到“文学世家”的现象,前面说“二班、两刘,奕叶继采”,指的是班彪、班固父子的史学,刘向、刘歆父子的博学。这里又列举了崔骃、崔瑗、崔寔祖孙三代,王逸、王延寿父子两代。“能世厥风”,意即形成了家族文学传统。后面论魏晋文学,也是如此。

《才略》篇又说："观夫后汉才林，可参西京。"（第233页）东汉文学之盛，可媲美于西汉武帝时期。比较西汉和东汉的文化，刘勰得出一个重要结论："中兴之后，群才稍改前辙，华实所附，斟酌经辞，盖历政讲聚，故渐靡儒风者也。"（《时序》篇）前面曾说，西汉的文风都笼罩在《楚辞》的影响下；这里则说，东汉的文学受到历朝讲论经学的影响而浸染儒风，文风发生了较大的转变。与此相关的另一点差异是重才、重学之异。《才略》篇说："然自卿、渊已前，多役才而不课学；雄、向已后，颇引书以助文：此取与之大际，其分不可乱者也。"（第229页）卿、渊，指司马相如和王褒，宽泛地说，是指西汉文人多逞才气而不考究学问；雄、向，指扬雄和刘向，宽泛地说，是指东汉文人著文多填塞学问，更为质实。

4.**灵帝时期**。《时序》篇说："降及灵帝，时好辞制，造羲皇之书，开鸿都之赋，而乐松之徒，招集浅陋，故杨赐号为驩兜，蔡邕比之俳优，其余风遗文，盖蔑如也。"（第215页）灵帝是典型的末世之主，昏聩荒淫，胡作非为，宠信宦官。他"好辞制"，《后汉书·何皇后纪》载，刘协母王美人遭何皇后鸩杀，"帝愍协早失母，又思美人，作《追德赋》《令仪颂》"。不仅如此，他"善鼓琴，吹洞箫"（谢承《后汉书》），"好书"（卫恒《四体书势序》），是一位爱好文艺却无治国才能的皇帝。灵帝光和元年（178）二月，设立鸿都门学，在当时引起了士人的激烈反对，是汉末文化史上的重要事件。刘勰这里所论，主要是针对鸿都门学事件。范晔《后汉书·五行志》载："灵帝宠用便嬖子弟，永乐宾客，鸿都群小，传相汲引，公卿牧守，比肩是也。"又《蔡邕传》载："初，帝好学，自造《皇羲篇》五十章，因引诸生能为文赋者，本颇以经学相招，后诸为尺牍及工书鸟篆者，皆加引召，遂至数十人。侍中祭酒乐松、贾护多引无行趣执之徒，并待制鸿都门下，憙陈方俗闾里小事，帝甚悦之，待以不次之位。……光和元年，遂置鸿都门学，画孔子及七十二弟子像，其诸生皆敕州郡三公举用辟召，或出为刺史、太守，入为尚书、侍中，乃有封侯赐爵者。士君子皆耻与为列焉。"这些出身微贱的文士，凭借辞赋书画等才能，攀附宦官势力，从而得到皇帝的优待，被授以高官。这激起了世族经师儒士的强烈愤慨。《后汉书》记载了阳球、杨赐和蔡邕反对鸿都门学的文字。据《后汉书·阳球传》,阳球"家世大姓冠盖",拜尚书令,曾奏罢鸿都文学,曰:"伏承有诏敕中尚方(按,官署名,掌宫内营造杂作)为鸿都文学乐松、江览等三十二人图象立赞,以劝学者。……案松、览等皆出于微蔑,斗筲小人,依凭世戚,附托权豪,俯眉承睫,徼进明时。或献赋一篇,或鸟篆盈简,而位升郎中,形图丹青,亦有笔不点牍,辞不辩心,假手请字,妖伪百品,莫不被蒙殊恩,蝉蜕滓浊。是以有识掩口,天下嗟叹。臣闻图象之设,以昭劝戒,欲令人君动鉴得失,未闻竖子小人诈作文颂,而可妄窃天官,垂象图素者也。今太学、东观,足以宣明圣化,愿罢鸿都之选,以消天下之谤。"然未被采纳。光和五年(182),有虹霓昼降嘉德殿前,曾为帝师的杨赐和议郎蔡邕入对,都直指鸿都门学。杨赐曰:"今妾媵嬖人阉尹之徒,共专国朝,欺罔日月。又鸿都门下,招会群小,造作赋说,以虫篆小技见宠于时,如驩兜、共工更相荐说,旬月之间,并各拔擢。乐松处常伯,任芝居纳言,郄俭、梁鹄俱以便辟之性、佞辩之心,各受丰爵不次之宠。而令搢绅之徒,委伏畎亩,口诵尧舜之言,身蹈绝俗之行,弃捐沟壑,不见逮及。冠履倒易,陵谷代处,从小人之邪意,顺无知之私欲,不念《板》《荡》之作,虺蜴之诫,殆哉之危,莫过于今。"(《后汉书·杨赐传》)蔡邕上封事,其第五事曰:"臣闻古者取士,必使诸侯岁贡。孝武之世,郡举孝廉,又有贤良、文学之选。于是名臣辈出,文武并兴。汉之得人,数路而已。夫书画辞赋,才之小者,匡国理政,未有其能。陛下即位之初,先涉经术,听政余日,观省篇章,聊以游意,当代博弈,非以教化取士之本。而诸生竞利,作者鼎沸。其高者颇引经训风喻之言;下则连偶俗语,有类俳优;或窃成文,虚冒名氏。臣每受诏于盛化门,差次录第,其未及者,亦复随辈皆见拜擢。既加之恩,难复收改,但守奉禄,于义已弘,不可复使理人及仕州郡。"(《后汉书·蔡邕传》)儒士们义正词严地晓以利害,群情愤激地加以抨击,实际上形成了儒学士人和鸿都门士之间的正面冲突。这些以德行经术为根基的儒学士人为什么会如此激烈地抨击鸿都门学呢?综合而言,有这样几个原因:其一,东汉正宗的学术是儒家经义之学,这是儒学士人安身立命的根基,可鸿都门士则是以擅长书画辞赋甚至小说而邀宠的。在正统士人看来,"夫书画辞赋,才之小者,匡国理政,未有其能"。其二,鸿都文学出身低微,攀附当时同样出身低微而得到皇帝信任的宦官,而儒学士人多是诗礼世家,在东汉后期因为党锢之争,与阉宦之间形成了不可调和的矛盾,不能容忍这些卑贱俗学之徒与宦官结合形成左右皇帝的势力。其三,鸿都门学设立后,榜卖官爵,内嬖鸿都,并受封爵,政以贿成,严重扰乱了汉代的政治秩序。如果撇开政治因素不谈,纯从文化的角度看,他们之间的冲突就是辞赋与经术对政治权力的争夺。宋人叶适说:“及灵帝末年,更为鸿都学,以词赋小技掩盖经术。不逞趋利者争从之,士心益蠹,而汉亡矣。”(《习学记言》卷二六)这是非常深刻的。刘勰评论鸿都门学,完全是站在杨赐、蔡邕等儒学士人的立场上,不仅引述他们的观点,而且轻蔑地说:“其余风遗文,盖蔑如也。”的确,“鸿都之赋”一篇都没有流传下来。但是,鸿都门学在汉、魏之间产生了影响,它在汉代重经学的文化背景中营造了“阉宦尚文辞”[①]的新传统,后来具有阉宦背景的曹操也爱好文艺,网罗天下文士,这股风气正是由鸿都门学开启的。在当时的政治背景下,鸿都门学没有任何积极意义,但是它将最高统治者的注意力由经术转向文艺,客观上推动了辞赋、小说、书、画等文艺的发展,促进了曹魏时的“文学自觉”。

刘勰对于东汉文学“渐靡儒风”予以肯定,而对以世俗辞赋、小说、书画为主的鸿都门学颇为鄙夷。这至少可以说明两点:其一,刘勰是站在儒学立场上论文学的;其二,刘勰对于这些“方俗闾里小事”“造作赋说”“连偶俗语,有类俳优”即世俗化的文学,是持轻蔑不屑态度的,与阳球、杨赐、蔡邕等儒学士人的立场相一致。

【扩展阅读】

王运熙:《刘勰对汉魏六朝骈体文学的评价》,原载《文学遗产》1980年第1期,收入《文心雕龙探索》,《王运熙文集》第3卷,上海古籍出版社2012年版。

---

① 陈寅恪:《书〈世说新语·文学类〉钟会撰四本论始毕条后》,《金明馆丛稿初编》,上海古籍出版社1980年版。

胡大雷:《以风格论为主导的作家批评——〈文心雕龙·才略〉论》,《广西教育学院学报》2002年第4期。

李春青:《汉代帝王与文人趣味之形成——以〈文心雕龙·时序〉为线索》,《文学与文化》2011年第2期。

◎作者讲课实录:

第十七讲　文学史论(二):《时序》《才略》

一　建安与曹魏文学

建安是汉献帝的年号,时曹操挟天子以令诸侯,故刘勰把建安与随后的曹魏连在一起叙述。《时序》篇曰:

> 自献帝播迁,文学蓬转,建安之末,区宇方辑。魏武以相王之尊,雅爱诗章;文帝以副君之重,妙善辞赋;陈思以公子之豪,下笔琳琅,并体貌英逸,故俊才云蒸。仲宣委质于汉南,孔璋归命于河北,伟长从宦于青土,公幹徇质于海隅,德琏综其斐然之思,元瑜展其翩翩之乐。文蔚、休伯之俦,子叔、德祖之侣,傲雅觞豆之前,雍容衽席之上,洒笔以成酣歌,和墨以藉谈笑。观其时文,雅好慷慨,良由世积乱离,风衰俗怨,并志深而笔长,故梗概而多气也。(第216页)

建安时期文学的兴盛,原因有二:一是“曹公父子,笃好斯文”(钟嵘《诗品序》)。刘勰在这里指出魏武帝曹操“雅爱诗章”,魏文帝曹丕“妙善辞赋”,陈思王曹植“下笔琳琅”,曹氏“文学世家”位高权重,擅长诗文,网罗英才,于是天下才士纷纷归附。他列举了王粲(字仲宣)、陈琳(字孔璋)、徐幹(字伟长)、刘桢(字公幹)、应玚(字德琏)、阮瑀(字元瑜),即传统的“建安七子”(孔融早卒于建安十三年),再加上路粹(字文蔚)、繁钦(字休伯)、邯郸淳(字子叔)和杨修(字德祖)。曹操父子常与这些文士诗酒酬唱,歌舞佐觞,每次出征都有文人随行,形成邺下文学独盛的局面。二是“世积乱离,风衰俗怨”。混乱的时代,为文人施展才华和抱负创造了机会,这时期文士的精神状态是“雅好慷慨”,情怀深沉而悲怆;军旅生涯,蒿目时艰,增加了诗文表达的广度和深度,这时期文士的作品各有其风格,而共同的时代风貌是“志深而笔长,故梗概而多气”,情志深远,慷慨激昂,意气骏爽,风骨刚健。在《明诗》篇里,刘勰概括建安诗风的特征说:“暨建安之初,五言腾踊,文帝、陈思,纵辔以骋节;王(粲)、徐(幹)、应(玚)、刘(桢),望路而争驱;并怜风月,狎池苑,述恩荣,叙酣宴,慷慨以任气,磊落以使才,造怀指事,不求纤密之巧;驱辞逐貌,惟取昭晰之能:此其所同也。”(第23页)这时文人所叙写的是爱怜风月、游玩池苑、恩宠荣耀、酣饮宴集等事,而情感是悲怆深沉的,表达得明白爽朗,在内容和风格上有其卓异的时代特征。

《才略》篇概括地品评建安文人的风格个性,说:“仲宣(王粲)溢才,捷而能密,文多兼善,辞少瑕累,摘其诗赋,则七子之冠冕乎!(陈)琳、(阮)瑀以符檄擅声,徐幹以赋论标美,刘桢情高以会采,应玚学优以得文,路粹、杨修,颇怀笔记之工;丁仪、邯郸(淳),亦含论述之美:有足算焉。”(第231页)王粲以诗赋著称,曹丕《典论·论文》就说“王粲长于辞赋”;《明诗》篇说,兼善四言、五言“则子建(曹植字)、仲宣(王粲字)”。曹丕《典论·论文》说:“琳、瑀之章表书记,今之俊也。”陈琳善于檄文,尤以《檄豫州》著名,连曹操的祖宗都一起骂过。《檄移》篇说:“陈琳之檄豫州,壮有骨鲠。虽奸阉携养,章密太甚,发丘摸金,诬过其虐,然抗辞书衅,皦然露骨矣。敢指曹公之锋,幸哉免袁党之戮也。”(第100页)曹丕《与吴质书》说:“元瑜书记翩翩,致足乐也。”阮瑀传世有《为曹公作书与孙权》《为武帝与刘备书》《谢太祖笺》等,故而刘勰说他们“以符檄擅声”。符,是书记的一种。徐幹著有《中论》,也擅长作赋。曹丕说:“幹之《玄猿》《漏卮》《圆扇》《橘赋》,虽张(衡)、蔡(邕)不过也。”(《典论·论文》)刘勰虽然认为徐幹的赋不可与王粲媲美,但又称赞说:“徐幹以赋、论标美。”至于刘桢,《体性》篇说:“公幹气褊,故言壮而情骇。”(第137页)钟嵘《诗品》品评刘桢说:“仗气爱奇,动多振绝,真骨凌霜,高风跨俗。”刘桢性子急躁,他的诗文以气为主,情怀壮烈,这就是刘勰所谓“情高”的意思。钟嵘批评刘桢“气过其文，雕润恨少”，意思是文采不足；但刘勰评刘桢“情高以会采”，所谓会采，即情、采相称。从中可以窥见钟嵘和刘勰对于文辞的重视程度有微妙的差异。“应玚学优以得文”，指他“斐然有述作之意”（曹丕《与吴质书》），而得文名。路粹的诗文都已散佚。他曾受曹操指使，上奏诬陷孔融，置孔融于死地。鱼豢《典略》曾说：“融诛之后，人观（路）粹所作，无不嘉其才而忌其笔。”刘勰在《奏启》篇说：“路粹之奏孔融，则诬其衅恶。”贬之为险士（第115页）。刘勰在《程器》篇提到丁仪“贪婪以乞贷”，《谐讔》篇提到邯郸淳“因俳说以著《笑书》”，然此二人文章传世者少，兹不具论。

关于魏代文学，《时序》篇曰：

> 至明帝纂戎，制诗度曲，征篇章之士，置崇文之观；何、刘群才，迭相照耀。少主相仍，唯高贵英雅，顾盼含章，动言成论。于时正始余风，篇体轻澹，而嵇、阮、应、缪，并驰文路矣。（第216页）

“纂戎”，谓继承祖业。魏明帝“制诗度曲”，据《晋书·乐志》，“《相和》，汉旧曲也，丝竹更相和，执节者歌，本一部，魏明帝分为二”。他还创造了《棹歌行》《悲哉行》等乐府歌曲。青龙四年“置崇文观，征善属文者以充之”（《三国志·魏书·明帝纪》）。当时的著名文人是何晏和刘劭。《才略》篇说：“刘劭《赵都》，能攀于前修；何晏《景福》，克光于后进。”（第231页）刘劭作《赵都赋》，明帝美之。刘勰称赞此赋中“公子之客，叱劲楚令歃盟；管库隶臣，呵强秦使鼓缶”二句，“用事如斯，可谓理得而义要矣”（第182页）。前者是用赵国平原君的门客毛遂迫使楚王定盟事，后者是用蔺相如完璧归赵事，都非常贴切。何晏应魏明帝之命作《景福殿赋》，收于《文选》，刘勰称其“克光于后进”，光彩可以照耀后代作者。在明帝之后的齐王曹芳正始年间，何晏是玄学的始作俑者之一。刘勰在《论说》篇说：“迄至正始，务欲守文。何晏之徒，始盛玄论，于是聃、周当路，与尼父争途矣。”（第86页）何晏等人搬出老子、庄子的道家之学，以与孔子儒家学说争夺话语权。刘勰并称赞何晏的《道论》《德论》“师心独见，锋颖精密”，可惜二论已佚，不知其详。

曹魏自齐王曹芳之后，高贵乡公和元帝在位时间都很短暂，约六七年，其中，高贵乡公“好问尚辞，盖亦文帝之风流也”（《三国志·魏书·高贵乡公纪评》），他曾议论帝王的优劣，询问诸儒经义，算是重视文治的，但当时士大夫中盛行的是“正始余风”，诗文的风格是“篇体轻澹”，以诗歌宣扬道家思想，意义肤浅。刘勰在论魏末“正始余风，篇体轻澹”后说：“而嵇、阮、应、缪，并驰文路矣。”是不是认为嵇康、阮籍、应璩、缪袭等人也“篇体轻澹”呢？学界对此问题有不同的理解。刘师培《中古文学史》说：

> 按彦和此论，盖兼王弼、何晏诸家之文言，故言“篇体轻澹”。其兼及嵇、阮者，以嵇、阮同为当时文士，非以轻澹目嵇、阮之文也。即以诗言，嵇诗可以轻澹相目，岂可移以目阮诗哉！

张立斋《文心雕龙注订》不同意这种看法，辩驳说：

> 此论或不尽然，盖嵇、阮皆尚老、庄，虽阮诗之辞浓意郁，而超然之旨，隐然可稽，所谓轻者脱俗，澹者远务，非属微词，谓其为文体性自属正始之风耳。

到底刘勰《时序》篇里这一句话“而”字前后之间是顺承关系还是有转折的意味？如果有转折意味的话，刘师培的解释为正确；如果是顺承关系的话，张立斋的辩驳可从。其实“而”字前后的意义关系，从这句话本身是难以判断的，需要联系《文心雕龙》其他文字来综合分析。刘勰对于缪袭的评论很少，我们主要看他对阮籍、嵇康和应璩的评论：

> 乃正始明道，诗杂仙心，何晏之徒，率多浮浅。惟嵇志清峻，阮旨遥深，故能标焉。若乃应璩《百一》，独立不惧，辞谲义贞，亦魏之遗直也。（《明诗》篇）
>
> 休琏风情，则《百壹》标其志；吉甫文理，则《临丹》成其采；嵇康师心以遣论，阮籍使气以命诗：殊声而合响，异翮而同飞。（《才略》篇）

《明诗》篇所谓“能标焉”，就是卓立于时代风气之上，与众不同；所谓“魏之遗直”，与尚老庄玄风之“篇体轻澹”显然是不同的。《才略》篇所谓“风情”“文理”、“标其志”“成其采”以及“师心”“使气”等等，都是不同于“篇体轻澹”的风格。所以综合起来看,《时序》篇“于时正始余风,篇体轻澹,而嵇、阮、应、缪,并驰文路矣”一句,“而”字前后应该是转折关系,即在魏末正始余风未熄,流行“篇体轻澹”文风之时,有嵇、阮、应、缪四人出类拔萃,显示出卓异的个人风貌。他们四人虽然也受到玄风的影响,但是嵇康志气峻烈,阮籍意旨深远,应璩贞义刺时,都显示出迥异时风的个人特色。

二　两晋文学

从司马懿到司马昭,都还是在曹魏时期,他们专务权术,不断扩充势力与曹魏宗室展开斗争,志在篡夺。武帝代魏建立西晋王朝后,依然不关心儒学教育,也不用心于辞章。怀帝和愍帝像赘旒一样虚居帝王之位,无力于文治。与汉代、曹魏相比,可谓“晋世不文”。但刘勰说:“晋虽不文,人才实盛。”《时序》篇列举了张华、左思、潘岳、夏侯湛、陆机、陆云、应贞、傅玄、张载、张协、张亢、孙楚、挚虞、成公绥等等“结藻清英,流韵绮靡”(第218页),也就是《明诗》篇所谓“晋世群才,稍入轻绮”的意思。

在《才略》篇里,刘勰对上面提到的西晋作家分别有要言不烦的品评:

> 张华短章,奕奕清畅,其《鷦鷯》寓意,即韩非之《说难》也。左思奇才,业深覃思,尽锐于《三都》,拔萃于《咏史》,无遗力矣。潘岳敏给,辞自和畅,钟美于《西征》,贾余于哀诔,非自外也。陆机才欲窥深,辞务索广,故思能入巧,而不制繁。士龙朗练,以识检乱,故能布采鲜净,敏于短篇。孙楚缀思,每直置以疏通;挚虞述怀,必循规以温雅,其品藻流别,有条理焉。傅玄篇章,义多规镜;长虞(傅咸)笔奏,世执刚中:并桢干之实才,非群华之韡萼也。成公子安(成公绥)选赋而时美,夏侯孝若(夏侯湛)具体而皆微,曹摅清靡于长篇,季鹰(张翰)辨切于短韵:各其善也。孟阳(张载)、景阳(张协),才绮而相埒,可谓鲁、卫之政,兄弟之文也。(第232页)

的确，西晋"人才实盛"，正如《才略》篇所言，"晋世文苑，足俪鄴都"，（第233页），可以与建安时期文学之盛相媲美，然而事实上，在晋代乱世中，文人是不幸的。上举作家中，若张华、潘岳、陆机、陆云、挚虞、曹摅等都是死于非命，不得善终；左思、张载、张协都郁郁不得志。所以刘勰慨叹说："前史以为运涉季世，人未尽才。诚哉斯谈，可为叹息！"（第218页）感慨这些文学英才生于末世，而主上不文，没有君臣际会的机遇，不能各尽其才，可谓生不逢时。

"晋世不文"的状况到了东晋时得到改变。刘勰论东晋文学说：

> 元皇中兴，披文建学，刘、刁礼吏而宠荣，景纯文敏而优擢。逮明帝秉哲，雅好文会，升储御极，孳孳讲艺，练情于诰策，振采于辞赋；庾以笔才逾亲，温以文思益厚，揄扬风流，亦彼时之汉武也。及成、康促龄，穆、哀短祚，简文勃兴，渊乎清峻，微言精理，函满玄席，澹思浓采，时洒文囿。至孝武不嗣，安、恭已矣。其文史则有袁、殷之曹，孙、干之辈，虽才或浅深，珪璋足用。（《时序》篇）

这里主要叙述元帝、明帝、简文帝重视并爱好文学，以及东晋的文学状况。元帝建武年间，置史官，立太学，后又置《周易》《仪礼》《公羊》博士，可见其重视文治，有意恢复儒学。刘隗、刁协等精通礼法的官吏得到重用。郭璞好经术，善占卜，词赋为中兴之冠，其"作《南郊赋》，帝见而嘉之，以为著作佐郎。于时阴阳错缪，而刑狱繁兴，璞上疏……疏奏，优诏报之，顷之迁尚书郎"（《晋书・郭璞传》），可见元帝之优待文士。当时的著名文士是刘琨、卢谌和郭璞。《才略》篇评曰："刘琨雅壮而多风，卢谌情发而理昭，亦遇之于时势也。景纯（郭璞字）艳逸，足冠中兴，《郊赋》既穆穆以大观，《仙诗》亦飘飘而凌云矣。"（第232页）

晋明帝尤以睿哲著称，《世说新语》里载有其关于长安与日远近的对答，史载他"钦贤爱客，雅好文辞，当时名臣，自王导、庾亮、温峤、桓彝、阮放等，咸见亲待。尝论圣人真假之意，导等不能屈"（《晋书・明帝纪》）。明帝为太子时，与庾亮、温峤为布衣之交。即位后，以庾亮为中书监，亮撰《让中书令表》，刘勰在《章表》篇赞其"信美于往载"。温峤拜侍中，"机密大谋，皆所参综，诏命文翰亦悉豫焉。俄转中书令"

(《晋书·温峤传》)。刘勰在《诏策》篇亦曰:"晋氏中兴,唯明帝崇才,以温峤文清,故引入中书。"(第 94 页)又,《才略》篇评曰:"庾元规之表奏,靡密以闲畅;温太真之笔记,循理而清通:亦笔端之良工也。"(第 232 页)可惜二人文名为事功所掩。

简文帝"清虚寡欲,尤善玄言……留心典籍,帝虽神识恬畅,而无济世大略,故谢安称为惠帝之流,清谈差胜耳"(《晋书·简文帝纪》)。他接赏清谈家、佛门高僧,《世说新语》多有记载。如《世说新语·文学》载:"简文称许掾云:玄度五言诗,可谓妙绝时人。"简文帝对当时玄言诗的流行起了推波助澜的作用。简文之后,东晋皇权旁落桓温、桓玄之手,于儒学文治更无所作为。当时的文人,刘勰列举了袁宏、殷仲文、孙盛、干宝等。在《才略》篇中,刘勰评述东晋后期作家曰:"孙盛、干宝,文胜为史,准的所拟,志乎典训;户牖虽异,而笔彩略同。袁宏发轸以高骧,故卓出而多偏;孙绰规旋以矩步,故伦序而寡状。殷仲文之孤兴,谢叔源之闲情,并解散辞体,缥缈浮音;虽滔滔风流,而大浇文意。"(第 232 页)孙盛《晋阳秋》、干宝《晋纪》,为史学著作。《史传》篇说:"干宝述纪,以审正得序;孙盛《阳秋》,以约举为能。"(第 74 页)这也就是"志乎典训"的意思,能以经典为规范。袁宏有逸才,昂首阔步,情韵不匮,但多偏宕激越。孙绰循规蹈矩,文风平庸典实,缺乏物色描写。殷仲文孤兴不俗,谢混情怀闲逸,都是轻澹浮绮的音辞,文意淡薄,破坏了文体的规则。

殷仲文和谢混均善属文,为当世所重。殷仲文的《南州桓公九井作诗》有句曰:

> 独有清秋日,能使高兴尽。
> 景气多明远,风物自凄紧。
> 爽籁惊幽律,哀壑叩虚牝。
> 岁寒无早秀,浮荣甘夙陨。
> 何以标贞脆,薄言寄松菌。

谢混的《游西池诗》曰:

> 悟彼蟋蟀唱,信此劳者歌。

有来岂不疾，良游常蹉跎。
逍遥越郊肆，愿言屡经过。
回阡被陵阙，高台眺飞霞。
惠风荡繁囿，白云屯曾阿。
褰裳顺兰沚，徙倚引芳柯。
美人愆岁月，迟暮独如何？
无为牵所思，南荣戒其多。

虽然末二句还是玄言的尾巴，但是他们都能够融抒情于写景中，显示出诗歌从玄言向山水的过渡，所以沈约在《宋书·谢灵运传论》中说："仲文始革孙、许之风，叔源大变太元之气。"沈约看重的是殷仲文、谢混对玄言诗"变"的一面；但是刘勰却将二人与袁宏、孙绰并列，批评他们"解散辞体"。《续晋阳秋》曰："许询有才藻，善属文。询及太原孙绰转相祖尚，又加以三世之辞，而《风》《骚》之体尽矣。"刘勰所谓"解散辞体"也就是"《风》《骚》之体尽矣"的意思，而有人理解为"刘勰认为殷仲文、谢混的作品对清谈玄理的文体起了瓦解作用，这是对殷仲文作品的积极作用作了充分的肯定"①，可能不符合刘勰的本意。

对于东晋的玄风，刘勰在《时序》篇抨击说：

自中朝贵玄，江左称盛，因谈余气，流成文体。是以世极迍邅，而辞意夷泰，诗必柱下之旨归，赋乃漆园之义疏。（第218页）

魏晋时期玄风的扇炽，有三个时期，一是魏齐王曹芳的正始年间，代表人物是何晏、王弼；二是西晋（即"中朝"）后期约在怀帝永嘉前后，代表人物是王衍、裴頠等；三是东晋时期，刘勰说"江左称盛"。这一时期玄风对文学产生更为严重的影响，出现了玄言诗的泛滥。在那个战乱频仍、苦难深重的时代，溺于玄风的文学却"辞意夷泰"，诗赋以宣扬《老》《庄》要义为旨归，这种"轻""澹"的文学与社会人生、现实政治相脱节，是刘勰极力反对的。同时代的沈约在《宋书·谢灵运传论》里也说，自建武暨乎义熙，整个东晋一百年，"虽缀响联辞，波属云委，莫不

① 《汉魏六朝诗鉴赏辞典》，第469页，上海辞书出版社1992年版。

寄言上德，托意玄珠。遒丽之辞，无闻焉尔”。可见，抨击和清算玄言风气，是文学史家的共同任务。

三　宋齐文学

对于宋齐文学，刘勰在《时序》和《才略》篇所论都较为浮泛，特别是对于身处其中的齐代，尽是称扬之辞。那么对于宋齐二代，所谓的“近世”文学，刘勰到底持什么态度呢？我们需要联系《文心雕龙》的其他篇章来分析。《文心雕龙》中或显或隐地指涉宋齐近世的文字，如：

> 宋初文咏，体有因革。庄老告退，而山水方滋。俪采百字之偶，争价一句之奇。情必极貌以写物，辞必穷力而追新：此近世之所竞也。（《明诗》篇）
>
> 确而论之，则黄唐淳而质，虞夏质而辨，商周丽而雅，楚汉侈而艳，魏晋浅而绮，宋初讹而新。从质及讹，弥近弥澹。何则？竞今疏古，风末气衰也。今才颖之士，刻意学文，多略汉篇，师范宋集，虽古今备阅，然近附而远疏矣。（《通变》篇）
>
> 自近代辞人，率好诡巧。原其为体，讹势所变，厌黩旧式，故穿凿取新。察其讹意，似难而实无他术也，反正而已。（《定势》篇）
>
> 《雅》《颂》未闻，汉、魏莫用，悬领似可如辩，课文了不成义，斯实情讹之所变，文浇之致弊。而宋来才英，未之或改，旧染成俗，非一朝也。近代辞人，率多猜忌，至乃比语求蚩，反音取瑕，虽不屑于古，而有择于今焉。（《指瑕》篇）
>
> 自近代以来，文贵形似，窥情风景之上，钻貌草木之中。吟咏所发，志惟深远；体物为妙，功在密附。故巧言切状，如印之印泥，不加雕削，而曲写毫芥。故能瞻言而见貌，印字而知时也。（《物色》篇）
>
> 近代词人，务华弃实。（《程器》篇）
>
> 而去圣久远，文体解散，辞人爱奇，言贵浮诡，饰羽尚画，文绣鞶帨，离本弥甚，将遂讹滥。（《序志》篇）

再联系《声律》《丽辞》等篇来看,刘勰对于宋齐文学中的一些新现象给予了程度不同的肯定。讲究声律和对偶是当时文学的新风气,刘勰专门设立篇章给予探讨。对于刘宋时兴起的山水诗,刘勰说"庄老告退,而山水方滋",显然是认识到了山水诗取代玄言诗的积极意义;对于山水文学重视物色描写,追求形似,能够"瞻言而见貌,即字而知时"(《物色》篇),刘勰也是欣赏的。

但是,刘勰对于近世文学主要还是持贬斥态度,"讹而新"一语就概括了他对近世文学的基本认识。所谓"讹",就是背离经典,厌黩旧式,把过去的有常之体破坏了,违背了圣人关于作文的原则;所谓"新",就是追求繁富艳丽和新奇诡异。正是因为对当前文学的利弊有如此认识,刘勰撰写《文心雕龙》,确立了"原道""征圣""宗经"的原则,既及时总结文学发展的新问题,又旨在矫正当前文学的弊端。

对于宋齐两代的作家作品,刘勰并没有像论述前代那样给予具体论述,其中的原因,纪昀在评点时解释说:"阙当代不言,非惟未经论定,实亦有所避于恩怨之间。"当时不少文人都卷入政治斗争中而死于非命,如谢灵运、鲍照、谢朓等都不能善终,刘勰避而不谈,不失为一种明哲之举。但也不免留下理论上的缺憾,如宋齐时期,文人喜爱民间乐府诗,加以模仿和改造,文学的自适娱情功能有所增强,刘勰未能及时地给予关注。

四　文学与时世

通过对文学历史演化的纵向梳理,刘勰认识到文学发展中带有普遍性、规律性的现象,大致包括这样几个方面:

1.**"时运交移,质文代变"**。随着时代的变迁,文学的风貌或偏向质朴,或偏向文华,而总的趋势是"从质及讹"。在《通变》篇中,刘勰说:"榷而论之,则黄唐淳而质,虞夏质而辨,商周丽而雅,楚汉侈而艳,魏晋浅而绮,宋初讹而新,从质及讹,弥近弥澹。何则?竞今疏古,风末气衰也。"(第145页)唐尧、虞舜、夏、商、周,各代文风不同,但淳、质、辨、丽、雅,都是褒义;对于晋代以降的文学,刘勰批评得较为严厉。他认为前代文学的演变，虽然不是直线下降，但总的趋势是“离本弥甚，将遂讹滥”，所以他提出“宗经”复古的思想来扭转这种颓势。过去学者一般用现代文学理论中的“继承和创新”解释刘勰的“通变”论，认为刘勰的“通变”文学史观就是继承和发展的问题，可能并不符合刘勰的原意。其实刘勰关于过去文学演化轨迹的认识就是“从质及讹”，“离本弥甚”，而他提出矫正当前弊端，推动文学发展的正确途径是“宗经”，他的思维方式更接近于《老子》所谓“反者道之动”，“反本”是纠弊的有效手段。

2.**“歌谣文理，与世推移。风动于上，而波震于下者”；“文变染乎世情，兴废系乎时序”**。刘勰特别重视时世对于文学内容和风格的影响，提出了这两个具有规律性的命题。具体来说，其含义有这样几个方面：其一，社会政治的治乱盛衰对于文学的内容和风格具有重要的影响。刘勰接受郑玄的“正变”论，以社会政治的“正变”解释文学的“正变”。他论建安文学梗概多气的风格，归因于“世积乱离，风衰俗怨”。此前，谢灵运在《拟魏太子邺中集诗序》里评王粲“遭乱流寓，自伤情多”，陈琳乃“袁本初书记之士，故述丧乱事多”，应玚“流离世故，颇有飘薄之叹”，等等，说明遭遇丧乱之世，直接影响到作家的创作内容和风格；刘勰也联系时代的治乱来解释文风的特征。其二，帝王对文学的爱好、对文士的礼遇，以及他们合理的文艺观念，直接推动了文学的兴盛。《才略》篇说：“魏时话言，必以元封为称首；宋来美谈，亦以建安为口实。”（第 233 页）为什么文人们津津乐道于汉武帝元封年间和汉末建安时期呢？因为西汉武帝和汉末曹氏父子都爱好文学，优遇文士，其时是君臣际会的好时代。《章表》篇云，曹公称撰写章表，“勿得浮华。所以魏初表章，指事造实，求其靡丽，则未足美矣”（第 110 页）。曹操个人的文艺观念作为一种制度影响了一时的文风。其三，上层统治者提倡的思想文化对当时的文风产生了重要的影响。汉初好楚风，于是“大抵所归，祖述《楚辞》”；东汉重儒学，于是文学也“渐靡儒风”；魏晋时期帝王和士人好玄言，于是“因谈余气，流成文体”。刘勰尤其强调帝王和上层统治者崇尚儒学对于兴隆文学的积极意义。其四，具体的文治制度和措施，对文学的兴废产生了一定的作用。西汉的“石渠论艺”、东汉的“白虎通讲”、汉末的“鸿都门学”等朝廷文化事件都直接关涉当时文学的盛衰。其五，个人的现实遭际也影响其文学成就。刘勰叹惜西晋的文人“运涉季世，人未尽才”（第 218 页），在一个不重视文士和文学的社会环境中，文人的才干未能得到充分的发挥，未能取得应有的成绩，是值得遗憾的。在《才略》篇里他论东汉末年的冯衍“雅好辞说，而坎壈盛世，《显志》《自序》，亦蚌病成珠矣”（第 228 页），说的是真正有才的文士，在盛世中遭遇不幸或受到压抑，反而可以激发他的创作热情和才能，在文学上获得成就。

【扩展阅读】

穆克宏：《志深而笔长 梗概而多气——刘勰论“建安七子”》，《福建师范大学学报（哲学社会科学版）》1990 年第 4 期、1991 年第 2 期。

王运熙：《刘勰的文学历史发展观》，原载《文心雕龙学刊》第 1 辑，收入《文心雕龙探索》，《王运熙文集》第 3 卷，上海古籍出版社 2012 年版。

张长青、张会恩：《刘勰的文学发展史观——谈〈文心雕龙·时序〉札记》，《西南师范大学学报（社会科学版）》1981 年第 1 期。

◎作者讲课实录：

第十八讲　文学鉴赏论:《知音》

知音其难,千古同叹!文学既传播信息,也沟通人心,调谐人情,获得共鸣。但正如葛洪《抱朴子·尚博》所言,“文章微妙,其体难识”。刘勰列专篇探讨文学鉴赏的问题。

一　知音其难哉!

> 知音其难哉!音实难知,知实难逢,逢其知音,千载其一乎!夫古来知音,多贱同而思古,所谓“日进前而不御,遥闻声而相思”也。昔《储说》始出,《子虚》初成,秦皇、汉武,恨不同时;既同时矣,则韩囚而马轻。岂不明鉴同时之贱哉?至于班固、傅毅,文在伯仲,而固嗤毅云:“下笔不能自休。”及陈思论才,亦深排孔璋,敬礼请润色,叹以为美谈,季绪好诋诃,方之于田巴,意亦见矣。故魏文称“文人相轻”,非虚谈也。至如君卿唇舌,而谬欲论文,乃称“史迁著书,谘东方朔”,于是桓谭之徒,相顾嗤笑。彼实博徒,轻言负诮,况乎文士,可妄谈哉!故鉴照洞明,而贵古贱今者,二主是也;才实鸿懿,而崇己抑人者,班、曹是也;学不逮文,而信伪迷真者,楼护是也。酱瓿之议,岂多叹哉!(第235页)

《知音》的开篇,刘勰就感慨“知音其难哉”,真正的知音是千载一遇的。《吕氏春秋·本味》曰:“伯牙鼓琴,钟子期听之。方鼓琴而志在太山;钟子期曰:‘善哉乎鼓琴,巍巍乎若太山。’少选之间(按,一会儿),而志在流水;钟子期又曰:‘善哉乎鼓琴,汤汤乎若流水。’钟子期死,伯牙破琴绝弦,终身不复鼓琴。”俞伯牙和钟子期知音的故事流传千古,寄予了人们对知音的期盼。为什么“知音其难哉”?刘勰列举了历史上诸多不能正确鉴赏文艺的例子，指出鉴赏中普遍存在三个缺点：

1.**贵古贱今**。虽然有鉴赏力，但总是羡慕、仰望古人，而看不起同时代的人，也就是曹丕所谓“常人贵远贱近，向声背实”（《典论·论文》）。《史记·老庄申韩列传》载：

> 人或传其（按，指韩非）书至秦。秦王见《孤愤》《五蠹》之书，曰：“嗟乎，寡人得见此人与之游，死不恨矣！”李斯曰：“此韩非之所著书也。”秦因急攻韩。韩王始不用非，及急，乃遣非使秦。秦王悦之，未信用。李斯、姚贾害之，毁之曰：“韩非，韩之诸公子也。今王欲并诸侯，非终为韩不为秦，此人之情也。今王不用，久留而归之，此自遗患也，不如以过法诛之。”秦王以为然，下吏治非。李斯使人遗非药，使自杀。韩非欲自陈，不得见。秦王后悔之，使人赦之，非已死矣。

秦王看了韩非子的著作，大为叹赏。一旦亲见其人，却并不重用，反而加害于他。又《史记·司马相如列传》载：

> （相如）居久之，蜀人杨得意为狗监，侍上。上读《子虚赋》而善之，曰：“朕独不得与此人同时哉！”得意曰：“臣邑人司马相如自言为此赋。”上惊，乃召问相如。赋奏，天子以为郎。

在汉代，郎是君主侍从之官，“天子以为郎”，可见司马相如并未得到重用。这真是“日进前而不御，遥闻声而相思”。秦王、汉武神往于韩非和司马相如的文章，而当知道二人为同代之人时，“韩囚而马轻”，并不能给予真正的尊重。当然，作为政治家须考虑更多的利害得失，秦始皇、汉武帝的做法无可厚非。反之，历史上也有许多政治家因为喜好某人的著作而授之高官厚禄，结果养了一帮御用文人，对百姓、对国家、对文学，都不是好事。

在传统复古尊经文化的影响下，国人存在严重的贵古贱今心理。葛洪《抱朴子·钧世》曰：“其于古人所作为神，今世所著为浅，贵远贱近，有自来矣。”白居易《与元九书》曰：“夫贵耳贱目，荣古陋今，人之大情也。仆不能远征古旧，如近岁韦苏州歌行，清丽之外，颇近兴讽；其五言诗又高雅闲澹，自成一家之体，今之秉笔谁能及之？然当苏州在时，人亦未甚爱重,必待身后,然后人贵之。”文学史上许多作家都是“生无一日欢,死有万世名”。

2.**崇己抑人**。具有大才,便抬高自己,贬抑别人,也就是曹丕《典论·论文》所谓“文人相轻”。曹丕说:

> 文人相轻,自古而然。傅毅之于班固,伯仲之间耳,而固小之。与弟超书曰:“武仲以能属文为兰台令史,下笔不能自休。”

刘勰也列举了这个例子,所谓“下笔不能自休”,意谓文字冗散,汗漫无统绪。刘勰对傅毅评价很高,在《诔碑》篇里说:“傅毅所制,文体伦序。”所谓文体伦序,显然不是“下笔不能自休”,这是对班固之相轻的纠正。曹植论文也多好大言,在《与杨德祖书》中说:

> 以孔璋之才,不闲于辞赋,而多自谓能与司马长卿同风,譬画虎不成反为狗也。前有书嘲之,反作论盛道仆赞其文。夫钟期不失听,于今称之。吾亦不能妄叹者,畏后世之嗤余也。
>
> 世人著述,不能无病。仆尝好人讥弹其文,有不善,应时改定。昔丁敬礼尝作小文,使仆润饰之,仆自以才不过若人,辞不为也。敬礼谓仆:“卿何所疑难? 文之佳恶,吾自得之。后世谁相知定吾文者邪?”吾尝叹此达言,以为美谈。昔尼父之文词,与人通流,至于制《春秋》,游夏之徒,乃不能措一辞。过此而言,不病者吾未之见也。
>
> 盖有南威(按,春秋时晋国的美女)之容,乃可以论于淑媛;有龙泉之利,乃可以议于断割。刘季绪才不能逮于作者,而好诋诃文章,掎摭利病。昔田巴毁五帝,罪三王,訾五霸于稷下,一旦而服千人。鲁连一说,使终身杜口。刘生之辩,未若田氏。今之仲连,求之不难,可无叹息乎!

陈琳(字孔璋)之不擅于辞赋,确是事实,曹丕《典论·论文》和《与吴质书》都只称赞陈琳“章表书记,今之隽也”,“章表殊健,微为繁富”。但曹丕认识到“文非一体,鲜能备善”,因此称赞陈琳之所擅长;而曹植则对陈琳之所短加以冷嘲热讽。丁廙(字敬礼)请曹植润色文章,他叹为美谈;刘修(字季绪)好诋诃文章,曹植也对之加以讽刺,说“盖有南威之容，乃可以论于淑媛；有龙泉之利，乃可以议于断割”，意谓善于作文才善于评文，刘修不擅长作文，也就没有“诋诃文章，掎摭利病”的资格。曹植书生意气太重，恃才放旷，所以对当时的文人以居高临下的态度加以批评，不像曹丕能在《典论·论文》中称赏建安七子“于学无所遗，于辞无所假，咸以自骋骥騄于千里，仰齐足而并驰，以此相服，亦良难矣”。所以在当时，曹丕更能够笼络文人，襄助其帝业。刘勰说，班固、曹植“才实鸿懿”，本身的确具有美好鸿大的才能，但据此而“崇己抑人”，不能真正地鉴赏文学。不过曹植说：“仆尝好人讥弹其文，有不善，应时改定。”能够虚心接受别人的“讥弹”，是很值得称道的。

3.**信伪迷真**。学识短陋者，往往相信道听途传之言而迷失真相。楼护（字君卿），口才很好，相传曾经说过“司马迁著《史记》，出示给东方朔看，东方朔还加以评定”的话。司马迁身为史官，而东方朔只是一个俳优，这事是绝不可能有的，所以桓谭曾经嗤笑楼护所传为虚妄。刘勰说，博戏之徒信口雌黄，都遭到讥诮，那么文士评论文章就更不能信伪迷真地妄谈了。

随着文学创作的繁盛，鉴赏成为一个重要的问题，文坛上出现诸多需要给予理论说明的鉴赏案例。如《西京杂记》载：“长安有庆虬之，亦善为赋。尝为《清思赋》，时人不之贵也，乃托以相如所作，遂大见重于世。”这大约就是“名人效应”。无名之辈即使写出好文章，也得不到世人的赏识，唯托之名人，才见重于世。此事自古而然。《世说新语·文学》载左思作《三都赋》，时人互有讥訾，后请皇甫谧作叙赞赏，于是过去讥訾者也纷纷敛衽赞述。可见当时文学鉴赏确实存在准的无依、莫衷一是的现象，需要在理论上加以探索和说明。刘勰《文心雕龙》的《知音》篇正是探讨这个问题。

接下来，刘勰从理论上分析不能正确鉴赏的原因，在于“篇章杂沓，质文交加；知多偏好，人莫圆该”。鉴赏的对象文学文本是复杂多样的，难以鉴赏；鉴赏的主体“多偏好”，有自己的审美偏向，因而不能全面深入地从事鉴赏和批评。“慷慨者逆声而击节，酝藉者见密而高蹈，浮慧者观绮而跃心，爱奇者闻诡而惊听。会己则嗟讽，异我则沮弃。各执一隅之解，欲拟万端之变，所谓东向而望，不见西墙也。”情怀激越的人，喜欢悲壮之音；心志宽博的人，喜爱沉密幽隐之作；浮华巧慧者，爱好辞藻华美；追求新奇者，欣赏诡异之文。符合自己的审美偏好的，就大加赞赏；否则就弃置一边。各家的审美趣味都局限于一个方面，却要来鉴赏、评论纷纭复杂的文学，当然是不可能的。人们常说“趣味无争辩”，每个人都有自己的审美偏好，似乎喜爱什么不喜爱什么，完全是自己的事，无可厚非，但刘勰在这里谈的是社会文化群体中的文士如何培养自己客观中正的审美鉴赏力，以便全面深刻地鉴赏评论文学，因此他认为欣赏主体的审美偏好，妨碍了鉴赏的中正客观性。刘勰理想的文学鉴赏应该是“无私于轻重，不偏于憎爱，然后能平理若衡，照辞如镜”（第237页）。从鉴赏主体角度说，隔离和排除个人的审美偏好；从鉴赏对象角度说，像镜子一样把对象的真实本性全面揭示出来，像秤一样公平地评判作品的价值。

二　“博观”与“六观”

鉴赏者如何搁置个人的偏好呢？刘勰提出博观：

> 凡操千曲而后晓声，观千剑而后识器。故圆照之象，务先博观。阅乔岳以形培塿，酌沧波以喻畎浍，无私于轻重，不偏于憎爱，然后能平理若衡，照辞如镜矣。（第237页）

“圆照”是相对于偏好而言，“各执一隅之解，欲拟万端之变”，“东向而望，不见西墙”，这都不是“圆照”。如何做到“圆照”？答案是“务先博观”。若要做一个合格的鉴赏家，平时要“博观”，广泛地阅读。桓谭在《新论》中说“音不通千曲以上，不足以为知音”。扬雄《答桓谭》曰：“能读千赋，则能为之。”刘勰本于此而提出“操千曲而后晓声，观千剑而后识器”，文士只有广泛阅读前人作品，才能够成为合格的鉴赏家。乔岳是高山，培塿是小土山；沧波是大水，畎浍是小水沟。鉴赏家见多识广，特别是领略过最优秀、最深奥复杂的作品之后，对一般的作家作品就可以胸有成竹地给予客观的鉴赏和衡量。刘勰这里所说，与曹植所谓“家有南威之容，乃可论于淑媛；有龙泉之利，然后议于断割”的意思是很有差异的。曹植的意思是，只有先成为一个优秀的作家，然后才能成为一个合格的评论家；刘勰的意思是，只有先广泛阅读大量作品，然后才能成为一个合格的评论家。

面对一部文学作品，鉴赏者该如何鉴赏呢？刘勰提出“将阅文情，先标六观”：

> 是以将阅文情，先标六观：一观位体，二观置辞，三观通变，四观奇正，五观事义，六观宫商。斯术既形，则优劣见矣。（第238页）

一观位体。“位体”，即《镕裁》篇所谓“设情以位体”，根据所要表达的情理的需要来确定文体。观位体，即考察作品的主旨情理与所采用的文体是否适合。如颂这种文体是有美而无刺，但是陆机的《汉高祖功臣颂》中论黥布曰“谋之不臧，舍福取祸”，这是讽刺黥布谋反而被杀，在颂体中表达刺意，就是情与体不适合。

二观置辞。“置辞”即《章句》篇“置言有位”的意思。观置辞，是考察文章的文辞的次序、条理、繁简、隐显是否得当。文辞无序，本当在后而居前；文辞过繁，掩盖义理；表达不得体。这些都是置辞的问题。如曹植《武帝诔》云“尊灵永蛰”，“蛰”字本用于昆虫，不能用来叙述其父皇之薨；《明帝颂》“圣体浮轻”，“浮轻”二字用于形容“圣体”也不恰当。

三观通变。“通变”是指遵守各种文体规范而能参酌变化。变而失正，拟古而不能变，都是没有正确处理好“通变”的问题。如“宋初讹而新”，违反正理以求诡奇，就是不擅长通变。

四观奇正。要求“酌奇而不失其贞，玩华而不坠其实”（《辨骚》篇），“望今制奇，参古定法”（《通变》篇）。斟酌于瑰奇华丽，但不能丧失雅正，违背征实；不违背古代的法度而又能参酌时代的新奇，做到“奇正虽反，必兼解以俱通”（《定势》篇）。刘勰不反对华丽，不否定新奇，他说：“若爱典而恶华，则兼通之理偏。”（同上）要立基于正而斟酌于奇，奇而不失于正。潘岳《萤赋》曰：“耀耀荧荧，若丹英之照葩；飘飘颎颎，若流金之在沙。”用沙上流金微光闪烁比喻夏夜的萤火虫，新奇而贴切。张翰《杂诗》曰：“暮春和气应，白日照园林。青条若总翠，黄花如散金。"后二句比喻生动切至。这就是奇而得正。刘勰在《比兴》篇予以称赏。

五观事义。"事义"指文章引成辞、举人事,即运用语典事典。观事义,是考察作品运用典故成辞是否恰当。《事类》篇举陆机《园葵》诗"庇足同一智,生理各万端。不若闻道易,但伤知命难"等句中的"庇足"是用典却不精。《左传·成公十七年》载:"仲尼曰:'鲍庄子之知,不如葵。葵犹能卫其足。'"(杜预注:葵倾叶向日,以蔽其根,言鲍牵居乱,不能危行言孙[逊]。)但这是"卫足"而不是"庇足"。《左传·文公七年》载:"乐豫曰:葛藟犹能庇其本根(杜预注:葛之能藟蔓繁滋者,以本枝荫庥之多),故君子以为比(杜预注:诗人取以喻九族兄弟)。"这里是"庇其本根",但指的是葛藟,而非葵,所以陆机这个用事是不切当的,是"事义"上面出了问题。

六观宫商。"宫商"指作品声律音韵是否和谐,能否做到"异音相从"和"同声相应"。《练字》篇说:"讽诵则绩在宫商。"是否律吕和谐、唇吻流利,需要在品读讽诵中体会出来。

刘勰说:"斯术既形,则优劣见矣。"通过以上六个方面的考察,文章的好坏优劣就显现出来了。上面六个方面是"术",属于文章艺术形式方面,既是欣赏的重点,同样也是作者需要格外重视的地方。《文心雕龙》从《神思》篇以下的二十篇,都是在谈论"文术"的问题,是从事创作必须掌握的创作原则和方法。刘勰说"将阅文情,先标六观",也就是说"六观"不是鉴赏的全部,而是鉴赏的开始,是"披文以入情"的"披文"阶段,接下来要深入到对作品情理的领会。

三　观文者披文以入情

夫缀文者情动而辞发,观文者披文以入情,沿波讨源,虽幽必显。世远莫见其面,觇文辄见其心。岂成篇之足深,患识照之自浅耳。夫志在山水,琴表其情,况形之笔端,理将焉匿?故心之照理,譬目之照形,目瞭则形无不分,心敏则理无不达。然而俗鉴之迷者,深废浅售,此庄周所以笑《折杨》,宋玉所以伤《白雪》也。昔屈平有言:“文质疏内,众不知余之异采。”见异唯知音耳。扬雄自称:“心好沉博绝丽之文”,其不事浮浅,亦可知矣。夫唯深识鉴奥,必欢然内怿,譬春台之熙众人,乐饵之止过客。盖闻兰为国香,服媚弥芬;书亦国华,玩绎方美。知音君子,其垂意焉。(《知音》篇,第238页)

这一段里,刘勰主要阐述两个问题:

一是鉴赏与创作,即“观文”与“缀文”,是两个相反的过程。创作的过程,概括地说是“情动而辞发”,先有情感的萌动,需要表达出来,然后才形诸文辞;而鉴赏的过程,概括地说是“披文以入情”,通过阅读、理解文章的文辞,进而体会作品的情理。刘勰相信通过文辞可以准确地理解作者的心思,就像沿着波浪可以追溯源头一样,通过文辞可以认识到作者的心志。刘勰的这种信心,当来自孟子的启发。在《夸饰》篇里,刘勰引用了《孟子》“说《诗》者不以文害辞,不以辞害意”,可见对于孟子提出的“以意逆志”,刘勰是认同的。刘勰说:“世远莫见其面,觇文辄见其心。”通过文章鉴赏而达到孟子所谓“尚友古人”。

古人谓“文章微妙,其体难识”(葛洪《抱朴子·尚博》),但刘勰以乐观主义的态度认识文学鉴赏,他说:“夫志在山水,琴表其情,况形之笔端,理将焉匿?故心之照理,譬目之照形,目瞭则形无不分,心敏则理无不达。”音乐鉴赏更为玄妙,而文学鉴赏有文学文本可为依据,因此鉴赏文学,就像眼睛观察事物一样,只要心灵敏锐,文学内在的情理是可以清晰感知的。刘勰之所以持此乐观的态度,除了孟子的影响外,还因为他所谓的文是广义的文学,以实用文体为主,这类文章以“达意”为目的。相对于后世的诗词,这类文章的作者意旨更为显豁。即使是诗、赋这类文学性较强的文体,在六朝的时候也是追求“穷形尽相”(陆机《文赋》),“指事造形,穷情写物,最为详切”(钟嵘《诗品序》),“巧言切状,如印之印泥,不加雕饰,而曲写毫芥”(刘勰《文心雕龙·物色》篇),而不像后代的诗词讲究“兴趣”,“含不尽之意见于言外”。因此,刘勰认为文学鉴赏只要“心敏”就可以做到“理无不达”,实现读者和作者的共鸣。然而事实上,文学鉴赏要复杂得多,读者能不能通过文本通达作者之意?这是一个早已引起注意的问题。汉代董仲舒就提出了

“诗无达诂”的命题。汉代解释《诗经》有齐、鲁、韩、毛四家，很难说哪一家的训解就确切地捕捉了作者的本意。宋初欧阳修的艺术鉴赏经验很能说明读者和作者之间难以做到“理无不达”，其《唐薛稷书跋》云：

画之为物，尤难识其精粗真伪，非一言可达。得者各以其意。披图所赏，未必是秉笔之意也。昔梅圣俞作诗，独以吾为知音，吾亦自谓举世之人知梅诗者莫吾若也。吾尝问渠最得意处，渠诵数句，皆非吾赏者。以此知披图所赏，未必得秉笔之人本意也。

欧阳修与梅尧臣交谊甚厚，但梅尧臣得意的诗句，并不是他所欣赏的。观画也是如此，“披图所赏，未必是秉笔之人本意也”，非常确切地概括了艺术鉴赏中读者和作者之间心意的差异。欧阳修在《书梅圣俞稿后》一文里进一步把诗歌分为可以言说和不可言说两个层次：

余尝问诗于圣俞。其声律之高下，文语之疵病，可以指而告余也；至其心之得者，不可以言而告也。余亦将以心得意会，而未能至之者也。①

声律高下、文语疵病，是诗歌的外在形式法则问题，可以言说。作者创作那一瞬间的心意，创作完成之后连作者自己也不能用言词描绘、告诉别人，读者也就只能心得意会了。读者鉴赏时所心得，与作者创作时的心意，并非完全等同，而是存在着差异。或许这不免是一种遗憾，但是对于文学来说，正是其魅力所在。如果说文学文本的意义是恒定唯一并由作者决定的，那么读者的阅读便变成了被动的接受，失去了主动参与再创造所带来的审美愉悦。宋代以后的文论家在阐述文学鉴赏时，更重视读者的会心自得。宋人洪咨夔提出：“诗无定鹄（按，鹄是箭靶子），会心是的。”②明末清初的王夫之论《诗经》说：“作者用一致之思，读者各以其情而自得。”（《姜斋诗话》卷一）晚清的谭献在《复堂词录序》中说：“作者之用心未必然，而读者之用心何必不然！”这都是在意

---

① ［宋］欧阳修：《书梅圣俞稿后》，洪本健校笺《欧阳修诗文集校笺》，第1907页，上海古籍出版社2009年版。

② ［宋］洪咨夔：《易斋诗稿跋》，《平斋文集》卷一〇，《景印文渊阁四库全书》本。

识到读者和作者之间难以做到"理无不达"之后对读者再创造的肯定。在西方,法国现代诗人保尔·瓦勒里《关于〈海滨墓园〉》说:"诗中章句并无正解真旨,作者本人亦无权定夺。"也是认识到了文学鉴赏的开放性特征。

二是"深识鉴奥","玩绎方美"。刘勰说"俗鉴之迷者,深废浅售",世俗中的一些鉴赏者,不能够鉴赏意义深刻的作品,而只赞赏那些意义浅薄的作品。《庄子·天地》曰:"大声不入于里耳。《折杨》《皇荂》则嗑然而笑,是故高言不止于众人之心,至言不出,俗言胜也。"世俗之人不接受《咸池》《六英》之类雅乐,不喜欢高妙的言论,而喜好《折杨》《皇华》之类俗曲。宋玉《楚襄王问》载:"客有歌于郢中者,其始曰《下里》《巴人》,国中属而和者数千人;其为《阳阿》《薤露》,国中属而和者数百人;其为《阳春》《白雪》,国中属而和者不过数十人。"也就是曲弥高而和愈寡。屈原曾感叹"众不知余之异采"(《九章·怀沙》)。唯有真正的知音才能够超越流俗之见,发现并欣赏"异采"。扬雄"心好沉博绝丽之文"(《答刘歆书》),能够欣赏深厚博大华丽之文,他写作的文章也是"辞义最深"(《才略》篇)。刘勰提出"深识鉴奥",意思是读者需要深入沉浸于文本之中,去鉴赏探寻作品隐奥之义、作家幽微之旨,一旦有深切的领会,便会产生由衷的喜悦。刘勰说:"书亦国华,玩绎方美。"兰花佩戴在身上,更为芳香;文学著作就像美丽的兰花一样,需要反复品玩,进入文本内部去切身体味,才能真正领略其美妙。"玩"是反复体会,"绎"是寻绎、解析,通过反复品玩而"披文以入情",寻绎出作者缀文的意旨和情理。苏轼《送安惇落第诗》云"故书不厌百回读,熟读深思子自知",程颢所谓"优游玩味,吟哦上下"①,都近似于"玩绎方美"的意思。

【扩展阅读】

张长青、张会恩:《刘勰的文学批评论——〈文心雕龙·知音〉篇浅

---

① 《二程外书》卷一二《传闻杂记》。

释》,《广西师范大学学报(哲学社会科学版)》1980年第4期。

张少康:《刘勰及其〈文心雕龙〉研究》第六章"《文心雕龙》的知音论",北京大学出版社2010年版。

◎作者讲课实录:

第十九讲 “文德”论:《程器》

清代章学诚在《文史通义·文德》中说:“古人论文,惟论文辞而已矣。刘勰氏出,本陆机氏说而昌论文心;苏辙氏出,本韩愈氏说而昌论文气,可谓愈推而愈精矣。未见有论‘文德’者,学者所宜深省也。”[①]在章氏看来,似乎刘勰的《文心雕龙》没有论及“文德”问题。其实,《文心雕龙》虽然没有为“文德”立目,但是通观全书,不仅《程器》篇专门论述了这一问题,在其他各篇,特别是文体论部分,都涉及“文德”问题;而且刘勰的“文德”论具有独特的内涵和意义,可惜目前“龙学”界对此问题探讨较少[②],值得进行深入的剖析。

一 岂曰文士,必其玷欤?

“文德”是中国传统文史学术的一个基本问题,可以追溯到《论语》所谓“有德者必有言,有言者不必有德”(《宪问》篇)。孔子一方面指出“德”是“言”的基础,另一方面又认为“言”与“德”是会相背离的。王充《论衡·书解》篇对孔子“文德”论作了发挥,曰:“夫文德,世服也。空书为文,实行为德。著之于衣为服,故曰德弥盛者,文弥缛;德弥彰者,人弥明。大人德扩,其文炳;小人德炽,其文斑。”这里“德盛”则“文

---

① [清]章学诚著,叶瑛校注:《文史通义校注》,第278页,中华书局1994年版。

② 相关的文章有:张福勋:《刘勰论“文德”》,《集宁师专学报》2002年第2期;张利群:《刘勰〈程器〉中的作者“文德”批评新论》,《广西师范大学学报(哲学社会科学版)》2002年第2期;梁淑辉:《从〈文心雕龙·程器〉看写作主体的德才修养》,《传承》2010年第12期。

缛”云云，正是本于孔子的“有德有言”论。东汉后期，学术分化，王充《论衡·超奇》篇划分出“儒生”“通人”“文人”和“鸿儒”四类。其中“采掇传书以上书奏记者为文人”，其地位在鸿儒之下、通人之上。“文人”作为一个群体的出现，更以范晔《后汉书》首次在正史中列《文苑传》为标志。

“文人无行”论几乎是伴随着“文人”身份的独立而一同出现的。东汉灵帝时设立鸿都门学，给那些“造作赋说，以虫篆小技见宠于时”（《后汉书·杨赐传》）的文人晋身朝廷创造了机会，这些鸿都门士“以词赋小技掩盖经术”（叶适《习学记言》卷二六），遭到传统鸿儒士人如蔡邕、杨赐、阳球等人的激烈抨击。他们所遭到的抨击，除了出身卑贱外，就是品行不端。《后汉书·阳球传》载阳球奏罢鸿都文学，斥责鸿都文学乐松、江览等人“皆出于微蔑，斗筲小人，依凭世戚，附托权豪，俯眉承睫，徼进明时”。正是基于现实中儒士与文人的这种冲突，基于儒士抨击鸿都门士品行不端而形成的舆论力量，曹丕才下了“观古今文人，类不护细行，鲜能以名节自立”（《与吴质书》）的断语，“文人无行”于是成为对文人的基本评判，在社会上流行。如三国时韦诞苛评建安文人：“仲宣伤于肥戆，休伯都无格检，元瑜病于体弱，孔璋实自粗疏，文蔚性颇忿鸷，如是彼为，非徒以脂烛自煎糜也，其不高蹈，盖有由矣。”①沈约《宋书》论颜延之曰：“好读书，无所不览，文章之美，冠绝当时；饮酒不护细行。”（《宋书·颜延之传》）并引述刘义真的话说：“（谢）灵运空疏，（颜）延之隘薄，魏文帝云‘鲜能以名节自立’者。”（《宋书·武三王传》）

“文人无行”论是将孔子所谓“有言者不必有德”这一或然判断绝对化，变为必然判断，于是真理就走向了谬误。刘勰对“文人无行”这个颇为流行的“定论”就很不以为然，他的“文德”论就是从破除这一流行的论调入手的，在《文心雕龙·程器》开篇予以批驳。对于世人盲目认同曹丕和韦诞的“文人无行”论，刘勰感叹：“吁，可悲矣！”他列举司

① 《三国志·魏书·王粲传》注引鱼豢《魏略》，［晋］陈寿著，裴松之注《三国志》，第604页，中华书局1959年版。

马相如等十六人之疵病，承认“文士之瑕累”的确存在，紧接着用辩驳的口气说“文既有之，武亦宜然”，并列举了上从管仲、下至王戎等将相的疵咎，指出这些“无行”的将相因为“名崇”而“讥减”；而文人贫贱，处于下位，故多招致非议，可谓是双重的不幸！他同时又列举了忠贞的屈原、贾谊，机警的邹阳、枚乘，淳孝的黄香，沉默的徐幹等为文人正名，反激出“岂曰文士，必其玷欤”的诘难。

值得注意的是，即使是在《程器》篇里列举了十六位文人的疵病，刘勰也并没有认为这些疵病给文学创作带来了不良的影响。《体性》篇在论述“吐纳英华，莫非情性”时列举了十二位文人来说明风格决定于性情，其中有六位就是在《程器》篇里有疵病的：司马相如之疵是“窃妻而受金”，但“长卿傲诞，故理侈而辞溢”；扬雄之疵是“嗜酒而少算”，但“子云沉寂，故志隐而味深”；班固之疵是“谄窦以作威”，但“孟坚雅懿，故裁密而思靡”；王粲之疵是“轻脱以躁竞”，但“仲宣躁竞，故颖出而才果”；潘岳之疵是“诡祷于愍怀”，但“安仁轻敏，故锋发而韵流”；陆机之疵是“倾仄于贾、郭”，但“士衡矜重，故情繁而辞隐”。六人的文风决定于他们的才性，而不是德行。特别是品评王粲，《程器》和《体性》用语一致，“躁竞”是王粲之“疵病”，也是他的性格特征，但“躁竞”造就了他“颖出而才果”的文风，似无贬义。显然，刘勰在论述作家成就高下和文章风格时，不是着眼于他们的德行。

刘勰在这样一部“深得文理”的论文著作中，驳斥并抛开“文人无行”论，对于矫正世人苛责文士的偏颇和错误，还文人以公道，提高文人的社会地位，是有积极意义的。因为“文人无行”论这种普遍流行的价值偏见和歧视，不少文人在仕途上遭遇挫折，受到压抑。谢灵运是公认的文章作手，诗赋一出手，马上传遍京师。但是到了朝廷之后，“文帝唯以文义见接，每侍上宴，谈赏而已”（《宋书·谢灵运传》）。宋文帝束缚于“文人无行”的成见，并没有重用他。而他“自谓才能宜参权要，既不见知，常怀愤愤”（同上）。正是这种不幸的遭遇，使得谢灵运性格褊激。后世史家，常颠倒因果，说他是文士，性格褊激，故而不受重用。

如裴子野就抨击他“才华轻躁”,“召祸宜哉!”[1]似乎文人的穷厄是咎由自取。社会上对文人的成见可谓深矣!从某种意义上说,正是这种成见造就了文人的“无行”。刘勰驳斥、抛弃这种“文人无行”论,不恰是对文人的精神松绑和洗冤正身吗!

当然,一种定型的社会观念不因刘勰一个人的批驳而顿然改变,“文人无行”论依然在继续流行。比刘勰略晚的北齐尚书仆射杨遵彦撰《文德论》,以为“古今辞人皆负才遗行,浇薄险忌,唯邢子才、王元景、温子昇彬彬有德素”(《魏书·温子昇传》引)。萧子显在《南齐书·谢超宗传赞》中依旧持“文人无行”的成见作出评论;颜之推《颜氏家训·文章》更是列举大量例子以警诫子孙:文人常常恃才傲物,凌慢侯王,傲蔑朋党,容易招致忌讳和祸端。这也可以反观刘勰在《程器》篇里批驳“文人无行”论是富有特见卓识的。如果刘勰在《文心雕龙》这样一部“论文”的著作中也持有“文人无行”论的偏见的话,那么众多文人更可能生前寂寞,死后沉沦了。

二　盖士之登庸,以成务为用

刘勰破除了“文人无行”论之后,正面提出了自己的“文德”观。不过,他的“文德”观不同于当时人纠缠于文人的行检,而是具有更为深广的内涵,其核心是“以成务为用”。

刘勰所谓的文章,不只是诗歌辞赋,而是“五礼资之以成,六典因之致用,君臣所以炳焕,军国所以昭明”(《序志》篇)的经邦纬国之文;同样,他所谓的文人,绝不是“务华弃实”的近代辞人,而是“贵器用而兼文采”的“梓材之士”(《程器》篇)。因此,他非常重视文人在现实政治生活中的实际才干。《程器》篇云:“盖士之登庸,以成务为用。”学文应该“达于政事”,文人应该成为国家的栋梁之材,撰作文章应该服务于筹划军国大事,这就是“成务”。刘勰所论文章如诏、策、檄、移、章、表、奏、议等多是政治生活中的实用文体,他的“成务”观念表现在对各

---

① [宋]司马光《资治通鉴》卷一二八“宋纪十”引,第4039页,中华书局1956年版。

类文体的要求之中。如《谐讔》篇论述谐与讔这两种看似俚俗的文体，他也强调有益时用，“大者兴治济身，其次弼违晓惑”；他赞美优旃、优孟之谲辞饰说“抑止昏暴”，发挥了讽诫的意义。《书记》篇泛论谱、籍、簿、录等各种笔札杂名，这些文体是一般文学论著不涉及的，但在现实生活中很重要，刘勰说它们“虽艺文之末品，而政事之先务也”。《议对》篇所论的是讨论朝廷政务的文体，认为作者可以各执异见，但一定要达政体、明治道，做到“事深于政术，理密于时务”，发挥镕世、拯俗的功能，而不能迂阔地舞笔弄文，不切实际地高谈阔论。刘勰感慨说："难矣哉，士之为才也！或练治而寡文，或工文而疏治。”（《议对》篇）既练达政事又善于作文的通才，是很亟需、很难得的。这可以与《程器》篇的“梓材”论相互参照。刘勰还列举了孔融等“不达于政事”作反面典型。孔融任北海相时，“高谈教令，盈溢官曹，辞气温雅，可玩而诵”，但“论事考实，难可悉行”。[①] 刘勰在《诏策》篇说：“孔融之守北海，文教丽而罕施，乃治体乖也。”批评孔融不达治体，不能成务。《明诗》篇批评东晋的玄言诗人“嗤笑徇务之志，崇盛忘机之谈”。《程器》篇谓司马相如、扬雄等“有文无质”，没有实际的才干，只能写些劝百讽一的辞赋，“所以终处乎下位”。可见刘勰论人，重点是处理现实政治事务的识见和才能。在重视娱情的南朝文坛，刘勰的这个主张显得尤为卓异。当时有一位史学家裴子野，在《雕虫论》里强调诗赋劝善惩恶的实用功能，但未论及文人的事功才具，与刘勰的“文德”论还隔着一层。

也许有人会说，六朝时期文人身份意识的独立，正说明当时纯文学观念的生长，刘勰如此强调文人的“达政”才能，是一种倒退。笔者认为，历史不能如此抽象地看，应该联系刘勰的身世和时代来作评论。

晋宋嬗代以后，出自素族的武人刘裕掌握了政权，统治阶级内部结构有了一定程度的调整，传统的世族大姓如琅琊王氏、阳夏谢氏的地位有所下降，而辅弼刘裕建立江山的武人家族迅速崛起。刘勰曾祖辈刘

---

① ［晋］陈寿撰，裴松之注《三国志·魏书·崔琰传》引司马彪《九州春秋》，第371页，中华书局1959年版。

穆之(刘秀之的从叔)在刘裕举义后不久即投奔受署,辅弼刘裕成就大业;伯祖刘秀之在宋文帝、武帝时也屡建军功。在刘宋时期,东莞刘氏凭借军功跻身于朝廷,可谓“强宗”,不同于东晋时期的传统士族。东莞刘氏在刘宋一朝颇为显赫,然到萧齐时陡然衰落。如穆之、秀之叔侄在刘宋时先后为丹阳尹;刘秀之被征为左仆射,卒后赠侍中、司空,权贵盛矣!到了刘秀之的孙子刘俊时,“齐受禅,国除”(《宋书·刘秀之传》),不再承袭爵位了。萧齐代宋时,刘勰约十四五岁,父亲死得早,失去袭爵的机会而“家贫”(《梁书》本传)。他笃志好学,试图从政干禄,立身扬名。刘勰重视“成务”“达于政事”的实际才干,与他的这种出身是有关系的。他的祖上就是凭借务实的军功起家的,不同于传统士族的世袭。

刘勰重视文人的“成务”才能,是对魏晋以来士族政治、士人主宰文坛状况的抨击。魏晋时期,随着士、庶分化,士族掌握政权,“平流进取,坐至公卿”(萧子显《南齐书·褚渊、王俭传论》),在道德文化上表现出优越感,位居高官显职,而轻视庶务,缺乏实际的治才。王戎曾官居中书令、尚书左仆射、司徒,但据《晋书》本传,他“慕蘧伯玉之为人,与时舒卷,无蹇谔之节。自经典选,未尝进寒素,退虚名,但与时浮沉,户调门选而已”。孙绰诔刘惔云“居官无官官之事,处事无事事之心”(《晋书·刘惔传》),准确地概括了东晋上层士人的行为和精神状态:占据要职,却不理事务。正如干宝在《晋纪总论》中所概括的,“学者以庄老为宗而黜六经,谈者以虚薄为辩而贱名检,行身者以放浊为通而狭节信,进仕者以苟得为贵而鄙居正,当官者以望空为高而笑勤恪”,晋代孱弱不竞,未尝不由于此。《明诗》篇抨击东晋玄言诗人“嗤笑徇务之志,崇盛忘机之谈”,态度与干宝是一致的。士人的“虚弱病”延续到南朝,当时的文士也染上这种习气。如刘宋时善于作诗的袁粲,“爱好虚远,虽位任隆重,不以事务经怀”(《南史·袁粲传》);与刘勰同时的张率,“虽历居职务,未尝留心簿领”①。国家和百姓的命运掌握在这些文人手上,其结果也就可想而知了。

---

① 《梁书》列传第二十七《张率传》。按,簿领,官府记事的簿册、文书。

齐、梁时也有文士因不达于政事，仅仅以善于辞章自居，遭到嘲戏和贬抑。如《颜氏家训·文章》载："齐世有席毗者，清干之士，官至行台尚书，嗤鄙文学，嘲刘逖云：'君辈辞藻，譬若朝菌，须臾之玩，非宏才也；岂比吾徒千丈松树，常有风霜，不可凋悴矣！'刘应之曰：'既有寒木，又发春华，何如也？'席笑曰：'可哉！'"留心文藻、颇工诗咏的刘逖被嘲戏为如朝菌，只是"须臾之玩"，他也自比为"春华"，点缀而已。在《文心雕龙》撰成后不久的大同五年（539），梁武帝曾经对庾肩吾说："卿是文学之士，吏事非卿所长，何不使殷不害来邪？"（《南史·殷不害传》）文学之士不善于吏事，似乎是当时社会较为普遍的看法。联系这样的社会背景再来看刘勰重视文人的"成务"才能，显然具有讽时救世的用意，同时"君子藏器，待时而动"云云，也激励文人练就才干，以在政治中获得机会，施展才能，提高地位。今人往往惑于现代的纯文学理论，对于刘勰的这层用意，或漠然不见，或予以批评，认为他重政治、轻文学，显得保守。这不能不说是埋没了刘勰的苦心。

三　身挫凭乎道胜

"进有契于成务，退无阻于荣身"（《论说》篇），作家撰著文章若能够成就事务，在现实政治生活中发挥实在的作用，本身就是作家的荣耀，同时还会带来"荣身"的机会。但是，文章憎命达，文人往往是"有高世之材，必有负俗之累"（《越绝书·越绝外传记范伯》）。特别是在衰乱之世，文人命运更为蹭蹬。刘勰对遭遇坎坷、处于逆境的文人寄予深切的同情，称赏他们或渊默持守或发愤哀鸣的精神，这是"文德"说的题中之义。《才略》篇论东汉的冯衍"雅好辞说，而坎壈盛世，《显志》《自序》，以蚌病成珠矣"。《后汉书·冯衍传》说他"常务道德之实，而不求当世之名"，在盛世里却命运舛背，然而他发愤以表志，创作出了优秀的作品。"蚌病成珠"恰为妙喻。在《杂文》篇里，刘勰列举了班固、崔骃、郭璞、庾敳等的"对问"，这些作品表达的是作者在乱世厄运中渊默玄静、持守正道的人生态度。刘勰将这种态度概括为"身挫凭乎道胜，时屯寄于情泰"：虽然时逢乱世，遭遇挫折，但心中有道，足以战胜逆境，超越得失，泰然处之，化郁结为文章。这是一种非常可贵的精神境界。

这种精神的源泉，往远处说，是“立言不朽”思想的激励。“立言不朽”思想在《文心雕龙》中随处可见，如《征圣》篇赞曰：“鉴悬日月，辞富山海。百龄影徂，千载心在。”圣人虽往，但他们的思想精神却通过经典流传于后世。刘勰自己也怀着“立言不朽”的期望，以“立家”——成一家之言为崇高目的，撰著《文心雕龙》这部“子书”。《序志》篇提出“君子处世，树德建言”，赞曰：“文果载心，余心有寄。”都是希望著作成为不朽的方式。

“身挫凭乎道胜”，往近处说，是对司马迁以来的“发愤著书”精神的继承。刘勰在《文心雕龙》中多次提到“发愤以表志”（《杂文》篇），“发愤以托志”（《才略》篇）。他著此书，“耿介于《程器》”（《序志》篇），未尝没有“发愤以表志”的深刻意味。[1] 在《诸子》篇里，刘勰阐述诸子著作精神说：

> 嗟夫，身与时舛，志共道申，标心于万古之上，而送怀于千载之下，金石靡矣，声其销乎！（第84页）

“身与时舛，志共道申”正是诸子的“文德”。如晋代的葛洪，父亲早逝，家境贫寒，面对战乱频仍的时局，渊默静退，“著一部子书，令后世知其为文儒而已”（《抱朴子外篇 · 自叙》）。刘勰在《序志》篇赞语中发出“逐物实难，凭性良易。傲岸泉石，咀嚼文义”的感慨，未尝没有“身与时舛，志共道申”的意味。自刘宋以来，文人身陷祸逆者不在少数，刘勰提出“身挫凭乎道胜”和“蚌病成珠”，秉承“立言”和“发愤”的传统，作为“成务”说的补充，确证文人的精神价值，这是其文德论的重要内容。“身挫凭乎道胜”的精神至宋代又得到新的振作，如苏轼《吾谪海南子由雷州被命即行了不相知至梧乃闻其尚在藤也旦夕当追及作诗示之》说：“平生学道真实意，岂与穷达俱存亡。”黄庭坚《再次韵兼简履

---

[1] 刘永济论《程器》说：“全篇文意，特为激昂，知舍人寄慨遥深，所谓发愤而作者也。”刘永济校释：《文心雕龙校释》，第171页，中华书局2010年版。

中南玉三首》其一云："句中稍觉道战胜，胸次不使俗尘生。"或许不能说苏、黄就是受到刘勰的影响，但是他们对作家超越性精神境界的强调是一致的。

四　名儒之与险士，固殊心焉

"成务为用"是强调文人经世达政的实才，"身挫凭乎道胜"是激励文人遭遇厄运和挫折时发愤立言，而"名儒"论则着重于临文时的思想状态。《奏启》篇曰：

> 观孔光之奏董贤，则实其奸回；路粹之奏孔融，则诬其衅恶：名儒之与险士，固殊心焉。（第115页）

孔光是西汉大臣，在王莽授意下，奏劾哀帝的佞幸董贤，列举事实，证成其罪；路粹承曹操之旨，奏劾刚正不阿的孔融，罗织罪名，置之于死地。同样是两篇奏疏文，一出于义正，一出于奸回，刘勰说名儒之与险士，心性品德是不同的。这句评论不仅适用于奏启文，对于其他实用文体同样适合，它鲜明地体现了刘勰的"文德"论，即真正的文士应该是名儒，而绝不能做险士。值得注意的是，在《程器》篇列举"古之将相，疵咎实多"时刘勰说"孔光负衡据鼎，而仄媚董贤"，这是否与《奏启》篇称赞孔光为名儒相矛盾呢？范文澜就说："孔光虽名儒，性实鄙佞。彦和谓与路粹殊心，似嫌未允。"①笔者认为刘勰并非自相矛盾。刘勰论文德，着重在作者撰写文章时的立场和态度，而不在其平日行为是否有瑕疵，不能因为孔光早年谄媚董贤而否定他后来《奏劾董贤疏》的正义立场。

何为险士？像路粹这样撰写文章，罔顾事实，诬陷成罪，当然是险士。刘勰在《奏议》篇还指出"世人为文，竞于诋诃，吹毛取瑕，次骨为戾，复似善骂，多失折衷"，这也是"险士"所为，需要树立礼义规矩，予以纠正。《檄移》篇说陈琳《为袁绍檄豫州》"奸阉携养，章实太甚；发丘摸金，诬过其虐"，多失折中，难称名儒。《情采》篇所说的诸子之徒，

---

① ［南朝梁］刘勰著，范文澜注：《文心雕龙注》，第433页，人民文学出版社1958年版。

“心非郁陶，苟驰夸饰，鬻声钓世”，为文而造情，未尝不可说也是险士。对于这类文人、这样的创作态度，刘勰是给予严厉贬斥的。

何谓名儒？虽然刘勰未作解释，但通览《文心雕龙》，他强调文士的忠信品德和謇谔之风。具有这种品德的文士，立诚不欺，吐词鲠直謇谔，可称得上名儒。祝是祷神之辞，应“修辞立诚，在于无愧”，即本乎忠信；盟是盟会之辞，刘勰说“信不由衷，盟无益也。……后之君子，宜存殷鉴，忠信可也，无恃神焉”（《祝盟》篇）。说是辩士说辞、上书的一种文体，陆机《文赋》曾说过“说炜烨以谲狂”；刘勰批驳陆机之论，阐述说体曰：“自非谲敌，则唯忠与信。披肝胆以献主，飞文敏以济辞，此说之本也。而陆氏直称‘说炜烨以谲诳’，何哉？”（《论说》篇）上书说辞之类的作者应该怀有忠信，披肝沥胆，忠诚不贰，不能心存诡谲。《奏启》篇里，刘勰称赞晋代刘颂的《除淮南相在郡上疏》和温峤的《上太子疏谏起西池楼观》“并体国之忠规矣”，是筹谋国事的忠贞的规谏。刘勰所论之文，多是朝廷政治生活中的实用文章，这些文章的作者尤其应该具有忠信的品格。即使是铭、箴、诔、碑之类警诫过失、累述功德的文章，作者也应该具有忠信的品德，如“箴全御过，故文资确切”（《铭箴》篇），“属碑之体，资乎史才”（《诔碑》篇），都是对作者忠信品德的要求。《史传》篇提出“素心”说，作史要“析理居正”，既要尊贤隐讳，又能够具“良史之直笔”。这也涉及忠信的文德，指临文时应该具备的态度。刘勰文德论的这一内涵，与清代章学诚所谓“知临文不可无敬、恕，则知文德矣”是有内在的一致性的。

比刘勰略晚的萧纲，在《诫当阳公大心书》里提出“文章且须放荡”，“放荡”今人一般解释为不受束缚①。撰作抒写情感的诗文，应尽量少一些束缚，特别是萧纲身为帝王，尽可任意放荡！但是文臣撰写“君臣所以炳焕，军国所以昭明”的文章，岂能“放荡”？

文人忠信，但不是乡愿。与忠信品德相呼应的是文士批逆鳞的鲠直謇谔精神。《论说》篇赞美范雎、李斯的说辞“虽批逆鳞，而功成计合，此上书之善说也”。批逆鳞本于《韩非子・说难》篇，喻臣下敢犯言

---

① 王运熙、杨明：《魏晋南北朝文学批评史》，第 299 页，上海古籍出版社 1989 年版。

直谏。战国争雄，辩士云涌，士人议政的精神极为高涨。至汉代天下一统，郦食其、蒯通等士人遭遇迫害，士人的精神遭到削斫，即使有人上书陈说，也不过是“顺风以托势”，“喻巧而理致”，“莫能逆波而溯洄矣”（《论说》篇）。对此刘勰是有所慨叹的。在《奏启》篇里，刘勰花费不少笔墨提倡作者应该具有刚直方正的精神。奏是一种弹劾大臣、绳愆纠谬的文体，作者应该正直而有勇气。刘勰说：“位在鸷击，砥砺其气，必使笔端振风，简上凝霜者也。”（《奏启》篇）这是弹劾奏疏的准则。他还以《诗经》《礼记》中的讥弹文字确立“奏劾严文”的经学根基。最后归结说：“必使理有典刑，辞有风轨，总法家之式，秉儒家之文，不畏强御，气流墨中，无纵诡随，声动简外，乃称绝席之雄，直方之举耳。”撰写劾奏文的作家应该不畏强权，不含糊模棱，切直方正。所谓“总法家之式，秉儒家之文”，即忠信仁爱与严厉切直相结合，这才是劾奏文的作者所应具备的品格。论启体时，刘勰重在“谠言”，即切直的言辞，并说：“王臣匪躬，必吐謇谔。”（同上）人臣应该不考虑个人的私利，言辞正直，切中要害。

奏、启、说、议、对等文体一般是臣下对君上所作。刘勰指出创作这些文体的作家，既要忠信，还须具有鲠直謇谔的精神。这与他的“成务”论是一致的，是对儒家弘毅义勇精神的发挥。即使是其他的文体，刘勰认为作家也应该具备切直刚正的精神，只有具备这种精神，文章才有风轨、风矩，有力量，才能发挥规益讽诫的作用。宋齐以降，帝王宗室身边的贵游形成一个个文学集团，奉和应制，婉顺曲迎，有美而无箴，像鲍照那样故意“为文多鄙言累句”（《宋书・鲍照传》）以迎合帝意的人不在少数。联系南朝的文学贵游状况来看，刘勰论文而倡扬“批逆鳞”的鲠直謇谔精神，无疑是可贵的。刘勰的《文心雕龙》具有吐词謇谔的特征。《史传》篇曰：“勋荣之家，虽庸夫而尽饰；迍败之士，虽令德而嗤埋。”《程器》篇论文士之瑕累说：“文既有之，武亦宜然。”这些都是直指社会的弊端。《序志》篇品评前代论文“不述先哲之诰，无益后生之虑”的阙失，也显示出刘勰立论的锋芒。

综上所述，刘勰在否定了社会上通行的“文人无行”论后，提出了新的文德论，即“士之登庸，以成务为用”，达则奉时以骋绩，穷则独善以垂文:奉时骋绩时,应心怀忠信,具有切直謇谔之风;独善垂文时,能够道胜情泰,发愤以表志。

【扩展阅读】

张利群:《刘勰〈程器〉中的作者“文德”批评新论》,《广西师范大学学报(哲学社会科学版)》2002 年第 2 期。

◎作者讲课实录:

结 语 《文心雕龙》研究须返本以开新

《文心雕龙》是中国文论史上的一部经典著作。之所以能成为经典,是因为它具有丰富而多元的内涵资源,向后世不同的读者开放;不同时代的不同读者都可以从中汲取各自的思想滋养,得到理论的启发。正是经过一代一代学者的发掘和阐释,《文心雕龙》的丰富内涵和意义才得到不断彰显,"龙学"显示出生机和活力。

《文心雕龙》产生不久,其中的声律、丽辞等内容就得到关注,被初唐"诗格"类著作所吸取。唐代的"古文运动"看似与《文心雕龙》不相干,但李翱《杂说》所谓"日月星辰经乎天,天之文也;山川草木罗乎地,地之文也;志气言语发乎人,人之文也",显然来自《文心雕龙·原道》。明代嘉靖年间,为了矫正弘治、正德时期诗学之拘守盛唐,杨慎等人转而重视六朝诗文,于是通过评点、刊刻《文心雕龙》来表达他们新的诗文取向。清代《文心雕龙》研究的兴盛,与骈文派、考据学的崛起几乎是同步的。姚鼐的古文弟子刘开,主张融会骈散,就把刘勰与韩愈并列,称赞"昌黎为汉以后散体之杰出,彦和为晋以下骈体之大宗:各树其长,各穷其力,宝光精气,终不能掩"(《书文心雕龙后》)。而阮元为了抑制桐城派古文,提倡骈文,对《文心雕龙》"文笔"论作出新的解释,为骈文确立文体正宗地位。民国初年,刘师培等也重视《文心雕龙》,进一步将骈文提升到美文的位置,以与近现代文学观念相对垒、相接榫。可见,传统的"龙学"是参与到后世文学思潮的演化中,襄助和推动了文学和文学观念的历史进程的。

但是自新文化运动以后,中国文学的历史进程发生了剧烈的变化。传统的、正宗的文学和文学观念处于被整理、待评判的地位,接受外来的、新的文学观念的检验和裁判。传统文论的理论生长机能被遏制,它一方面制约着国人对外来文学理论观念的译介和接受，但另一方面又接受国外文学理论的评判、过滤和再阐释。《文心雕龙》就被放置在这样的评判台上。1922年，杨鸿烈发表《文心雕龙的研究》，依据当时新起的文学观念，对刘勰《文心雕龙》提出严厉的批评："他这书最大的缺点，最坏的地方，就是'文笔不分'，换句话说，就是他把纯文学和杂文学的界限完全地打破混淆不分罢了。在他那文学观念已经大为确定明了的时代，他偏要出来立异，要想以文载道。这是他最大的错处。"其所谓"纯文学"、反对"文以载道"，都是五四新文化运动时期的文学观念。当时，刘勰《文心雕龙》和萧统《文选》被人为地对立起来，分别成为中国传统的杂文学和纯文学的代表，任遭褒贬。稍后，郭绍虞秉承杨鸿烈以纯文学、杂文学解释文笔的路数，批评刘勰"不自觉地始终囿于传统的文学观了"①。在现代的"纯文学"观念体系中，刘勰《文心雕龙》的价值是有限的。

现代"龙学"研究者一般是从"情感文学论""自然文学观"的角度对《文心雕龙》作肯定性的评价。如梁绳祎论刘勰说："他为矫正当时雕琢淫滥的作风，所以提倡自然抒写的文学。……他为矫正当时无病呻吟的作风，所以提倡真实的文学。他以为文学的目的，只在描写实感、实情、实景，这正和托尔斯泰论文学的三个标准首先标出真实一样。"②这样的比附，重在"求同"，即传统文论里符合现代主流文学观念的思想资源得到发掘和肯定，而不符合现代主流文学观念的内容则遭到漠视或唾弃。至二十世纪五十年代以后，学界常称《文心雕龙》是接近现实主义的文学理论，甚至有人试图从《文心雕龙》中发现浪漫主义。这种中西比附式的研究，在中国现代文史学术中非常盛行。如华胥说："今以近代论文之书与之相比附，以见刘氏虽生于千数百年之前，而其胜义精言，往往与晚近之文学理论若合符契也。"③所谓"若合符契"，既可能缘于中外文论之间本来具有相通性，但更可能是"中西

① 郭绍虞：《中国文学批评史》上卷，第166页，商务印书馆1934年版。

② 梁绳祎：《文学批评家刘彦和评传》，《小说月报》1927年6月专号。

③ 华胥：《文心雕龙丛论》，《暨阳校刊》1947年第5期。

比附”而形成的理论幻象。以外来文论为标准,对本土固有理论加以曲解和评判,求同而排异,自然会得出“若合符契”的印象。这种印象是以消抹传统文论的独特性为代价的。传统文论的独特性未能得到承认、重视和彰显,乃至今人有“文论失语”之虞。

中西比附式研究之所以能在现代中国盛行是有原因的,不必过于苛责。进入现代,部分人认为中西文明之间,不是性质的不同,而是发展程度的差异,西方文明比中华文明先进好几百年,因此应该向西看齐,甚至出现“全盘西化”的论调。在这样的思维框架下,合乎外来文化的,就是进步的;反之,就是落后的。当“中国一向没有正式的什么文学批评论”[①],“在中国,除去谩骂和标榜,以言批评,则绝没有其事”[②]之类论调甚嚣尘上时,为了证明中国有文学理论,只能将传统文论比附于外来文论,说1500年前的刘勰《文心雕龙》就提出了符合现代文论思想的内容,不是值得自豪的事吗?至少可以说明它还有存世的价值。另一方面,通过中西比附,说外来的某种观念我们古已有之,也有利于外来观念在本土扎根。再者,对经典的不断再阐释,是中国数千年思想发展的一种方式。以西释中的阐释,未尝不是传统文论现代化的一种途径,现代“龙学”可以说是“龙学”史的巨大飞跃。

但是时移世改,中西比附式研究日益暴露出严重的问题,特别是在当前的中国文论话语体系建构中,已不能满足文学理论建设的资源诉求。传统文论的创造性转换和创新性发展,不是证明当下业已存在的文论观念和命题就万事大吉,而应超越以西释中的阐释模式,相互参斠,鉴别异同,更清晰地认识自己,以我化人,更健全地发展自己。中国文论研究应该立足于自身的文化母体,《文心雕龙》研究应该返回到自身的本位立场,返本以开新,才会有广阔的研究空间,才能矫正当下的文论问题,发挥切实而独特的理论力量。

“龙学”研究之返本开新,在以下三个理论问题上须有所突破:

---

① 郎损:《“文学批评”管见一》,《小说月报》1922年第13卷第8号。

② 作朋:《文心雕龙之分析》,《海滨》1936年第11期。

1.接续重修辞的“大文学”传统,探索其当代文化意义。

现代“龙学”者批评刘勰犯了“文学批评与文章学混杂”的谬误①。其实“文章学”正是刘勰论文的基本立场,他是持一种“大文学观”的。刘勰论及当时的各种文体乃至簿、录、表、谱等无句读文也有提及。但“大文学观”并非取消文章与学术的界限,刘勰明确认识到治学与为文的不同:“夫学业在勤,故有锥股自厉;志于文也,则有申写郁滞,故宜从容率情,优柔适会。”(《文心雕龙校证·养气》篇)“大文学观”并不是违背当时儒学、玄学、史学和文学分立的趋势。刘勰论儒家经典为后世各种文体的源头,为后世作文确立标准,但他不是经学家,没有从训诂和义理的角度论经典,而是从文章表达、修辞的角度品评经典“或简言以达旨,或博文以该情,或明理以立体,或隐义以藏用”(《征圣》篇)。刘勰论诸子,也没有阐发各家的义理,所谓“《慎到》析密理之巧,《韩非》著博喻之富,《吕氏》鉴远而体周,《淮南》泛采而文丽”(《诸子》篇)等等,都是从文章表达和修辞的角度给予品评。论史传也没有评论历史事实,而是着眼于撰著史书的体例和原则等问题。可见刘勰始终是一个文章学家,重视文章的修辞,从情理和文采等方面探讨文章写作的表现力与感染力问题,并从重抒情、尚文采的立场出发对诗赋文体给予更多的重视。后世的文章,一直到清代姚鼐的《古文辞类纂》、李兆洛的《骈体文钞》、曾国藩的《经史百家杂钞》,文的范围都甚为广博,虽然有畸骈畸散之不同,但“文”一直关涉从社会政治到个人生活的方方面面,都强调其表现力与感染力。诗被推尊为“文之精也”,后来小说、戏曲等逐渐得到重视,被纳入“文”的领域 。这些基本趋势,都是与《文心雕龙》的大文学观保持一致的,是中国文论固有的传统。

二十世纪初,章太炎提出“以有文字著于竹帛,故谓之文;论其法式,谓之文学”②的理论命题,这是从《文心雕龙》中抽绎出的文学观念,是符合中国文论实际的。除了图画、表谱、簿录、算章等无句读文外,章太炎把有句读文分为赋颂、哀诔、箴铭、占繇、古今体诗、词曲等有韵文

---

① 朱荣泉:《文心雕龙绪论》,《沪江大学月刊》1930 年第 19 卷第 2 期。

② 章太炎:《文学论略》,《国粹学报》1906 年第 2 卷第 9 期。

和学说、历史、公牍、典章、杂文、小说等无韵文。这是涵盖古今所有文体的分类法。可惜,章太炎的文学观念和文学分类没有得到人们的响应,到了现代时期"大文学"反而被"纯文学"所取代,只承认诗歌、散文、小说、戏曲为文学,甚至连散文都一度被排斥在文学之外,后来即使包罗进来,也多限于美文、杂文。中国源远流长的文章学传统就这样被"纯文学"消解了。"纯文学"在现代中国的流行,自然有其重要意义,不容否定,但不应该以消解和丧失"大文学"为代价。

传统"大文学"观被消解,在学术研究和文化生活领域都已经产生了一些消极后果。二十世纪二三十年代编写的"中国文学史",往往只涉及诗词、小说、戏曲,忽略散文,后来关注到赋和小品文,再后来关注韩柳欧苏等的散文。但即使关注散文,也是以现代的形象性、抒情性等标准作出甄选;现代散文,即使在散文大家朱自清眼里也"不能算作纯艺术品"[1]。散文创作和研究相对较为滞后,不能不归咎于所谓"纯文学"观的褊狭。古代把一切著于竹帛者皆视为文,因此能敬惜字纸,谨慎下笔,重视文章写作能力的培养。但是现在,文学成为一种专业和职业,把日常实用文字排斥在文学之外,轻视文章写作训练,导致普通读书人写作能力低下。钱基博曾经感叹"近世文章道尽,士不悦学",专治古人名物制度、训诂书数,"而于词章语言之妙,罕知吟会"。[2] 对词章语言之妙的重视,是中国文章学的传统,《文心雕龙》就有《比兴》《事类》《丽辞》《声律》《指瑕》等篇专论文章语言之妙,但现代的白话文"有什么话,说什么话;话怎么说,就怎么说"[3],"话怎么说,文章就怎么写"[4],消解口语与书面语的差异,放弃对语言的锤炼。朱自清曾指出:"现在的学生只知注重创作,将创作当作白话文唯一的正当的出路;就是一般写作的人,也很少着眼于白话应用文的发展上。这是错的。"[5]

---

① 朱自清:《论现代中国的小品散文》,《文学周报》1928 年第 345 期。

② 钱基博:《黄仲苏先生朗诵法序》,《光华大学半月刊》1935 年第 4 卷第 3 期。

③ 胡适:《建设的文学革命论》,《新青年》1918 年第 4 卷第 4 期。

④ 叶圣陶:《写作》,《 新观察》第 2 卷第 1 期。

⑤ 朱自清:《中学生的国文程度》,《国文月刊》1940 年第 1 卷第 1 期。

所谓“创作”，专指纯文学的诗歌、小说、戏曲；所谓“写作”，则广泛包括社会日常生活的一切应用文。一般写作的人很少着眼于白话应用文的发展，不正是“大文学”传统被消解带来的后果吗？

今天要纠正这些消极现象，需借鉴“大文学”传统，突破纯文学的狭隘限制，建构以审美超功利的“纯文学”为核心，以重视表现力和感染力的实用文章为基础的多层级文学系统。这种多层级文学系统的建构，当代“龙学”可能而且应该是有所作为的。

2.加强文体论研究，重建现代文体规范，襄助礼仪文化建设。

礼乐文化是中华文明的核心。礼以立体，体以尊礼。礼乐文化土壤中生长的古代文学，非常重视文体，有鲜明的“尊体”传统，《文心雕龙》就体现出这一特征。前五篇“文之枢纽”后紧接着就是二十篇“论文叙笔”的文体论，占全书五分之二，可见文体论在刘勰文论体系中之重要地位。前人提到《文心雕龙》也多关注其文体论，如《梁书·刘勰传》曰：“撰《文心雕龙》五十篇，论古今文体。”明人高儒《百川书志》称此书：“评骚赋诗颂二十七家，定别得失体制。”（卷一八）刘开《书文心雕龙后》说：“文家之审体，词人之用心，莫备于是焉。”但二十世纪的现代“龙学”，基本上是把《文心雕龙》看作一部文学理论著作，重心偏于“词人之用心”上，忽略了“文家之审体”这半边的内容。即使涉及《文心雕龙》的文体论，也仅限于《明诗》《乐府》《诠赋》《史传》这几种在现代看来算是“纯文学”的文体。许多文体的研究都是空白，即使有研究也较为薄弱。“龙学”研究之所以在文体论上出现畸轻畸重的现象，正是因为古今文学观念和文章体制的错位。现代白话文系统只有纯文学和实用公文，古代大量的骈散体文章在现代的文学体系里失去了存在的位置，因此以现代文学观念研究古代文学，只注意那些古今一致的内容，而漠视古今相异的一面。“龙学”文体论研究便是如此。

文体论的畸轻畸重，造成文学史研究的片面性，二十世纪的中国古代文学研究，重心偏于诗词、小说、戏曲，即使研究文章一般关注的也是所谓“文学性”较强的美文、辞赋和小品文，如韩愈的文章，古人重视的是《原道》《原毁》《争臣论》《平淮西碑》《张中丞传后序》等，今人关注的多是《毛颖传》之类。在文体研究上这种选择的片面性，限制了我们对于中国文学传统真切、完整的认知,需要予以纠正。

文体论的畸轻畸重,对于当前文学特别是散文的发展也是不利的。中国古代,从军国大事到私人书信,从高文典册到谐谑杂品,文章有着广阔的用武之地,是公私生活的必需品。到了现代,公文之外的非虚构文字归于散文,属于杂文学,现代散文的表达空间与古代文章相比,大大地狭窄化了。古代的文章,不论骈散,都是“设文之体有常”,既须遵守规范,又可变体求新。现代散文则讲究自由,所谓“形散而神不散”,是突破一切体制上的束缚,没有文体规范可言,这正应了刘勰所谓“文体解散”。

“文体解散”背后更深层次的问题是对中华礼乐文化的漠视。文体与礼乐是表里相应的关系,《文心雕龙》文体论各篇无不关联着儒家的礼乐文化,像章、表、奏、议等本来就是由汉代礼仪制度所规定的。中国古代文体论非常发达,是与传统的礼乐文化相互依存的。到了五四新文化运动时期,打倒旧文体与推翻旧制度、旧思想同步进行;旧文体解散的同时,其背后的礼乐文化也遭到唾弃。的确,传统的礼乐文化是适应专制制度而形成的,有其落后的、消极的因素,今天绝不能原封不动地恢复传统的礼乐文化;但礼乐文化也有超越制度层面而具普遍意义的因素,其中有一些内容经过创造性转化可以襄助当代礼仪文化建设。就文体来说,代代都有发展,如唐代的赠序、园记,宋代的字说等文体,都超越了刘勰的范围,到了现代,政治制度变革后,传统的章、表、奏、议等自然失去应用的场合,但是否还有一以贯之的因素呢?如《铭箴》赞“义典则弘,文约为美”;《史传》赞“辞宗丘明,直归南、董”;《论说》称论体“义贵圆通,辞忌枝碎”,说体“进有契于成务,退无阻于荣身”;《奏启》赞“献政陈宜,事必胜任”;《议对》赞“治体高秉,雅谟远播”;《书记》赞“言既身文,信亦邦瑞”;等等。这些原则对于今日下笔为文的人同样是适用的。现代散文不能以“散”为借口,放弃一切礼仪文化和文体规范,刘勰所谓“设情以位体”的原则并没有过时,不同场合、不同用途的文章在文体、语体上都有不同要求。特别是在网络时代,人人都是写手,放弃一切礼义规范的约束,将是世风和文化的堕落。现在网络、微信上偶尔能看到用词不谨慎的现象,这是社会礼仪规范缺失在文风上的表现。

3.认识中国文论政治性、伦理性和审美性相统一的特征,重构当代文论的价值体系。

过去研究中国文论,多是拿西方近现代的文学理论观念作为阐释和评论的原则。西方近代文学观念自康德以来,把审美性和实用性对立起来。1934年,郭绍虞的《中国文学批评史》论孔子就列出“尚文”和“尚用”的分野。罗根泽的《中国文学批评史》不仅以“尚文”与“尚用”论王充,还以当时周作人所谓“载道”与“缘情”的冲突钩稽文学批评史,说在扬雄身上体现出二者的矛盾,称赞徐陵提倡缘情的文学。这些判断都是基于外来的审美与实用二元对立论。其实,回到中国文论传统里看,除了老庄思想外,在绝大多数情况下,审美与实用不是对立的关系,审美是为了更好地实用:如“言之无文,行而不远”,“文”使“言”得到更广泛的传播;“修辞立其诚”,修辞是为了更真切地表现内在的品德。

中国文论的一个基本特征是政治性、伦理性和审美性相统一。从《文心雕龙》来看,刘勰论文,非常重视文章的“情”和“采”,认为不管实用还是非实用的文章都应该“情信而辞巧”,这相当于今人所说的审美性;刘勰在《征圣》篇指出“政化贵文”“事绩贵文”“修身贵文”,《序志》篇论文章之用“实经典枝条,五礼资之以成,六典因之致用,君臣所以炳焕,军国所以昭明”,这些都关涉文章的政治和伦理功用。即使论诗,也提到“义归无邪”“顺美匡恶”,不否认其政治性和伦理性;论赋,既认识到“铺采摛文,体物写志”的审美属性,也重视赋“贵风轨”“益劝戒”的功能。政治性、伦理性和审美性在刘勰《文心雕龙》里是从不矛盾、不相背离的。这是中国文论的一个重要特征,不同论者对于不同文体或许各有侧重,但一般没有人把三者视为绝对矛盾冲突的关系。

但是现代“龙学”偏于阐发《文心雕龙》重“情采”的一面,对于其文论的政治性、伦理性,或忽略,或否定。可贵的是,二十世纪四十年代经过抗战的洗礼,一些研究者能认识到中华文化的独特精神,对《文心雕龙》也产生了新的洞见。现代美学家向培良在二十世纪三十年代主张“人类的艺术”,到了四十年代后期,对我国文学传统有了更自觉的认同,指出祖国的文学“与西洋文学取径颇不相同,但是殊途同归的文学。这里面充满了爱人生和珍重人生的情绪,这里面提倡一种完全无我或牺牲小我的精神"①。正是从这一新的思想基础出发,向培良对《文心雕龙》有新的发现:"概括说来,刘氏认为文学是一种醇化吾人性情的活动。要醇化性情,必从根绝个人主义始,便不得不归于人伦。所以我国文学之宗经,究其实无非是以人伦为归而已。这是我国文学的一大特色,出于我国文化的根本义。"刘勰不仅以人伦为归,且"走向自然界","从'物与'中见出'民胞'","明道就为的经世,征圣、宗经则是明道的方法。文学既与伦理政教有极密切的关系,所以全部作品反复咏叹的无非是人与人之间的情感。大体说来,可以称之为温柔敦厚之教"。② 这些都是《文心雕龙》乃至中国文论本来固有而在当时又令人耳目一新的理论观念。向培良作为一位新文学理论家,能如此坦荡地肯定《文心雕龙》和中国文论的伦理政教意义,是非常可贵的。可惜过去百年,很少有研究者从人伦政教角度正面认识《文心雕龙》和整个中国文论,而这正是今后一段时间里研究《文心雕龙》和中国文论的主要方向。对社会政治、人群生活和个体精神的关注,渗透在《文心雕龙》的方方面面,如《奏启》篇倡言"王臣匪躬,必吐謇谔",《诔碑》篇相信"石墨镌华,颓影岂戢",《诸子》篇嗟叹"身与时舛,志共道申,标心于万古之上,而送怀于千载之下,金石靡矣,声其销乎",《程器》篇提出"摛文必在纬军国,负重必在任栋梁;穷在独善以垂文,达则奉时以骋绩",《序志》篇赞颂人"肖貌天地,禀性五才,拟耳目于日月,方声气乎风雷,其超出万物,亦已灵矣",等等,哪一篇不寄予着刘勰对人生、对社会的关切?中国历来之论文都是与论人、论世紧密结合的,显示出政治性、伦理性和审美性相统一的特征。

文学是人学,当代文论的价值体系应当着眼于人与自然的相通、人与社会的调协、人与人的共情,以及自我心灵的安适惬意。中华民族文化具有古今相通、相承的伦理内涵和审美精神,需要在传承的基础上加以当代转化和提升,"龙学"乃至整个中国文论的研究在这一方向上应大有作为。

---

① 向培良:《谈谈祖国的文学》,《青年界》1947年新2第5期。

② 向培良:《读〈文心雕龙〉》,《东南日报》1947年4月30日。